# 方卫平学术文存

第十卷

## 法国儿童文学史论

方卫平　著

山东教育出版社

图书在版编目（CIP）数据

法国儿童文学史论 / 方卫平著. —— 济南：山东教
育出版社，2021.7
（方卫平学术文存；第十卷）
ISBN 978-7-5701-1775-8

Ⅰ.①法… Ⅱ.①方… Ⅲ.①儿童文学 - 文学史 - 法
国 Ⅳ.① I565.078

中国版本图书馆 CIP 数据核字 (2021) 第 129643 号


方卫平学术文存　第十卷
法国儿童文学史论　　方卫平　著
FAGUO ERTONG WENXUE SHILUN


责任编辑：王　慧
责任校对：任军芳
美术编辑：蔡　璇
装帧设计：王承利　王耕雨

主管单位：山东出版传媒股份有限公司
出 版 人：刘东杰
出版发行：山东教育出版社
地址：济南市市中区二环南路 2066 号 4 区 1 号
邮编：250003
电话：(0531)82092660
网址：www.sjs.com.cn
印刷：山东临沂新华印刷物流集团有限责任公司
开本：710 mm × 1000 mm　1/16
印张：27.75
字数：317 千
版次：2021 年 7 月第 1 版
印次：2021 年 7 月第 1 次印刷
印数：1—1000
定价：288.00 元
（如印装质量有问题，请与印刷厂联系调换，电话：0539—2925659）

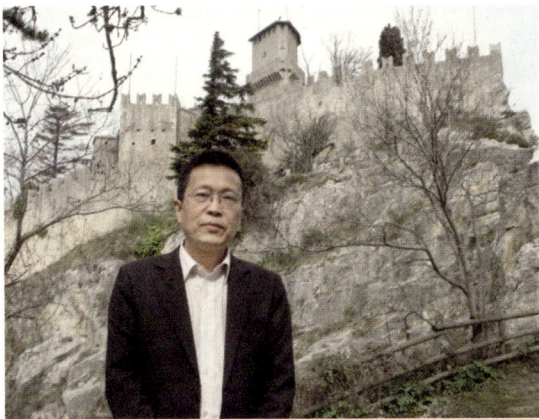

## 作者简介

　　方卫平，祖籍湖南省湘潭县，1961 年 8 月出生于浙江省温州市；1977 年考入宁波师范学院中文系读本科，1984 年考入浙江师范大学中文系读研究生，毕业后留校工作至今。1988 年任讲师，1994 年由讲师晋升为教授。曾任浙江师范大学中文系副主任、儿童文化研究院院长、儿童文学研究所所长、儿童文学系主任等。

　　现为浙江师范大学二级教授、博士生导师，中国作家协会儿童文学委员会副主任，浙江省作家协会副主席，意大利马切拉塔大学《教育史与儿童文献》杂志国际学术委员，鲁东大学兼职教授。

　　主要从事儿童文学、儿童文化研究与评论，出版个人著作多种；在中国、美国、意大利、德国、日本、韩国、马来西亚发表论文和评论文章数百篇，论文曾被《新华文摘》、《中国社会科学文摘》、中国人民大学《复印报刊资料》等转载或摘介。

　　主编有"中国儿童文化研究年度报告"系列、"中国儿童文学大系"（增补卷 10 卷）、"当代西方儿童文学理论译丛"、"国际安徒生奖大奖书系"、"中国儿童文学名家论集"、"第六代儿童文学批评家论丛"；选评有"方卫平精选儿童文学读本"、"方卫平精选少年文学读本"、"中国儿童文学分级读本"；主编学术丛刊《中国儿童文化》，合作主编《新语文读本·小学卷》等。

1

2

1．1992 年 8 月，参加湖南少年儿童出版社组织的张家界笔会。就在那一次笔会上，接受了《法国儿童文学导论》一书的写作约稿

2．2014 年 3 月 28 日在法国尼斯海滨

3．2014 年 3 月 29 日在法国戛纳

3

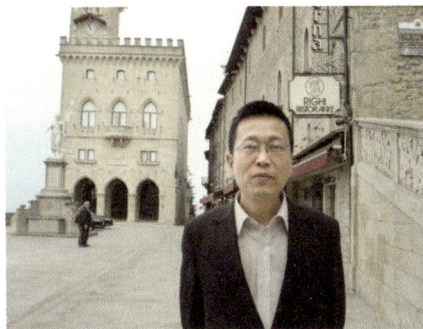

1. 2007 年 11 月 26 日在日本京都
2. 2012 年 3 月 20 日在圣马力诺
3. 2012 年 3 月 23 日在阿尔卑斯山与小朋友在一起
4. 2013 年 8 月 4 日在美国哈佛大学
5. 2013 年 8 月 8 日在美国芝加哥

1. 2017 年 4 月 23 日在卡塔尔多哈
2. 2017 年 4 月 29 日在阿联酋迪拜（刘海栖摄）
3. 2020 年 9 月 9 日与家人在英国剑桥（李见茵摄）

# 目 录

# 引 言 —————————————————————

　　法国位于欧洲的西部、大西洋之滨，西隔英吉利海峡与英国相望，西南与西班牙以比利牛斯山为界，南临地中海，东南越过阿尔卑斯山与意大利接壤，东部和东北部分别与瑞士、德国和比利时为邻，面积55万平方公里，海岸线长约3000公里。

　　早在远古时代，法国土地上就已有人居住。关于这个地区居民的最早史料，见于公元前5世纪希腊人的记载。那时占据该地区的有好几个民族，其中大部分地区居住着希腊人所称的凯尔特人，后来罗马人又称他们为高卢人，由此古代法国又被称为"高卢"。法国六角形的国土经过公元5世纪至15世纪约1000年的努力（通过战胜阿拉伯人、诺曼人、英国人……）才基本上达到了统一，而真正的民族统一直到1789年法国革命时方最后完成。法国大革命横扫封建专制，建立了当时欧洲和世界上最先进的社会政治制度，17至18世纪的法国一度成为号令欧洲的最大强国。20世纪的法国虽然已不再拥有昔日的大国地位，但依然是对世界事务具有影响力的国家。

　　从文化角度看，自中世纪以来，法国文化就在整个欧洲起着举足轻重的作用。启蒙运动以后，法国更是始终保持着世界文化大国的地位。灿烂的法兰西文化作为人类文明的重要组成部分，为世界文化的发展作出了重大而独特的贡献。尤其是在思想、哲学、文学、艺术等领域，法兰西的文化星空可谓群星璀璨，光彩夺目。一代又一代的法兰西思想巨人、文坛泰斗和艺术大师的名字及其卓越贡献，构成了人类文化星空最灿烂的文化星座之一。

相形之下，当我们从儿童文学这个视角去考察法国人所书写的历史、去估量法国人的美学贡献时，法国人的荣耀似乎就减损了不少。《简明不列颠百科全书》的"儿童文学"条目在扼要评述各国儿童文学的历史地位和特征时毫不客气地这样写道："儿童文学起源于英国，种类方面也胜于其他国家，以教育故事和冒险故事见长于世"；"美国与英国相比，儿童文学没有几个高峰……直到《小妇人》《汤姆·索亚历险记》等作品的问世，美国儿童文学才真正结束附属于英国的地位……第二次世界大战后，美国的儿童文学创作与英国相比，显得更大胆、更富实验性"；"德国在认识儿童特性的深度和在事业发展的水平方面，堪称世界第一"。关于法国的评述则是这样的："法国人对他们的成绩是不满意的。'儿童文学仍很贫乏'。它的表现可能归咎于笛卡儿的哲学，以及理性的和实证的哲学，它们使法国儿童文学发展受到影响。总之，当代法国儿童文学缺乏色彩和多样性。"

根据这样的评述，法国儿童文学的历史地位和美学地位几乎就是不足挂齿的了。我以为，这样的把握和评价与法国儿童文学发展所提供的历史事实和所积累的美学贡献显然是不相符的。从世界儿童文学发展史来看，法国人的历史贡献是十分重要的，特别是在17世纪至18世纪，以贝洛童话和卢梭的儿童观为代表的法国儿童文学作品及儿童文化思想，对世界儿童文学的近代自觉产生了十分重要的推动作用。关于这一点，《简明不列颠百科全书》中"儿童文学"条目的编写者也是给予承认的，例如该条目认为"英国儿童文学是从18世纪初年开始发展起来的，法国卢梭的启蒙思想曾给予很大影响"。也许，20世纪上半叶法国著名学者波尔·阿扎尔在其名著《书·儿童·成人》一书中对法国儿童文学在世界儿童文学中的地位的说法是比较合乎实际，因而也是比较公允的。阿扎尔说："算起儿童文学的地位，法国虽然不是第一，但也绝不是敬陪末座。"[1]

从总体上看，法国儿童文学的发展具有以下一些主要特点：

第一，法国儿童文学与民间文学和民间文化有着深刻的文化血缘上的联系。

民间文学和民间文化是儿童文学发展的一方丰饶的历史沃土，这在法国表现得尤为突出。在法国儿童文学的史前时代，民间童话、传说、英雄史诗等就已成为历代儿童的宝贵读物。17世纪末叶，当夏尔·贝洛以《鹅妈妈的故事》开辟法国儿童文学乃至世界儿童文学新纪元的时候，他所提倡、依托的也正是丰富深厚的民间童话艺术积累和传统。紧随其后的多尔诺瓦夫人、博蒙夫人等作家的创作，也无不显示出民间艺术和文化的巨大影响。此外，从17世纪到20世纪，整理、出版各类民间文学（主要是童话）作品选本，也一直是法国儿童文学发展的一条重要线索。可以说，民间文学和民间文化不仅为早期法国儿童文学的历史自觉提供了动力，也一直影响着后来法国儿童文学的艺术发展。

第二，法国儿童文学受理性主义文化传统的影响，在一定程度上影响了其艺术上的丰富和扩展。

法国是一个文化传统十分凝重深厚的国家，理性主义是法国文化传统的一大主流，它不仅构成了法兰西民族的认识论、知识观以及基本价值观，也影响了法国文学包括儿童文学的基本艺术特色和精神。17 世纪法国哲学家勒内·笛卡儿（1596—1650）把理性推向了一个比较完整的哲学体系，成为西方近代理性主义哲学的开山祖师。笛卡儿理性主义哲学的影响是巨大的，以致在其后的两个多世纪里，法国一直是欧洲理性主义的中心。在 18 世纪的启蒙运动中，法国出现了卢梭。他反对崇尚书本，反对理性主义，注重直接经验的自然主义教育。卢梭的儿童观对于法国乃至当时欧洲儿童文学的发展产生过巨大的影响，但是他却未能战胜理性主义的思想对手，给法国儿童文学以美学上的启迪和影响。因此，在一个相当长的时间里，法国儿童文学在总体美学倾向上表现出重教化、轻趣味，重现实、轻幻想的特点。这在一定程度上影响了法国儿童文学的总体艺术成就。从这个意义上说，人们对法国儿童文学所发表的某些批评或微词又不是毫无道理的。

第三，法国儿童文学自贝洛童话问世以来的三百年间，也经历了一个不断丰富和发展的历史过程。

尽管自 19 世纪以后，英国、美国、北欧诸国儿童文学的发展在许多方面超过了法国，但就法国儿童文学自身而言，它也经历了一个题材不断拓展、体裁不断增加、幻想不断丰富、艺术风格不断多样化的历史过程。例如，19 世纪塞居尔夫人的童话和小说作品就越出了早期多尔诺瓦夫人、博蒙夫人的童话作品在题材上的局限，将丰富生动的现实儿童形象及其生活纳入了儿童文学的艺术表现视野。而以凡尔纳为代表的科学幻想小说的创作，更是将读者带入了一个充满激动人心的科学遐想和漫游的艺术世界。又如，早期法国儿童文学在叙事风格方面受到民间文学的巨大影响，在艺术美学上显得比较单一，而 19 世纪以后，特别是 20 世纪以来，法国儿童文学在表现手法和艺术风格上都逐渐趋向丰富多彩：现实与幻想、写实与象征、质朴与浪漫、典雅与滑稽……不同表现手法和叙事风格的作品大大丰富了法国儿童文学的艺术积累。

第四，一代又一代著名的法国作家参与了法国儿童文学的艺术创造。

著名作家参与儿童文学的历史创造，这在世界儿童文学发展史上并不是什么稀罕的现象，例如俄国有列夫·托尔斯泰，美国可以举出马克·吐温。但是在法国，从贝洛、卢梭，到19世纪的乔治·桑、大仲马、都德、左拉、法朗士，20世纪的莫洛亚、圣·埃克苏佩利、埃梅、尤涅斯库、图尼埃等，众多文坛著名作家的加入和参与却不能不说是构成了法国儿童文学发展史上一道独特的风景线。而且，这些作家的存在并不仅仅是一种象征或一般性的现象，而是实实在在地影响了一个时代儿童文学的进程，或创造了一个时代最具代表性的儿童文学艺术文本，例如从贝洛、卢梭到埃梅、图尼埃等，都是如此。对于法国作家或法国儿童文学来说，这都是一份可以引以为自豪的光荣。

第五，法国儿童文学是在与各国儿童文学的相互交流和影响过程中逐渐发展的。

法国儿童文学在其历史发展进程中，一直与外国儿童文学保持着密切的交流。一方面，作为儿童文学创作最先进入自觉期的国家之一，法国早期的儿童文学和儿童观对其他国家产生过广泛的影响。例如，早在1693年，英国哲学家、教育家约翰·洛克（1632—1704）就在其名著《教育漫话》中指出，儿童应有欢乐的童年，要奖励他们读书而不是采取惩罚的手段。他向孩子们推荐的是《伊索寓言》《列那狐的故事》等轻松愉快的书籍。贝洛的《鹅妈妈的故事》于1729年译成了英文，从此加快了它在世界上的传播。19世纪俄国作家屠格涅夫曾将贝洛童话译成俄语，并在有关评论文章中指出，贝洛的童话在整个欧洲妇孺皆知。[2] 而卢梭的儿童观和儿童教育思想，更是对其后的世界儿童文学进程产生过重要而深刻的影响。另一方面，外国儿童文学也曾对法国儿童文学的发展产生过影响。例如，1719 年英国作家笛福的名著《鲁滨逊漂流记》问世了，次年法文译本便在法国广泛传播，而且引出了不少法国版的模仿之作；卢梭更是对这部小说推崇备至。而从 19 世纪保尔·缪塞的中篇童话《风先生和雨太太》中，人们也不难见出斯威夫特的《格列佛游记》有关小人国描写的艺术影响。这些交流对于推动法国和各国儿童文学创作的发展，对于丰富不同国度儿童读者的文学阅读材料，无疑都起到了积极的作用。

第六，法国儿童文学的历史发展具有鲜明的时代烙印和世纪性特征。

纵观法国儿童文学在几个世纪以来的发展，我们可以发现它具有鲜明的时代烙印和世纪性特征：它在 17 世纪的"古今之争"中实现了最初的历史自觉；18 世纪伴随着启蒙思潮的传播完成了近代儿童观的构筑；19 世纪以同时代辉煌的法国文学为背景走过了一段黄金岁月；20 世纪则从题材、体裁到艺术手法、美学风格日趋多样化，构成了与以往若干世纪中主色调鲜明的世纪景观迥然有异的世纪风貌。法国儿童文学的历史发展节奏与世纪更迭的自然时序之间的这种内在联系也许只是一种巧合，但它确实构成了一个独特而有趣的历史发展事实——对于本书来说，它同时也提供了一个基本的历史叙述线索和逻辑框架。

那么，就让我们一起把目光投向历史，投向法兰西，投向那个独特的儿童文学的艺术世界……

## 注　释

[1] 波尔·阿扎尔:《书·儿童·成人》,傅林统译,台北:富春文化事业股份有限公司 1992 年版,第 149 页。

[2] 参见周忠和编译:《俄苏作家论儿童文学》,郑州:河南少年儿童出版社 1983 年版,第 87 页。

# 第一章　史前期概述

## 第一节　史前形态掠影

不同国度的儿童文学史专家和研究者在对儿童文学的发生、发展历史进行一番沿波讨源式的回溯和清理后，往往都能得出一个大体相同的结论，即儿童文学的艺术自觉和独立乃是人类社会发展到近代以后的事情；在此之前，无论是西方还是东方，各国儿童文学的发展都经历了一个漫长的史前时期。

史前期的儿童文学是近代以前在传统的社会文化环境中产生并存在的，它最初的形成原因甚至可能与儿童毫无关系。但是，历史过程本身往往就是由一连串偶然的事件、自发的行为或必然的事件、自觉的行为之间的相互交织、影响、互动所构成的。因此，当我们试图对儿童文学的发展演变史作一次全景式的回顾的时候，我们不能忽视了它的史前时期。

同样，法国儿童文学的最初篇章也是在近代以前，在一个漫长的历史时期中由一双双不经意的手偶然间写下来的。那么，法国儿童文学的史前时期究竟是指哪个历史阶段？或者说，法国儿童文学的"独立日"是什么时候（因为在此之前的时期即可视为史前期）？

关于儿童文学的独立日或自觉期的具体说法，在不同的研究者那里，由于视野、尺度或民族感情等等原因，往往会产生种种不同的判断。早在20世纪50年代中期，法国的文学评论家马克·索利亚诺（1918— ）就在《儿童文学史话》一文中介绍过有关儿童文学起源的种种说法。例如，教育家勃劳纳认为，世界上第一本童话书是公元前6世纪问世于印度的《五卷书》，而几位关心儿童文学发展史的研究者则断定儿童文学只是到了近代才形成的。波尔·阿扎尔在他的那部故作怪僻之论但又非常风趣的著作《书·儿童·成人》中说，儿童文学诞生的标志是1697年夏尔·贝洛的《鹅妈妈的故事》的问世。另一位研究者拉扎吕斯在19世纪中叶发表的论文中，认为儿童文学是在费纳隆（1651—1715）和勃劳纳的时代出现的。[1] 此外，德国的一些研究家认为儿童文学产生于中国的《诗经》和印度的《五卷书》。[2] 不列颠百科全书的编者则将这份荣誉判给了英国人，断言"儿童文学起源于英国，种类方面也胜于其他国家"[3]。而曾被选入美国女名人录的德克萨斯农工大学教授唐娜·伊·诺顿（D. E. Norton）在其专著《透过儿童的眼睛》中谨慎地表示，从纯粹的"文学"的意义来说，1744年是儿童文学的真正开端。它以洛克的崇拜者、英国的约翰·纽伯里创作的《一本小巧的袖珍读物》为标志。此书与其1765年所著的《两只漂亮小鞋的历史》，都是专为儿童而创作的。虽然与今天的儿童文学作品相比较，它们并不那么具有娱乐性质，但毕竟是作家开始了有意识地为儿童而创作，故在当时是具有开创性意义的。你看，面对同一个问题，人们的判断和结论竟如此大相径庭。

相形之下，在谈论法国儿童文学的独立日或诞生标志时，无论是法国人还是其他国家的研究者，大家的结论却几乎是一致的，那就是《鹅妈妈的故事》的问世——其时为17世纪末的1697年。

于是，我们把17世纪之前，确定为法国儿童文学发展的史前时期，它具体又包含了中世纪和文艺复兴两个阶段。

公元5世纪末，在今天法国的土地上，已经出现了法兰克人的王朝。但是以法兰西命名的独立王国，则从公元9世纪中叶开始。"法兰西王国"是指法兰克人的王国。法兰西王国的建立标志着法国民族统一体的形成，同时也标志着民族语言，即罗曼语的形成。作为现代法语前身的罗曼语，是拉丁语和当地方言融合而成的民间语言，称为"通俗拉丁语"。最早的法国文学作品就是用罗曼语创作的。

法国文学的渊源可以追溯到约在公元前6世纪时这片土地为高卢人居住的远古时代，但法国文学史上通常是以公元842年2月14日的《斯特拉斯堡盟约》（Les serments de Strasbourg）作为有文字记载的法国文学起源的第一个标志。这份文献只是当时法兰克王秃头查理和日耳曼王路易订立攻守同盟的条文，内容与文学无关。由于盟誓全文要由在场的法兰西将士齐声朗读，所以不用当时的官方语言拉丁语，只能用民间语言罗曼语写下来。于是这一文献不但成为法兰西语言史上流传至今的第一份珍贵资料，而且也被认为是法国文学史上的第一座里程碑。

法国通史上所说的中世纪，是指公元842年到1515年，也就是从《斯特拉斯堡盟约》算起，到法王弗朗索瓦一世登基为止。法国文学史上的中世纪大致也是这样划分的。到了16世纪，法国文学的主流则是文艺复兴思想在文学上的反映。在整个中世纪和文艺复兴时期，法国文学在按照自身的规律和方式发展、演进的同时，也以各种各样的姿态向儿童接近和靠拢，从而在不知不觉中为法国儿童文学史揭开了最初的篇章。

毫无疑问，史前形态和古典意义上的儿童读物，与近代和现代意义上的儿童文学有着许多明显的不同之处。我认为，考察古代儿童文学现象，应该有其特定的理论视角和理论尺度，也就是说，要从客观的历史现象出发，而不能简单地用今天的文学标准去"以今律古"[4]。

从这样的要求出发，我们考察古代儿童文学现象时，应该掌握三项标准：一、作品具有文学性；二、作品具有一定的儿童特点；三、作品在历史上曾经为儿童所阅读和接受。

根据这三项条件来考察，我们可以发现史前形态的法国儿童文学读物主要包括以下三类：

首先是民间文学作品。

民间文学植根于民间文化和大众生活的沃土，千百年来与人们的精神生活保持着最密切的联系；它同样也为历代儿童提供了精神食粮。据介绍，在法国，自古就有儿歌流传，新歌词更是不断出现。类似《九月有30天》那样的法语歌，13世纪即已见于记载。[5]民间童话、故事作品也常常在人们的口耳相传过程中不胫而走。我们知道，在许多个世纪中，儿童与成人一样是通过听觉来感知文学的魅力的。"这是因为以往除了城堡和寺院里那几份可怜的手稿之外没有任何书籍，而这几份手稿也只有极少数人才能读到。一代代的妈妈和外婆把她们孩提时所听到的故事再讲给孩子们听，或者根据她们自己的经历编一些新的故事。而行吟诗人和说书人则是搜集些古代故事，然后绘声绘色地在客栈、村庄或街头大讲特讲。通常有各种年龄的人们围着听，他们还不时地评论几句。那时，成人和儿童同享着这些口头文学，当然孩子们只欣赏自己感兴趣的部分。"[6]

法国是有着悠久深厚的民族民间文化传统的国家。这一特点或优势在欧洲诸国中可以说是独领风骚的。《鹅妈妈的故事》出现于17世纪末的法国；18世纪法国各阶层的人们纷纷致力于改编和撰写童话故事，最后以41卷《童话集锦》的形式问世；而19世纪，更有一批法国的民间文学专家和杂志记者，专心致志地搜集法国各地区的口头童话故事，整理汇编成一部部传世佳作；到了20世纪，法国民间文学的收集工作仍然是方兴未艾……所有这一切，绝不是一种偶然的现象。事实上，早在近代以前，法兰西丰富的民间文学作品就曾经广泛地、自发地进入了儿童读者的文学接受视野。这些作品中的相当部分经过历代人们的收集、加工和整理，流传至今，使今天的人们仍能领略和感受到史前期法国儿童文学的艺术风貌和神韵。

民间童话故事是史前形态法国儿童文学读物的一个重要组成部分。从内容上看，这些童话充分展示了古代法国社会，特别是中世纪时代法国社会多姿多彩的生活画卷，表现了法兰西人民的民族气质、价值观念和纯朴、善良的愿望。法国评论家保尔·拉法格（1842—1911）在谈到民间诗歌时曾经说过："通过民歌，我们可以重新发现史传上很少提到的无名群众的风俗、思想和情感"，因为"这种出处不明、全凭口传的诗歌，乃是人民灵魂的忠实、率真和自发的表现形式；是人民的知己朋友，人民向它倾吐悲欢苦乐的情怀；也是人民的科学、宗教和天文知识的备忘录"。[7] 把这些说法移用于法国民间童话，显然也是完全适用的。

例如，城堡林立曾是中世纪土地分封和封建割据的标志。每一个城堡都统辖着一大片土地。盘踞在城堡里的主人就是那些大大小小的统治一方的贵族老爷。法国民间童话中有许多是讲城堡的故事的。童话故事中的主人翁的生活命运常常取决于某个城堡。这反映出当时人们的心态和愿望：既憎恨又羡慕那些生活富裕、高高在上的城堡主。我们可以从《养鸡女》的故事中看到这种心态的流露：一个城堡主的儿子扮成一头野兽迫使一位农夫将女儿嫁给他。可是当他携着农家女回到自己的城堡时，身为城堡主的父亲已为他另择了一门门当户对的亲事。于是，农家女就被撇下了，城堡主的儿子成了另一个城堡主的女儿的新郎。后来，农家女历经艰辛，投身在丈夫入赘的城堡里充当一个养鸡女。她千方百计换取与丈夫亲近的机会，最后终于以坚贞不渝的爱情"唤醒"了丈夫，过上了幸福的生活。"养鸡女"的身世正反映了当时领主统治下的农民受奴役的生活命运：农民的生活幸福与否取决于城堡主的个人意旨。

此外，中世纪的法国是骑士制度的中心，11世纪末骑士制度在这里形成，在法国文学中有专门赞美骑士的骑士文学，而在法国民间童话中也有一些是专讲骑士故事的，如《骑士和他的妻子》《骑士和魔鬼》等；宗教和教会的影响也渗透到了法国民间童话中，如《国王的私生子》，讲一个国王的私生子欲确认自己的血统，必须首先经过一位神父的验证，而其他任何人不得越先；至于基督徒的孩子，必须接受神圣的教会洗礼，一个不受洗礼的异教徒是不被社会所接纳的，婚礼必须由本堂神父主持，临终必须在牧师面前忏悔，死后魂灵才可以升天，等等。类似的细节在不少童话中都曾出现过。当然，法国底层人民的生活，他们的情感、愿望等等，是法国民间童话最基本的文学内容。[8]

与许多其他国家的民间童话作品一样，法国民间童话的基本主题往往也是扬善抑恶、表达人民群众在长期的生活经历中所逐渐形成、积累起来的道德观念和生存智慧。例如流传于法国东北部阿尔萨斯地区的故事《无头鬼》，便显示了这样的道德理念："活着时做了恶，死后也要受到惩罚。坏事做不得啊！"而同样是流传于阿尔萨斯地区的故事《狼孩》则通过力大无比的英雄沃尔迪埃里施不幸被侍从暗害的故事，表达了"做任何事情，小心谨慎一般是对的，但倘若小心谨慎过了头，好事也会变成坏事"，以及"知人知面不知心"等生活经验和教训。应该说，这些作品在历史上曾经是一代又一代法国儿童的道德启示录和生活教科书。

从艺术上看，法国民间童话纯朴的叙事手法、诙谐幽默的叙事风格以及它相对丰富的艺术想象能力，都使它格外容易亲近儿童。例如童话夸张手法的巧妙运用。《磨坊工的四个儿子》中描述磨坊工的四个儿子学到的本领竟然精熟到如此程度：第一个儿子在浓密的枝叶丛中发现鸟窝，第二个儿子上树去连鸟带蛋把窝端下来，第三个儿子把四只蛋打碎成五千多块，第四个儿子把鸟蛋又缝补成原样，然后又由第二个儿子把鸟窝放回树上去。而这些程序的完成短到连鸟儿还未感觉到这一切的发生！又如幽默风格的广泛渗透。《孔皮埃涅的三个瞎子》中，一个骑士捉弄三个瞎子，谎称送给他们一块金币，并说："你们三人一定要平分，我对你们三个人可是一视同仁的！"其实，他什么也没拿出来，然而，每一个瞎子都非常真诚地相信：一定是某个同伴收受了这块金币。于是，一连串令人捧腹的故事发生了。我相信，这样的故事，是完全可以让孩子们为之迷恋、为之沉醉的。

来自民间的史前形态的法国儿童文学读物还应包括英雄史诗（Les chansons de gestes）。英雄史诗是法国封建社会在特定发展时期的产物。它形成于加佩王朝（987—1328）建国之后，约11世纪时。

14 | 15

法国儿童文学史论
第一章
史前期概述

目前发现的英雄史诗大约为 100 部，这说明它在历史上曾经一度繁荣。从英雄史诗的形成过程看，它在成文之前，曾经历过一个口头传诵的阶段。英雄史诗的口头传诵者是鬶歌诗人。"鬶歌"一词是从拉丁文转来的，字意为创作。因此，鬶歌诗人实际上是一群民间作家。他们在集市、教堂、修道院附近或宫堡之中，在朝圣者必经的道路旁弹奏着乐器咏唱。但他们并不识字，做的只是一些初步的搜集整理工作，因此，他们的创作仍保留了较多的民间文学色彩。

英雄史诗的成文工作是由另外一些人来完成的。他们大部分是圣职人员。第一，他们识字。第二，在 11 世纪末，作为书写工具的羊皮纸、墨水、鹅毛笔、蜡块等等都是十分昂贵和稀少的物品，所以记录和编写的工作也只能由他们去做。因此，流传下来的英雄史诗已不可能是原始形态的民间文学作品了，而必然融合、添加了许多记录者加工和创作的成分。

英雄史诗的代表作品是《罗兰之歌》（La Chanson de Roland）。它有许多抄本，其中以牛津大学图书馆收藏的抄本最为完善，是 12 世纪的手抄本，用当时的民间语言罗曼语写成。全诗长 4002 行，共 291 节。全诗结构大致可分为三个部分：第一部分写加奈隆投敌叛变，是序幕；第二部分写骑士罗兰率领的两万骑兵遇上敌人伏击，全军覆没，是全诗的高潮；第三部分写对叛徒的惩罚，是尾声。

《罗兰之歌》以描写查理大帝的胜利开始。查理大帝率大军在西班牙转战七年，无往而不胜。只有信奉伊斯兰教的马席勒国王尚未被征服，他面临查理大帝的大军压境，一面遣使求和，一面阴谋袭击敌军。查理大帝召集众将商议，他的外甥罗兰骑士主战。另一骑士加奈隆受了敌人的贿赂，主张议和。罗兰建议派加奈隆去敌营探听虚实。这是一个有生命危险的使命。加奈隆怀恨罗兰，阴谋报复。到了敌营，加奈隆叛变。他与敌人合谋，设重兵在山谷中伏击罗兰率领的两万骑兵。罗兰仓促应战，终致全军覆没，自己也战死沙场。查理闻讯回兵支援罗兰，已无法挽回败局。查理大帝回到法国，严惩叛徒加奈隆，处以四马分尸的极刑，叛徒的 30 个亲族也被吊死。

《罗兰之歌》充满了 11、12 世纪时法国人的思想情感：崇高的信仰，伟大的战斗，骑士伟绩，英雄的荣誉感，对法国的热爱。作品中的骑士罗兰既仁善、无私，又勇敢、坚强，他是理想的封建骑士的形象，又是大无畏的民族英雄的象征。同时，史诗的结构宏伟而又清晰，情节紧张曲折，跌宕起伏。所有这些因素，都使这部史诗广为流传，几乎家喻户晓——当然，它也同样为孩子们所熟悉。今天，法国许多教堂里还有罗兰和他的挚友奥列维的雕像。公元 1200 年修建的著名的夏尔特尔大教堂中还有一组彩色玻璃画描述了他们以深邃的峡谷、湍急的流水和苍郁的森林为背景，展开刀光剑影、千军万马激战的场景。

来自民间的史前期法国儿童文学作品的构成中还有一个十分重要的来源，这就是中世纪随着城市的产生和发展，随着城市居民这一新的读者群文学阅读趣味的变化而逐渐兴盛起来的市民文学。这种文学在中世纪最后几百年间逐渐成为法国文学的主流。其中成就最突出的，则是大量以列那狐为共同主人公的故事诗，俗称列那狐故事诗。这些故事诗不仅在法国儿童文学的史前发展时期占有重要地位，在世界儿童文学发展史上也占有自己的一席之地（详后）。与列那狐故事诗相映成趣的，是以植物玫瑰为主人公的故事诗《玫瑰传奇》（Le

Roman de la Rose）。作品采用隐喻手法，以"玫瑰"代表少女，叙述"情人"追求"玫瑰"而不得的故事。这部影响仅次于《列那狐的故事》的市民文学作品在中世纪的法国也有着广泛的影响。

其次是那些为配合儿童教育而印制的图书。

早在活字印刷术发明之前的中世纪，欧洲就已经有了儿童图书。当然，这些书并不是用以娱乐儿童的，而是作为道德教育的课本和工具书。尤其是为了那些富家子弟的教育，修道院的教师开始用拉丁文著书说教。这类说教的图书在西方统治了儿童读物达数百年之久。据介绍，最早的一本专为儿童印制的读物——不是指当时小学里用的拉丁文课本——恐怕是一本法文书籍。该书讲的是吃饭时餐桌上的礼仪和风度。[9] 这些书籍当然不会具有多少文学价值。不过，它们中间也会出现某些较具可读性的读物。例如，1371 年，法国的拉·都尔·朗德利爵士出版了一部《女训》，据称是给他的女儿写的，可是在今天看起来不免叫人诧异，因为这位善良的爵士在循循善诱中竟穿插了许多奇闻逸事。当然，从数量上看，这类读物所能提供的种类和文学品质与民间文学是无法比拟的。

再次是那些成人文学作家，特别是著名作家创作的适合儿童特点，并且事实上也常常被儿童读者所接受的作品。

法国儿童文学发展史上有一个突出的现象：许多著名的成人文学作家都曾经自觉或不自觉地创作过适合儿童阅读的文学作品。他们中间第一个响亮的名字就是拉伯雷。

弗朗索瓦·拉伯雷（约 1494—1553）是 16 世纪法国最重要的作家，也是文艺复兴时期欧洲重要的人文主义作家之一。从 1532 年开始，拉伯雷陆续出版了他的不朽著作《巨人传》（其中第五部在拉伯雷死后11年于1564年问世）。在这部长篇讽刺小说中，拉伯雷以民间喜闻乐见的"巨人"形象来体现人的力量、尊严和价值，塑造了一个足以与"神"相抗衡的"人"的理想形象。作品以丰富的想象、大胆的夸张、鲜明的对比、精彩的故事、风趣的叙事构筑了一个充满智慧和幽默、讽刺意味的艺术世界。这部作品的内容无疑是严肃而深刻的，作者在该书前言中曾提醒读者："读了我杜撰的这些令人捧腹的标题……如不深入了解，通常是会被人当作玩笑和开心话看待的"。他奉劝读者"在乍一听来仿佛寻开心的话里，进一步探索其更高深的意义"，"把我这脂厚味深的好书加以仔细的咀嚼、赏玩、钻研，然后，通过反复的诵读，再三的思索，嚼开它的骨头，吮吸里面富有营养的精髓"，"因为，在这本书里你将找到特别高妙的风味，异样奥博的教义，极其高深的圣言古训和令人惊惧的秘宗妙谛，无论关于我们的宗教，还是关于政治或经济生活"。但是，有关巨人卡冈都亚和庞大固埃父子的有趣故事，却使这部渗透着人文主义理想的杰作毋庸置疑地拥有了征服儿童读者的魅力，并成为史前期法国儿童文学发展进程中第一部由著名作家创作却受到儿童喜爱的成人文学作品。

你瞧，这部带有浓郁童话意味和浪漫色彩的作品是这样描绘巨人卡冈都亚的出生和幼年时代的：卡冈都亚的母亲怀孕的时间长达11个月。临盆那天，她吃了太多的牛肠，结果吞下一服收敛剂，把胞衣弄破了，孩子钻进大动脉，通过横膈膜和肩膀，从左耳朵出来了。这孩子一生出，便大声叫喊："喝呀，喝呀，喝呀！"嗓门之大，把他父亲大肚量吓了一跳，于是给他取名"卡冈都亚"（意为"好大嗓门"）。卡冈都亚生下来要喝17913头奶牛的奶。他长到1岁零10个月时，下巴已经有 18 层了。卡冈都亚的衣帽穿戴要用几万尺布。从 3 岁到 5 岁，他的生活是：喝、吃、睡；吃、睡、喝；睡、喝、吃。稍大些时，小便在鞋上，大便在衬衫里，用过各种各样的东西擦屁股，最后觉得用小鹅来擦最舒服。卡冈都亚要念书了，先后请来了一位神学大博士、一位老咳嗽鬼乔伯兰·勃列台（意为"冬烘学究"）教他念了几十年的各类毫无意义的书，其中光是《文义解说方式》就学了 18 年又 11 个多月。卡冈都亚读书十分用功，把所有的时间都花了进去，但是没有得到益处，更糟的是，反而变得呆头笨脑，失魂落魄，目滞神昏，口嗫舌钝。卡冈都亚长大后，他伸出舌头可以为整支军队挡住雨云；巴黎圣母院的大钟只能做他的马铃铛……

卡冈都亚的儿子庞大固埃也是一个巨人。他每顿饭能喝 4600 头奶牛的奶；从蒙彼利埃到翁热，直线距离也有将近 600 公里，但他"三步一跳"便到达了；他单拳独臂竟能"战胜三百名身穿石甲的巨人"。有一次，狄波莎国人侵犯边境，庞大固埃赶去御敌。他喝够了酒，又喝下了一帖用化石淋、清肾散、糖木瓜、花金龟等调制的利尿剂，然后将木船里的海盐向敌人撒去。因为敌人都仰面张口而睡，恰好撒了一嘴；这些倒霉鬼像狐狸似的，咳个不停。突然庞大固埃感到尿急，想要小便，于是他对准敌人的营盘浇过去，其尿量之大，直把敌军全部淹没，方圆十里之内，也发生了"水灾"。敌军不知发生了什么事情。有的说，这是世界末日已至，上帝将做最后的审判；有的说，那是海神和他的儿子有意和他们为难。而这"水"也委实像海水，有咸味……

很显然，借助想象力所展开的极富喜剧色彩和热闹意味的故事情节，是《巨人传》吸引儿童的主要原因。这种喜剧色彩的文化根源乃是中世纪和文艺复兴时期广泛存在于民间的笑文化。《巨人传》虽然是拉伯雷创作的，但作者并不否认它与民间文化的联系。他曾经读到过一本无名氏的民间故事畅销书《高大硕伟的巨人卡冈都亚大事纪》，并因此受到启发。苏联文艺理论家 M.M. 巴赫金认为，拉伯雷的创作与民间笑文化有着深厚的渊源关系，其创作自始至终笼罩着一种"狂欢"的氛围，独具一种"狂欢"的美学品格。在巴赫金看来，民间笑文化的规模和意义在中世纪和文艺复兴时期是巨大的。民间笑文化与封建教会的、"严肃的"官方文化相对立，而与狂欢式仪礼传统、农事类型的古老节气有着密切联系。它以无拘无束的幽默形式对抗着官方阴郁的气氛。巴赫金指出，对民间笑文化长期以来存在着两种极端的看法：或者把它看作纯否定性的、讽刺性的，或者把它作为纯娱乐性的、没有思想深度的、缺乏洞察力的感官愉悦。这两种看法都是片面的。在巴赫金看来，民间笑文化的精髓在于狂欢式笑的深刻的双重性。巴赫金认为，拉伯雷是文学领域民间笑文化的最著名的代表，他的作品是"一部完整的民间笑文化的百科全书"。他的创作特色可归结为"怪诞现实主义"，而怪诞正是狂欢节精神在文学中的表现。只有掌握了拉伯雷创作中的民间文化源泉和狂欢化美学品格这两把钥匙，才能开启拉伯雷的创作宝库，才能真正理解和把握其怪诞现实主义的特点和力量、多重的意义及其深刻性，否则，对拉伯雷的解读和诠释，只能是拾人牙慧。巴赫金宣称，正因为他懂得如何解读拉伯雷的作品，所以他能在文艺复兴时期民间文化的"狂欢节"盛宴中，聆听到官方文化与民间文化之间，高雅与俚俗、精英与大众之间的言语冲撞，聆听到拉伯雷那响彻广场的笑声。[10]

是的，我相信，今天的人们也完全能够从拉伯雷作品中那无拘无束、一泻千里的喜剧灵感和狂欢品格中领悟到它何以会对儿童形成那么大的诱惑力。同时，我们也能感受和意识到，在儿童文学的史前时期，民间文学和民间文化的滋养和浸润，对于儿童的阅读具有多么重要的作用，即使是像拉伯雷《巨人传》这样的文人创作，也间接地证明了这一点。据说，在16世纪，拉伯雷的作品大约出了42版，每版有一二千册。[11]而今天，拉伯雷的作品则早已在更广泛的空间里赢得了不同年龄读者的喜爱。

从以上匆匆的回顾中我们可以看到，史前期法国儿童文学形态具有以下一些特点：

一是创作观念上的非自觉性。

儿童文学的出现和存在，必然是特定社会的民主观念和儿童观念进化到一定阶段后的伴生现象。而在封建时代，无论是东方还是西方，人们对于儿童的独立人格和精神个性都是非常缺乏了解和尊重的。这种对儿童人格和天性的漠视乃至虐杀，造成了封建传统文化在总体上与儿童人格需要与身心发展之间的严重错位和不协调状态。评论家马克·索利亚诺曾经问道：“为什么成年人在这么久的时期不关心儿童读物，是不是古时候的人不如我们那样喜爱儿童呢？”他认为，“古时候的人像我们一样喜爱儿童，这是毫无问题的。不过情况不一样。古时候的儿童在家庭里所处的地位和现在不一样。由于科学和技术不发达，只有成年人才能抵抗自然的力量，所以他们在家庭里占了首要地位。”而当家庭组织从母权进化到父权，妇女和儿童在法律上便处于附属地位，他们的生杀之权都操在了男人手里。[12]在这种情况下，儿童就失去了“人”

的地位，不仅是失去了作为"社会人"的独立存在地位，而且也失去了作为"审美人"的独立存在地位。于是，整个作家群体，或者说，整个社会都未能意识到并承担起这样一种责任：为儿童群体创作一种特殊的文学作品，满足他们的审美愿望和精神需求。

二是艺术特质上的准文学性。

史前形态的法国儿童文学是没有真正属于自己的纯文学作品的。严格说来，来自民间文学和作家创作的作品分别应该划归民间文学和成人文学范畴，而为儿童教育向儿童提供的作品，只能算是一种儿童读物，并非真正意义上的儿童文学。因此，从总体上看，史前期儿童文学并没有形成自己艺术上的质的规定性，尚处于一种艺术属性或文学特质十分弱化的阶段。当代法国儿童文学史家弗朗索瓦·卡拉德克（Fransoise Caladc）写过一部有关法国的《儿童文学史》（Histoire de la Littérature Enfantine）著作。该书于 1977 年由法国阿尔班·米歇尔出版社出版。在书中的第一章"文学还是读物"中，作者认为，儿童文学在其孕育和起步的早期其实只是"读物"而非"文学"，所以儿童文学史的开头一章研究的只不过是那些为孩子们写的读物的历史。他认为，专门以儿童为读者对象的文学作品的大量出现是从 19 世纪开始的。如果要强调文学性，那么儿童文学作品最早是一些口头故事，到 17 世纪才由著名作家夏尔·贝洛第一次把民间为了反映生活和理想愿望的口头幻想作品引进了文学，使人们开始承认并接纳它作为文学的一个种类，并逐渐使口头文学和书面文学区别开来。至于把贝洛童话作为儿童文学发生期的重要文学现象，那还是后来的"追认"。我以为，用卡拉德克的这些说法来考查法国儿童文学的史前形态，恐怕更为合适。实际上，一部儿童文学史，从纯文学的角度看，就是儿童文学的艺术特质由贫弱到逐渐强化，艺术身份由模糊到逐渐清晰，艺术纯度由杂淡到逐渐明净的过程。法国儿童文学的发展历程同样也不例外。

三是儿童读者阅读选择上的纯自发性。

如前所述，史前形态的儿童文学读物往往不是专为儿童创作的，而是来自民间文学、成人文学领域，是弥补儿童精神需求的一种补偿性的文学。这种补偿现象之所以会发生，是因为即使是在封建时代，儿童作为生命个体也拥有一种发自内心的审美欲求和选择冲动。正是这种本能性的精神要求，使当时的儿童以各种形式、借助各种渠道伸出了自己的双手，做出了自己的阅读选择。马克·索利亚诺在谈到儿童文学史前期发生的这种阅读事实和现象时曾指出："小孩自有小孩的需要，他们自己会不顾一切想法子满足他们的需要。因此，真正的儿童文学——成年人不能过问的儿童文学——是随着'自发'的儿童文学而产生的。我所谓'自发'的儿童文学是孩子们从成年人的读物中，自作主张地选择出来的。"[13] 从这个意义上说，儿童文学的史前期，正是一部由儿童"自发"的文学阅读选择过程构成的历史。这种自发的选择既是对儿童自身精神需求的一种文学补偿，也是对成人社会对于儿童文学的不自觉性的一种抗争，更是对儿童文学未来自觉和真正发展的一种暗示和吁求。

当然，儿童的这种自发选择不是完全随意和偶然的。他们之所以选择民间童话，选择《列那狐的故事》，选择《巨人传》，正是因为这些原本不一定属于他们的作品在不同程度上正对应着他们的精神趣味，契合了他们的审美天性。而且，他们是用自己的兴趣和理解方式接纳着这些作品的。例如，《巨人传》当然不是一部滑稽逗乐的作品。它在荒唐怪诞的外表下隐藏着对中世纪的禁欲主义、蒙昧主义和宗教神秘主义的极端辛辣的讽刺和批判。作者猛烈攻击当时占统治地位的思想——经院哲学及其支柱巴黎神学院、法院和教会等; 对于文艺复兴的新精神, 则颂扬备至。但是, 孩子们却并不一定在乎这一些, 他们感兴趣并津津乐道的是作品中卡冈都亚和庞大固埃的巨大躯体和无边神力, 是那些漫画式的极度夸张的细节, 是那些奇妙有趣的故事情节。是的, 正是这一切, 构成了吸引儿童的强大的文学感召力, 也带来了儿童文学史前时期的独特的文学阅读景观。

法国儿童文学的史前发展时期是漫长的, 它自然不可能给人们留下近代意义上的儿童文学作品。但是, 17世纪法国儿童文学发展的辉煌自觉, 却是以史前期的艺术铺垫和文学积累作为自己坚实的出发点的。

## 第二节 《列那狐的故事》

现在, 我们来谈谈《列那狐的故事》(Le Roman de Renart) 这部中世纪法国伟大的民间长篇故事诗。

从中世纪中叶开始, 由于城市的出现和发展, 市民阶级在法国产生并不断壮大, 它与封建统治阶级的矛盾和斗争也日益加剧。反映市民阶级生活和思想情感的市民文学便应运而生。市民文学的样式有小故事、市民戏剧、抒情诗等。其中文学成就最高的是大量以列那狐为共同主人公的故事诗, 俗称列那狐故事诗。这些作品老少咸宜, 从问世以后便广为传播, 并代代相传, 成为法国古典文学和法国儿童文学宝库中不可多得的瑰宝。

列那狐故事诗陆续形成于 12 世纪至 14 世纪，有关它的起源在法国历来有两种说法：一种说法认为，列那狐的故事起源于法国外省和东欧的俄罗斯、北欧的芬兰地区的民间传说，是由人民群众的口头文学创作演化发展而来的；另一种说法认为，列那狐的故事是从以往描写动物的故事诗中发展起来的，并且从已经译成拉丁文的古希腊罗马的寓言中汲取了很多营养（10 世纪至 12 世纪之间，法国已有很多用拉丁文写的诗以狐狸和狼的斗争为题材），还受到中世纪女诗人玛丽·德·法兰西写的《动物寓言》的很多影响（她的作品中也一再出现狐狸和狼的形象）。著名的《伊索寓言》对列那狐故事诗的形成肯定也有影响。《伊索寓言》中有一篇《狮子、狼和狐狸》就同列那狐故事中的《列那在宫中救了国王》的主要故事情节相差无几，都是讲狐狸以替狮王治病为名，活剥下狼的皮，报了私仇。[14]

从文学自身的相互影响和传承的角度看，上述说法都是有一定的依据的。例如，关于动物题材的外国文学作品，诸如伊索寓言和拉丁童话等，确实早已通过教士的介绍在法国流传。但是，列那狐故事诗并不是对这些作品的简单模仿。它主要是在法国本土的民间传说和动物故事的基础上发展起来的，而中世纪法国的社会生活背景则构成了它赖以产生的最根本的现实基础。它所描写的宏阔场景和所包含的丰富寓意，大大开拓了以往动物故事的艺术深度和广度。它最鲜明地体现了法国中世纪市民文学普遍具有的浓郁的喜剧性和讽刺性。"它们（指列那狐故事诗和小故事）是法兰西民族精神最确切的表现，不似史诗和故事诗只能代表一小部分人的情绪和思想。这种民族精神，就是长于讽刺的高卢精神"[15]。所有这一切，使列那狐故事诗在思想上和艺术上都呈现出了独特的色彩。

流传至今的列那狐故事诗主要有四部，分别产生于 12 世纪至 14 世纪的不同历史阶段，因而也明显地呈现出不同的特色。《列那狐的故事》（1175—1250）主要表现代表新兴市民阶级的列那狐与象征封建权贵的叶森格仑狼反复较量以求得生存的努力；《列那狐加冕》（12 世纪中叶）表达了反对封建王权的思想；《新列那狐》（13 世纪末叶）集中攻击以罗马教皇为首的教会，反映了市民阶级在当时王权和教权的斗争中倾向于王权的特点；《冒充的列那狐》（14 世纪上半叶）以其揭示阶级矛盾、抨击封建制度、表达市民阶级社会政治观点之尖锐、有力见长。这四部故事诗的总长达 10 万行以上，其中以第一部《列那狐的故事》成就最高，也最为精彩和脍炙人口。

《列那狐的故事》的基本情节出自佛兰芒的教士尼瓦尔于 1152 年用拉丁文写的长诗《伊桑格里谟斯》、法国中世纪女诗人玛丽·德·法兰西的寓言以及犹太人佩得罗·阿尔丰斯于 12 世纪初叶写的东方故事集《教士戒律》。《列那狐的故事》包括 1175 年至 1250 年间在法国产生的许多以列那狐为主人公的八音节的法文诗篇。这些诗篇质量参差不齐，是一部产生、流传于民间的集体之作，其作者大部分已无从查考，现在能够确知的只有三位：皮埃尔·德·圣克鲁、里夏·德·利松和一位神父。

这部故事诗最初由一些相互独立的小诗组成，其中明显地带有某些模仿英雄史诗的痕迹。后来这些诗逐渐演变发展，并形成了一个共同的主题：狐狸列那和狼叶森格仑之间的斗争。但是，直到法国现代学者吕西安·富莱将它们按情节顺序编为 27 个分支，即 27

组故事诗，才有了完整的体系。流传至今的全诗共有近 4 万行。

《列那狐的故事》"假托写的是动物世界的故事，实际上搬演的却是人类社会的活剧"[16]。故事中的动物都有一个适合其身份和性格特征并具有象征意义的名字。如雄狮叫诺勃勒（高贵、贵族），雌狮叫菲燕儿（骄傲），兔子叫柯阿尔（胆小者），老鼠名勃莱（秃子），狗熊名勃仑（棕色）等。这些飞禽走兽不仅会操人的语言，而且被赋予封建社会中人的基本社会属性。作品以此来形象地影射和展示当时社会各阶层的生存状况和相互关系，表现正在兴起的市民阶层同封建领主的斗争，对中世纪的封建制度予以尖锐的揭露和讽刺。例如，狮王诺勃勒是最高封建统治者，雄狼叶森格仑和狗熊勃仑等宫廷重臣构成封建统治阶层的中坚，而鸡、猫、乌鸦、麻雀等弱小动物则是广大的被压迫者。因此，作品中出现的是这些禽兽面目，勾勒的却是整个世纪的社会的巨幅画卷。

在自然界，人与动物最初的现实关系是类与类的物种关系。随着人类自身的进化，人与其他动物的关系就不再是单纯的不分主次的物种关系了。人类从自然中分离出来，动物逐渐成为人的对象，包括成为人类的审美对象。人与动物之间的这种审美化的精神关联由文学艺术表现出来，就出现了各种动物的象征化艺术表现。从历史上看，拟人化的动物形象很早就出现在文学作品中。在法国，早在列那狐故事诗产生之前，民间的口头文学中就已经出现了动物形象。这些动物形象并非仅仅是作为一种自然物进入作品，而是凝结着创作者们的思想感情、审美理想等等主体因素的艺术对象。马克·索利亚诺指出："在史诗和民间故事的同时，也出现了这样一种文学，这种文学干脆把动物人化了。在讽刺诗里，在寓言里和在童话里，动物保持了它们的皮毛和羽毛以及某些简单的动物特性，按照人们从经验上的观察或从外表给予一种类乎人性的注释，譬如：驴愚蠢或单纯，狼瞎冲蛮闯，狐狸狡猾，孔雀瑰丽等等。然而由它们穿插起来的奇遇却基本上具有人性的意义。诗人是借助于动物来向人说话的。"[17]可以说，《列那狐的故事》正是这样一部极富有寓意和象征性的杰作。寓意和象征使它超越了故事表层的趣味性，创造了一种更丰满而深刻的文学表达方式。正如有的研究者在谈到中世纪文学的寓意技巧时所指出的那样："中世纪文学体裁中，最使现代人感到陌生的是他们的寓意技巧。寓意在一件艺术品里意为艺术家特意塞进一个附属的，或隐含的意义，这种意义通常由象征来传递，而这些象征可能很明显，也可能很隐晦。在大多数情况下，这种隐含的意义比易于理解的表层含义更为重要，因为它通常表达了艺术家的目的，宗旨或者思想。"[18]

狐狸列那作为故事诗的头号角色，既绝对机灵、狡猾，又颇有些不讲道德、怯懦和追逐一己私利的可恶，但他仍不失为一个惹人喜爱的中心人物。在作品所展现的兽界中，列那狐所处的地位是十分微妙的：一方面，他必须与雄狮、雄狼和狗熊那样的最高统治者及大权贵进行周旋、斗争以便保存和发展自己；另一方面，他又要欺凌和残害比他自己弱小的无辜者。在这种种相互对立的错综复杂的群兽角逐中，作品展示了欺软怕硬、弱肉强食的社会现实图景和智慧战胜愚蠢、巧计打败蛮力、弱者降服强者的生存经验。特别是在列那狐和叶森格仑狼相互交锋、斗争的情节主线中，这一主题就表现得更充分，也更精彩了。

毋庸讳言，作为史前时期的一部儿童文学作品，《列那狐的故事》首先并不是为儿童而创作的。但是，这部人物形象生动、故事情节引人入胜的动物文学作品却从它诞生的时候起就成了法国少年儿童极为喜爱的文学读物，被列入了儿童的书籍目录之中。没过多久，它又被翻译介绍到欧洲各国，对欧洲其他国家的文学发生影响。

作为民间的原初形态的列那狐故事诗，其整个体系十分庞杂，而且其中一些段落并不适宜于儿童。为此，近代以来法国和欧美一些国家的许多作家都曾把它删节改写成散文体的童话作品，并配上精美的插图，使之更适宜于少儿读者的阅读和欣赏。在法国，这些改写本中主要以保罗·富歇、雷奥波尔·肖沃、莫里斯·热雷富瓦、勒内·吉约和玛·阿希－季浩夫人等人的改写本为最好。1957年，我国的少年儿童出版社出版了由严大椿、胡毓寅根据季浩夫人的改写本译出的《列那狐的故事》。

散文体的改写本通常都撷取、保留了原作中最为精彩、有趣、文学价值也最高的段落。例如季浩夫人改写本中的《列那怎样偷吃鱼》《叶森格仑钓鳗鱼》《狮王诺勃勒的裁判》《列那又在宫中救了一次国王》等，都是流传极广、妇孺皆知的名篇。

在《列那怎样偷吃鱼》这则故事中，机智狡猾的狐狸列那登场亮相了。在一个寒冷灰暗的日子里，列那外出为妻儿和他自己寻找食物。正当他东张西望、有些失望的时候，大风把远处的一阵香味带了过来。原来，是一辆装满了一篓篓准备到附近城里出售的香喷喷的鲜鱼的车子正从远处驶来。列那灵机一动，赶紧"躺在大路当中，好像是刚刚暴死，身体柔弱无力，舌头拖在嘴外，眼睛闭着；完完全全装作死的样子"。鱼贩子们不知是诈，拎起列那扔进车里的鱼篓旁边准备进城去卖，还庆幸自己运气好。正当两个鱼贩得意开心的时候，列那却悄悄地在车上美美地吃了至少30条鲜鱼。作品接着有这样的描述：

可是，列那并不就此逃走，他还得利用这个机会呢。

他用牙齿咬了两下，另外一只鱼篓也给他打开了。这一篓里装的是鳗鱼。

他为家里的人着想，先尝尝它们好不好，不让老婆和孩子们吃得倒胃口，就吃了一条。

然后，他运用他惯使的技巧，拿了许多鳗鱼，像项链似的绕在脖子上，轻轻地溜到地面上。

他虽然巧妙地跳下货车，多少弄出了一点响声。那两个鱼贩子看着他逃走，还不知道就是那只死狐狸呢。他向他们嘲笑地喊道：

"好朋友，上帝保佑你们。那张狐皮要值6个苏哩，所以我保存起来啦。我给你们留下了一些好鱼。谢谢你们的鳗鱼！"

鱼贩听到这些话，才大吃一惊。

最后他们才弄清楚，原来列那用手段把他们玩弄了一下。

于是，他们停了车子，赶紧去追列那。尽管他们奔得上气不接下气，像去追一个小偷那样，可是列那跑得比他们更快。

不多的笔墨，不多的细节，而狐狸列那的机智、尖刻的特性却已经十分鲜明而传神地出现在读者的面前。这是极富个性和诱惑力的一个形象，而这则故事也成了揭示主人公性格特性的一个绝妙的起笔。在我国，这篇故事曾被改写成《围脖儿的故事》编入小学语文课文，给许许多多儿童读者留下了深刻的印象。

如果说列那偷鱼吃是出于生存的需要，表现了他智慧中聪明、机智的一面的话，那么，列那狐教叶森格仑狼钓鳗鱼的故事，则更多地揭示了他智慧中狡诈和富于攻击性的一面。在这则故事中，列那狐让叶森格仑把桶子拴在尾巴上，放入河中捕鱼，结果狼的尾巴被冻住了，还让人痛打了一顿，尾巴也被打脱了半节……叶森格仑虽然强悍凶狠，却敌不过列那狐的狡猾和狠毒，每每中了列那狐设下的圈套。而列那狐教叶森格仑狼钓鳗鱼的故事则"是狐狼斗争的一个精彩的序幕，狼的贪馋和愚蠢使狐狸施于狼的诡计得逞，为后面狼的可笑可悲命运及其结局埋下了伏笔"[19]。

《列那狐的故事》作为文学作品，其故事情节和人物个性的妙不可言是与其思想内容的深刻性、批判性密不可分的。这一特点集中体现在《狮王诺勃勒的裁判》《列那又在宫中救了一次国王》等几则故事中。

《狮王诺勃勒的裁判》是一则情节一波三折，极富戏剧性的故事。列那四面出击，树敌太多，许多动物都到狮王诺勃勒那里告列那的状，而狮王却下不了决心把列那判处死刑。在这性命攸关的时刻，列那却毫无顾忌，为所欲为，终于激怒了狮王，使他下定了判处列那绞刑的决心。至此，人物的命运和情节的推进都充满了内在的紧张度和不确定性。正当列那准备上绞刑架的时候，他却表示要对狮王的御祭司倍令神甫留下些遗言。他故意提高嗓门说要把所保管的宝藏留给孩子们使用，引起了狮王的留意和追问。列那不慌不忙地编造了一通弥天大谎，胡诌那些宝藏是他的父亲谋反，准备另立狗熊勃仑为王所需的金钱。他列那为了营救国王，把这些宝藏偷偷转移到了一个谁都不知晓的地方。他的父亲因为缺乏金钱，阴谋成了泡影，不久就死了，而狗熊、狼、猫、猪獾等都是他父亲的同谋！一番胡言乱语，却使狮王深信不疑。于是，情节发展和人物命运发生了陡转：狮王为了得到那些子虚乌有的宝藏，决定赦免列那，并决定派雄羊倍令和兔子兰姆陪列那回去，以便把保全列那性命的黄金、珍珠、宝石等等多拿些回来。

在这里，列那狐身陷凶险的绝境却能从容不迫。他针对狮王贪得无厌的心理和本性，编造了一套谎话，不仅使自己化险为夷，转危为安，从绞刑架下捡回了一条命，而且以攻为守，将自己的对手巧妙地置于狮王的对立面，而把自己打扮成效忠狮王、暗中相救的功臣，狮王诺勃勒则既贪婪成性，又昏庸无能，不辨真伪，轻信谎言。他的忽此忽彼的荒唐判决不是出于对法律或事实的尊重，而是由于对财物的倾心和贪恋。正因为如此，作品对社会黑暗和腐败的揭露、嘲讽和批判也就格外淋漓尽致、入木三分了。

但是，对于孩子们来说，他们欢天喜地地投入列那狐故事的艺术世界，首先不是因为这个世界多么深刻地揭示了现实世界的黑暗，或多么辛辣地嘲讽了现实人生的丑恶——对于列那狐故事诗的艺术品位和文学价值来说，这一切当然是绝对重要的，否则，《列那狐的故事》在文学史上将完全是另外一副模样了——孩子们喜欢列那狐和他的那些伙伴，首先是因为这个世界中有足以使他们一见倾心的人物和故事，有让他们开心和欢笑的幽默艺术智慧。

《列那狐的故事》中的许多动物形象都有着相当简约而明晰的性格内涵和个性特征。换句话说，这些动物形象是作为人类某种特定的特征或属性的符号而存在的。其符号形式与符号内容属性之间的关系是通过长期的人类经验的累积和民间创作的强化而逐渐约定俗成的。《列那狐的故事》中的许多动物都可视为人类某些品性或属性的象征和典型，如狐狸通常代表狡猾，狼代表贪婪，狮子代表霸权，狗熊代表愚笨，猫代表机灵，兔子代表胆小，等等。在这里，符号形式和符号内容之间的关系十分规约和对称，符号解析的清晰度相对较大，符号的意义处于一种单义状态。尽管按照现代的艺术理论和观念来看，符号形式和符号内容的关系过于规约和对称，"由此只能体现指示物所属的某一层意义，难以有多层次的审美超越"[20]。荣格说："一个符号，一旦达到能清晰地解析的程度，其魔力就会立即消失，因此，一个有效的或生动的符号，必定具有不可解释性。"[21]但是，《列那狐的故事》作为中古时期法国人审美经验和艺术创作的产物，其人物性格的程式化、类型化的特点，却恰好适应了抽象思维和理性能力尚不发达的儿童读者的接受特点。孩子们正是通过这些个性鲜明生动的人物形象，认识了什么是狡诈、机灵和智慧，什么是虚伪、贪婪和愚蠢。

《列那狐的故事》吸引儿童的另一个绝招是它的看似简单实则精妙绝伦的故事编织。虽然故事性并不是构成任何儿童文学作品都必不可少的因素，但是，喜爱故事几乎是儿童读者与生俱来的阅读天性。因此，从艺术整体上说，故事性应该是构成儿童文学艺术个性和生存魅力的重要因素之一。这一点，我们从历代儿童对《列那狐的故事》的自发选择和由衷喜爱这一事实中也可见出。

所谓故事性，主要是指作品特别注重情节的构成和展开。曲折生动、环环相扣的故事情节，往往能造成峰回路转、引人入胜的阅读效果。对儿童的阅读过程来说，这种效果实在是太重要了。《列那狐的故事》在艺术上就十分讲究情节构思的生动性及曲折性和情节展开的相对完整性。整部故事以列那狐一生的经历作为情节框架的基本支撑，其中又具体分解为一个个具体生动的小故事。每则故事笔墨集中，故事发展不枝不蔓，人物对话、情节推进均十分简洁传神，而且，在一个精巧的叙事格局中，作品往往能够将过程叙述得有滋有味，容纳下一个不乏悬念、铺垫、渲染、一波三折、出人意料的故事。这一特点，在经过不断加工的改写本中体现得更为突出。以季浩夫人的改写本为例，可以说，除了开头、结尾交代性的段落外，几乎篇篇故事都不同程度地精彩诱人。

《列那狐的故事》之所以能够抓取儿童的心灵和阅读兴趣，还由于它通体所洋溢着的喜剧精神和幽默气息。可以说，正是这部动物童话的出现，才使法兰西民族的幽默天性挣脱了理性的束缚而得以蓬勃地展现，也使法兰西儿童的心灵获得了幽默艺术的滋润和调养。正如有的研究者所指出的那样，在中世纪的法国，"宗教、战争和温文尔雅的爱情可不是开怀畅笑和冷颜讥笑的好伙伴。只有在出现了中产阶级阶层（城镇居民、商人和手工业工人等）的情况下，以拟人化的动物生活为主题的民间创作才能被人们接受（《狐狸列那的故事》）。许许多多这类动物童话可以看作我们今天的动画片的先驱……"[22]。在《列那狐的故事》中，喜剧氛围和幽默艺术的构成主要借助了两种因素或手段，一是机智和智慧因素，二是与讽刺艺术相结合。

广义地说，幽默感整个就是一种智慧——喜剧智慧。"机智"就是这一智慧的代称。西语"wit"，一般译为"机智"，但人们也常把它意译为"诙谐""玩笑"等等，这表明"机智"与幽默感的不解之缘。作为一种主体智能，机智因素广泛地存在于幽默的各种形式之中。在《列那狐的故事》中，机智、智慧（或智慧的缺乏）因素常常成为作品构思情节、组织矛盾、刻画人物的重要手段。例如《叶森格仑钓鳗鱼》《雄狼叶森格仑戏弄列那》《叶森格仑以为升天了》《列那又在宫中救了一次国王》等故事，都是以智慧或智慧的缺乏作为作品的情节

34 | 35

法国儿童文学史论
第一章
史前期概述

动机或"文眼"。以灵动、多变的机巧之智（或其反面）引人发笑，令人叫绝。

幽默与讽刺艺术相结合，便构成了《列那狐的故事》中尖锐、辛辣的讽刺性幽默。

讽刺与幽默既有作为喜剧样式、品格的共通之处，又因美学情调和意味不同而各异其趣。例如，幽默反映了作家对客体所持的温和与宽厚的态度，而讽刺则与客体相对，采取了尖刻、辛辣的否定性态度；幽默是以"理性倒错"这一特殊的表现方法，即"内庄外谐"的形式表明作家的特殊意念和特殊态度，含蓄中带暗示，要求欣赏者经历意会、联想的思维过程，而讽刺的"寓庄于谐"呈现出尖锐、鲜明的判断色彩，令人对作家的初衷一目了然。在具体的作品中，幽默和讽刺往往同时运用，互相结合或彼此重合，表现出一种复合的意念、态度、方法和审美效果。在《列那狐的故事》中，讽刺意味因幽默而变得相对含蓄和有趣，幽默情调因讽刺而变得相对尖锐和辛辣。这种温婉适度的讽刺性幽默，对于儿童读者来说是十分适宜的。

法国当代文学家萨巴蒂埃曾经这样评论说："《列那狐故事诗》是一出'由一百个（意指无数个——引者）不同的剧幕组成的'戏剧，是一部插曲型的长篇小说，是一部长篇连载作品，也是一组连环画，一部具有天才的新发现的作品……"[23]的确，《列那狐的故事》以其展示的浩大生活场景和丰富的社会人生内容，以其显露的美妙的艺术灵感和丰卓的艺术智慧及成就，成为史前时期法国儿童文学一座令人叹为观止的艺术丰碑。

# 注 释

**[1]** 马克·索利亚诺：《儿童文学史话》，《国际展望和平月刊》1955 年第 5 号。

**[2]** 参见浦漫汀等：《儿童文学概论》，成都：四川少年儿童出版社 1982 年版。

**[3]** 《简明不列颠百科全书》第 2 卷，北京：中国大百科全书出版社 1985 年版，第 794 页。

**[4]** 方卫平：《中国儿童文学理论批评史》，南京：江苏少年儿童出版社 1993 年版，第 44 页。

**[5]** 参见《简明不列颠百科全书》第 2 卷，"儿歌"条，北京：中国大百科全书出版社 1985 年版，第 791 页。

**[6]** 许武慧等译：《美利坚百科全书》1977 年版，"儿童文学"条，《儿童文学研究》1988 年总第 28 辑。

**[7]** 保尔·拉法格：《关于婚姻的民间歌谣和礼俗》，见保尔·拉法格《文论集》，罗大冈译，北京：人民文学出版社 1979 年版。

**[8]** 参阅董天琦、陈大国译：《法国童话》，上海：上海文艺出版社 1991 年版。

**[9]** 舒杭丽：《西方儿童图画书的发展历程》，《幼儿读物研究》1991 年总第 12 期。

**[10]** 参见夏忠宪：《拉伯雷与民间笑文化、狂欢化——巴赫金论拉伯雷》，《外国文学评论》1995 年第 1 期。

**[11]** 参见皮埃尔·米盖尔：《法国史》，蔡鸿滨等译，北京：商务印书馆 1985 年版，第 152 页。

**[12][13]** 马克·索利亚诺：《儿童文学史话》，《国际展望和平月刊》1955 年第 5 号。

**[14]** 参见于沛：《〈列那狐故事诗〉和法国儿童文学》，《儿童文学研究》1985 年总第 19 辑。

**[15]** 吴达元编著：《法国文学史》上册，北京：商务印书馆出版。转引自于沛《〈列那狐故事诗〉和法国儿童文学》，《儿童文学研究》1985 年总第 19 辑。

**[16]** 柳鸣九等：《法国文学史》上册，北京：人民文学出版社 1979 年版，第 61 页。

**[17]** 转引自于沛：《〈列那狐故事诗〉和法国儿童文学》，《儿童文学研究》1985 年总第 19 辑。

**[18]** R.W. 霍尔顿、V.F. 霍普尔：《欧洲文学的背景》，王光林译，重庆：重庆出版社 1991 年版，第 222—223 页。

**[19]** 韦苇：《外国童话史》，南京：江苏少年儿童出版社 1991 年版，第 52 页。

**[20]** 徐剑艺：《小说符号诗学》，杭州：浙江大学出版社 1991 年版，第 147 页。

**[21]** 转引自滕守尧：《审美心理描述》，北京：中国社会科学出版社 1985 年版，第 231 页。

**[22]** A. 济夫主编：《幽默的民族风格》，陈中亚、周瑶明等译，上海：上海人民出版社 1992 年版，第 80 页。

**[23]** 转引自于沛：《〈列那狐故事诗〉和法国儿童文学》，《儿童文学研究》1985 年总第 19 辑。

# 第二章  17世纪：法国的自觉

## 第一节  背景

从世界儿童文学发展史的角度看，17世纪法国人的贡献是独特而重要的。正是在这个世纪，法国人开始了专门为儿童写作、提供文学作品的历史性尝试。那么，为什么世界儿童文学走向自觉时代的历史第一页会是由法国人书写的呢？且让我们以社会历史发展的大背景为脉络来寻找答案。

翻开欧洲历史我们发现，与雅典的伯里克理斯时代和英国的伊丽莎白时代相比，法国的相应时代是17世纪，即法国人所熟知的"伟大世纪"。在黎塞留、马萨林和路易十四的相继领导下，法国逐渐成为一个典型的专制君主国，其宫廷在欧洲最豪华，最优雅，也最光彩夺目。与此相适应，法国成了西方世界最强盛的国家（英国直到这个世纪末才逐渐赶上她）。

我们知道，早在文艺复兴时期，近代欧洲各国的格局已经基本形成，各国的政治、经济、文化等也都有了不同程度的发展。到了17世纪，各国发展的不平衡性日益明显。早在地理大发现时期，意大利就已经丧失了商业中心的优越地位，经济急遽衰落。德国遭受30年战争的浩劫，人口锐减，土地荒芜，工商业凋零，整个国家长期陷入四分五裂的状态。西班牙自从"无敌舰队"被歼灭后，丧失了海上霸权，不再是欧洲强国。俄国长期受异族侵凌，经济上极为落后，农奴制仍然在继续发展……

而在法国，公元 1430 年，圣女贞德领导法国人将英国人赶出了自己的国土，结束了百年战争。从那以后，国家主义和专制主义的趋势与日俱增，在人民中间创造了一种国家主义精神。16 世纪末，亨利四世开始执掌国家政权（1589—1610），开创了一个辉煌的时代。亨利四世是一个头脑清醒的人物，他能理解国家当务之急，正确地解决国内冲突。在大臣苏利的帮助下，他结束了与西班牙的昂贵战争，终止了宗教冲突，开始了一系列的计划和改革。亨利四世为法国带来了和平和稳定，并加强了全国范围内的君主集权，同时也为 17 世纪的"伟大世纪"创造了一个良好的开端。到了路易十四统治的时代（1643—1715），法国更是进入了一个黄金时代，一个近代史上的全盛时期。

同样，17 世纪的法国在文化艺术方面也扮演了欧洲"第一小提琴手"的角色。黎塞留、路易十四等都积极鼓励、提倡和保护文艺创作以及科学、学术研究。路易十四时代建造了著名的凡尔赛大宫殿，豪华的宫廷成了上层社会优雅的社交场所。17 世纪的法兰西文化丰富多彩，其文学创作更是达到了当时"全欧的最高水平"[1]。特别是古典主义思潮在法国流行并取得了高度的成就，成为法国乃至世界文学史在 17 世纪具有代表性的文学思潮。这一思潮在创作实践和文艺理论上都以古希腊、罗马文学为典范，因而被称为"古典主义"。

事实上，古希腊、罗马的哲学、历史、文学在文艺复兴时期就早已为人文主义者所推崇，他们提倡向古代学习，主要是从中吸取热爱生活、肯定人的力量的思想，用以反对中世纪的禁欲主义。此后，各国诗人、作家向古代寻找文学创作典范和理论根据的努力和尝试一直没有停顿过。这种努力和尝试到 17 世纪的法国找到了最合适的土壤。在法国，从 17 世纪初年至 1660 年左右，是古典主义逐步形成的阶段，主要表现为古典主义文学语言的定型和各种文学作品体裁的确立。诗人马莱伯和语法家沃日拉等在这方面起了很大的作用。沃日拉采用宫廷与贵族阶层的用语，摒弃平民大众的口语，制定正规法语的规范。古典主义的文学语言，就是这种正规法语，而不是平民的语言。1634 年，诗人梅莱在他的悲剧中首次贯彻严格的"三一律"，要求剧情限制在同一件事，发生在同一天（24 小时内）和同一地点。古典主义悲剧作家基本上都遵照"三一律"写作。古典主义第一阶段的代表作家有高乃依等。从 1660 年到 1688 年是古典主义文学最繁荣的时期，代表作家有拉辛、莫里哀、拉封丹和布瓦洛等。从 1688 至 1715 年，是古典主义盛极而衰的时期，代表作家是拉布吕耶尔、费纳隆等人。

布瓦洛（1636—1711）用诗体写成的《诗的艺术》（1674）是古典主义文学理论的重要著作，古典主义作家的创作成就及其创作原则在此书中获得了理论上的总结和阐述。一般认为，古典主义文学具有如下一些特征：

1. 基本精神是"理性"至上，注重正常情理，要求作家正常地理解世界，并且用明确的方式加以表现。

2. 心中要有不变的原则，因为在一切变幻无常的现象后面，存在着一种永恒不变的原则，一种关于"美"的绝对概念。作家的使命在于尽可能表达这种绝对概念。古典主义不着重抒写个人的思想情绪，而着重于写一般性的类型。

3. 古典主义号召"模仿自然"。这里所说的自然不是指客观世界，而是经过主观选择的现实；古典主义描述的对象主要是人性。这就是他们所说的"自然"。至于物质世界,古典主义作家几乎是视而不见的。

4.古典主义要求"逼真",但并不要求写真实,因为真实的事物有时并不使人赏心悦目;与此同时,古典主义要求"得体",意思是作品中所描写的事物必须使大家看起来都顺眼,而不致引起反感。

5.古典主义认为文学的任务在于道德说教,在于劝善。

6.崇尚古希腊罗马的大作家,把他们的作品奉为圭臬。

7.各种文学作品的体裁要有严格的界限与规律,例如悲剧与喜剧不可混同(反对写悲喜剧),悲剧必须遵守"三一律"等。

8.古典主义要求简洁、洗练、明朗、精确的文风,反对烦琐、枝蔓、含糊、晦涩。[2]

古典主义文学在17世纪的法国盛极一时,这不是偶然的。首先,古典主义文学与当时已经逐渐确立起来的君主制、中央集权的政治现实是密切联系在一起的。君主制体制要求一切文艺创作也要遵守极其严格的规律和法则,因此,符合这一要求的古典主义文学思潮便受到了君主专制政权的保护、鼓励与培植。例如路易十四就用优厚的年俸供奉当时的著名作家,对待他们像对待贵族世家一样,优礼备至。其次,17世纪法国哲学的最高思想成就——笛卡儿哲学,为古典主义艺术创作提供了哲学基础。笛卡儿哲学把"理性"置于最高的地位,甚至提出了"我思故我在"的著名公式。在方法论上,他认为科学认识必须符合"明白与确切"的标准。把这一方法论运用到美学上,他主张应该创设一些严格、稳定的规则,以使艺术体现理性的标准。笛卡儿的哲学思想对古典主义作家的影响很深。古典主义文学之所以形成重视理智、规则和标准,要求结构明晰、逻辑性强等特点，与笛卡儿的唯理主义理论的影响是分不开的。

在古典主义文学形成和发展的同时，17世纪法国文坛还出现过两个彼此对立的文学流派，这就是以矫揉造作为特点的贵族沙龙文学和以自由粗俗为特点的市民写实文学。前者的主要内容是缅怀中古，描写狩猎和战争故事，歌颂贵族爱情和田园式的生活，其沙龙语言矫揉造作，晦涩难解，表现出贵族作家自命风雅但实际上是庸俗无聊的贵族趣味。后者的主要内容是描写下层社会的生活，具有自由粗犷的滑稽风格。不过，在当时的社会历史条件下，这两个流派都无法在文坛取得主导地位，尤其无法与得到君主专制政权扶植而迅速崛起的古典主义文学分庭抗礼。

17世纪由高乃依、拉辛、莫里哀、拉封丹等一连串响亮的名字凝聚而成的古典主义文学流派，创造了那个时代足堪自豪的宏大文学景观。有趣的是，当我们从儿童文学的角度来考察历史的时候，我们发现，法国儿童文学最初的自觉不是出现在古典主义文学创作最辉煌的时节，而是在它日趋衰退的年代里获得实现的。在这个过程中，17世纪下半叶爆发的那场著名的"古今之争"，可以说在不经意间为儿童文学的自觉提供了第一个具体的历史推动力。

随着古典主义文学鼎盛期的过去，古典主义文学规范和教条逐渐成了文学发展的桎梏。由于过分地崇古薄今，过分地强调形式和文体，当时的不少作品远离现实，显得平平庸庸，矫揉造作，华而不实，许多作品所产生的效果是浮夸，而不是优雅。在这样的情形下，崇古还是崇今的争论便时隐时现。直到后来写作、出版了著名童话集《鹅妈妈的故事》的夏尔·贝洛对崇古派大胆发难，一场激烈的文艺大论战终于爆发了。

1687 年 1 月 27 日，贝洛在法兰西学院朗诵了他的诗作《路易大帝的世纪》，反对崇古薄今，认为现代作家比起古代希腊罗马作家来并不逊色，因而向古典主义的文学教条发起了挑战。贝洛在这首诗中宣称：

> 我面对古人，不对之屈膝，
>
> 他们伟大是确实的，但同我们一样也是人；
>
> 我们可以拿路易的世纪同奥古斯都的美好世纪媲美，
>
> 而不用担心有什么不对。

贝洛的挑战和冲击当即引起了激烈的回应。古典主义文学的理论家、诗人布瓦洛当场提出抗议，并拂袖退席而去；著名作家拉封丹、拉辛、拉布吕耶尔等及一些权威人士都站在了布瓦洛一边。而贝洛的支持者则有法兰西学院的大部分院士以及社会上的一些有识之士。

法兰西学院的朗诵和挑战并不是结束。此后，贝洛又写了一系列对话体的文章来进一步阐述自己的观点。这些文章收在四卷本的《古今之比》(1688—1697)中。另外他还发表了《17 世纪在法国出现的名人》(1696)一文。贝洛的论点可归纳如下：

1. 今人无论在物质方面还是在精神方面，都可与古人媲美。

2. 根据人类精神不断进步的法则，今人应在艺术上超过古人。

3. 事实上在文学方面今人已有超过古人之处，如心理分析更准确，议论方法更完备。

4. 还要加上有国王保护和传播方便等有利条件。

"古今之争"在法国文学史上是一场声势浩大、影响深远的文艺论战。当然，作为法国儿童文学历史的探询者，我们在这里更关心的不是争论双方谁是谁非或这场争论的最终结局。我们更关心和感兴趣的是这样一个事实，即作为"古今之争"的发难者，贝洛在推崇现代文学的同时，也把注意力投向了深厚的法兰西民间文化土壤，投向了对于民间传说和童话的挖掘、整理和改写工作。在自己的一系列著作中，贝洛曾号召作家们要注重反映当代生活和今人的道德观念，劝勉他们不要从古典作品，而要从自己所处的社会环境中汲取情节和形象。贝洛自己也是这样做的。他从民间故事和传说里找到了文学创作的新源泉。民间传说中生动活泼、饶有趣味的情节，"精妙的寓意"和"独具的民间生活特色"深深吸引了贝洛，他决意把民间童话加以收集、整理和改写，借此表达自己对现实生活的态度以及对未来的希望。作为这种努力的辉煌结果，贝洛为法国乃至世界儿童文学发展历史留下了一部具有里程碑意义的童话集——《鹅妈妈的故事》。

17 世纪的法国文坛气象恢宏。在这样巨大的文学背景中，贝洛的努力对于儿童文学史究竟意味着什么？17 世纪法国文坛朝向儿童读者、儿童文学的历史努力还有哪些？这些问题，我们将在本章以下各节予以描述和阐释。

## 第二节　拉封丹及其《寓言诗》

在儿童文学进入自觉期之前，儿童的文学阅读和接受现象显然也是存在的。法国儿童文学评论家马克·索利亚诺在他的《儿童文学史话》中谈到史前期儿童文学的阅读状况时就认为："小

孩自有小孩的需要，他们自己会不顾一切想法子满足他们的需要。" [3]
在 17 世纪的法国，在贝洛童话出现之前，儿童同样已经根据自己的趣味自发地选择那些他们感兴趣的古典文学作家的作品了——拉封丹的《寓言诗》就是一个突出的例子。

让·德·拉封丹（Jean de La Fontaine, 1621—1695）出生于香槟省一个中产阶级家庭，父亲是个小官吏，曾当过水泽森林管理人和狩猎官。小时候，拉封丹常跟父亲到森林巡查捕猎。有时，他会独自钻进树林子里头闲逛玩耍。神奇美妙、多姿多彩的动、植物世界深深地吸引着他，既激发了他童年的想象，也培养了他对大自然的热爱，增进了他对乡村生活的了解。拉封丹的祖父是个商人，经商之余，喜欢博览群书，因此藏书十分丰富。拉封丹常常钻进琳琅满目的书堆里，就像钻进色彩斑斓的森林里一样，兴致盎然而又漫无目的地在书海中漫游。他从这些书本里感受到浓郁的人文主义气息。19 岁时他到巴黎去学神学，一年半后又改学法律，并获得巴黎最高法院律师头衔。但他耳闻目睹法院的黑暗腐败，十分厌弃这种职业，不久又回到家乡去过安闲的田园生活。接着他又对文学发生了强烈兴趣，开始大量阅读荷马、维吉尔、贺拉斯等人的作品，同时也阅读一些近代作家的作品，如马罗、拉伯雷、伏瓦蒂尔等，并开始写作。1663 年末重返巴黎后，拉封丹常常出入贵族沙龙，对上流社会和权贵有了更多的接触和观察的机会。这一时期他与拉辛、莫里哀、布瓦洛等人开始建立友谊，促进了他的艺术观的形成。

1664 年，拉封丹出版了包括两个故事的《故事诗》（Contes）第一集，次年又出版了包括六个故事的第二集。1668 年，他发表了代表作《寓言诗》（Fables）第一集（共 6 卷）。这部寓言诗集由画家肖沃绘制了精美的插图，一经问世便引起了极大反响，读者竞相购买，两年内便连出了六版。《寓言诗》第二集（7—8 卷）、第三集（9—10 卷）于 1678、1679 年出版，其最后的第 12 卷直到 1694 年才问世。

《寓言诗》为拉封丹带来了很高的文学声誉。1683 年，他被选为法兰西学院院士。

寓言是世界文学史上最古老的文学体裁之一。在拉封丹从事寓言诗创作之前，西方寓言创作已经积累了相当深厚的传统。拉封丹当然不能不受到这种传统的影响。例如，仅就创作素材而言，拉封丹的《寓言诗》除了借用伊索寓言、古代印度寓言的题材外，还明显受到了意大利文艺复兴时期的寓言作家洛朗佐·瓦拉、加里布埃·法尔诺、维迪索等人的影响。在《寓言诗》第一集的 124 篇作品中，约有一百来篇取材于"伊索寓言"。但是，那些简短的故事经过拉封丹的细心加工和再创造之后，便往往在内容寓意、艺术表现方式上增添了新的意趣和光彩。曾有研究者通过比较《伊索寓言》和拉封丹《寓言诗》中的同名寓言，来分析两者在内容深度和艺术风格上的差异。例如，在《伊索寓言》中，《橡树和芦苇》只有寥寥数语：

橡树和芦苇争论谁强大。后来，起了大风，芦苇摆动着，随风仰倒，免于被连根拔掉；橡树则竭力抵抗，被连根拔掉了。

这故事是说，不应同强者竞争。

而拉封丹的《橡树和芦苇》全诗如下：

一天，橡树对芦苇说：

"您完全有理由控告大自然；

一只戴菊莺对您也是个沉重的负担。

偶尔吹起一丝风儿，

水面微微泛起涟漪，

便迫使您低下脑袋。

可是我的额头，宛若高加索一般高耸。

仅仅挡住阳光尚不满足，

还要抵御风暴的袭击。

对您来说，一切有如劲风，

对我来说，一切有如微风。

倘若您生长在我遮蔽四邻的枝叶底下，

您兴许用不着这般受苦：

我会保护您免遭暴风雨的侵袭；

可是，您却常常生长在

生风的水泽边沿上。

我觉得，大自然对您很不公正。"

芦苇回答说："您的同情，

乃出于善良的本性；

但请您消除这种顾虑。

对我来说，风并不如对您那样可怕，

我弯腰，但不会折断。毫无疑问，

直至如今，您始终腰杆挺直地

对付了呼啸的狂风，

可是，咱们等着瞧吧。"正说着，

北方孕育至今的最可怕的一个孩子，

狂怒地从天边飞奔而来。

橡树挺立着；芦苇弯下了腰。

风加大了力量，

它刮得这样猛烈，

就把头触青天、脚踩黄泉的橡树

连根拔了起来。

不难看出，拉封丹在这篇寓言诗的第一部分便显示了他善于让人物说话的本领：我们不仅听见橡树说话的声音，而且仿佛看见它说话时的态度和表情的变化。表面看来，橡树的这番话充满善意，但我们同样感觉得出这种善意所包含的妄自尊大、不可一世的高傲。芦苇的回答也非常切合身份：它谦虚，但充满自信。拉封丹从伊索寓言中汲取灵感，但他通过情节安排和形象塑造，使一个简单的故事变成了一首富于戏剧变化的动人诗篇。从主题上来说，拉封丹也彻底改变了伊索寓言中原先具有的那种"不应同强者竞争"的消极意义，而阐明了"骄傲自负、蛮干到底必然招致覆灭"这样的具有积极意义的道理。[4]

从总体上看，拉封丹12卷《寓言诗》中的239首作品，虽然素材大多取自伊索、希腊、罗马、印度的寓言以及法国民间故事作品，但作者在写作时往往突破了传统寓言艺术形态的限制，而大胆地将自己当时对国内外大事、学术讨论、个人生活等方面的观察、体验、感受等融入作品，于是，《寓言诗》实际上成了透视当时法国社会生活、呈现作者心灵世界的艺术万花筒。可以说，《寓言诗》写的虽然往往是草木群禽、鸟言兽语，但它折射的却是17世纪下半叶的法国社会生活的广阔画面，这种托物传旨、遍写人间的手法，使《寓言诗》上承《列那狐的故事》的艺术传统，同时又拥有了丰富而独特的社会历史容量。此外，诗集中还直接出现了国王、领主、廷臣、市民、教士、占星家、金融家、法官、医生、学者、农民、手工工人等形形色色的人物，内容广涉哲学、宗教、政治、经济、爱情、友谊等各个领域。这些作品内容之丰富，讽刺之尖锐，按照《简明不列颠百科全书》编者的说法，"达到了惊人的地步"。例如对统治者和封建权贵的凶残、霸道、虚伪及其"强权胜于一切"的强盗逻辑进行揭露和批判的作品有《母牛、母山羊、母绵羊和狮子合伙》《狼和小羊》《猎狗和她的伙伴》《得了瘟疫的群兽》等。其中《母牛、母山羊、母绵羊和狮子合伙》一诗对强权的揭露和抨击可谓力透纸背。诗中写到狮子和它的合伙者一道分配猎获物时，狮子把四份鹿肉全霸占了，他的理由和逻辑是："第一份应该是我的，理由是我叫作狮子，这是不容有异议的。第二份，根据权利，也应该归我；这个权利，你们知道，就是强权。我最勇敢，因此我要第三份。如果你们之中有谁敢去动第四份，我就立即把他扼死。"又如反映下层民众悲苦生活和美好品德的作品有《死神和樵夫》《老妇和两个女工》《补鞋匠和银行家》等；批判迷信张扬科学精神的有《占星家掉在井里》《算命的女人》《占星术》等；总结生活经验和哲理的有《农民和他的孩子们》《反对爱挑剔的人》《狮子和小苍蝇》《青蛙和老鼠》等；影射当时历史事件的有《牧人与海》《进入仓库的黄鼠狼》《群鼠的会议》，等等。此外，《寓言诗》中也有一些属于吹捧、应酬之类的无聊之作。

《寓言诗》在艺术上也取得了突出的成就。《简明不列颠百科全书》的编者评价说，《寓言诗》深入浅出，以动物代表各种不同类型的人，刻画得惟妙惟肖。文体流畅自然，优美和谐，是法国诗歌艺术的精华。

诗体长短不一，韵律各异。拉封丹正是通过音韵的变化及其相互作用，使他的《寓言诗》获得了抑扬顿挫的艺术效果。社会各阶层的语言，从典雅到俚俗、从商贾行话到宗教哲学用语，他都运用得恰到好处。[5]法国国内对《寓言诗》的评价也很高，认为它是一本"不同年龄、不同社会地位的人的通用的教科书"[6]。

那么从儿童文学发展史的角度、从儿童读者自发选择接受的角度来看，拉封丹的寓言诗何以值得我们重视呢？

毋庸讳言，拉封丹的 239 首寓言诗并非全部适合儿童读者阅读，但是另一方面，这些作品中的不少篇章深受孩子们喜爱也是儿童阅读史上不争的事实。我以为，《寓言诗》中的许多作品之所以能够征服小读者，其原因是多方面的。

首先，寓言作为一种隐含着讽喻意义的短小故事，往往采用借物喻人、借此喻彼以及夸张、象征、变形等手法，篇幅短小、结构单纯、语言犀利、格调幽默是它的突出特点。寓言的这种文体特点和审美特性，与儿童读者的文学接受心理有着天然的呼应和契合关系。因此，在儿童文学进入自觉期之前，古老的寓言与神话、传说等文体一样，对于儿童读者总会产生一种自发而巨大的艺术吸引力。所以，拉封丹的《寓言诗》能够进入历代儿童读者的阅读视野，进入儿童文学史的叙述视野，它所采用的寓言诗体形式，不能不说是它的一个"先在"的艺术优势，并为它提供了一种天然的美学机缘和重要的成功基础。

其次，《寓言诗》中的不少作品尽管篇幅短小，但作者十分注重故事的构思和情节的完整。拉封丹自己曾说，他的寓言是"一部幕数上百的巨型喜剧，其舞台则为整个宇宙"[7]。他总是为笔下的寓言故事周密地安排剧情，把故事的缘起、纽结、突变、高潮、结局等加以精心组合，使情节既简练集中，又富于戏剧性。如《猎狗和她的伙伴》，描述一只快要分娩的猎狗，说服了她的伙伴，把其草屋借给了她，从此闭门不出。过了些时候她的伙伴回来了。猎狗又要求延期15天，说自己的孩子刚刚会走路。第二次期限到来时，伙伴又来讨还草屋，可猎狗露出尖利的牙齿说："我准备撤出我的全部兵马，只要你有能力把我们赶到外面。"原来，她的孩子都已经很强健。这则故事揭露、鞭挞了那种得寸进尺、损人利己的坏人，情节短小而又起伏跌宕，对于小读者来说，自会产生一种特殊的阅读魅力。

再次，《寓言诗》娴熟地运用了拟人、夸张、变形等手法，不少作品格调幽默、讽刺犀利，十分别致有趣。法国19世纪著名文艺批评家圣佩韦说："拉封丹的独特之处在于手法而不在于素材。"这种充满机趣的艺术手法，使其作品易受到小读者的青睐。如《青蛙想长得和牛一样大》，描述一只青蛙看见一头身材高大的公牛，心中十分羡慕，想长得和公牛一样大。他舒展全身，鼓足力气，绞尽脑汁，"想在身体的魁梧方面和他比比高低"。他一个劲儿地问妹妹自己是否长得比得上公牛了，可妹妹总说比不上。最后，这只青蛙"居然胀破了肚皮"。作品以夸张手法讽刺了那些不自量力、盲目攀比的狂妄之徒。对于孩子们来说，这样的描述会让他们觉得开心和好玩，这样的作品令孩子们喜爱也就在情理之中了。

此外，《寓言诗》自由、明快、活泼、优美的韵律，能让孩子们产生一种阅读上的语言游戏感和愉悦感（这一点在译文中常常难以体现出来）。在法国，有些篇章孩子们虽不能完全理解其寓意，却能朗朗背诵，就是证明。《寓言诗》中许多作品的寓意也十分适合孩子们理解和接受，例如：
"大人物的愚蠢造成小人物的灾难（《两头公牛和一只青蛙》）；"背信弃义，往往坑的是自己"（《青蛙和老鼠》）；"慈善本来是好的，但是对谁讲慈善？问题就在这里"（《乡下人和蛇》）；"要工作，要勤劳：劳动是最可靠的财富"（《农夫和他的孩子们》）；"人们能够躲过一些巨大的危险，却在很小的事情上遭到毁灭"（《狮子和小苍蝇》）；"手的劳动是最可靠和最迅速的援助"（《商人、贵族、牧人和王子》），等等。

拉封丹的《寓言诗》以其丰盈的艺术魅力为法国史前儿童文学历史留下了浓重的一笔。它的出现不仅为当时和后来的儿童读者提供了一套美妙的文学读物，而且对后世的儿童文学创作，也提供了许多有益的艺术借鉴。

最后应该补充说明的是，历史地看，《寓言诗》中的一些作品也反映了拉封丹思想中的消极面和时代局限，尤其是他晚年所写的《寓言诗》，有不少充斥着对达官贵人的肉麻吹捧，艺术上也乏善可陈。对于这一切，儿童文学史是将其排除在外的。


## 第三节　贝洛的意义


应当说，夏尔·贝洛并不是17世纪逐渐进入自觉期的法国儿童文学天幕中偶尔划过的一颗文学流星。贝洛及其童话集《鹅妈妈的故事》的出现，还有着更为具体的社会历史原因。

首先，从世界范围看，到了17世纪，一些先进的思想家、教育家已经形成了比过去中世纪、文艺复兴时代乃至当时的清教徒们更进步的儿童观。其代表人物、杰出的教育家扬·阿·夸美纽斯（1592—1670）就认为，儿童与成人是不同的。他从人的自然生长的一生中划分出四个时期，即婴儿期、儿童期、少年期和青年期（每个时期大约六年），提出按照这四个时期的不同特点，必须建立相应的四种不同的学校，提供不同的教材。夸美纽斯主张给儿童编写一本能够包括各种学问中的最重要内容的图画教材。这种图文并茂的儿童教科书，既能使他们易于接受，从图画中学习阅读并留下深刻的印象，又能使知识文字转化为形象，让他们在书本的学习中得到愉悦。夸美纽斯亲手编写出版的《世界图解》，就是这样的一部附有150幅插图的百科全书式的幼儿教科书。

新型儿童观的形成及其流播，对于近代儿童文学的自觉无疑有着深刻的意义和影响——这在17世纪的法国同样得到了验证。日本学者上笙一郎在谈到那段历史时曾经认为，由于夸美纽斯而在欧洲社会留下了最早足迹的新儿童观，此后不久，就在法国（还有英国）开出了虽然很小却具有划时代意义的花朵。上笙一郎指出，新儿童观在法国开出的花朵，就是《贝洛童话集》（即《鹅妈妈的故事》）。[8]

不管贝洛是否直接受到了当时先进儿童观的影响，但他在从事为儿童改写民间童话这项工作时对儿童的心理和文学接受特点已经有较自觉的认识却是一个明显的事实。在1694年发表的收入了三篇韵文童话的集子的序言中，贝洛这样写道：

对于世上的父母来说，当儿童缺少理解真理的能力时，是不是应该讲些与这些儿童年龄相适应的童话来加强他们的理解呢？

一则童话就如同是一颗种子，最初激起的仅仅是孩子们喜悦和悲哀的感情。可是，渐渐地，幼芽便冲破了种子的外皮，萌发、成长并开出美丽的花朵。

从这段话里可以看出：一，贝洛意识到儿童是一个具有自身年龄特征的文学接受群体；二，贝洛改写这些童话故事时是明确地以儿童为读者对象的，换句话说，贝洛的童话写作意味着自觉意义上的儿童文学写作的开始。正如诺顿在《透过儿童的眼睛》一书中所说的那样：贝洛是最早认为神话传奇属于世界儿童的作家之一；他的童话也是儿童文学作品给儿童提供娱乐的开始。显然，这一"开始"的历史意义不可小觑。

除了近代新型儿童观逐渐形成并产生深刻的文化影响这一根本性原因外，在探讨贝洛童话成为近代儿童文学开山之作的原因时，各国学者也提出了许多不同的见解。如日本研究者在回答"为什么法国儿童文学先于其他国家、在 17 世纪末便诞生于世"这一问题时认为，这可从一般性原因（时代背景）及特殊性原因（贝洛与民间童话的结合）两方面进行探讨。

一、一般性原因：

1. 当时的法国正处于路易十四（1638—1715）统治下的绝对王权时代。近代统一国家的形成，市民阶级（资产阶级）的登场，尤其是首都巴黎已成为当时欧洲文化的中心，所以，上层社会强烈地渴望教养，关心教育。

2. 在上层贵妇人之间以私邸沙龙为议论文学场所之风颇盛。韵文的民间故事适合席间朗读和传阅，很受欢迎。因此，这种作品的写作自然也就流行起来。

二、特殊性原因：

贝洛自幼年时代起就喜爱民间文学，并认识到它的教育意义。贵族阶层推崇希腊的神话、传说，而贝洛出身于市民阶级，是平等主义的倡导者。因此，从人民性及自身的文艺观、道德观等出发，他支持具有民族性的法国民间故事和传说。[9]

应该说，这样的分析是比较符合历史实际的。

结果，在17世纪末叶的法国，自觉的儿童文学历史的第一页就这样被写下了。近代儿童观的初步形成和传播，对儿童教育和儿童成长的关心，沙龙社会对民间韵文的接受和欢迎，还有，一个名叫夏尔·贝洛的力主厚今薄古的作家对民间童话的重视及其为儿童读者的自觉的改写……这一切因素的看似偶然的汇合，使法国儿童文学创造并取得了一份可以令法国人感到自豪的历史荣光。

所谓"自觉的儿童文学"，是相对于历史上"自在的儿童文学"而言的。"自在"，意味着人们并未把儿童文学看成是一个独立的文学门类，意味着史前形态的儿童文学是自发地、偶然地、非自觉地产生的，也意味着当时的儿童文学与现代意义上的儿童文学在审美特质、艺术纯度等方面有着很大的差别。而"自觉"，则意味着儿童文学已经成为一种独立的文学门类，而且是专为适应儿童读者的文学欣赏能力，满足他们的审美情感特点和需要而创作的文学门类。从"自在"到"自觉"，是儿童文学历史进程中一次巨大的、质的飞跃。

法国的自觉，是以夏尔·贝洛及其《鹅妈妈的故事》为文学符号和历史标志的。

夏尔·贝洛（Charles Perrault, 1628—1703）出生于巴黎，其父亲是巴黎最高法院的律师。贝洛自己也当过律师，并曾历任王家建筑总监处总监和公共纪念碑拉丁碑文起草委员会委员。早在八九岁时，贝洛刚进学校读书不久，就在写诗方面显示出特别的天赋。1657年，他与别人合写的第一本书在巴黎正式出版。1660年前后，他以轻快的爱情诗跻身文坛，此后毕生从事文学艺术研究。1671年，他被选入法国最高学术研究机构——法兰西学院。1681年，他被选为法兰西学院院长。由于贝洛的思想违拗君主专制王朝的正统观点，他受到了宫廷的冷遇，晚年过着隐居的生活。

17世纪末，经历了"古今之争"的贝洛将注意力投向了民间文化土壤，并从中寻找文学灵感。90年代初，贝洛先后发表了三篇韵文体童话（童话诗）《格里赛利蒂》（1691）、《可笑的希望》（1693）、《驴皮记》（1694）。1697年，年近70岁的贝洛以19岁的小儿子皮埃尔·达芒古的名义在巴黎出版了优美迷人的童话集《鹅妈妈的故事》（或《寓有道德教训的往日的故事》）。"鹅妈妈的故事"这几个字在1697年童话集出版时是以题词形式印在最初版面的封面上的。据说，这样做也许是为了广告效果，因为当时有《鹳的故事》和《老狼的故事》一类作品风行于世。据有关专家考证，贝洛在《寓有道德教训的往日的故事》书名前加上这一说法，不无揶揄的意思。[10] 不管这些说法的可信度如何，《鹅妈妈的故事》这一具有可爱的童话色彩的书名却显然更容易为小读者甚至大读者所接受和喜爱——直到今天也是如此。

《鹅妈妈的故事》包括8篇童话：《林中睡美人》《小红帽》《蓝胡子》《穿靴子的猫》《仙女》《灰姑娘》《小凤头里凯》《小拇指》。以后再版，又收进了早先发表的三首童话诗（其中《驴皮记》后来也改写为散文体童话）。流传至今的《贝洛童话集》，就包括了这11篇童话作品。

贝洛童话植根于民族民间文化的深厚土壤，与法兰西的民族文化血脉相连。阅读贝洛童话，我们会感受到一种古老的民间生活气息和艺术神韵。正如19世纪俄国作家屠格涅夫所评论的那样，贝洛童话"具有某种一丝不苟的、古法兰西式的典雅外表"，同时还令读者"可以感到一种往昔曾创造过这些童话的民间诗歌的风韵，有一种构成真正神话式虚构特征的那种混合物——即神奇莫解的事物和日常平凡事物的混合，无上崇高的事物和滑稽可笑的事物的混合"。[11] 这种幻想性与现实性、崇高与滑稽融为一体的艺术表达方式，正是民间艺术智慧在贝洛童话中的生动反映。贝洛童话的题材大部分来源于法国和欧洲的民间传说，也有的取材于印度、埃及和其他东方国家的传说故事，但同时，这些作品又经过了作者的艺术加工和再创造，一些作品不仅改变了故事的寓意，而且在展开情节时引进了一些新的形象、细节和场景等。例如，国外一些谨慎而严肃的研究者在考证《灰姑娘》的故事来源时就曾小心地指出，《灰姑娘》到底是作者从某些已散失的作品中抄袭而成的还是根据传说自己组织而成的，我们无法确知。不少迹象表明有后者的可能性。最突出的例子是作品中那位在以往任何版本中未曾出现、在家庭里边不占重要地位的教母突然荒唐地登场，同时，把南瓜、鼠和蜥蜴等变成马车、仆人以及水晶鞋等的细节也可能是作者独特的构想。[12] 因此，这些作品既拥有民间艺术的泉源，又融入了作家的创造才智。

贝洛童话保留并传递了民间故事和人类传统文化意念中通常具有的价值观念和社会正义感，反映了普通民众的生活愿望和理想，它们歌颂善良、正直、勤劳、智慧等人性中美好的品质，鞭挞凶残、贪婪、自私、昏聩等人世间的丑恶现象，向往自由、平等、吉祥和光明，控诉邪恶和黑暗。在《仙女》中，寡妇的大女儿惹人讨厌又傲慢无礼，却受到母亲百般疼爱，小女儿异常美丽、温柔、诚实，却受到母亲虐待。然后，当仙女出现的时候，她送给善良、诚实、乐于助人的女儿的礼物是如此美妙——每说一句话时嘴里就会吐出鲜花和宝石。她送给贪婪、粗暴、无礼的大女儿的礼物则是如此严厉无情：说话时从嘴里吐出毒蛇或癞蛤蟆。寡妇却认为是妹妹害了姐姐，把小女儿痛打了一顿。可怜的姑娘被迫逃进了树林里，一位打猎归来的王子爱上了她，把她带回宫中并与她成了亲。而那个姐姐终因无人愿意收留而死在一片树林的角落里。作品以人物性格和命运的鲜明对比，表达了劝善惩恶的主题。

在《穿靴子的猫》中，三兄弟分家，小弟弟只分到了一只猫。他担心饿死，但这只聪明的猫劝他不必烦恼。最后，这只穿靴子的猫帮助主人公成了国王的女婿。从表面上看，这篇作品中的"穿靴子的猫"是一个智谋者的形象，它凭借智慧与计谋帮助主人摆脱了窘困的处境，赢得了财富和美满的婚姻，但细细一品味，我们可以发现作品中所实现了的这桩"不平等的婚姻"，恰好透露了作者追求"平等"的愿望。"这种平等包含了财富、婚姻和社会地位三个方面，所以这个情节很特殊的故事实际上是传达了民众对平等的向往。"[13]

此外，《小红帽》以极简约的笔墨揭露了大灰狼的吃人本性，给人以强烈的警示。《小拇指》则着力描绘了身材奇小的弱小者，通过惊险的情节，赞扬了樵夫的穷孩子小拇指斗败妖怪的大智大勇。《可笑的希望》以夸张而讽刺的笔调，揭示了贪心不足最后导致奢望破灭的道理。所以，贝洛童话所承载的道德主题，所表达的生活理想，使这些作品拥有了征服读者的内在力量。

对此，贝洛本人在童话集自序中曾有过明确的表示："我的这些童话都是有创作宗旨的，它们首先在启人诚实，有忍耐心，有远见，要勤恳，在种种不幸迫使人偏离这些良好品质时，仍要保持这些品质。"一些贝洛童话的研究者也认为，贝洛童话成功的最根本原因，在于它的内容反映了人民的愿望和理想：歌颂善良和光明，鞭挞邪恶和黑暗。童话同情被压迫者的不幸遭遇，赞扬他们为争取平等和自由，用各种机智巧妙的方法进行不懈的反抗和斗争。故事还揭露统治者的欺诈残暴，昏聩无道，控诉封建社会对妇女的虐待与压迫，称颂老百姓正直、善良、勤劳、智慧的优秀品质。这些纯朴明晰的故事，犹如黑暗中飞溅的火花，闪烁着人类理想的光辉，始终在给人们启示着光明，伸张着正义，激励着孩子们去热爱真理，热爱劳动，热爱生活。正是由于这一点，这些作品几百年来一直活在法国和世界人民尤其是儿童的心里。[14]

从艺术上看，贝洛童话吸收或者说是发扬了民间童话通俗、质朴而又浪漫、瑰丽的艺术特色，将淳朴的自然之美与优雅的艺术之美自然地融为一体。首先，这些童话在形象塑造、叙事语言、叙事结构和风格方面明显保留了民间故事、民间传说简朴、生动的艺术特色。例如：

从前有个村子，村里有个女孩，全村人都公认她是村里最美丽的姑娘。妈妈疼爱她，她的外婆更是爱她如掌上明珠。

善良的外婆给她做了一顶小红帽，帽子戴在她的头上特别合适。于是，无论她走到哪里，大家都叫她"小红帽"。

一天，小红帽的妈妈烘了一些饼，对她说：

"听说你外婆病了，你去看看她病好了没有，顺便把这张饼和这小罐奶油带给她。"

小红帽拿了东西，就马上去外婆家。外婆住在另一个村子里。

小红帽经过树林时，迎面遇上了大灰狼。大灰狼恨不得立刻把她吃掉，但他不敢下手，因为有几个樵夫正在树林里砍柴。

——《小红帽》

从前有个富人，他在城里乡下都置了漂亮的房子。金银餐具、精雕细刻的家具和金光锃亮的四轮马车，一切他都应有尽有。

然而，不幸的是，他嘴上长了一小撮蓝色的胡子，使他的脸变得那样丑陋，那样可怕。无论是小姑娘还是大嫂子，只要远远地一见他，就赶快躲藏起来。

——《蓝胡子》

在这些引文中，人物的出场，细节的交代，心理的揭示，情节的推进，都十分简洁、平实，一字一句都难以更易。这种十分典型、传统的叙事风格，与人们长久以来在民间叙事艺术熏陶下积累起来的文学接受经验是十分吻合的。可以说，贝洛的叙事风格，提供了艺术童话最初的简朴、庄重而又不失典雅、优美的经典叙事品质。

其次，贝洛童话有着现实生活的强大投影，许多作品都以自己的方式反映了当时社会的生活现实和精神现实。例如，作者往往在童话中穿插某些带有贵族沙龙气味的雍容华贵、彬彬有礼和风流多情，使童话故事在富有现实感的生活背景中展开。在《睡美人》中，国王和王后因苦于没有孩子而四方求药，后来仙女们的药水使他们有了一个小公主，为了酬谢仙女们，国王设了盛大宴席，仙女们"面前都有一份精致的餐具——一个巨大的金盒放着一把汤匙和一副刀叉，汤匙和刀叉都是用纯金铸成的，上面镶嵌着金刚钻和红宝石"。当钟情的王子扶起了睡公主，看见美人全身穿着华丽的衣裳，"王子暗想，公主的这衣服多像他祖母那套，这条高高的绉领又多像国王亨利四世那条"。

"总之，《睡美人》中一系列宫廷生活细节描写，使人联想起当时带钥匙的女管家、宫中女官、使女、职业男舞伴、管事人、守门人、少年侍卫、仆役，等等。作者不但在自己的童话里容纳了半个世纪生活观察的丰富积蓄，还描写了各种富有现实感的生活图景和形形色色的心理活动。"[15]

另一方面，作者对现实的关注和再现又是充分童话化了的。他充分吸收了民间童话的艺术智慧，将现实的形象或故事放置在色彩斑斓、奇幻瑰丽的幻想情景中加以塑造或展开，"让好心的仙女、神奇的仙杖、魔力无比的七里靴发挥意想不到的作用"；"自然与神奇，当代风貌与远古气氛，现实主义与浪漫想象的和谐结合，使故事具有真实感和梦幻似的抒情色调，紧紧地扣住了读者的心"。[16]

贝洛童话作为 17 世纪法国儿童文学创作进入自觉期的具有象征性和代表性的一部作品，无疑具有相当重要的文学史意义和价值。

第一，贝洛童话不仅是法国儿童文学史上第一部明确为儿童创作的自觉的儿童文学作品，同时也是欧洲儿童文学史上由民间童话向作家创作的艺术童话转化时期的第一部有影响的、成功的作品。它既保留了民间童话的传统特色，显示了自觉期儿童文学与民间文学的普遍而深刻的文化血缘关系，而且也显示了作家创作童话的巨大可能。从这个意义上说，批评贝洛童话"不能完全摆脱写国王或王子悲欢离合的爱情故事的俗套"[17]，是缺乏客观的历史主义态度的。对于早期儿童文学的艺术先觉者来说，从民间艺术的母体上汲取艺术乳汁，借用民间艺术的传统形式，乃是他们的艺术开创工作所无法摆脱的一个逻辑环节，一个必须依靠的艺术支撑。对于任何艺术创造来说，发展和成熟都需要一定的时间和过程。对于贝洛来说，他已经为童话、为法国儿童文学史完成了他在自己时代所能完成的伟大的历史贡献。

第二，贝洛童话以其自身的艺术品质为儿童文学史提供了一部独特的历史经典。这部经典之所以能够进入历代儿童的阅读视野，一是由于构成故事基础的原始朴素的想象力，符合儿童的文学接受心理；二是这些作品保留了民间口头文学的叙事特征，它砍去了一切多余的细枝末叶，由最低限度的必要的因素所构成，因此单纯而易懂。[18] 作为法国古典童话的重要代表作之一，贝洛童话问世三百年来，一直受到读者的欢迎，几乎每隔一二十年就要再版一次。当然，在纯文学界，在相当长的一个时期内，这部开创法国儿童文学先河并对后世有重大影响的文学作品，在文学史上没有占得应有的一席之地，有人甚至认为，"贝洛童话严格说来不能算作文学"！但是近几十年来，法国文学界很重视贝洛的作品。加尔尼埃古典文学名著丛书和其他一些文学系列丛书都选入了贝洛的全部童话，并进行了详尽的注释和恰当的评论，其中1970年出版《贝洛全集》时更是达到了高潮。有影响的《法国儿童文学史》也对贝洛童话作出公正评价，使这位既著名又陌生的儿童文学先行者和蜚声于世达三百年之久的童话作品获得了应有的地位。今天，贝洛童话还被改编成戏剧、电影、电视剧、连环画等各种艺术形式流传于世，并被译成许多种文字在世界各地广为流传，成为深受各国小读者欢迎的一部名副其实的儿童文学经典之作。

第三，作为艺术童话创作的先行者，贝洛童话对民间童话资源的独特挖掘和再创造，也在无形中树起了一种榜样，为当时的许多作家提供了一种示范。这种影响首先当然体现在法国本土。

在贝洛的成功的影响下，法国出现了一批为儿童创作或加工整理民间童话的作家，主要是一批贵族妇女。其中最著名的是多尔诺瓦男爵夫人。她模仿贝洛于1698年创作出版了童话集《时髦的仙女们》。这部童话集中的《青鸟》《金发美人》《森林中的牝鹿》等都是十分著名的作品。多尔诺瓦夫人还组织了一个文学沙龙谈论儿童文学作品。经常出入这个沙龙的作家有夏尔·贝洛的侄女玛丽·贞德·勒里蒂埃，著有《形形色色的作品》；卡斯坦尔曼·缪拉伯爵夫人，著有《仙女童话集》等。当时孩子们熟悉的另一个著名童话作家是夏洛特·罗斯·德·拉福斯，她于1699年发表了《仙女——童话中的童话》。这些贵族妇女的加入及其创作，形成了17世纪末18世纪初法国古典童话的一个活跃而丰盛的时代——尽管这些作品中能够流传至今的并不多，但对当时的儿童读者来说，对进入自觉期的儿童文学的历史推动来说，这些作品的出现仍然是十分宝贵的。

此外，贝洛童话的影响也很快波及法国本土以外。一位国外的研究者就认为："这本小书的问世给人以很大的启示，它对整个欧洲文学的影响是非常巨大的。"[19]1729年，《鹅妈妈的故事》译成了英文，从此更加快了它在世界上的传播。可以说，即使我们认为贝洛童话为后世的许多作家及其艺术创造提供了灵感和源泉，也是并不过分的。

最后，作为法兰西民族文化宝库中的一颗明珠，贝洛童话的光彩和影响所及还不仅仅限于文学世界，而是同时广泛辐射到法国人民日常的生活领域之中。贝洛童话中的一些人物和内容，已经成了普通名词或典故（如"灰姑娘""蓝胡子"等），被后人广泛引用。有些人物深入到民间闾巷，成为人们喜闻乐见的街头装饰或招牌。19世纪，巴尔扎克穿越巴黎大街小巷，搜集《招牌字典》的素材时，就发现一些杂货铺和烟纸店把"小红帽"和"灰姑娘"的形象作为它们的招牌。今天，"穿靴子的猫"仍然神采奕奕地守护着巴黎一些古老店铺的大门，"小红帽"还是天真烂漫地伫立在圣·奥诺雷街头，"蓝胡子"和"小拇指"也依然在富尔－圣日尔曼和蒙夫贡路口。总之，贝洛童话在法国家喻户晓，妇孺皆知，成了法兰西文化遗产中极为真实深刻的一部分。[20]

## 第四节　其他作家的贡献

我们常常习惯于把最能体现特定文学时代发展潮流或倾向的作家作品看作是这个时代的文学代表或象征——例如在本书中，我们把夏尔·贝洛及其童话作品判定为法国儿童文学走向自觉的一个历史标志，这是十分自然的。但是另一方面，"孤掌难鸣"，一个时代的文学变迁之所以能够形成一种潮流，正是因为有了许许多多作家的共同参与和艺术贡献。在 17 世纪法国儿童文学走向自觉的过程中，就有不少作家以不同的艺术方式为这一历史进程做出过自己的艺术贡献。这些作家主要由两部分人物组成。一部分是 17 世纪法国古典主义文学的名家，如拉辛、费纳隆以及贝洛等；另一部分则是当时的一些贵族妇女作家，如前面已经提及的多尔诺瓦夫人、勒里蒂埃等。

让·拉辛（Jean Racine, 1639—1699）是法国古典主义文学的代表作家之一，与高乃依并称为古典主义悲剧的两大代表作家。他出生于法国北部拉费·泰米隆的一个中小资产阶级官吏家庭，父母早逝，由祖母抚养成人。1658年他结束学业后在巴黎从事文学创作。1667年，他的第一部剧本《安德罗玛克》上演，轰动巴黎，但遭到保守派的攻击。第二部剧本《菲德拉》上演时，反对派的攻击更为激烈，拉辛被迫搁笔达十余年之久。1673年，他被选为法兰西学院院士。后任国王侍臣及秘书。在搁笔十二年之后，拉辛应路易十四宠幸的曼特侬夫人之请，替这位夫人所主持的圣·西尔学校（一所贵族孤儿学校）的女学生写了两个剧本《爱斯苔尔》（1689）和《阿塔莉》（1691）。这两部戏剧的故事均取材于《圣经》，被认为是"为孩子们写的戏剧"，也是拉辛一生中所写的最后两部戏剧。其中《阿塔莉》也是拉辛整个创作中具有代表性的作品之一。

　　《阿塔莉》是一出五幕诗剧。阿塔莉原是以色列王之女，嫁给大卫七世孙犹太王若拉姆以后，她让若拉姆改信了自己母家的拜太阳教。她的母亲被她丈夫前妻之子杀害后，她发誓要杀绝大卫的后裔，把她的几个孙子杀死。幸亏若拉姆前妻之女若莎伯忒救出若亚斯，交托给丈夫若亚德，藏在庙宇内，一过九年。全剧从这里开始。若亚德祈求上帝报仇，他向妻子透露报仇时机已到。这时阿塔莉做了一个噩梦，梦中见母亲预言她将被一个男孩杀死。在噩梦困扰之下，她闯进庙内，撞见若亚斯，认出梦中杀死她的男孩就像他。于是她要召见若亚斯来详细盘问。她派人索取若亚斯做人质，否则就要带领人马闯进庙内。若亚德觉得此时应该向若亚斯讲明他的身份了，他布置停当以后，在长老们面前宣布若亚斯是犹太人的国王。此时阿塔莉带领军队围困了寺院。她要求交出若亚斯和庙中宝库。若亚德假装同意。等阿塔莉一进入庙里，抬头一望，只见若亚斯坐在王位上，周围簇拥着武装的人民。阿塔莉手下的士兵这时也反叛了。阿塔莉成了孤家寡人，被赶出寺院处死了。

这部作品宣扬了人民起义反抗暴政的民主思想。虽然现在从内容上看，它并不完全适合儿童读者（观众）欣赏，但从当时的时代条件看，作为一部与儿童有关的剧本，它仍然是值得我们提及的。法国儿童文学史家认为，该剧中的若亚斯是拉辛塑造的一个"儿童英雄"形象；这是法国早期儿童文学史上出现的一个值得重视的形象。

在作者生前，《阿塔莉》并没有获得广泛的演出。只有圣·西尔女校的学生们为国王和宫廷中少数人演出过几次。因此，这部作品实际上可以说是为儿童演出所写的，而不是为真正的儿童观众所写的。

弗朗索瓦·德·萨利雅克·德·拉莫特·费纳隆（Francois de Salignac de la Mothe Fenelon, 1651—1715）是法国古典主义文学的最后一个代表，同时也被一些儿童文学史研究者认为是儿童文学的奠基人之一。他出身于佩里戈尔的贵族家庭，约 1672 年入巴黎的一所神学院，1676 年受神职为司铎，任新立公教学院院长。他根据主持新立公教学院的经验，撰写《论女子教育》（1687），主张女子除了受宗教教育外，还应接受学校教育和家庭教育，充分发挥女子的良善本性。1689 年，费纳隆被国王路易十四任命为王孙德·布高涅公爵教师。为了教育王孙的需要，他撰写了对话体的《已故者对话录》（1690）、传奇故事《忒勒马科斯历险记》（1699）等作品。他主张限制王权及实行经济改革，并主张教会摆脱政府控制以便针砭政务时弊。在《已故者对话录》中，他让孔子、苏格拉底、柏拉图、亚里士多德等"已故者"聚在一起，展开关于德行、幸福、荣誉、爱国等的对话，并提出了"国王是政府的仆人"的进步思想，来对抗路易十四的"朕即是国家"的专政主张。1693 年，他当选为法兰西学院院士。1695 年他被选为坎布雷大主教。1699 年，一个出版商未经同意就出版了他为教育王孙而写的教材《忒勒马科斯历险记》，因而触怒了朝廷，被撤了王孙教师的职务，回到坎布雷教区，继续从事著述并度过晚年。

《忒勒马科斯历险记》是使费纳隆在法国儿童文学史上享有声誉和地位的一部作品，也是一部富于传奇性和童话色彩的教育小说。作品采用了古希腊荷马史诗《奥德赛》第四章的故事，假托是其续篇，同时也从其他古代作家的作品中汲取了一些情节。史诗原来讲述希腊英雄俄底修斯从特洛伊回国途中，漂流到卡里普索岛，被女神卡里普索留住，但他不忘情祖国和妻子，终于离开。《忒勒马科斯历险记》以此为故事缘起，叙述忒勒马科斯因父亲俄底修斯下落不明，而离家出去寻访父亲的经历。他在孟铎尔——智慧之神雅典娜的化身的引导下，周游了地中海的许多国家。小说从主人公漂泊到女神卡里普索的岛上写起，再倒叙他以前的经历，然后写他在回家途中所经历的种种艰险，甚至到过地狱。在此过程中，他结识了许多生活中的人和希腊神话中的神和英雄，了解了那里的社会制度，懂得了许多地理知识和历史知识。导师雅典娜的提醒使他免于危险，而雅典娜的搭救又使他摆脱了不幸。整部作品的情节就是在脱离一个险境后又遇到一种不幸，脱离一种不幸后又陷入一种险境的过程中不断推进，并通过智慧之神在漫游过程中对主人公的教导以及他的所见所闻，来表达作者的政治观点和治国主张的。

《忒勒马科斯历险记》否定绝对君权："一旦国王们习惯于只知道他们的绝对意志，不再知道还有别的法律时，一旦他们不再遏制自己的感情时，他们就会胡作非为。"费纳隆还反复描绘了一个坏国王的形象：

"他只想到满足自己的欲望，只想到挥霍他的父亲千辛万苦积攒起来的巨大财富，只想到折磨人民和吮吸穷人的血"，由于他只听信逢迎之词，因而"每个人都想欺骗他，每个人在热情的外表下隐藏着野心"。这样下去，只会"引起臣民的反叛和燃起内战烽火"，"只有突然爆发一场激烈的革命，才能把这越轨的强权回复到自然的轨道"。作者还通过雅典娜对忒勒马科斯的训导，表达了对"好国王"的看法："他的一切时间、一切操劳、一切爱都放在人民身上：公而忘私，这才配做一个国王……他爱人民胜过爱自己的王室。"作者还含蓄地批评了路易十四的内外政策，描述了专制王权压迫下的民众的苦难，提出了他自己的理想国。所以，从内容上看，作品主要表达了作者自己的情绪、观点和愿望；通过这部作品，作者把希望寄托在王孙身上，希望王孙将来能实现他的那套"统治术"，并成为一位理想的君主。

但是，从艺术上看，《忒勒马科斯历险记》的结构形式与拉伯雷的《巨人传》有相似之处。作者在谈论人生道德或治国之道等时，总是借助一节一节的故事来加以形象化的演绎和传达。这些穿插其间的故事，大多源于希腊的诗歌和历史。也许正是由于作者为王孙而写作的创作动机，加上作品本身情节生动，故事诱人，所以人们普遍将《忒勒马科斯历险记》视作法国儿童文学的早期历史文本，并一直作为儿童文学读物不断出版。

费纳隆留给法国儿童文学史的遗产还有他的一些十分精彩的童话作品。由于这些作品有着十分明显的道德意念和寓意，所以通常被认为是寓言作品。但是从文体特征看，这些作品实际上更接近童话。从 1690 年开始，费纳隆开始写作这些散文体寓言。它们有的取材于希腊或罗马的传说，有的则出自作者的想象和创作。在作者去世后不久的 1718 年，他的部分寓言得以发表。但完整的《寓言集》则是到了作者去世一百多年后的 1823 年才出版的。其中《年老的女王和年轻的农妇》《茨洛丽丝的故事》等，都是人们比较熟悉的作品。

《年老的女王和年轻的农妇》中的两位主人公有着极大的反差：一位年老体衰，一位青春焕发；一位王权在握，一位僻居乡村。年老的女王对一位在她出生时曾经在场的仙女说："让我变成一个 20 岁的姑娘吧，我可以把我的全部珍珠宝贝都给你。"结果，一位"长得像阳光一样美丽"的乡村姑娘贝罗内尔与女王交换了一切。此时，原来的女王觉得很难堪，而原先的农妇更觉痛苦。她们又进行交换，但立即又后悔了，可是，仙女已经注定了她们不能再改变命运。最后，女王在烦恼痛苦中死去，而农妇则认识到：不求王位不仅是明智的，而且也是幸福的。作品结尾处作者借仙女之口表明其寓意：在草地上跳舞比在宫廷里跳舞更快活，在乡村里当一个贝罗内尔比在上流社会做一个不幸的贵妇人要好得多。

《茨洛丽丝的故事》说的也是一位美丽的乡村姑娘的经历。茨洛丽丝由于倾国倾城的美貌成了王后，却遭到了王太后的嫉妒和陷害，险遭杀身之祸。这应验了她诞生时仙女的预言：她的美丽和成为王后，会给她带来不幸。最后还是仙女营救了她，而茨洛丽丝也"心甘情愿地抛弃了美貌，庆幸自己在乡村里过着默默无闻的清贫生活，继续放牧自己的羊群"。

这两篇童话具体情节不同，但所表达的情感和理念却是一致的，即对表面看来荣华富贵的宫廷贵族生活的反感与抗拒，对清贫而快乐的民间生活的肯定与向往。

这些童话作品叙事质朴，形象鲜明，都运用了强烈的对比手法来表达和揭示主题，具有浓郁的民间童话色彩。因此，它们也十分典型地显示了早期创作童话的艺术特征。

除了上述古典主义作家的艺术贡献之外，一批贵族妇女作家创作的童话作品对法国儿童文学的艺术自觉也做出了自己的贡献。17世纪上半叶，在法国形成了一种经常由艺术家和知识分子等所光顾的场所——沙龙。由于最初还没有客厅，所以主人与客人就分别坐在床上、椅子上，或凳子上，或床边的空处。这些空处叫室内沙龙，因此室内沙龙成了沙龙或接待的同义词。到了17世纪末叶，也许是受到当时重视民间传说风气的影响，一批贵族妇女常常聚在沙龙里以讲述童话故事为时髦，并陆续写下了一批童话作品。其中有《时髦的仙女们》的作者多尔诺瓦夫人、《仙女——童话中的童话》的作者拉福斯（La Force，1654—1724）、贝洛的侄女玛丽·勒里蒂埃、《仙女童话集》的作者缪拉夫人（Murat，1670—1716）等。在这些贵族妇女作家中，以多尔诺瓦夫人的创作成就和历史知名度为较高。

多尔诺瓦夫人（D'Aulnay，1650—1705）出身于一个高贵的诺尔曼家庭。从1690年开始，她陆续出版了爱情小说《杜洛拉公爵依波利特的故事》以及《西班牙宫廷回忆录》和一本关于在西班牙旅行的书。她的写作使她出了名，以至有些不是她写的书也被归到了她的名下。

多尔诺瓦夫人以讲故事引人入胜、机智灵活著称，是个人人都欢迎的伙伴。她喜欢让朋友们一边在身边谈话，一边写作。她成了当时在沙龙里讲童话故事取乐这种风尚的中心人物之一。事实上，多尔诺瓦夫人对法国儿童文学发展的一个贡献，就是她组织了一个文学沙龙，专门谈论儿童文学作品。一些热心童话创作的贵族妇女经常出入她的文学沙龙。这对推动当时儿童文学的发展无疑是有积极意义的。

早在1696年之前，多尔诺瓦夫人创作的《金发美人》就已经在人群中流行。1697年，也就是《鹅妈妈的故事》问世的同一年，她的《童话故事集》的前三卷出版了。接着在1698年，她又出版了《新故事，或流行童话故事集》，总共有8卷，其中包括《格拉修丝和贝尔西内》《青鸟》《淘气小王子》《金树枝》《橘树与蜜蜂》和《机灵的桑德隆》等作品。这些作品中有的一直流传到了今天，如她的代表作《青鸟》《金发美人》《森林中的牝鹿》等。

与许多民间童话和古典创作童话一样，多尔诺瓦夫人的童话大多表达的也是人类长久以来形成的一些最基本的价值观和道德信念，描述人类生活中最基本的道德冲突故事，如善良、勇敢、诚实、守信、坚韧、机智等美好品质以及美丽、多情的人们与邪恶、阴险、残暴、狡猾、贪婪、伪善等丑恶品质以及丑陋、嫉妒的人们之间的冲突和斗争，而最后昭示的总是惩恶扬善的主题。在她的作品中，人物形象通常都离不开国王、王后、王子、公主、仙女、仆人、小动物等；善良、美丽的主人公常常会遭到嫉妒、痛苦和磨难；面临困难或危急关头常常会得到仙女或王子的魔法的保护；结局常常是美好圆满的；好人赢得胜利或忠贞纯洁的爱情，恶人受到严惩而自食其果。

例如，在《格拉修丝和贝尔西内》中，善良、美丽而又柔弱的公主一次次受到丑陋、凶残的新王后郭罗侬的陷害，而深爱着公主的王子贝尔西内也总是一次又一次地巧施魔法予以解救。最后，"善有善报，恶有恶报"，公主答应嫁给了王子，而残暴的新王后则被曾受她驱使去迫害、折磨公主的仙女杀死了。在《青鸟》中，美丽的公主芙罗丽娜被嫉妒、偏心的新王后关了起来，而爱着芙罗丽娜的夏尔芒国王则被罚在七年里成为一只青鸟。故事的最终结果是，"青鸟"又变成了人，新王后的女儿则变成了一头母猪！而两位主人公"在经历了如此漫长而痛苦的遭遇以后，现在感到多么幸福"。此外，像《森林中的牝鹿》《白猫》等作品也都十分类似。很显然，与当时的其他童话作者一样，多尔诺瓦夫人的这些作品也很可能从当时的一些出版物及民间传说中借用过一些情节，但要追寻这些故事的完整来源显然是困难的。同时，应该看到，多尔诺瓦夫人的童话也融入了作者的创造。作者本人就曾经表达过这样的愿望：尊重她在转述古老故事时所赋予它们的新生命。[21]

与贝洛童话的纯朴、精炼相比，多尔诺瓦夫人的童话情节构架通常都显得较为宏大，其中的故事发展更曲折，细节描写更丰富，篇幅也更有长度。这些作品能流传至今也在客观上显示了它们的艺术价值。正如有的评论者所说的那样，与贝洛相比，多尔诺瓦夫人的原著故事似乎非常迂回曲折和过分复杂，但它们成功地在不时的复述中流传了下来，不管是单个故事还是故事集都是如此。[22] 这些作品还为后世作家的创作提供了灵感。如比利时著名象征派戏剧家梅特林克（1862—1949）就写了一部六幕的童话剧《青鸟》（1908），其妻子莱勃伦克则创作了中篇童话《青鸟》。

夏尔·贝洛的侄女玛丽·勒里蒂埃是经常出入多尔诺瓦夫人组织的文学沙龙的贵族妇女作家之一。她发表于1695年的童话《菲耐特遇险记》一直流传至今。作品描述第一次十字军东征的年代里，欧洲一位不知名的王国的国君准备出发去跟异教徒作战。国君的三位公主各有优缺点，百姓给三人取的绰号正好揭示了这些优缺点。大姐绰号的意思是懒虫，二姐绰号的意思是长舌妇，小妹妹叫菲耐特，意思是小机灵。国君出征前将三位公主安置在荒僻角落的一个城堡的塔楼里。为了约束三位公主（其实主要是为约束两位姐姐），国君请仙女分别做了三个玻璃纺锤，它们具有特殊的魔力：谁做了损害自己荣誉的事，谁的纺锤就会立刻破裂。作品以较大的叙事长度描述国君出征后三位公主的故事。两位姐姐由于各自的缺点而被邻国最阴险的一个青年王子所陷害，最后受惩罚而死去。只有菲耐特凭着自己的善良、谨慎、机灵、勇敢，最终不仅惩治了恶人，而且获得了幸福的爱情；也只有她的玻璃纺锤完好地保存到了最后。这篇童话的故事情节曲折，结构较为复杂，与多尔诺瓦夫人的童话一样，显示了悠闲的沙龙贵族妇女的童话创作相对细腻、繁复、密丽、精巧的艺术特点。

此外，法国科学文艺在 17 世纪也已萌芽。16 世纪以前，封建教会一直统治着欧洲，自然科学受到神学的羁绊。1543 年哥白尼太阳中心说的发表，打破了千百年来根深蒂固的传统观念，推翻了亚里士多德—托勒密地心说。17 世纪开普勒和伽利略又对这一学说加以完善。从那时起，欧洲自然科学和技术方面便呈现出空前繁荣兴盛的景象。科学的发展为人们张开了想象的翅膀。因此，便出现了科学幻想主义的端倪。在法国，17 世纪写科幻小说的作家寥寥无几，较著名的大概要算西拉诺了。

西拉诺·德·贝尔热拉克（Cyrano de Bergerac, 1619—1655）出生于巴黎。在他身上，有着对科学及哲学情人般的热情，体现出不向任何强权屈服的自由和大胆的思想。他的代表作《月球国的喜剧》（L' Histoire Comique des Etats de la Lune）是法国最早的科学幻想小说。在这部小说中，他一任自己的想象纵情驰骋：月球是地球之天堂。在那儿，人们用诗句来支付膳食费用，一首十四行诗足够一周的珍馐美味。那里人们的衰老方式是与我们相悖的，因此，老年人得向尚小的小孩致意。西拉诺渴望参观天体，向天体移民，提出了一些在当时看来是魔术般和滑稽可笑的建议，还有热空气气球与多级火箭一类的东西。他当时描写的多级火箭与我们现代的多级火箭已非常相似。

另外，在这一时期进行科学幻想创作的还有夏尔·索雷尔（Charles Sorel）及拉富瓦尔（La Foire）。后者的小说《月球王阿尔甘》（Arlequin, Empereur de la Lune）于 1684 年获得了巨大的成功，以至使人们忘掉了一个月前刚去世的高乃依。[23]

除了处于萌芽状态的科学文艺创作外，虽然用今天的眼光看来，无论是古典主义作家还是沙龙贵族妇女作家的儿童文学创作都散发着古老的、相对单调的艺术色泽，与今天人们丰富多彩的欣赏趣味不尽符合，但是历史地看，这些作品的出现构成了 17 世纪法国儿童文学走向自觉的一股文学潮流，为法国儿童文学的进一步发展提供了一个重要的历史起点和艺术开端。

---

注　释

[1] 杨周翰等主编：《欧洲文学史》上卷，北京：人民文学出版社 1979 年版，第 191 页。

[2] 参见《中国大百科全书·外国文学》（Ⅰ），"古典主义"条，北京：中国大

百科全书出版社 1982 年版。

**[3]** 马克·索利亚诺：《儿童文学史话》，《国际展望和平月刊》1955 年第 5、6 号。

**[4]** 参见刘扳盛：《法国文学名家》，哈尔滨：黑龙江人民出版社 1983 年版，第 31—33 页。

**[5]** 见《简明不列颠百科全书》第 5 卷，"拉封丹"条，北京：中国大百科全书出版社 1985 年版。

**[6]** 转引自远方译：《拉封丹寓言诗》译本序，北京：人民文学出版社 1982 年版。

**[7]** 转引自刘扳盛：《法国文学名家》，哈尔滨：黑龙江人民出版社 1983 年版，第 36 页。

**[8]** 上笙一郎：《儿童文学引论》，郎樱、徐效民译，成都：四川少年儿童出版社 1983 年版，第 68—69 页。

**[9]** 参见日本儿童文学学会编：《世界儿童文学概论》，郎樱、方克译，长沙：湖南少年儿童出版社 1989 年版，第 58—59 页。

**[10]** 参见董天琦、陈大国译《法国童话·前言》，上海：上海文艺出版社 1991 年版。

**[11]** 屠格涅夫：《评查理·彼罗的〈神怪童话〉》，《俄苏作家论儿童文学》，周忠和编译，郑州：河南少年儿童出版社 1983 年版。

**[12]** 参见蒋风主编：《世界儿童文学事典》，"灰姑娘"条，太原：希望出版社 1992 年版。

**[13]** 蒋风主编：《世界儿童文学事典》，"穿靴子的猫"条，太原：希望出版社 1992 年版。

**[14]** 倪维中：《"鹅妈妈"三百年》，《读书》1992 年第 5 期。

**[15]** 韦苇：《西方儿童文学史》，武汉：湖北少年儿童出版社 1994 年版，第 137 页。

**[16]** 倪维中：《"鹅妈妈"三百年》，《读书》1992 年第 5 期。

**[17]** 参见柳鸣九等：《法国文学史》上册，北京：人民文学出版社 1979 年版，第 261 页。

**[18]** 参见上笙一郎：《儿童文学引论》，郎樱、徐效民译，成都：四川少年儿童出版社 1983 年版，第 70 页。

**[19]** 普什科夫编著：《法国文学简史》，盛澄华、李宗杰译，北京：作家出版社 1958 年版，第 62 页。

**[20]** 倪维中：《"鹅妈妈"三百年》，《读书》1992 年第 5 期。

**[21][22]** 参见蒋风主编：《世界儿童文学事典》，太原：希望出版社 1992 年版，第 302 页。

**[23]** 参见沈黎：《法国科学幻想小说概况》，《外国儿童文学研究》第 2 辑，四川外语学院外国儿童文学研究所编。

# 第三章　卢梭的世纪

## 第一节　概述

法国 18 世纪的基本特点是，封建君主专制制度已经腐朽不堪，在整个世纪中，逐渐酝酿和准备着一场深刻的社会变革，最后爆发了资产阶级革命，完成了由封建贵族阶级的统治形式向资产阶级统治形式的历史转变。

一些历史学家因此认为，18 世纪最好可以称为"革命时代"。在法国及其 13 个殖民地，社会政治动荡此起彼伏。这些动荡在整个西欧产生了反响。另一方面，先是在英国，后来在整个欧洲大陆，工业革命也正在改变着世界经济的形态，进而也影响到这个世纪欧洲的文化进程和面貌。

但是，在社会政治和工业发展的背后，还有一个意义更为深远的现象：思想革命。随着人类对支配自身及宇宙的自然法则了解得越来越多，尤其是许多宇宙奥秘是通过实验室而不是被祭坛揭示出来，人们对生活现象的神学和"非科学"解释也就越来越不相信了。"古人"的权威性逐渐下降。人们意识到，同过去的伟大思维方式相比，人类还可以通过各种不同途径来扩大理解力，通过理性去思索宇宙甚至上帝。因此，在把握、评价这个时代的思想性质及其重要性时，人们常常称 18 世纪为"理性时代"，一个人类以理性为向导和裁判的时代。显然，这一称法是有道理的。18世纪中，人类成功地向"神授的"统治者、教士、预言家、圣经及其他宗教著作的权威性发起了挑战。一切自封的真理都被要求经受理性的检验，虚假者将被打上耻辱的烙印。人们深信，敢于鲜明而坚定地依从理性指导行事的人，一定能发现社会真理，从而推进人类进步。在社会和政治思想家、宗教领袖、开明统治者和教育家的著作行为中，这一信念表现得十分明显。在法国和欧洲许多地区，它都以社会和教育实验的形式出现着。

也有许多人把18世纪称为"启蒙时代"，一大批富于挑战性的新思想充满了法国人和欧洲人的头脑，从而引发和制造了一个启蒙、理解与信仰的时代。这些思想包括：法律面前人人平等，人类天性的可靠性，先天性善说，天赋人权优于出身、特权和地位的思想，等等。由于它打破了长期以来的传统观念，启迪人们的思想，传播新的观念，故有"启蒙"之称。在启蒙思想的形成和传播过程中，法国人也扮演了最重要的角色。从路易十四去世（1715）到法国资产阶级大革命开始（1789）的这个时期被称为法国启蒙运动时期。在这一历史过程中所形成的一整套反封建的思想体系，就是18世纪法国社会思想的主潮——启蒙思想。孟德斯鸠、伏尔泰、狄德罗、卢梭是这个思潮的代表人物。他们以坚定、巨大、锐利的思想勇气，将批判的锋芒横扫整个传统社会生活和传统观念体系的各个角落，并提出了一系列的思想主张和社会发展理想。启蒙思想家在文学领域也取得了一系列的成就，启蒙文学成为18世纪法国文学的主流。

18世纪的法国儿童文学在17世纪开辟的起点上，在启蒙主义思潮的巨大思想笼罩和影响下，以法国社会发展的历史进程为依托，继续书写着自己的历史。从总体上看，18 世纪法国儿童文学的发展呈现出以下主要特点：

一是卢梭提出的儿童观对 18 世纪的儿童文学和儿童文化事业产生了巨大而深远的历史影响。

自古以来，人们对儿童特性及其精神需求的认识是极为缺乏的。直到文艺复兴时期，一些人文主义者才开始考虑儿童的特征及其特殊兴趣和要求。经过 17 世纪伟大的捷克教育家扬·夸美纽斯、18 世纪法国杰出启蒙主义思想家让·卢梭等人的努力，儿童的独立世界才被发现，儿童独特的精神需求才得到肯定。在此过程中，由于卢梭的多重身份及其所处的历史地位，其思想及儿童观的传播更为广泛，影响更为巨大。可以说，卢梭的儿童观及其对法国和世界儿童文学发展所产生的深远影响，不仅构成了 18 世纪法国儿童文学和儿童文化发展的独特景观，而且也成为这个世纪法国人对世界儿童文学和儿童文化发展历史的一大贡献。

二是 18 世纪法国儿童文学与当时整个法国文学的发展趋势一样，与外国儿童文学的相互交流、影响逐渐形成和加强。

早在 17 世纪中叶，欧洲各国交往频繁，关系日益密切。许多国家都奉法国为盟主，唯法兰西马首是瞻。路易十四统治后期，情况发生了变化。一些欧洲邻国（如隔海相望的英国）渐渐强盛起来。而直到 18 世纪初，法国人还一直在古典主义信仰的支配下，一味在研究希腊罗马的古典作品，而完全忽视了诸如英国的思想力量。许多人甚至连弥尔顿和莎士比亚都不知道。但是南特赦令的废除（1685）结束了法国胡格诺派的信仰自由，迫使许多法国新教徒逃到英国和荷兰，从而接触到了自然神论。许多流亡者记笔记或写作含有自然神论思想的宣传小册子，渐渐地他们的作品又传回了法国，激起了法国人对新思想的浓厚兴趣。另一方面，在法国国内，随着法国国势渐衰，人们在文化上不再夜郎自大，因而在接受外国文化影响方面，较 17 世纪远为敏锐。在这种文化气候的带动下，法国儿童文学与外国儿童文学之间的相互交流和影响也逐渐变得活跃和快捷起来。例如，1719 年，英国作家丹尼尔·笛福（1660—1731）根据一位遭船难的苏格兰人的真实经历创作的长篇冒险小说《鲁滨逊漂流记》出版不久，第二年即 1720 年，法文译本便在法国风靡一时，而且引出了不少法国版的模仿之作（德文版的《鲁滨逊漂流记》迟至 1779 年才由维斯翻译出版）。卢梭对笛福的这部作品极为赞赏，并在他专门谈论儿童教育问题的名著《爱弥儿》中专门谈论了它。卢梭主张让儿童善良的本性自由发展，他反对死板的书本教育。在《爱弥儿》中，他甚至表示："我对书是很憎恨的，因为它只能教我们谈论我们实际上是不知道的东西"。但是他在卖了一个大关子之后却郑重推荐并分析了《鲁滨逊漂流记》："既然是我们非读书不可，那么，有一本书在我看来对自然教育是论述得很精彩的。我的爱弥儿最早读的就是这本书；在很长的一个时期里，他的图书馆里就只有这样一本书，而且它在其中始终占据一个突出的地位。它就是我们学习的课本，我们关于自然科学的一切谈话，都不过是对它的一个注释罢了。它可以用来测验我们的判断力是不是有了进步；只要我们的趣味没有遭到败坏，则我们始终是喜欢读它的。这本好书是什么呢？是亚里士多德的名著？还是普林尼的？还是毕丰的？不，是《鲁滨逊漂流记》。"[1] 反过来，法国儿童文学也加快了它在世界上的传播。例如，除了一些古典名著之外，贝洛的童话集于

1729 年译成英文，从此得到了更广泛的流传并产生了久远的影响。

第三，18 世纪的法国儿童文学开始突破 17 世纪以童话仙女故事为主体的艺术格局，在文学表现内容和表现手法方面有所拓展，但在注重理性与启蒙的时代，儿童文学的教育性被进一步突出和强调。

18 世纪法国儿童文学与上一个世纪相比出现了明显的变化：一方面一些儿童文学作家继承了前辈的传统，继续在童话与仙女故事的园地上耕耘。但与前人不同的是他们尤其重视作品的教育意义，都尽力让自己的作品成为打开儿童心灵之窗、熏陶儿童美好情操的百科全书；另一方面，越来越多的作家受到上述英国作家笛福和法国思想家卢梭的影响，试图让小读者们离开臆想的童话仙女世界回到自己生活的天地中来。于是，展示儿童真实童年生活的教育小说、读物逐渐兴起并开始分割昔日为童话所独占的艺术天地。的确，《鲁滨逊漂流记》一反童话仙女故事臆想虚构的表现手法，以其朴实无华的文笔，用非常具体的真实事情与细节刻画现实生活中的人，使法国的作者、读者耳目一新。它以写实手法的新的艺术魅力在法国唤来了艺术上的同路人，从而使法国儿童文学也开始了表现儿童真实生活内容的创作尝试。同时，18 世纪的一些作家深受卢梭启蒙主义思想的影响，他们意识到自己作为教育者的责任，因此都习惯于按照卢梭的教育思想来塑造作品中的主人公形象。[2] 也正因为如此，18 世纪法国儿童文学的教育色彩更加浓郁。

第四，与过去相比，法国社会经济生活、文化生活的发展也促进了儿童文学实际传播面和影响力的扩展。

在 17 至 18 世纪，法国少年儿童多在耶稣会所办的学校里受教育。这些学校使用拉丁文教材，用拉丁文授课。从 1750 年起，论述教育改革的书逐渐增多。英国哲学家洛克所著的《教育漫话》（1693）的法文译本和卢梭的《爱弥儿》（1762）的出版，使公众对教育问题的兴趣倍增。此后，军事学校不再用拉丁文进行教学，私立学校也相继开办。这些学校除仍以拉丁文等为基础学科外，还开设了用法语讲授的法国文学、算术、历史、地理等课程。到 18 世纪后期，法国的教育改革已取得明显的进展。应该说，这一趋势是有利于法国儿童文学在本土和少年儿童中间的传播的。

进入 18 世纪，各种沙龙或俱乐部更为盛行，其形式和内容也更多样化了。这些社交场合实际上是探讨、传递各种文化、知识的中心，对文学艺术包括儿童文学的发展也起到了重要而积极的影响。

由于印刷技术的不断进步，书价逐渐降低，书籍的发行量大大增加。各类学校每年都培养出相当数量的毕业生。他们中间有不少人是受新思想影响的追求新知识的读者，他们也有购买新书的能力。1750 年以后，法国基础教育发展较快，还有许多人靠自修学会了阅读和书写，读者队伍日益扩大。18 世纪法国出版的图书，按人口平均计算，与现代法国出版的图书数量相近。书籍品种繁多，印刷质量精美，和 17 世纪相比，有了质的飞跃。文学著作等的精装本价格昂贵，但盛销不衰。1882 年，儿童文学作家阿尔诺·伯尔坎还创办了法国第一份儿童月刊《儿童之友》（1782.1—1785.12），其目的在于把孩子们和其父母联系起来。1784 年，他又创办了《青年之友》（1784—1785）。人们重视知识，努力学习，追求进步，这是 18 世纪法国文化生活的特点之一。[3] 所有这一切，对于法国儿童文学在 18 世纪逐渐扩大其传播和影响力，无疑都在不同程度上发挥了有益的作用。而从以口头文学传播形式为主到以印刷文本传播形式为主的发展，对于儿童文学内在的艺术形态——叙事容量、叙事手法、叙事风格等等，也都产生了或隐或显但却同样深刻的影响。

但是，我还想特别指出的是，从具体文本的数量、质量及其历史影响来看，18世纪法国儿童文学所留下的历史痕迹是并不浓重的。除了主要作为思想家、启蒙者和传统文化堡垒爆破手的卢梭之外，18世纪的法国似乎并没有给后人、给历史留下特别重要的儿童文学作家和作品。这个世纪的法国儿童文学界并不缺乏富有激情、价值和冲击力的思想，但却明显缺乏具有同样激情、价值和冲击力的艺术想象力和创造力。也许是启蒙的时代命题太急迫了？也许是理性的时代思维特征太沉重了？也许，还有更深刻的民族文化和历史条件方面的原因？总之，一个世纪留下的美学成果并不那么丰硕。或许，18世纪的意义主要就在于延续一种历史，积蓄一种可能……

但是，18世纪的法国毕竟为我们创造了卢梭，创造了卢梭的那些影响过儿童文学进程的思想和著作。这个人是那么的突兀，挺立在18世纪的时代制高点上，挺立在18世纪儿童文学的思想高峰之上，以至于我愿意把这个世纪法国儿童文学的历史称为"卢梭的世纪"。


## 第二节　解读卢梭

一位美国学者曾经这样谈论过卢梭：他"是一个古怪的天才，只有极少几个人能像他那样影响现代世界。37岁以前，他显得很迟钝，甚至有些愚笨、怪僻而懒怠，似乎根本不能对人类的正常生活发挥什么作用。但是突然一下子他的天才显露了，卢梭思想触及了生活的各个领域，改变了西方世界的见解"[4]。是的，作为18世纪法国最杰出的思想家之一，作为一位具有深远影响的文学家，卢梭的思想和影响力向着绵延的历史和世界放射，其中也包括了法国乃至世界儿童文学的历史。

让·雅克·卢梭（Jean Jacques Rousseau，1712—1778）出生于日内瓦一个法国侨民家庭中。父亲是一个钟表匠。母亲是个牧师的女儿，在他出生后一周就去世了。自幼丧母的卢梭是由父亲随意带大的。父亲对他的教育主要是一起读文艺作品。6岁前他就开始学习阅读，常在晚上和父亲一起细读他母亲早年保存的古老传奇故事。7岁时他常跟父亲朗读古典文学和其他具有文学风格的重要作品。父子二人读起来往往通宵不眠，"直到第二天清晨听到燕子呢喃的时候"。卢梭在他童年时代所读过的大量书籍中，最喜爱的是普鲁塔克的《希腊罗马名人传》。他后来回忆说，那些古代的历史人物，使他"形成了自由思想和民主精神，以及不愿忍受奴役和束缚的骄傲性格"。少年时代卢梭曾外出流浪，体尝了农民的疾苦，广泛接触了社会生活的实际，并在心里"种下了反对不幸的人民所遭受的苦难的根苗"。在启蒙主义的几位主要思想家中，卢梭的出身和生活经历比孟德斯鸠和伏尔泰较为接近人民，因而思想也更为激进，并成为封建社会和旧的观念体系的激愤的抗议者。

卢梭在思想史和文学史上的声誉是由两篇文章奠定的：《论科学与艺术》（1749）、《论人类不平等的起源和基础》（1755）。在这两篇文章里，卢梭表现了惊世骇俗的激进思想，他谴责了建立在私有制、暴力和不平等基础上从而摧残了人类生活的现代文明，并且提出了"返回自然"、返回"自然人"和返回"天赋自由"等等的口号。总结卢梭的这些观点的是他的名著《社会契约论》（1762）。在这本书中，卢梭坚决反对独裁的君主制度理论，主张全部统治应以被统治者的认可为基础。同一年即1762年，卢梭的在教育史和儿童文化史上划时代的著作《爱弥儿》在荷兰的阿姆斯特丹首次出版。此书出版时，轰动了整个法国和西欧一些国家，影响巨大，但同时也进一步引起了统治者及权贵们的攻击和迫害。1762年《爱弥儿》刚一出版，法国议会就下令焚烧，并要逮捕作者。卢梭不得不先后逃往瑞士、普鲁士的属地莫蒂业、圣彼德岛。但每到一地，他都无法容身，最后只好去了英国，直到1770年他才重返巴黎。在统治者、教会及君王制的拥护者们的长期迫害下，卢梭的精神受到莫大的刺激，几乎完全失常。1778年，他悲愤的一生结束了，其死因不明。通常人们认为他是在一阵抑郁症的狂暴中自杀的，然而更可信的说法似乎应该是：一场突发性中风导致了他的死亡。法国资产阶级革命后，1794年，他的遗体在隆重的仪式下移葬于巴黎的伟人公墓，安息在伏尔泰墓的旁边。

卢梭留给后世的不朽之作还有《新爱洛绮丝》（1761）、《忏悔录》（1778）等。

卢梭基于他的整个社会改革思想和他对当时教育状况的认识，对儿童教育问题极为关注。在《爱弥儿》的序中他指出："在所有一切有益人类的事业中，首要的一件，即教育人的事业，却被人忽视了。"因此，在《爱弥儿》中，卢梭充分阐述了自己的儿童观和教育思想，从而在儿童文化史和教育史上发动了一场哥白尼式的大革命。他把历来人们对儿童特点的认识大大纠正并推进了，并把儿童放在教育过程的中心，认为儿童有一种潜在的发展可能，而教育就是为儿童提供优良的环境，使其充分地实现这种可能性。卢梭自己曾说："《爱弥儿》一书，构思廿年，撰写三年。"[5] 可见其积累之厚、功力之深。这部著作所阐述的儿童观和教育思想不仅在儿童文化史、教育史上意义重大，而且对世界儿童文学的发展也产生了意义深远的震荡和影响。

在《爱弥儿》的序中，卢梭明确而直截了当地向读者表白了自己的观点和写作动机：

> 我们对儿童是一点也不理解的：对他们的观念错了，所以愈走就愈入歧途。最明智的人致力于研究成年人应该知道些什么，可是却不考虑孩子们按其能力可以学到些什么，他们总是把小孩子当大人看待，而不想一想他还没有成人哩。我所钻研的就是这种问题，其目的在于，即使说我提出的方法是很荒谬的，人们还可以从我的见解中得到好处。至于说应该怎么做，也许我的看法是很不对头，然而我相信，我已经清清楚楚地看出人们应该着手解决的问题了。因此，就从你们的学生开始好好地研究一番吧；因为我可以很有把握地说，你对他们是完全不了解的：如果你抱着这种看法来读这本书，那么，我不相信它对你没有用处。

因此，卢梭在《爱弥儿》中反复强调了儿童世界的独特性。他认为，在万物中人类有人类的地位，在人生中儿童期有儿童期的地位，所以必须把人当人看待，把儿童当儿童看待。卢梭指出，在儿童未长大成人以前，天性要让他们做儿童。假如我们颠倒这个次序，我们无异造成一个不成熟而无香味的勉强成熟的果子，它不等到成熟便要腐烂了。同样，不合理的教育也就要造就出稚气的博士和衰朽的儿童了。

从尊重儿童特征出发，卢梭进一步论述了了解、掌握儿童年龄特征的重要性。他一再指出，处理儿童应因其年龄之不同而不同。从最初就要把他放在他应处的地位上，而且要保证他在这个位置上。卢梭认为，儿童从出生到成人的发展就是人类种族进化过程的重复，这被称为"复演理论"（recapitulation theory）。他发现，人类种族进化经历了几个可以清楚划分的阶段，每一阶段都有其独特而鲜明的特征和作用，这些特征和作用随着历史的前进显著变化着。卢梭在发展着的个体身上同样清楚地看到了这一点。他认为儿童发展的每一个阶段都有其独特的发展模式，它既不受上一阶段的影响也绝不为下一阶段做准备。如果把上一阶段只看作下一阶段的预备就会全然失去要点。儿童阶段之于成人阶段是这样，儿童发展的不同阶段之间也是如此。因此在儿童发展的每一阶段上都必须尽力鼓励儿童按照本阶段的要求尽可能充分而丰富地生活，而不能为了一个不可知的将来牺牲了儿童的现在。由于每一阶段都有自己的独特的要求，因而环境一定要满足这一阶段而不是下一阶段的要求。完成现阶段的发展就是对下一阶段的最好预备。

因此，《爱弥儿》全书共分5卷。卢梭根据儿童的年龄提出了对不同年龄阶段的儿童进行教育的原则、内容和方法。在第1卷中，他着重论述对2岁以前的婴儿如何进行体育教育，使儿童能自然发展。在第2卷中，他认为2岁至12岁的儿童在智力方面还处于睡眠时期，缺乏思维能力，因此主张对这一时期的儿童进行感官教育。在第3卷中，他认为12至15岁的少年由于通过感官的感受，已经具有一些经验，所以主要论述对他们的智育教育。在第4卷中，他认为15至20

岁的青年开始进入社会。所以主要论述对他们的德育教育。在第5卷中，他认为男女青年由于自然发展的需要，所以主要论述对女子的教育以及男女青年的爱情教育。卢梭提出的按年龄特征分阶段进行教育的思想，在教育史上无疑是一个重大的进步。它是卢梭儿童观的重要内容，对后来整个近代儿童观的形成，对整个教育学的发展，特别是对教育心理学的理论建构，提供了极可贵的启示。

卢梭的儿童观和教育思想是从他的自然哲学观点和人性论思想出发的。按照这种观点，他认为人生来是自由的、平等的；在自然状态下，人人都享受着这一天赋的权利，只是在人类进入文明状态之后，才出现人与人之间的不平等、特权和奴役现象，从而使人失掉了自己的本性。正如他在书中第1卷一开头就说的那样："出自造物主之手的东西，都是好的，而一到了人的手里，就全变坏了。"为了改变这种不合理的状况，他主张对儿童进行适应自然发展过程的"自然教育"。卢梭认为，最善良的人是最没有受文明浸染过的人，是那些受政治和宗教影响最少的人。这些人就是野蛮人和儿童。儿童绝不是邪恶的人，绝不是无知的人，儿童代表着人的潜力的最完美的形式。因此，真正的教育就是让孩子们去探索自己的天性、去探索自己周围的环境。他们不应该被人塑造成型，而是应该自然而然地成长、自然而然地成型。另一方面，卢梭认为教师（成人）要研究儿童、了解儿童、要尊重儿童、关怀儿童。教师绝不该成为儿童天性的敌人，绝不该高高在上地成为儿童的压迫者，绝不该成为儿童畏惧厌弃的对象；相反，他应该是儿童天性发展的辅助者，应该是儿童信任与热爱的对象。

卢梭所谓"自然教育"的要义便是服从自然的永恒法则，听任人的身心的自由发展。由此。他提出了"归于自然"的具体教育方法，即以生活和实践为手段，让孩子们从生活和实践的切身体验中，通过感官的感受去获得他所需要的知识。他主张采用实物教学和直观教学的方法，反对抽象的死啃书本。也正是出于这样的原因，他兴高采烈并极力肯定了《鲁滨逊漂流记》所提供的故事情境及其所展开的故事描述。他说："这本小说，除去它杂七杂八的叙述以外，从鲁滨逊在一个荒岛附近遭遇船难开始讲起，结尾是来了一只船把他载离那个荒岛，所以，在我们现在所谈的这个时期中（指12至15岁的少年时期——引者注），它可以同时作为爱弥儿消遣和教育的读物。我希望他忙得不可开交，希望他兢兢业业地管理他的楼阁、他的羊群和种植的作物，希望他不是从书本上而是从具体的事物上仔仔细细地研究在同样的情况下应当怎么办，希望他认为他就是鲁滨逊，穿一身兽皮，戴一顶大帽子，佩一把大刀，奇奇怪怪的东西样样都带在身上，就连他用不着的那把阳伞也随身带着。我希望他在缺少这样或那样的时候，很着急地在那里想解决的办法；希望他研究一下小说中的主人公是怎样做的，看一看那位主人公有没有什么疏忽的地方，有哪些事情可以做得更好；希望他留心他的错误，以免在同样的情况下他自己也犯那样的错误，因为，你必须要知道的是，他正在计划怎样修造一个相似的房屋，这是他那样快乐的年龄的人的真正的空中楼阁，他这时候所理解的幸福就是有必需的物品和自由。""一个心有妙计的人如果为了利用这种狂想而能设法使孩子产生这种狂想的话，他就可以增添多么多的办法去教育孩子啊！孩子巴不得找一个能放各种物品的地方作为他的荒岛，因此，他想学习的心，比老师想教他的心还切。他希望知道所有一切有用的东西，而且也只希望知道这些东西：

你用不着去指导他，你只是不要让他乱作就行了。"[6] 原来，卢梭对《鲁滨逊漂流记》的赞赏，正是因为这本书提供了一种能够激发孩子学习激情、培养他们实际能力的最佳的规定情境和故事框架。在《爱弥儿》中，卢梭也常常创设具体情境来激发主人公学习的主动性。例如，爱弥儿把窗户打破了，就让他夜晚睡在这屋子里，他被寒风吹醒，自然就会觉悟到自己的错误。

卢梭对贵族子弟爱弥儿的教育，表现了他的启蒙主义的育人理想。他不让爱弥儿成为一个文弱苍白的贵族，而要他锻炼出强健的身体，培养他吃苦耐劳的精神；他反对贵族的矫揉造作，而要爱弥儿形成朴实自然的作风；他针对封建专制者的精神统治和奴役，培养爱弥儿崇尚理性、独立思考、决不盲从的精神个性；他反对贵族阶级和教会对儿童进行的宗教灌输，否定至高无上的神的存在，表达了泛神论的思想；他培养爱弥儿的民主思想，使他破除等级观念，对普通人富有同情心。在作品中，爱弥儿不仅会务农，还会做木工，成为一个自食其力的对社会有用的劳动者。《爱弥儿》表达了强烈的反封建、反宗教精神，它出版后遭到封建统治者和教会的查禁和焚烧，就是情理之中的事情了。

卢梭的儿童观和儿童教育思想是相当丰富的。今天重读卢梭，我们自然很容易发现或指出卢梭有关学说的谬误、矛盾之处。例如，卢梭所处的时代是生理学尚未发达而心理学尚未成立的时代，缺乏足够的科学依据使他的年龄分期研究难以进行更准确的分析、作出更合理的判断。他就未成年期划分的四个阶段和安排的教育任务，是失之于刻板和机械的；把体育、智育和德育等截然分开施行的方法，显然也是不科学的。又如，他对儿童天性和能力的全盘信任，过分肯定儿童的自发学习在知识传递活动中的作用，也是不科学的。事实上，卢梭儿童教育思想中的这些谬误，使他的整个儿童教育学说包含了无法克服的矛盾。法国作家波尔·阿扎尔对此曾作过如下的评论："卢梭是一位刚刚前进了三步马上又后退三步，刚刚冲动地采取了大胆举止，马上又变得极为胆怯，从革新家退化为保守派这样的人物。他过分地宣扬了没有束缚的教育之后，却又主张在学生身边安置上教师，让教师始终跟着学生，监督学生的每一个行动，而且需要时，还强迫学生进行不自然的体验，让学生无条件地认识真理？"[7]虽然这一评论使用激烈的言辞强调并突出了卢梭性格和思想中的矛盾之处，但撇开情绪化的因素，应该承认，这些矛盾在不同程度上是客观存在的。尽管如此，作为那个世纪法国和欧洲最伟大的思想家之一，卢梭的著作和思想不仅激励了法国大革命的领袖们，而且对浪漫主义的一代也产生了影响；他对"自然教育"及师生之间自由地认可的"契约"所作的探索和论述，也被认为是全部现代教学法运动的根源。而就我们在本书中所关注的对象和论题而言，我想说，卢梭的著作和思想，尤其是他所建立的儿童观和儿童教育观，实现了人类对儿童的认识史上的一次划时代的突破和飞跃，并进而对整个儿童文化史和儿童文学发展产生了深刻的影响和历史推动作用。

首先，卢梭阐发并构建了近代最完整、最透彻、最先进的儿童观，从而在哲学思想上为近代儿童文学的更大发展提供了依据和动力。

儿童文学的自觉，是以"儿童的发现"为观念基础和历史前提的。因此，与成人文学相比，儿童文学的发生还要多一道障碍和手续：儿童需要自己的文学，但这种需要的真正满足却必须由成人来发现并予以提供。可悲的是，无论东方还是西方，当古代文化早已取得辉煌灿烂的成就的时候，儿童的独立人格和独特精神需求却迟迟得不到重视。古希腊斯巴达人的教育是把农业贵族子弟训练成为被奴役人民的剥削者的武士的教育。因此，儿童和少年在大部分时间里从事军事体育练习；为了养成忍耐力，还必须习惯于各种艰难的遭遇，忍受饥渴、寒冷和痛楚。至于阅读和写字，希腊作家、历史学家普卢塔克曾经这样写道："儿童学习的只是最必需的东西，他们所学习的其余的东西只是追求一个目的：绝对服从、承受艰难困苦、打仗和征服别人。"[8] 而在雅典的学校中，文艺教育虽然得到了重视。但也并不是出于对儿童、少年自身欣赏需要的认识，因此，学生接触的是荷马史诗以及古希腊诗人赫西奥德等人的作品。显然，没有儿童的"发现"，也就不可能有儿童文学的艺术自觉和独立。

对此，法国历史学家菲力浦·阿利耶斯在 1960 年出版的、据说是具有轰动影响的《"儿童"的诞生》一书中也曾指出，在中世纪的欧洲特别是在法国，人们并不承认儿童具有与大人相对不同的独立性，而是把儿童作为"缩小的成人"来看待，人们只承认短暂的幼儿期的特殊性，要求儿童尽早和成人一起进行劳动和游戏，这样，儿童便从小孩子一下子成了年轻的大人。"中世纪没有儿童"，"中世纪没有儿童时代"是这本书的一个观点。对此，阿利耶斯在书本中做了细致的论证。比如，那时绘画中出现的儿童形象只是"小大人"，其服装与成人没有区别，在游戏时儿童与成人混杂在一起，等等。

应该说，近代儿童观的形成和确立不是朝夕之间完成的；卢梭也有他可以指认的思想前辈和历史先行者，上一世纪的扬·夸美纽斯就是一个突出的例子。但是，卢梭的意义和价值在于，他作为一个世纪的思想巨人之一，站在时代思想的最高峰，从时代和人类发展的需要出发，以哲学的眼光透视儿童生命现象和儿童教育领域所构筑起来的近代儿童观念体系，从其性质上说，具有一种空前的革命性和彻底性；从其展开而言，具有一种形态上的严密性和系统性；就其实际影响力而言，则产生了辐射八方、传之久远的思想文化威力——还有，它对法国乃至世界（包括东方）儿童文学的影响也是巨大而持久的。因此，有的研究者认为，《爱弥儿》的出版，是人们真正发现了儿童、社会儿童观的转变已彻底完成的标志。这种看法是有道理的。而不少研究者也认为，18世纪的儿童文学已逐渐摆脱成人文学附庸的地位而独树一帜，因而可以把这个世纪视为儿童文学的创世纪。[9] 如果这个说法从一定意义上看也能成立的话，那么我们从中不能不感受到卢梭的巨大身影及其思想影响力的深刻存在。

其次，卢梭的儿童观、儿童教育观，影响了儿童文学创作中娱乐主义艺术潮流的形成和发展。

美国儿童文学研究者基梅尔认为，儿童文学创作中存在着四种基本倾向，即神话倾向、说教主义倾向、卢梭主义倾向和虚无主义倾向。其中，与传统的说教主义相反，卢梭主义认为让儿童愉快地生活是一件好事。愉快是儿童内在和谐的象征。卢梭认为让儿童感觉愉快比认识 ABC 更为重要。正是因为这个原因，凡是给儿童愉悦的儿童文学作品都是好书。好书不需要任何其他的辩护词和存在理由。基梅尔说："假使把神话文学比作陈年老酒，说教文学比作土豆烧肉，那么卢梭主义文学就是上面涂了奶油的巧克力冰激凌，这一道甜食，有人觉得是最好的一道菜。"[10]

的确，在儿童文学的诸多艺术品质中，快乐、滑稽、幽默、游戏、娱乐等等无疑都是最本质、最经典的品质。卢梭主义对这些品质的重视和强调，应该被看成是对儿童文学艺术思想的一种重要贡献。

当然，任何一种艺术观念与实际文学现象之间的错综复杂关系往往不是简单的因果决定论所能解释的。就18世纪卢梭对法国儿童文学发展的实际影响而言，一方面，他的言论和思想引起了普遍的共鸣和回应，"从他之后，全欧洲的女士都开始注意护理和保护她们的孩子；哲学家们从他的著作看到了囚禁身心的大门正在被打开"。[11]而一批作家也从他的启示中找到了为儿童创作的新的文学天地，成了专业的儿童文学作家——这在17世纪几乎是不存在的；另一方面，接受卢梭影响的作家们大多是表面上仿效了他的教育论，结果实际的历史情况竟变成了这样：许多作家没有从卢梭的思想中生发出重视快乐和自由的美学观念，反而发展出了一种与传统说教主义文学在具体时代内容上不同而内在艺术理念和品质一致的新的教训主义儿童文学。贝洛的传统加上卢梭的这种影响，使法国儿童文学开始受到一种沉重的束缚。"由于卢梭教育思想的消极方面，即在《爱弥儿》中所体现的严格管教、严格限制、热衷于道德说教的思想和示范，对一批崇仰他的作家，尤其是女作家发生消极影响；再者，贝洛作为西方世界的第一个儿童文学作家，他也把自己的童话集视为'使儿童理解真理的方法'，他作为儿童文学的第一面旗帜一出现就强调了儿童文学的教育性。以上种种原因，使法国儿童文学有着鲜明的道德教育特质。这种特质延展到了19世纪，使19世纪的法国儿童文学与以奇思异想为特质的英国儿童文学大相径庭。"[12]

最后，《爱弥儿》是一部讨论儿童教育问题的哲理小说。全书以围绕着对主人公爱弥儿所实施的"归于自然"、率性发展的教育为线索，夹叙夹议，全面阐述了作为卢梭整个启蒙主义思想有机组成部分的儿童观和儿童教育思想。哲理小说作为18世纪法国启蒙文学的主要艺术形式和启蒙作家得心应手的表达工具，它主要是表现作者对于哲学、政治、社会、教育等问题的思想见解，作者注意的首先是把某些哲理和思想成果通过带有明显喻义的形象表现出来，而不是着力于现实生活本身的描绘和人物性格的刻画。因此，哲理小说的艺术性不在于情节结构的完整、人物形象的典型性，而在于作者把深刻的哲理通过某种适当的形象巧妙地表现出来的方式和高度的语言艺术。从这个意义上看，《爱弥儿》中的爱弥儿本身并不是一个性格丰满、独特的艺术形象，而是一个借以展开、传达卢梭关于儿童发展和教育思想的形象化的工具。但是，《爱弥儿》所具有的流畅而不艰涩的叙述语言、丰富而充满意趣的事件和实例描写、真挚又充沛的关怀儿童成长的情感表露，特别是活跃于其间的思想灵感和启人心智的思想见解与智慧，使这部作品成为儿童文化史乃至整个人类文化史上一部不能忽视的名著，同时也成为法国和世界儿童文学史上一座产生了巨大影响因而绝对无法绕开的历史峰峦。此外，《爱弥儿》还在18世纪的法国影响了一批作家的创作，尽管那些模仿之作大多乏善可陈（详后）。

重新解读卢梭，当代的学者们不难从中找出许多矛盾、错误与夸大之处，但人们也很容易从中发现一些最现代化、最珍贵的原理的萌芽。不过，对于历史上真实的卢梭而言，这一切并不重要。卢梭正是以其巨大的历史勇气，以其"深刻而片面"的思想威力，以其真挚而博大的文化情怀，影响了生活的许多领域，包括儿童文学领域。

就连骄傲的英国人在谈到本国儿童文学的辉煌历史时也承认："英国儿童文学是从 18 世纪初开始发展起来的，法国卢梭的启蒙思想曾给予很大影响。"[13] 而 18 世纪的法国儿童文学也正因为有了卢梭的照耀，才变得有些亮堂起来。一想起这一切，我们便宁愿理解并原谅卢梭思想中的那些偏激、夸张和矫枉过正之处。

## 第三节　童话、教育小说和科学文艺

18 世纪的法国儿童文学历史可以举出卢梭、可以举出《爱弥儿》，但《爱弥儿》毕竟是一部关于教育问题的哲理小说，它本身并不适合少年儿童直接阅读。纵观整个 18 世纪世界儿童文学状况，我们发现真正屹立在儿童文学历史上的首先仍然是一些由于儿童自发选择并喜爱因而进入儿童阅读史和儿童文学史的成人文学作品——在英国是丹尼尔·笛福的《鲁滨逊漂流记》、江奈生·斯威夫特（1667—1745）的《格列佛游记》（1726），在德国则是由戈特弗里·奥斯都·别尔格（1747—1794）修订、增补而成的《敏豪生的旅行和冒险》（1786）。而在法国，我们却列举不出同样著名、在历代儿童读者中拥有同样影响并具有世界声誉的作品来。

看来，拥有推动儿童文学发展的巨大的思想力量，并不等于同时拥有了提供相应儿童文学作品的巨大的艺术创造力量。从这个意义上说，18 世纪法国儿童文学的历史地位是不容忽视的，但 18 世纪法国儿童文学的美学创造成果却很难说是特别重要的。

正如前面所介绍的那样，18世纪法国儿童文学创作在表现内容和手法上都比17世纪有了新的拓展。概括地说，当时的儿童文学主要是沿着两条线索发展的：儿童文学的主流线索仍然是17世纪贝洛、费纳隆开创的传统的延续，即整理、改写、出版民间童话系列或创作类似风格的作品；第二条线索主要在《鲁滨逊漂流记》的写实手法及《爱弥儿》的影响下出现的，即以儿童现实世界为表现对象的儿童教育小说创作。

在童话创作方面，最有成就、也最具知名度和影响力的作家是勒普兰斯·德·博蒙夫人（Leprince de beaumont, 1711—1780）。她生于里昂，1745年为躲避不愉快的婚姻而逃到了英国，靠当家庭教师收入维持生计。她一生颠沛流离，时而在英国生活时而又回到法国，但她创作甚勤，先后发表的作品达56卷之多。如果说17世纪的费纳隆仅仅是为一个孩子（王孙）写作的话，那么这位六个孩子的母亲却是一位为全体儿童而写作的作家。正是在这个意义上，有人认为她才称得上是法国历史上第一位专业的儿童文学作家。可以说，她一生的心血都花在了教育孩子、培养儿童美好情操上面。

作为18世纪法国最有代表性的儿童文学作家之一，博蒙夫人的创作体裁以教育性小说和童话为主，但她的传世之作基本上都是童话作品。她的代表作是《儿童杂志》（1757），著名童话《美妞与怪兽》等作品均收入其中。博蒙夫人的其他作品还有《真理的胜利》（1748）、《法兰西新杂志》（1750）、《青少年杂志》（1760）、《当代良师益友》（1770）、《少年手册》（1773）、《道德童话》（1774）等。

在博蒙夫人的所有童话作品中，《美妞与怪兽》是最精彩美丽也最具有影响的一篇。作品讲述了这样一个故事：一位商人突遭厄运，破产后在乡下过着贫困的生活。两个大女儿为自己的处境怨声载道，但美丽善良、人称"美妞"的小女儿却辛勤劳动帮助父亲。有一天，父亲旅行途中在一片森林里迷了路，无意中走进了一座宫殿，他看见里头有通红的炉火和一桌丰盛的宴席，就饱餐一顿后倒在舒适的卧室里睡着了。次日醒来，他想起"美妞"的吩咐，请他在旅途中带回一枝玫瑰花，便在玫瑰花廊折了一枝。突然，宫殿的主人——怪兽出现了。他无法容忍心爱的玫瑰花被折，便让商人的一个女儿自愿到宫殿来代替父亲去死。美妞知道这一切后，便坚持陪父亲去怪兽宫殿并留了下来。怪兽让她把这里当作自己的家，随心所欲地支配一切。美妞与怪兽朝夕相处，发现他的外貌虽然丑陋可怕，却朴实纯真，心地善良，远胜过那些有着人的模样而藏着一颗虚伪、腐败和忘恩负义的心的人。但她又始终不同意做怪兽的妻子。美妞想见父亲，怪兽便与她约定，一周后返回。美妞回到家里，两个姐姐看到她穿着公主般的衣服，十分嫉妒。她们极力挽留美妞，企图使她贻误归期。美妞却想念着怪兽，感到自己真心实意地喜欢他，而且她从姐姐们不幸的婚姻中领悟到，妻子并不能从丈夫的漂亮聪明中得到幸福，幸福只能来自丈夫的性格、道德和善良。她赶回宫殿，在花园里的小河边找到了由于担心而失去了知觉的怪兽。美妞非常感动，许诺把怪兽作为自己的丈夫。话音刚落，"宫殿里就升起了耀眼的焰火，响起了美妙的音乐，呈现一派节日景象"，而美妞也突然发现，怪兽已经变成了一位比阳光还要美丽的王子。原来，真诚的爱情已经把凶恶的仙女加在王子身上的魔法破除了！

《美妞与怪兽》作为博蒙夫人的名作、作为18世纪法国童话的代表作流传至今，并不是偶然的。这篇作品不仅最典型地反映了博蒙夫人童话创作的艺术特征，而且也集中地显示了博蒙夫人给法兰西童话创作带来的新的童话美学神韵——当然，传统法国童话的理性气质和说教热情也得到了继承和发扬。

与17世纪贝洛童话的质朴和多尔诺瓦夫人童话的繁复风格相比，博蒙夫人的童话则在幻想的奇谲、场面的瑰丽、气氛的浪漫等方面独树一帜，并以此为18世纪的法国童话带来了一缕难得的富有幻想意味的艺术清风。这或许与她长期生活在英国有关系。她的童话作品被认为具有一种北欧式幻想丰富的风格。美妞与怪兽之间的强烈对比与反差，他们之间由隔膜到真挚相爱的传奇故事，为整个作品带来了一种紧张、奇妙而又迷人的叙事魅力和幻想意味。还有，当商人在大森林中迷路时，他突然看到丛林中一条狭长小路的尽头闪耀着亮光，他终于走进了一座金碧辉煌的宫殿里；当美妞最后向怪兽表达自己的情感时，突然整座宫殿光芒四射、焰火升腾、音乐回荡，怪兽随之恢复了人形——一位比阳光还要美丽的王子。读博蒙夫人的童话，读者确实可以发现更多的神奇，更多的亮丽。

而作为一名教师，作为一名女作家，博蒙夫人童话在表现出难得的幻想魅力的同时，也将法国传统童话的理性精神和说教热情发挥得淋漓尽致。在《美妞与怪兽》和其他一些童话中，说教和劝谕性的话语不是到了关键之处才偶尔出现的点睛之笔，而是在整个叙事过程中经常会突入故事流程的一些思想和道德的"硬块"。在《美妞和怪兽》中，美妞对怪兽的理解是通过这样一段心理自白表露的：

他确实很丑陋，也不太聪明，但这难道是他的过错吗？

他是那样的善良，这比什么都强。我为什么不愿意嫁给他呢？我跟他在一起将会比姐姐们跟她们的丈夫在一起更幸福。妻子并不能从丈夫的漂亮和聪明中得到幸福，她的幸福只能来自他的美好的性格、道德和善良。怪兽具备这一切品质。我对他没有爱，但是我尊敬他，感激他，对他怀着友情。好了，不能再让他痛苦了，否则我将成为一个忘恩负义的人，将会一辈子感到内疚的。

而当美妞最后与王子一起跟家人团聚时，那位美妞梦见过的仙女又这样出来指点、教诲：

"美妞，"这位有名的仙女说，"比起漂亮和聪明来，你宁愿要高尚的品德，现在你得到了这一正确选择的报偿：你有了一位品德完美的丈夫，而且即将成为一个出众的王后。我希望你当了王后以后不要丢掉你的美德。"

在博蒙夫人的另一篇童话《谢里王子》中，说教和惩戒的神威也无处不在。例如当国王请示仙女帮助他的儿子——谢里王子"成为一个好人"时，仙女是这样说的：

……"然而，要是王子自己不想学好，那我也没有办法强迫他变成好人，他只有通过自己的劳动才能成为一个道德高尚的人。我能为你效劳的，只是向他做些诚恳的规劝，教他改邪归正。万一他不愿听从，我就惩罚他，并且让他自己处分自己。"

说教主义的艺术倾向在儿童文学史上有着十分悠久深厚的历史传统。这主要是因为，第一，儿童文学的历史源头与民间文学有着紧密的联系，而民间文学历来总是以劝善惩恶、传递民间的生活智慧为主旨，这种文学特性自然会渗透并影响儿童文学的历史。第二，儿童文学的读者主要是少年儿童，而任何一个社会总是会毫不犹豫地把自己的经验、知识、愿望等等施加给儿童，而儿童文学作家也常常会自愿充当社会教育的代言者和实施者的角色。第三，从儿童文学的文化特性和功能看，教化乃是其影响读者的基本功能之一，只是在不同的作品中表现出来的显隐程度各有不同而已。

法国儿童文学从17世纪到18世纪便显示出了强烈的说教主义倾向，其历史成因大抵也是如此。当然，法国文学独特的理性气质作为具体文学背景无疑更加强了这一倾向和传统。相对于俄罗斯文学中沉郁的热情、韧性的力量和辽阔舒缓的韵致，相对于德国文学中丰富的想象力和永恒执着的追求，相对于美国文学中新大陆的开拓者那种明快大胆、一往无前的创业精神，法国文学的独特魅力首先就是文艺复兴以来贯穿其文学主流中的理性批判精神。[14] 这种理性批判精神在儿童文学中延伸，便在一定程度上加速了理性说教倾向的形成。

从纯艺术的立场看，博蒙夫人的童话中所表现出的这种强烈浓郁的教训性质，应该被看成是对其艺术品质的一种伤害。今天我们已经知道，同样的教育意义完全可以被更含蓄、更艺术地加以表达。但对于已经形成的历史积累，我们除了认清这一点之外，便只有把它们搁回传统之中。

但博蒙夫人仍然是令人尊敬的。她的童话中所表露的抑制不住的教育热情，使她在评论界赢得了"第一流的女教师"的称号。也许这一称号不无揶揄之意，但我更愿意将其视为一种对作家的善良和责任感的一种褒奖。

《美妞与怪兽》在当时被译成英语后很快便成为英国民间传说，可见其流传之广、影响之深。后来，它还经常被改编成童话剧上演。1946年，琼·科克托还把它拍成了电影。

当时知名的童话作家还有托马斯－西蒙·盖耶特（Thomas-simon Gueuilltte, 1683—1766）。他著有《布列塔尼晚会——新仙女童话》（1712）、《一千零一刻钟——鞑靼人童话》（1723）、《达官贵人方浩奇遇记——中国童话》（1723）、《一千零一小时——秘鲁童话》（1735）等童话集。

18 世纪法国童话界的一件盛事是 1785 至 1789 年间出版了集 17—18 世纪童话之大成的《仙女宝库》，共计 41 卷。其中包括法国作家们的童话，也纳入了传入法国的东方故事如《一千零一夜》和印度故事等。这部引起人们广泛兴趣的童话文库中还附有作家生平介绍和作品目录，像拉封丹、伏尔泰、卢梭这样的作家，不但有生平介绍和目录，有童话题旨提示，还表明是从何处汲取的材料。

在由童话所构成的艺术发展线索之外，18 世纪法国儿童文学更具有时代特征、更能反映时代潮流的艺术线索是由教育小说构成的。我们知道，这一创作潮流是在《鲁滨逊漂流记》和《爱弥儿》融合起来的影响力的推动下出现并形成气候的。其中《爱弥儿》的影响显然要更直接，更明显一些。按照马克·索利亚诺在其《儿童文学史话》一文中的说法，《爱弥儿》这部以儿童教育为主题的作品出版之后，"采用这种主题的读物突然侵入儿童文学的领域，并且一下子就发展得不可思议"。

这些在卢梭影响下从事教育小说写作的作家中，我们首先可以举出伯尔坎。阿尔诺·伯尔坎（Arnaud Berquin, 1749—1791）被认为是 18 世纪法国重要的儿童文学作家。他很熟悉外国儿童文学的情况，并由此开始为儿童写作故事作品。他的创作也受到了卢梭的影响。1777 年他发表了《儿童读物或小故事选》，其具有代表性的作品主要有《科兰·马亚尔》《少年小提琴手》《蒙眼睛的鬼》等。这些作品中的人物多是出生在农村绅士或外省小官吏家庭的孩子。作者用简洁朴实的文笔刻画了富有教养、克勤克俭的资产阶级新一代的形象。此外，伯尔坎受德国人魏杰创办面向儿童的杂志一事的影响，也于1782年创办了《儿童之友》，发行颇广，在商业上也十分成功。他的《少年小提琴手》《蒙眼睛的鬼》等以儿童日常生活为题材的作品，均发表于该杂志。他发表的许多作品中列出了许多道德细目对儿童进行说教。比如，要顺从知礼，要富于慈悲同情之心，要谨慎而不轻薄，等等。不过，也许是由于他对儿童的深厚同情加上热情的人品，作品中的人物写得也比较生动活泼，所以其作品在法国和英国十分流行。

另一位重要的教育小说作家是斯特凡尼·德·冉丽斯夫人（Stephanie de Genlis, 1746—1830）。她是当时法国知名的教育著作和儿童读物作家，信奉卢梭主义，推崇卢梭的思想，远远胜过神学信条。她的理想就是要把儿童从过去的束缚中解放出来，认为作品要用现实的方法传授知识，努力使儿童获得科学的启蒙。冉丽斯夫人接受了卢梭把想象力视为危险的思想，因此强调作品的知识性，否定神怪和幻想，并声称自己从不给自己的孩子读民间童话和《一千零一夜》，抨击"幻想故事"中只包含荒诞的思想而缺乏道德意蕴。她所写的几卷关于教育的书信，在很大程度上与卢梭的思想是一致的。

冉丽斯夫人的教育小说创作便贯穿了她的上述主张。她是一位多产的作家，先后发表了《儿童戏剧》（1779）、《教育戏剧》（1780）、《阿德尔与泰奥多尔或教育信札》（1782）、《城堡之夜的故事》（1784）、《小流亡者》（1789）、《新道德童话与历史故事》（1802）、《私生子阿尔封斯》（1809）、《茅屋之夜》（1813）等。其中，《城堡之夜的故事》所描述的故事背景是圣奥班与卢瓦尔城堡，作者的童年就是在这座城堡里度过的。书中的叙述者德·克莱尔夫人为了使孩子们感到高兴，便在夜晚读书给孩子们听。但她所读的并不是神奇的神话或童话故事，而是一些非想象的、建立在事实基础上的写实故事，并以此为方式进行知识传达和道德教育。《阿德尔与泰奥多尔或教育信札》是冉丽斯夫人的代表作之一，书中对儿童的启蒙教育作了细致的描述：阿德尔给她的布娃娃上课，给布娃娃讲历史故事，教它识别花园里的树木花草，并让布娃娃重复她讲过的东西。在这类著作中，卢梭的影响是不言而喻的。

对于以伯尔坎、冉丽斯夫人为代表的教育小说的创作及其作者，历来存在着截然不同的判断和评价。法国的教育学辞典称伯尔坎为"法国儿童文学的真正开拓者"，因为他展示了"儿童的童年"，他让小读者从童话和仙女的天地里走了出来，回到了现实生活之中。法国儿童文学评论家保尔·阿扎尔在其《书·儿童·成人》一书中也认为伯尔坎"是一位真正的儿童文学家。他跳出了神怪妖精的世界，进入到现实的世界中。他使孩子们了解到自己的面目"。

相反，对伯尔坎们的非议一直以来也极为尖锐。当伯尔坎的作品受到读者的欢迎时，知识界却认为他的作品美化了社会弊端，是庸俗之作，对此嗤之以鼻。"伯尔坎风格"一时竟成为"枯燥乏味的作品"的代名词。进入 20 世纪，以《法国儿童文学史》的作者弗朗索瓦·卡拉德克为代表的一些评论家认为，伯尔坎的作品"是蹩脚到令人难受的平庸之作"。他们对教育学辞典所持伯尔坎展示了"儿童的童年"之论大加非议，斥之为大错特错，声称伯尔坎的作品是最脱离现实的作品（尽管如此，他们还是承认伯尔坎在法国儿童文学史上的重要地位）。另一位 20 世纪的评论家索利亚诺对在卢梭影响下出现的教育小说也表示了极度的反感。他在论及 18 世纪法国儿童文学史上出现的这类作品时说："请读者原谅我不多谈这一种儿童读物，虽然在数量上讲起来，这种读物是非常可观的。在我看来，这不能算是真正的儿童读物，而是一种杂配的产物，这是成年人矫揉造作的产品，把卢梭的贡献幼稚化了，并且虚伪化了。"索利亚诺口说"不多谈"，但还是忍不住用极度挖苦的口吻谈论了这些读物的基本特征和它们的作者："这种读物的基本特征是：故事非常简单，严格地限于儿童的世界，而且只以'上流'家庭的儿童为对象。当然，这些书里并不是没有出身较差的儿童，但是绝对不会把既成的社会制度当作问题提出来。穷人就是穷人，富人就是富人，这是天经地义的事情。富人应该慷慨，穷人则应该知足感德。当然，最要紧的还有：吃饭以前必须洗手，肯帮忙，克制好奇心和贪馋等等，这都是用眼泪汪汪的、心肠发软的声调，笨拙地提出来的……儿童读物的典型作家也就是在这一时期形成的。这种'典型'作家是一位中年的'夫人'，最好是一位贵族出身的或是自己想当贵族的老姑娘。她的家庭曾经给了她很好的教育，但是后来遭了不幸。她也许有些弯腰驼背，也许有些跛脚，也许生过一场什么病需要长期休养，因而走上了文学的道路。当然她的思想必须是'纯正'的。"[15]在索利亚诺所列举出的代表性作品中，就包括了冉丽斯夫人的《城堡之夜的故事》《阿德尔与泰奥多尔或教育信札》等。

我认为，对伯尔坎、冉丽斯夫人等作品的评价，不仅仅是对当时风行的儿童教育小说本身的认识和判断问题，同时更是一个如何把握、认识 18 世纪法国儿童文学创作所面临的历史课题和整个艺术趋向的问题。从这样的大背景上来看待教育小说，我想提出这样几点认识：

一、17 世纪以贝洛童话为代表的法国早期儿童文学创作，形成了主要依托童话体裁，吸收民间故事艺术养分，以仙女、王子、公主等为主要人物形象、以传奇故事为主要叙事构架（模式）的文学样态。一般说来，这种文学样态既是早期儿童文学发展所必经的一个艺术阶段，同时它本身也的确具备了吸引儿童读者的一些艺术要素。但是，这些作品虽然贴近儿童的艺术心理，却普遍远离儿童生活实际。因此，贴近儿童的现实生活情境，贴近儿童的现实情感体验，是儿童文学发展进程中迟早要面临的一个艺术课题。从这个角度上看，18 世纪的教育小说为了从延续了差不多两个世纪的近代民间童话模式一统天下的儿童文学艺术格局中挣脱出来，提出了面对儿童生活现实的创作主张并进行了不懈的艺术实践和努力，其历史意义是应该予以肯定的。

二、但是，也许是由于矫枉过正的历史冲击惯性使然，也许是由于艺术经验累积的贫乏和不足（他们几乎没有现成的艺术传统可以依靠或借鉴），教育小说的作家们在文学观念上陷入了一种偏执的美学误区，在创作实践上表现出了一种难以遮掩的艺术粗糙感和幼稚感。从艺术观念上看，他们因为强调反映儿童生活实际而全盘否定幻想的艺术地位，甚至否定童话和传奇故事的艺术生存权利，这种简单化的美学判定不仅可笑，而且也给反对者留下了艺术把柄。从艺术实践上看，教育小说作家由于受卢梭《爱弥儿》的影响，以道德教育和知识教育为主要的美学立场从事创作，他们对教育小说作为一种文学样式的艺术特性的认识是肤浅的，理解是片面的。当然，在那个特定时代，他们也不可能形成真正完善的小说美学观念。因此，实事求是地看，18世纪的教育小说并没有给后世留下真正有魅力的艺术品，它们常遭时人和后人诟病，也就并不奇怪了。

三、教育小说作为儿童文学的一个特殊品种，仍然在延续、发展并影响了后来的儿童文学创作。一方面，它仍然在发展着——索利亚诺在其《儿童文学史话》一文的批评中也表明了这一点：这种"读物到现在还存在着。它安然渡过了三次革命，因为专门出版学校奖品书的书店拥戴它，因为它依靠以往的本钱，因为大部分成年人对这些问题不关心，尤其是因为它的伦理观点非常可靠"。另一方面，18世纪教育小说所提出的跳出神怪、仙女世界、进入儿童的现实世界的创作主张，也对后世产生了深刻的影响。19世纪的法国儿童文学就表现出了特别强烈的写实倾向，例如，出现了像"苦难儿童小说"这样具有强烈现实意识的儿童小说类型。应该说，其中是存在着一定的历史联系的。

除了童话和教育小说所构成的两条基本艺术发展线索之外，18世纪法国科学幻想小说的进展也是应该被文学史提及的。

18世纪的启蒙思想家们在批判封建专制主义和天主教神学的同时，也极力推崇科学，而18世纪的科学进展也是令人鼓舞的。牛顿提出了力学三大定律，使古典力学形成了完整的体系。布封（Bouffon）提出的地球形成假说及生物"种变"思想，对后人用发展的观点看待地球和生物的进化，很有启发意义。此外，物理、化学、生物等学科，也都还有一些重大的发现。在这样一个科学发展的时代，人们渴望了解科学、运用科学是不言而喻的。所以，公众欢迎科幻小说，出版商也愿意出版这类想象与发明占优势的小说，这就吸引了一些作家投身于科幻小说的创作行列。可以说，在"天时、地利、人和"的条件下，

18 世纪的科幻小说创作有了进一步的发展。

这一时期从事科幻小说创作的作家应首推启蒙思想家之一的伏尔泰（Voltaire, 1694—1778）。他的《米克鲁梅加》（Micromegas）具有重要意义。米克鲁梅加是第一个从外太空到地球来的观光者。在他身上体现了伏尔泰的所有思想。这位米克鲁梅加同那些来自水星或月球的天才们一样，嘲笑了人类的渺小与自命不凡。

到了 18 世纪末，出版商推出了第一套科学幻想小说丛书，共 36 本，其中包括《想象旅行》（Voyages Imaginaires）、《浪漫集》（Romanesques）、《神奇之物》（Merveilleux）等等。这套丛书包括了古今内外的科幻小说，这说明科幻小说创作在当时的法国已粗具规模。

18 世纪法国科幻文艺作品的数量虽然大大超过前一个世纪，但总的说来，17、18 世纪的科幻作品，题材单一，唯一的主题便是嘲笑流行的习俗。极少有作品跳出这样的圈子：相同的旅行，同样的恶习，人类的笑柄，众多的有翅精灵。这主要是因为法国同欧洲其他国家一样，长期受教会的统治。所以，17、18 世纪科学虽然发展，但人们仍不可能很快就打破头脑中的桎梏，科学技术仍在一定程度上受到神学的束缚。这显然会有碍于科幻小说创作的独立的、大规模的发展。

但 18 世纪科学幻想小说创作在法国的进展仍然是值得重视的，因为我们也许可以从中隐隐感觉到，19 世纪世界性的科学幻想小说大师儒勒·凡尔纳出现在法国，这并不是偶然的。

# 注 释

[1] 卢梭：《爱弥儿》上卷，李平沤译，北京：商务印书馆 1978 年版，第 244 页。

[2] 参见张良春：《法国儿童文学概况》，《外国儿童文学研究》第 1 辑，四川外语学院外国儿童文学研究所编。

[3] 参见陈振尧主编：《法国文学史》第 5 章第 2 节，北京：外语教学与研究出版社 1989 年版。

[4] S.E. 佛罗斯特：《西方教育的历史和哲学基础》，吴元训等译，北京：华夏出版社 1987 年版，第 341 页。

[5] 引自滕大春：《卢梭教育思想述评》，北京：人民教育出版社 1984 年版，第 15 页。

[6] 卢梭：《爱弥儿》上卷，李平沤译，北京：商务印书馆 1978 年版，第 245—246 页。

[7] 转引自朱自强：《儿童文学的本质》，上海：少年儿童出版社 1997 年版。

[8] 转引自曹孚编：《外国教育史》，北京：人民教育出版社 1979 年版，第 8 页。

[9] 参见浦漫汀主编：《儿童文学教程》，济南：山东文艺出版社 1991 年版，第 466 页。

[10] 艾·基梅尔《儿童文学理论初探》，何道宽译，《外国儿童文学研究》第 2 辑，四川外语学院外国儿童文学研究所编。

[11] S.E. 佛罗斯特：《西方教育的历史和哲学基础》，吴元训等译，北京：华夏出版社 1987 年版，第 352 页。

[12] 韦苇：《西方儿童文学史》，武汉：湖北少年儿童出版社 1994 年版，第 143 页。

[13] 见《简明不列颠百科全书》第 2 卷，"儿童文学"条，北京：中国大百科全书出版社 1985 年版。

[14] 参见艾珉：《法国文学的理性批判精神——从拉伯雷到萨特》，北京：北京大学出版社 1991 年版，第 1 页。

[15] 马克·索利亚诺：《儿童文学史话》，《国际展望和平月刊》杂志 1955 年第 5、6 号。

# 第四章　19 世纪：黄金时代

## 第一节　背景

19 世纪一般被认为是法国儿童文学取得空前发展的黄金时代。

我们知道，"世纪"只是一个自然客观的历史时段，它与文学发展的内在周期之间并无必然的逻辑对应关系。就 19 世纪法国儿童文学的发展而言，它的最近的一个历史与逻辑的发展起点应该上溯至法国大革命时代 (1789)。

我们首先应该关注的无疑是更广阔的社会文化背景。

18 世纪启蒙主义思想的广泛传播，为大革命的爆发提供了坚实的思想基础。不过，法国大革命尽管是此前那些革命和激进的思想的符合逻辑的甚至是不可避免的结果，但它的爆发显然不仅仅是思想宣言的结果。因为启蒙思想遍及欧洲，当时先进的政治理论不仅出自法国人，而且也出自英国人、德国人、意大利人和其他国家的人。但是在 18 世纪，只有法国发生了实际的革命。思想本身很少能够单独造成具体行动，它还必须依靠能接受这些思想成长的肥沃土壤。启蒙运动的种子遍撒欧洲，但它在法国生根发芽最快，因为只有法国这块肥沃土壤在当时能够结出起义和革命的果实。

我们在这里无法也没有必要去描述大革命的具体而复杂的历史过程及其成因，但是考察一下大革命以后法国社会的文化、心理状况，尤其是当时文艺界所反映出来的精神状态，对于我们了解、把握 19 世纪法国儿童文学的总体特征，将会是十分有益的。

从 18 世纪法国资产阶级大革命后到整个 19 世纪，法国思想界、文艺界充满了不同思想、不同流派的对立和冲突。就文学界而言，从大革命到 1830 年左右，是浪漫主义逐渐形成并占主导地位的时期，而 19 世纪中期以后，则是现实主义（写实主义）获得重要发展的时期。

"浪漫主义"这个词松散笼统。17 世纪末叶，法语中出现了"浪漫主义"这个词，它和"幻想""传奇"等词意义相近，很难区别。后来它又被赋予了"自发""自然""主观"等含义，与"移植""模仿"等相对立。1800 年，斯塔尔夫人（1766—1817）在她的著作《论文学》中首次指出，浪漫主义在文艺上与古典主义对立。此后，人们才把大革命前后至 1830 年间一切和传统的古典主义文艺观决裂的文学作品都归入了浪漫主义文学之列。

浪漫主义这一流派尽管松散而复杂，但从各个方面的现象来看，它有一个共同特性，这就是思想自由，而古典主义的态度是思想必须循规蹈矩。以"自由"为基础，浪漫主义文学一般都具有这样一些特征：对理想和个性的追求，对幻想和奇特事物的爱好，非常重视和大胆表现个人的情感，崇尚自然，形象和语言的夸张，等等。浪漫主义的崛起和风行，是有着深刻的社会生活和精神文化方面的原因的。

17 世纪的古典主义崇尚理性，主张客观与平静，在创作题材和文学形式上都以古希腊、罗马为范本。这种刻板、单一的文学规范延续到 18 世纪末叶已经被许多人所厌倦。因此，尽管在 18 至 19 世纪之交，训练有素的古典主义传统势力依然体现在许多思想和大众趣味上，但浪漫主义很快便以破竹之势，形成了一种反对权威、传统和古典模式的运动。

浪漫主义风行的另一个最直接的原因，是资产阶级与贵族阶级在大革命中的经历。在革命期间，不论贵族还是资产阶级都经历了法兰西恐怖时期的可怕岁月，因而，在雅各宾专政结束之后，贵族残余力量和资产阶级都力图忘记革命的内战和革命的恐怖，而耽于一种解脱后的狂欢。在文艺方面，"人们通过阅读来忘却别的一切"，并且追求"那些充满出人意料的事件、残酷的场面以及硫酸性的热情小说"。

还有一个更为深刻的社会原因则是，大革命之后，《人权宣言》宣布了人人平等的权利，资本主义社会自由竞争的法则，代替了封建社会世袭制所造成的固定、停滞的状态。人们对飞来好运的期望和馋涎欲滴的野心因被生活环境阻挠、束缚而变得更加炽热，耽于好梦和理想成为普遍的社会心理状态，因而在文学中，也就很自然地去"寻求虚幻妄诞的国土，或谎话与诗歌的世界"。再一方面，资本主义秩序的建立，直接为资产阶级个性的产生、发展提供了社会条件，而个性意识的发展、自我情感的膨胀，正构成了浪漫主义文学作品不断产生和深受欢迎的社会心理基础。

总之，由于上述一系列的社会、文化心理条件为浪漫主义在当时法国的盛行提供了肥沃的土壤，法国土产的中世纪文学中浪漫的遐想和形象，卢梭那种感情奔放、个性不羁的风格和对大自然的诗化，才为19世纪浪漫派文学所继承，而略早于法国的德国和英国的浪漫主义文学才有可能在法国产生难以想象的巨大共鸣和影响。

突破了古典主义樊篱的浪漫主义文学仿佛一个万花筒，使得法国文学在进入19世纪后逐渐变得色彩斑斓，变幻莫测。仅就文学样式和类型而言，浪漫主义诗人创作抒情诗、颂歌、叙事诗；浪漫主义小说家创作浪漫主义小说、忏悔小说、历史小说、侦探小说等等，形式变幻无穷……直到 19 世纪中期，浪漫主义文学的主导地位才逐渐为现实主义文学所取代。

现实主义是 19 世纪欧洲文学中与浪漫主义并列的文学思潮。一般地说，浪漫主义在 19 世纪上半叶占主导地位，现实主义则在 19 世纪下半叶占主导地位。但是在法国，虽然现实主义到 19 世纪中叶才作为一种美学原则被提出，但现实主义（批判现实主义）文学创作作为 19 世纪上半期的重大文学现象是一直存在的。巴尔扎克、司汤达、梅里美、福楼拜等一系列光彩夺目的名字及其创作的一大批不朽之作，构成了 19 世纪法国文学的一座艺术高峰。

19 世纪法国批判现实主义文学的兴盛与发达，既与历史上具有现实主义精神的文学传统有关，与当时浪漫主义文学幻想的虚荣心和狂热心理的消沉有关，更与资本主义关系确立以后冷静务实的社会风气、心理和在现实面前理性王国的破产以及科学对文学的影响有关。在新的社会结构和制度确立、巩固以后，冷静务实成为时代的精神、社会的习俗，而且，在一切神圣的东西都被亵渎、浪漫的感情都被抛弃之后，人们也开始用冷静的眼光来看他们的生活地位和相互关系。这种共同的社会心理和思想方式反映在文学艺术上，就成为对浪漫遐想的否定和对真实描写的追求。同时，卑污阴暗的现实，也迫使人们放弃了对理性王国的幻想，于是一种对现实的批判精神构成了 19 世纪现实主义文学的灵魂。

此外，19 世纪自然科学在思想和方法上的巨大发展，也使作家们日益受到科学精神的感染熏陶，给那些务实求真的作家提供了对人、对客观现实，特别是对社会生活的比较科学的认识和比较切实的分析，同时也给他们提供了符合客观事物本身规律的艺术表现方法。在科学精神的影响之下，准确、精微开始成为文学描写的标准，作家也更为自觉地以科学性来指导创作。

从总体上看，19 世纪的法国文学是彻底革新的时代。如果说 18 世纪法国人的精神创造主要偏重于政治、哲学等理性活动方面，因而在某种程度上使纯粹的艺术创造活动受到损害的话，那么在 19 世纪，法国人文艺创造才华的解放，使他们在这个世纪有了尽情的艺术表现。作家们放弃了古典传统，吸纳现代精神，使得艺术创作的形式和灵感都获得了更新。其中，下列两种艺术精神是格外值得我们注意的：

一是开放与自由的创作美学观。根据古典作家的习惯与权威所订立的规则已不再令人信服，波瓦洛的学说、体裁分明与文体高贵的理论被抛弃。从此以后，作家更重视作品的独创性。19 世纪的法国美学在总体上已不排斥任何主题和风格，允许荒诞怪异的表现手法，也允许琐碎精细的形象描绘。

二是开放与融通的世界主义文学观。古希腊与拉丁语的传统影响虽然已衰落，但法国人的国际视野却在不断开拓，借鉴甚至模仿外国文学已很常见。斯塔尔夫人对于这种倾向的形成起了重要作用。她在《论文学》(1800)、《德意志论》(1810) 这两部重要文论著作中富有创造性地把整个西欧文学划分为南方文学与北方文学。南方文学是指希腊、罗马、意大利、西班牙以及路易十四时代法国的文学，它崇尚古典，情调欢快，充满民族和时代精神，荷马史诗是这种文学的"鼻祖"；北方文学包括"英国作品，德国作品，丹麦和瑞典作品"，"由苏格兰行吟诗人、冰岛寓言和斯堪的纳维亚诗歌肇始"，其特点是感情强烈，富于哲理，崇尚想象，气质阴郁。斯塔尔夫人虽然更偏爱北方文学，但她也主张"应该在法国诗人的因袭（指受古典主义传统的束缚——引者注）和北方作家趣味的缺乏之间探索一条中间的道路"，并倡导各民族文学互相交流："各国的天才们生来是要彼此理解和相互尊重的。"

因此，19世纪的法国文学与各国文学有了更多的沟通、交流和影响。对于法国文学来说，"英国诗歌，如拜伦的作品有助于确立浪漫主义的道德理想，欧西安（Ossian）的颂歌教人描写大自然的骚动，而司各特（Walter Scott）的小说使人喜爱历史描述。德国诗歌，指出描绘事物与心灵的流露时，如何赋予神秘而神圣的语调，德国历史学者与哲学家则引导思想，去从事规模宏大的综合归纳。同时期的俄国小说家也以其严密的心理分析、怜悯的理论与某种神秘的宿命论，影响法国文学"[1]。

除了法国文学界所发生的上述重要变化外，儿童教育学、儿童心理学研究在19世纪欧洲的重要发展也是值得关注的。瑞士教育家裴斯泰洛齐（J.H.Pestalozzi, 1746—1827）、德国哲学家、心理学家、教育家赫尔巴特（F.Herbart, 1776—1841）、德国教育家福禄贝尔（F.Froebel, 1782—1852）等人的儿童教育理论，大大丰富了人们对儿童及其教育问题的认识。此外，在近代生理学、生物学、心理学、儿童学等学科的推动影响下，19世纪下半叶，科学的儿童心理学也宣告诞生。德国生理学家和实验心理学家普莱尔（W.Preyer）于1882年出版的名著《儿童心理》一书被公认为是第一部科学的、系统的儿童心理学著作，普莱尔也因此成为儿童心理学的真正奠基人。[2]这些围绕着儿童及其教育所展开的研究不仅取得了许多宝贵的研究成果，推动了相关学科的发展或建立，而且从不同角度、不同层面为 19 世纪儿童文化的建设、儿童文学创作的发展提供了直接的科学背景和思想依托。

还有，19 世纪法国一般民众的文化水平比 18 世纪又有了新的提高，多数人能读会写，其中有许多人为了满足精神生活的需求，喜欢阅读并能够欣赏各式各样的文学作品。印刷技术也在不断地进步，卷筒机和锌版可以印刷插图很多的书籍和报纸。售价低廉的平装本、简装本发行量直线上升。由此可见，19 世纪文学作品的读者数量和范围都大大超过了 17 至 18 世纪。虽然官方检查制度给作家和出版商添了许多麻烦，但书刊的品种和数量却明显地增加了。

总之，在一定意义上可以说，正是因为有了上述社会文化背景的支撑和带动，19 世纪法国儿童文学才实现了相应的巨大发展。

## 第二节　概述

19 世纪既然被称作法国儿童文学发展的黄金时代，那么，这种发展就应该是全方位的，其文学成就应该是显著的。的确，在经历了漫长的曲折发展和艺术积累之后，19 世纪法国儿童文学呈现出空前活跃的艺术创造生机和文学发展景观。

这种发展景观我们可以分别从"外部变化"和"内部变化"两个方面予以描述。其中"外部变化"主要是指与儿童文学创作和生存有关的媒介、队伍、交流等方面的情形及其变化；"内部变化"主要是指儿童文学创作的内在观念和艺术呈现形态上的变化。

我们首先来看"外部变化"。

19世纪法国社会及文化生活的发展，为儿童文学创作提供了更有利的文化环境，导致了儿童文学生存环境和生存方式上的许多变化。这些变化主要表现在以下几个方面：

一、儿童刊物的大量创办。

刊物（杂志）是随着近代印刷业和传播需要的发展而在近代得以迅速形成并发展起来的一种新型传播媒介。相对于传统而古老的口头传播形式和较晚的书籍传播形式来说，刊物这种形式对于近代作家的文学作品的传播有着最直接的便利性和迅捷性。早在1782年，法国就出现了第一份儿童月刊《儿童之友》，但在其后相当一个时期内，儿童刊物仍属凤毛麟角。儿童刊物的大量涌现，是19世纪才出现的新景观。这些刊物针对儿童读者的阅读特点，普遍都十分重视发表儿童文学作品，为当时儿童文学的传播和推动创作发展做出了重要的贡献。

1832年，朱莉·古尔洛夫人（Julie Gouraud, 1810—1891）创办了《少年报》。这家儿童月刊每期都要刊登她本人撰写的两篇文章，其中一篇以道德或教育为主题，另一篇则是反映现实生活题材的通讯。这份刊物一直延续到1870年普法战争爆发才中止发行。

1833年，欧也妮·福埃创办了《儿童报》。1857年杂志《儿童周》问世。这本图文并茂的儿童杂志刊登过塞居尔夫人的童话、卡尔罗夫人的小故事、纳塔利尔·阿弗多尔洛的神怪故事、居斯塔夫·多雷的连环画，还选载了《一千零一夜》的部分章节。

19世纪最重要的儿童刊物是埃泽尔创办的《教育与娱乐杂志》（1864—1906）。这家半月刊是皮埃尔·儒勒·埃泽尔（Pierre-Jules Hetzel, 1814—1886）

和他的朋友让·马塞于1864年创办的，当时曾被誉为"真正的儿童百科全书"。埃泽尔热爱儿童、熟悉儿童的心理与爱好，他交际很广，团结了一大批志同道合的学者、作家为杂志撰稿。当时为该刊教育栏撰稿的有科学家、建筑师、神父；为娱乐栏撰稿的有儒勒·凡尔纳、埃克多·马洛、安德烈·洛里、儒勒·桑多等法国作家以及包括狄更斯在内的很多著名外国作家。埃泽尔还组织了一个庞大的美术班子为杂志插图作画。

当时许多脍炙人口的作品都是先在《教育与娱乐杂志》上发表，然后才交出版商出版。如儒勒·凡尔纳的《格兰特船长的儿女》《海底两万里》《神秘岛》等作品都是如此。埃泽尔本人改编的外国儿童小说《瑞士鲁滨逊》《马鲁西亚》《马尔什博士的四个女儿》，让·马塞的《一口面包的故事》，阿尔的《一个青年博物学家墨西哥历险记》等，都是《教育与娱乐杂志》发表的精彩篇章。该杂志办得生动活泼，吸引了广大的儿童读者和成人读者，很快就赢得了巨大的信誉，它发行三年之后即受到了法兰西学院的嘉奖。

1837年阿歇特出版社创办的《青少年报》与《教育与娱乐杂志》有很多相似之处。它每周六出版，每份售价40生丁。《青少年报》有一支阵容强大的作者队伍，杂志刊有故事、童话、传记、惊险小说、旅行纪事以及关于自然史话、地理、艺术、工业方面的漫谈等等。到第一次世界大战被迫停刊时，它先后发表了160多部小说、数千篇各种专栏文章。阿尔弗雷德·阿索朗（Alfred Assollant）、朱莉·古尔洛夫人、泽纳依德·弗勒里奥（Zenäide Fleuriot）等许多有影响的作家都是该刊的撰稿人，而莱昂·卡昂、儒勒·吉拉尔丹（Jules Girardin）、路易·鲁斯勒（Louis Rousselet）、居斯塔夫·图杜兹（Gustave Toudouze）则是该刊最受欢迎的作家。1912 年，阿歇特出版社发行了一套共 80 卷的《青少年报》丛书，给读者和文学界留下了深刻的印象。

从 1880 年开始，法国儿童刊物逐渐显露出双重的特性：一方面是数量迅猛上升，另一方面则是质量普遍下降。

这一时期先后问世的儿童刊物有：德拉格拉夫发行的《圣·尼古拉》；阿歇特出版社创办的月刊《我的报纸》，这是专供 8 到 12 岁的儿童阅读的（1881 至 1882 年，此后改为周刊）；1889 年阿尔芒·科兰创办了《小法兰西人》。该刊宣扬爱国主义精神，提倡爱劳动讲道德，主张"真正的幸福在于诚实的劳动之中"；1894 年天主教刊物《妈妈杂志》问世。它刊登有居斯塔夫·图杜兹、彼尔·马埃尔（Pierre Maél）的探险小说、乔治·普拉德尔（George Pradel）的作品。勒内·巴赞（Rene Bazin）是该杂志最主要的撰稿人，他先后在该杂志发表了《好姑娘佩雷特的故事》《盛开的豌豆花》《加利利的金翅鸟》《九姑娘的石榴树》《信箱》《两个伤心的人》《儿童回忆录》《24 个小铃铛的故事》。

遗憾的是，19 世纪 80 年代以后的儿童刊物尽管数量众多，但是在传播儿童文学方面却未能取得早期刊物那样的影响和成就。

二、儿童文学丛书的出版。

在儿童刊物不断问世的同时，各种各样的儿童文学丛书也相继与小读者见面了。其中尤以《埃泽尔丛书》和《玫瑰丛书》最为著名。

埃泽尔作为 19 世纪法国儿童文学界一位杰出的出版家，不仅有知人识才的慧眼，而且善于编辑儿童杂志和各种精美的儿童文学丛书。《埃泽尔丛书》先后收入了《贝洛童话集》、《拉封丹寓言》、夏尔·诺迪埃的《蚕豆宝宝与豌豆花儿》、大仲马的《一个榛子夹的故事》、保尔·缪塞的童话集《风先生和雨太太》、奥克塔夫·弗耶的童话《驼背矮人历险记》、乔治·桑的《格里布尔奇遇记》等大量优秀的儿童文学作品。

1862 年，埃泽尔首先发现了儒勒·凡尔纳的非凡价值。在凡尔纳的作品遭多处退稿的情况下，埃泽尔不仅发表了他的科学幻想小说，而且着手组织编辑出版收入这位后来被公认为科学幻想小说大师的儒勒·凡尔纳的作品的大型丛书《奇异旅行》。这套丛书共包括 63 部小说和 18 篇中短篇故事，凡尔纳的主要作品都收录在里面。《奇异旅行》的出版也将《埃泽尔丛书》推上了儿童文学丛书荣誉的顶峰，对法国及世界各国的儿童文学界产生了深远的影响。法国儿童文学界一致认为，《埃泽尔丛书》是 19 世纪发行量最大、影响最大、成就最为突出的儿童文学丛书。

与《埃泽尔丛书》齐名的的另一套大型丛书是《玫瑰丛书》。在阿尔芒·坦普利埃的主持下，该丛书内容丰富，形式新颖，引人入胜。它收入了贝洛、多尔诺瓦夫人、格林等人的童话，阿索朗的《科尔克船长历险记》，梅洛－雷德的《追捕长颈鹿的猎人》等许多优秀作品。其中阿索朗的《科尔克船长历险记》为《玫瑰丛书》赢得了巨大的声誉，该书一版再版，是中小学生争相阅读的畅销书。该书叙述 25 岁的布列塔尼冒险家科尔克去印度寻求经书，与当地土王的女儿结婚，继承王位后他宣布成立共和国并与英国人作战，最后于 1867 年回到巴黎参观博览会的故事。全书情节曲折，妙趣横生；印度的风土人情，当地人民反抗英国殖民统治不屈不挠的斗争精神让孩子们对神秘的东方产生了浓厚的兴趣。阿索朗的其他作品还有《罗兰之死》《著名人物皮埃罗的故事》《贾达森大夫》《红皮肤人蒙特吕克》等。

从 1870 年开始，塞居尔夫人和泽纳依德·弗勒里奥的作品成了《玫瑰丛书》的主要组成部分。其中塞居尔夫人的作品为《玫瑰丛书》赢得了很高的声誉，作者的名字也因此与《玫瑰丛书》连在了一起，受到了千百万小读者的欢迎。她擅长表达、善于揣摩儿童的心理，被誉为"法国全体孩子们的好祖母"。《玫瑰丛书》收录了塞居尔夫人的《驴子的回忆》《模范小姑娘》《一位祖母的福音书》《雨过天晴》《假期》等 20 多部作品。

《玫瑰丛书》与《埃泽尔丛书》一起，为传播 19 世纪法国儿童文学作品发挥了重要的历史作用。

三、儿童文学作家队伍的扩大。

在 19 世纪以前，专门的儿童文学作家数量较少，社会地位也较低。进入 19 世纪以后，这种情况大有改观。不仅出现了一批专门的儿童文学作家，如塞居尔夫人、凡尔纳、洛里、布什纳尔、迪瓦、杜查卢等，还有一批著名作者也热心地以各种方式为孩子们写作，如乔治·桑、大仲马、都德、法朗士等。其中，有些儿童文学作家的出现是成批的，如对 19 世纪法国儿童文学作出了重要贡献的布列塔尼作家集团。这个地区先后涌现出了儒勒·凡尔纳、泽纳依德·弗勒里奥、保罗·费瓦尔、居斯塔夫·图杜兹、乔治·图杜兹等数十名儿童文学作家，他们分别创作的大量作品题材新颖、内容丰富、知识性强、饶有趣味，吸引了世界各国的许多读者，在儿童文学界产生了很大的影响。

随着儿童文学作家队伍的扩大、地位的提高，儿童文学作品的传播和影响力也随之扩大（当然作品内在质量的提高也是一个重要因素）。在 19 世纪的法国，存在着一种"成人文学"与"儿童文学"之间在接受上的"互换"关系，或是成人读者与儿童读者对同一部作品的共同占有现象：有许多原本是为成人而写的作品，如雨果和大仲马的长篇小说、乔治·桑、梅里美和都德的部分作品被儿童读者据为己有，成了"儿童文学"；而许多原本是为儿童而写的作品，如儒勒·凡尔纳、诺迪耶、拉布莱依、马洛等人的作品，又在很大程度上丰富了"成人文学"。[3]

四、外国儿童文学译介及其影响进一步扩大。

如前所述，19世纪整个法国文学与外国文学的交流不断扩大，外国文学对法国文学的影响日见明显。与此形成呼应的是，国外大量优秀的儿童文学作品和儿童读物被译入法国，并对儿童文学作家产生很大影响。特别是英国、德国及北欧国家等所谓"北方文学"中的童话、小说作品，如狄更斯、格林、安徒生的作品陆续传入法国。这些作品在赢得众多小读者的同时，对法国的童话作家及大仲马、乔治·桑等也产生了不同程度的影响。

我们再来看"内部变化"。

19世纪的法国儿童文学在整个法国社会文化精神的影响下，其创作的内在观念和艺术呈现形态都发生了一些深刻的变化。这些变化的主要表现是：

一、儿童观的进一步调整和完善。

18世纪以卢梭为代表的近代儿童观无疑在19世纪得到了响应和继承。但是从儿童文学创作的角度看，18世纪的童话和教育小说创作都还没有真正把儿童定位在具有独立的人格和精神需求的读者位置上，儿童读者充当的主要还是受教育的角色。这从当时的许多作品善于说教而不善于进行真正的儿童艺术美学创造就可以看得出来。

而 19 世纪的那些真正优秀的儿童文学作家们不仅是在近代儿童观的指导下从事创作，而且其创作也真正体现了对儿童的尊重、热爱、关怀和同情。例如雨果在其诗作中对幼童的天真纯洁，唱出了充满柔情的颂歌："他是那么美，小孩子，那温柔的美语……"一生颇具传奇色彩、富有英雄气质的乔治·桑同时是一位母性很强的人，对孩子们充满了关怀和热爱。艾克多·马洛如果不是对苦难的孩子充满同情和爱心，又怎能写得出感人至深的《苦儿流浪记》！是的，19 世纪儿童文学作家通过作品所表达的儿童观，显然比 18 世纪的文本所透露的儿童观更真挚、更柔美、更博大，也更动人，因为他们更尊重儿童的独立人格，更欣赏儿童的天真纯洁，更关注儿童的生存处境，更爱护儿童的成长与发展。

二、文学题材和表现手法逐渐丰富。

我们还记得，在 18 世纪的儿童文学观念中，古典题材与现实题材、幻想手法与写实手法曾有过互相对立、互不相容的现象。但是，随着浪漫主义、现实主义为两大主潮的 19 世纪法国文学的丰富多彩的发展，法兰西人的文学心灵完全告别了古典主义时代而趋向丰盈和多姿。法国作家保尔·克洛岱尔（Paul Claudel, 1868—1955）曾经指出："19 世纪是个名副其实的发现众多的世纪。它发现了超出以往狭窄眼界的整个世界，或者说许许多多世界：地理的、科学的和历史的。文学精神必须面对大量涌现的事实、景象和闻所未闻的资料……我们的想象画廊渐渐充实起来了。所有景致都被描写过、区分过、按照记忆的要求剪裁过。"[4] 同样，19 世纪法国儿童文学的艺术心灵也是趋于开放的、丰盈的。传统的、现实的、未来的（幻想）题材，幻想的、写实的、荒诞的手法，似乎已经没有人说"不"了，单一、刻板的要求和规范逐渐被抛弃。正如索利亚诺在《儿童文学史话》中所指出的那样，神怪和童话故事曾经遭到种种怀疑和指责，但是，"到了这时候，华尔特·司各特、史蒂文森、儒勒·凡尔纳、马克·吐温像北斗星似的一群伟大的小说家，将不通过理论，而通过他们的作品，把儿童读物的性质确定下来，同时调和了儿童们两种表现上彼此抵触的要求：爱好现实和需要幻想"。

三、更加重视儿童文学的艺术品性。

18 世纪儿童文学的说教传统在 19 世纪虽未彻底消除，但显然已经被大大削弱。以教育小说为代表的认真而不高明的说教读物虽然在特定时代发挥过一定的历史作用，但儿童文学的艺术天性及其发展要求注定了这种读物迟早要遭到受挑战和否定的历史命运。耐人寻味的是，人们也正是从说教文学对艺术性的疏离中认识了儿童文学艺术品性的重要性。我们仍然可以引用上述索利亚诺的同一篇文章中说的一段话。他说，说教读物的存在"又在另一方面引起重要的后果。真正的艺术家和聪明的教育家，在攻击这些无聊的读物时逐渐认识到，如果要儿童读物发生教育作用，而又不过分暴露它的教育动机，那就首先需要引起读者的兴趣，使读者爱不忍释，简单地说就是需要一个真正的艺术品"。相对说来，19 世纪法国儿童文学在艺术品质的创造上，显示了比以往儿童文学实践更高的艺术自觉和创造天分。

四、文学体裁更加丰富。

在 19 世纪之前，法国儿童文学的主要体裁种类是童话、小说、寓言等，作品数量也不算多。而在 19 世纪，尤其是进入 19 世纪中后期，小说（含科幻小说）、童话、诗歌、散文、科普读物、图画书等不同体裁的作品都有了不同程度的丰富和发展。如凡尔纳的科幻小说创作获得了世界性的声誉；法布尔以 10 卷皇皇巨著《昆虫记》在法国文学界赢得了"昆虫世界的维吉尔"的称号；瑞士作家鲁道尔夫·托普费（1799—1846）用法语写成、由作家本人插图的图画书，如《叔叔的书房》（1832）等几乎遍及全法国的家庭；把但丁的《神曲》译成法文的路易·拉蒂斯博纳（1827—1900）的《儿童喜剧》（1860）是法国专门为孩子创作的第一部诗集。而在所有这些体裁中，小说的艺术地位是最突出的，其次则是"老牌劲旅"童话。在小说创作中，儿童小说、童子军小说、科学幻想小说、历史小说、专门描写贫苦儿童生活的"苦难童年小说"等等具体小说类型的联袂出演，使小说成为 19 世纪法国儿童文学艺术舞台上当之无愧的艺术主角。

五、出现了一批传世名作。

如果说 18 世纪的法国儿童文学除了卢梭的震荡和冲击之外，并没有给后世留下什么太令人难忘和怀想的名著的话，那么，19 世纪的法国人是为儿童文学史留下了这样的著作的。人们首先当然仍会举出凡尔纳的小说。虽然这样的名著还不是很多，但 19 世纪的法国儿童文学毕竟开始了有声有色的独立的艺术创造。

不过，在结束对 19 世纪法国儿童文学的鸟瞰式的描述和评介时，我想强调指出的是，以上对 19 世纪的偏重历史肯定的描述，主要是以法国儿童文学自身的发展历史作为参照的。如果我们将视野放宽到这个世纪在法国以外的一些儿童文学先进国家里（如英国）所展现的艺术气象，如果我们拿这一时期的法国儿童文学作品与《汤姆·索亚历险记》《阿丽丝漫游奇境记》《木偶奇遇记》以及安徒生童话做比较的话，应该说在作品的艺术神采、幽默感、想象力等方面，法国儿童文学在总体上仍然稍逊一筹。因此，这样的横向比较和把握，是有利于我们更客观、更准确地看待 19 世纪法国儿童文学的艺术成就的。


## 第三节　诗歌和散文


19 世纪法国儿童文学拥有了更为丰富的品种和体裁。由于其中的小说、童话取得了更为突出的成就，本书将分别设专章予以评述。在这一节中，我们首先将目光投向诗歌和散文这两种体裁的创作情况。

儿童诗歌是 19 世纪法国儿童文学创作中一个引人注目的品种。一些最著名的诗人、作家如拉马丁、雨果等都曾为儿童写作过动人的诗篇。儿童诗歌的出现不仅改变了自古以来儿童诗歌奇缺的状态，而且也使法国儿童文学创作的体裁更加丰富和多样化了。

阿尔封斯·德·拉马丁（Alphonse de Lamartine，1790—1869）是浪漫主义诗人中最理想主义化的一位。他的诗作抒情清纯，感情柔和而具感染力。他为自己的小女儿朱利亚写的《孩子醒来时的颂歌》，是孩子们最喜欢的诗篇之一，一个多世纪以来．一直在千百万法国儿童的口中流传。诗作表达了天真烂漫的儿童对上帝的"善行"的感激之情，倾诉了他们渴望正义、追求真理、向往幸福生活的心愿。

维克多·雨果（Victor Hugo，1802—1885）作为法国浪漫主义文学运动的领袖人物，在诗歌、戏剧、小说、文艺理论、理论等各个体裁领域进行了大量创作，产生了巨大的影响。仅就其诗歌创作而言，他就被认为"是法国文学史上最伟大的诗人"[5]。在雨果的儿童文学遗产中，诗歌占据了重要的位置。

雨果的诗歌数量庞大，艺术性强，反映了近半个世纪法国社会及相当多人的思想情感变化。在他的许多诗作中，儿童一直是他关注和抒写的主人公。例如《孩子》（1828）一诗，通过对一个希腊儿童的描绘，表现了希腊人民对异族压迫者的仇恨：

> 土耳其人所到之处，只剩下一片灾难与废墟.
>
> 企欧，这产酒之岛成为一块悲惨的礁石，
>
> 毫无人迹，不，只有一个蓝眼睛的希腊儿童，
>
> 垂着被凌辱的头，靠近着被熏黑的墙壁，
>
> ……
>
> 啊，可怜的孩子，怎样才能从你的蓝眼睛里，
>
> 那像蓝天、像碧海一般的眼睛里，
>
> 使泪水消失，让欢乐的眼光
>
> 从泉涌般的泪流中闪出？
>
> 要给你什么，花朵，美味的果子，还是奇异的小鸟？
>
> ——朋友，蓝眼睛的希腊孩子这样要求，
>
> 我要子弹和火药。

在雨果的诗作中，像这样通过孩子的眼睛或遭遇来表现时代风云或社会主题的作品还有不少。如有名的《四日晚上的回忆》（1852）一诗，记述了一个7岁儿童无辜死于独裁者拿破仑三世发动政变、肆行镇压的血案。诗人以无比悲愤的情感，写出一个淳朴的老祖母在失去与自己相依为命的孙子时那种令人心碎的痛苦。此外，雨果还有许多吟咏家庭生活的诗作和怀念亲人的伤悼诗，如悼念他大女儿的《明天，天一亮》

《啊，记忆》《当我们生活在一起的时候》，悼念他大儿子的《悲哀》等作品。这些诗作感情真挚，亲切自然，令人读之动情不已。

雨果也专为儿童写了不少诗作。如他为小女儿莱奥波迪娜写下了《为大家祈祷》。与拉马丁为小女儿所写的诗作不同的是，雨果的儿童诗歌紧密联系现实生活，他要女儿正视人间的苦难，而不是躲避、粉饰，或到上帝那里去寻求慰藉。雨果的其他儿童诗歌还有《当爷爷的艺术》《伤疤》《啃干面包的让娜》《破罐子》《植物园的诗篇》《狮子的史诗》等。雨果的诗凝结着他对儿童的真挚的关爱，抒发了他对儿童的深情的礼赞，同时也包含着他希望孩子们记住人间苦难的良苦用心。在艺术上，雨果诗作构思精巧，叙事力求富于情节性和戏剧性。如《在街垒上》一诗中，反动军官以为公社儿童贪生怕死而加以嘲笑，但最后这勇敢的孩子出人意料地兑现了自己的诺言，又回到战场并英勇就义了；《贫苦人》讲述一对贫困的夫妇收容了两个无依无靠的孤儿，但直到诗的最后一行才把结局点出。在语言运用和锤炼上，雨果的诗歌不仅充满诗情画意，而且都具有优美的诗韵。

19世纪另一位著名的儿童诗作者是马塞利娜·德博尔德·瓦尔莫尔（Marceline Desbordes Valmore）。她创作的《亲爱的小枕头》《大姑娘》等诗作深受学龄儿童欢迎。

普法战争以后，有相当数量的儿童诗歌带有爱国主义的色彩。维克多·德·拉普拉德的《亲爱的同伴》《一位父亲的书》，伊波利特·维奥洛的《再见吧，妈妈！》等都激发了小读者的爱国热情。

最后应该提到的是诗人保尔·福尔（Paul Fort, 1872—1960）。这位主要生活于20世纪的诗人一生所写的诗歌共有30册，他把它们汇成总集，题名《法兰西歌谣》（Ballades Francaises）。其中最早写的部分发表于 1894 年。这些"歌谣"从民间传说、外省故事、自然界、各行各业中汲取灵感，力求通俗简洁，有的甚至像街头小调。福尔的诗歌行列如同散文，可实际上却是格律诗或近于格律诗。作者把这些诗句首尾衔接，连成一片，以致看起来像是散文。原因据说是《法兰西信使》杂志对诗歌是不付稿费的，作者只好用这种形式发表。他的诗集虽然篇幅过于庞大，但后人确实可以从中采撷到许多异常美丽的诗的花朵，包括儿童诗的花朵。例如他的《圆舞曲》一诗，写于 19 世纪末，至今仍为人乐道、令人回味不已：

要是地球上的女孩子都手牵着手，就可以绕着海大跳圆舞曲。

要是地球上的男孩子都成了水手，就可以用船只在波涛上构筑一座美丽的桥。

那么人们就可以绕着地球大跳圆舞曲，要是所有的世人手牵着手。

这首诗歌情怀博大，意境美妙，具有令人久久感动的艺术力量。它的中文译者莫渝认为："这首《圆舞曲》，可以当作世界和平宣言，或者目前地球村的和乐憧憬了。"[6]

在儿童文学诸体裁中，严格意义上的儿童散文（狭义），即真正具有文学意味而又适合儿童特点的散文作品是文学史上较晚兴起的体裁之一。除了法布尔的科学散文外，19 世纪法国还出现了一位为儿童读者写作了不少优美的儿童散文篇章的大作家，他就是法朗士。

阿纳托尔·法朗士（Anatole France, 1844—1924）原名阿纳托尔·弗朗索瓦·蒂博，是 19 世纪和 20 世纪之交法国著名的作家、文学评论家和社会活动家，对当时的文坛有过重大影响。1870 年《金色诗集》的发表标志着他进入文坛，但影响不大。1881 年，《若卡斯特》和《西尔韦斯特·博纳尔的罪行》出版后，才确立了他的作家地位，其风格和谐而流畅，艺术上十分精湛。法朗士的重要著作还有《泰绮思》(1890)、《诸神渴了》(1912) 等等。1896 年，法朗士当选为法兰西学院院士，1921 年获得诺贝尔文学奖。法朗士还是一名积极、进步的社会活动家。第一次世界大战加深了他的悲观主义想法，使他从童年回忆中寻找精神上的寄托。他一直被认为是法国文坛的杰出代表。他逝世后法国政府为他举行国葬，这是自左拉以来无与伦比的葬礼，充分说明了他在法国文化生活中的重要地位。

法朗士是一位具有慈爱、纯朴、正直的心灵的作家。他热爱孩子，在他一生宏富的文学成果中，有不少是为小读者撰写的散文、童话作品。这些作品大多写于 19 世纪后期，至今仍受到读者的喜爱。

1885 年，法朗士出版了自己的第一部回忆录《友人之书》。这部回忆性散文作品借助一名虚构的人物皮埃尔·诺齐埃尔，生动地叙述了自己从出生到中学毕业的有趣经历，字里行间无不流露出童年时代的纯朴与天真，是一部适合儿童阅读的散文佳作。此外，法朗士还写过不少精致独特的儿童散文。这些作品今天读来仍散发着清新纯美的艺术芬芳。

法朗士的儿童散文作品大多取材于儿童日常生活片段，多方面地描述了孩子们的精神世界，表现了独特美好的艺术情趣，读这些散文，最令我们心动并陶醉的无疑是作者对儿童世界纯真、美好品质的那些轻巧而柔美的描述。那是怎样可爱的一些孩子、怎样质朴的一种天性呵。在《夏克玲和米劳》中，小女孩夏克玲和大狗米劳是朋友，"他们是来自同一个世界，他们都是在乡下长大的，因此他们彼此的理解都很深。他们彼此认识了多久呢？他们也说不出来……他们所具有的唯一概念是他们好久以来——自从有世界以来，他们就认识了，因为他们谁也无法想象宇宙会在他们出生之前就已经存在。按照他们的想象，世界也像他们一样，是既年轻、又单纯，也天真烂漫。夏克玲看米劳，米劳看夏克玲，都是彼此彼此。"孩子与小动物之间那种天然的亲昵感、和谐感跃然纸上。

在《一个孩子的宴会》中，9岁的戴丽丝和她的妹妹小苞玲邀请皮埃尔和玛苔到乡下来参加一个午宴。已经懂得担忧的戴丽丝在紧张地期待着那是一个好天。"啊！那伟大的一天终于是明朗清洁，阳光灿烂。天空上半点云块也没有。"两位客人都如约来啦！当宴会开始时，戴丽丝是既殷勤而又严肃。主妇的本能在她内心开始发挥作用。你瞧那宴会的场面：皮埃尔劲头十足地切起烤肉来。他的鼻子抵到盘里，手肘翘到头上，他是在拿出他平生的气力为大家分切一只鸡腿。嗨！甚至他的双脚也在他这番努力中作出贡献了。玛苔小姐吃饭的态度很文雅，既不慌张，也不发出响声，完全像一个成熟的姑娘。苞玲倒不是如此特别，她喜欢怎样吃就怎样吃，喜欢吃多少就吃多少。而戴丽丝呢，她一会儿伺候客人，一会儿自己也当客人，也忙得很哩。在这里，孩子们对生活的预演和投入令人难忘。

在《过草场》中，姐姐卡塔琳妮带着小弟弟热昂出门到草场上自由自在地游玩。他们是两个早熟而天真的农家孩子。没有人照顾他们，他们也没有这个需要。"他们认识路，认识所有的树林、田野和山丘。卡塔琳妮只要望望太阳就知道是什么时间。她可以猜出大自然的各种秘密——这些东西城市孩子是完全不知道的。小小的热昂自己也懂得许多有关山林、池塘和山岳的事情，因为他那幼小的灵魂是一个乡下人的灵魂"。草场上的游乐充分展示了姐弟俩不同的年龄、不同的性别所带来的不同的心理、举止和气质。傍晚时分，他们感到冷了、饿了、疲劳了，姐弟俩也走在了回家的路上。这时，周围的一切变得似乎陌生和神秘了："太阳慢慢地坠入红色的西山脚下。燕子向这两个小孩扑过来，它们的翅膀似乎要停止飞动，接触他们的身体。暮色阵阵加深了"；"周围都是他们所熟识的土地，但是他们最熟悉的东西现在却显得奇怪和神秘莫测。大地对他们说来似乎忽然变得太大、太老了"。终于，他们远远地看到了自家的房顶和在下垂的夜幕中升向上空的炊烟，他们拍着双手，他们高兴、欢呼、狂奔。到达村子的时候，"他们又重新开始呼吸。他们的妈妈正站在门口，头上戴着一顶白帽子，手里拿着一把搅汤的勺子"。这篇作品不仅细腻流畅、饶有兴味地描绘了两位小主人公穿过草场时的游戏情景和他们内心种种隐秘的幻想、憧憬，刻画了姐弟俩天真、纯朴、可爱的形象，而且风景描写与人物心理描写相互交融，丝丝入扣，具有一种纯净而又绚丽的美感。

法朗士的儿童散文大多描绘的是孩子们纯真的心性及有趣的日常生活片段，但他也不回避孩子们在成长过程中所面临的种种烦恼、恐惧和困惑。

如在《夏克玲和米劳》中，当小狗米劳长大后被主人戴上链子和套圈的时候，那一天，天真的夏克玲感到了"迷惑和恐怖"："她看到她所崇敬的神物、大地上的天才、她那毛茸茸的米劳神被一根长皮带系在井这边的一棵树上。她凝望，惊奇着。米劳也从它那诚实和有耐性的眼里望着她。它不知道自己是一个神、一个多毛的神，因而也就毫无怨色地戴着它的链子和套圈一声不响。但夏克玲却犹豫起来了。她不敢走近前去。她不理解她那神圣和神秘的朋友现在成了一个囚徒。一种无名的忧郁笼罩着她整个稚弱的灵魂。"用现实的眼光看，米劳被戴上链子和套圈也许是一件自然而然的事情，但这一生活中的必然对于沉浸在童年情境中的孩子及其伙伴来说，却是一种多么令人无奈的伤害呵。法朗士写出了夏克玲的"迷惑和恐怖"，也写出了他自己的伤感和无奈……

　　法朗士所处的时代，儿童散文还是一种相对年轻的儿童文学体裁，但法朗士的儿童散文创作实践表明，他对这种体裁的美学个性及特质有着透彻的理解和把握。他的儿童散文当然也不以情节的完整和曲折见长，但叙事的晶莹与酣畅却无所不在。而作者的抒情和议论，也总是紧紧贴近叙事的推进自然生发，绝无生硬之感。法朗士的散文语言简洁流畅，富有情味，同时也十分传神。他善于发现和发掘儿童生活中富有情趣的内容，并以清晰、灵动而又幽默的笔调予以描述，因而他的作品总是显得那么纯真而有趣。我国曾出版过叶君健先生翻译的法朗士儿童散文集《一个孩子的宴会》，收入 19 篇精美的作品。对此，陈伯吹先生生前曾在文章中表示喜悦的同时，也幽默地怪译者"只选择了 19 篇，似乎太少，不够'大嚼'"[7]。而我也相信，法朗士的儿童散文不仅在 19 世纪法国儿童文学史上留下了珍贵的一笔，而且，它们会有更久长的艺术生命。

## 第四节  法布尔

19 世纪是法国儿童文学在科学文艺创作方面创造辉煌的时代。当以凡尔纳为代表的科幻小说创作不断取得节节胜利而播誉四方的时候，一位老人用他清苦、孤独、执着、漫长的一生，在普罗旺斯乡间一处自己倾囊购置的百虫乐园——荒石园写下了一卷又一卷后来震惊世人的科学诗篇《昆虫记》。这位老人就是有"昆虫世界的维吉尔""昆虫世界的荷马"之称的法布尔。

让－亨利·卡西弥尔·法布尔（Jean-Henri Gasimir Fabre）出生于法国南方阿韦龙省一个叫圣莱翁的山区小村子里。4 岁的时候，父母送他到祖母家生活，以暂时减轻家庭的负担。天真的法布尔喜爱上了祖母家的白鹅、牛犊和绵羊，迷上了户外大自然中的花草虫鸟。

幼年的法布尔没有上过像样的小学，后来也只念过中等师范学校的课程，毕业后谋得了一个初中教员的职位。起初，他教数学。一次带学生到户外上几何课，忽然在石块上发现了垒筑蜂和蜂窝，被城市生活禁锢了八九年的"虫心"突然焕发。他花了一个月的工资，买到一本昆虫学著作，细读之后，一种抑制不住的强大动力萌生了，他立志要做一个为虫子书写历史的人。那一年他不足 19 岁。

法布尔毕生主要研究的是昆虫学，以研究昆虫解剖学及行为而著名，在昆虫学领域作出了伟大的贡献。但他的一生也充满了困苦和磨难。折磨法布尔一生的有两大困扰，一是"偏见"，二是"贫穷"。法布尔勤奋刻苦，锐意进取，从农民的后代变成一位中学教师；此后业余自学，花 12 年时间，先后取得学士、双学士和博士学位；

中学教书 20 余年兢兢业业，同时业余观察研究昆虫及植物，发表过非常出色的论文。他虽然不接受进化论，其著作却受到了达尔文的尊重。1859 年《物种起源》问世时人们读到，达尔文称他是"难以效法的观察家"；帝国教育部奖励他，好心的教育部长还设法推荐他为大学开课。尽管如此，法布尔想"登上大学讲台"的梦始终没有实现，开辟独立的昆虫学实验室的愿望始终得不到支持。一些教育、科学界的权威们，骨子里看不起他的自学学历，看不惯他的研究方法。这种漠视与某些人的虚伪、庸俗、嫉妒心理合拍，长期构成对法布尔的一种偏见。法布尔生在穷苦人家，自己靠打工谋生，才上完小学、中学；以后长年只靠中学教员工资，维持七口之家的生计；前半生一贫如洗，后半生勉强温饱。很少有法布尔这么贫困的自然科学家：想喝口酒，只能以家中发酵自制的酸涩苹果汁顶替；要施舍乞丐两法郎，可囊中只掏得出令自己都面露羞色的两个苏；一向腼腆、好强之人竟不得不为生存而张口请求英国的哲学家穆勒慷慨解囊……

但是，法布尔没有向"偏见"和"贫穷"屈服。他依然勤于自修，扩充知识储备，精心把定研究方向，坚持不懈地观察实验，不断获得新成果，一次又一次回击"偏见"。他挤出一枚枚小钱，购置坛、罐、箱、笼；一寸空间一寸空间地扩增设备，日复一日、月复一月、年复一年地积累研究资料，化教书匠之"贫穷"为昆虫学之富有。

1880 年，在度过了 40 年为面包奔波的清贫生活之后，法布尔终于实现了他梦寐以求的愿望：他用积攒下的一小笔钱，在故乡普罗旺斯一个小镇附近购得一处坐落在荒地上的老旧民宅。从此，他拥有了一块小小的荒地，这里草木杂生，群虫咸集，他可以心无旁骛地进一步致力于他所热爱的研究活虫子的计划了。他为这处荒地取了一个雅号——荒石园。后来他在收入《昆虫记》第2卷的《荒石园》一文中这样写道："当时，我把它当作迷人的伊甸园接收了下来，想从此与虫子为伍在里面生活。这是我经过40年殊死斗争才换来的一块园地。"

法布尔是个昆虫迷。他从懂事起，直到92岁逝世，一直如痴如醉地观察昆虫、研究昆虫。据说有一次，他趴在地上，用放大镜观看蚂蚁搬死苍蝇，一连看了三四个小时，以至四周围满了人，有人说他是"怪人""傻瓜"，他都不在意。还有一次，法布尔趴在一棵果树上，屏着呼吸观看着螳螂的活动，直到树下有人大叫"抓小偷"，他才从昆虫王国的迷梦中惊醒过来。

一生的迷恋，一生的创造，法布尔为孩子们、为这个世界留下了10大卷皇皇巨著《昆虫记》（Sourenirs Entomologiques；法文直译应为《昆虫学回忆录》）。自1879年第1卷问世，到1910年第10卷出版，法布尔将他一生的观察和思考、热爱和欢欣、寂寞和孤独、追求和奉献，都熔铸进了他的作品。《昆虫记》是以大量翔实的科学观察材料为基础，以深厚的诗学功底和独特的文学气质写就的鸿篇巨制，其中多数篇章的文体是流畅、优美、精致的散文，主要内容集中在昆虫学问题上，同时收入了一些讲述自己的经历和感受的回忆性文章、若干解决理论问题的议论文字等。一位饱经沧桑、追求不止的昆虫学探索者和科学文艺创作者的优势及才能，在这部巨著中得到了充分发挥。10卷220余篇，内容丰富自有公论；可其工程之宏大、之艰巨，恐怕只有作者自己才最清楚。

法布尔曾这样说过："散文写作"可比求解方程根来得"残酷"，然而，法布尔坚持并完美地构筑了这一科学文艺的宏大殿堂。也许，事情就如新版《昆虫记》中文本译者王光在题为《法布尔精神》的再版序文中所写的那样："平心而论，我们今天能读到《昆虫记》这样一部作品，是件很幸运的事。把毕生从事昆虫研究的成果和经历用大部头散文的形式记录下来，以人文精神统领自然科学的庞杂实据，虫性、人性交融，使昆虫世界成为人类获得知识、趣味、美感和思想的文学形态，将区区小虫的话题书写成多层次意味、全方位价值的巨制鸿篇，这样的作品在世界上诚属空前绝后。没有哪位昆虫学家具备如此高明的文学表达才能，没有哪位作家具备如此博大精深的昆虫学造诣；况且，那又是一个令群情共振的雨果、巴尔扎克、左拉文学时代，一个势不可挡的拉马克、达尔文、魏斯曼生物学时代。若不是有位如此顽强的法布尔，我们的世界也就永远读不到一部《昆虫记》了。"[8]

走进《昆虫记》的世界，我们首先看到的是千姿百态、丰富神奇的关于昆虫生活情状和习性的描述。这种描述的精细、准确和系统是前无古人的。例如，昆虫的出生、蜕变和死亡，昆虫一生的各项大事——猎食、恋爱、游戏、建造住宅、生育和抚育下一代，昆虫的各种稀奇古怪的性格……法布尔没有单纯沿用普通昆虫学常用的解剖和分类的方法，而是以连达尔文都叹为观止的实证精神和观察天才研究活体昆虫的种种本能和"习俗"，揭示了昆虫世界的"本能和习性之不可思议的神妙与愚蒙"（周作人语）。

法布尔以自己的研究方式为读者展示了丰富的昆虫学知识。他的研究方法曾受到科学界的肯定。例如法兰西研究院就曾经向他颁发过实验生理学奖金，肯定他在活态昆虫上的研究具有不同于昆虫结构解剖学的价值。

《昆虫记》当然不是纯粹的昆虫知识读本。法布尔是一位酷爱诗歌和文学的科学家。青年时代的法布尔尽管清贫如洗，却宁肯勒紧腰带，用省下来的钱来买诗集。他在自己的著作里常常引用诗人拉封丹、勒蒲尔和维吉尔的诗句。他自己也喜欢写诗。这种文才诗情，在《昆虫记》的写作中得到了充分的发挥。法布尔在精确、细致的科学观察的基础上，以生动的构思和笔法，将光怪陆离的昆虫世界的介绍变得引人入胜、妙趣横生。

　　例如，松树毛虫列队游行，沿着树干而下，还吐丝铺成一条丝路，天黑时好顺着丝路回家——究竟是谁教会了它们这种本领？又比如，大孔雀蛾这位新娘一出世，远在一二十里路以外的情人雄孔雀蛾会在黑夜里穿过一重重树林来求婚——又是谁给它们传递的消息？在法布尔的笔下，这些"昆虫之谜"的引出、呈现、索解都充满了情味和妙趣。

　　请看第一卷的《圣甲虫》中对金龟子合伙运送"珍贵的粪球"一幕的描述："合伙运送粪球，会不会是异性间的合作呢？它们是不是即将配对儿的一公一母？有段时间，我确实以为是这么回事。两只食粪虫，一前一后，怀着同样高涨的劳动热情，双双推动沉重的粪料团；这情形令我想起从前，人们手上摇着风琴，口中唱着这样的歌：'——为把几件家具添哪，我说咱俩怎么办？——咱俩一道推酒桶吧，我在后来你在前。'"在这里，观察是细致入微的，联想和思考更是新奇而又富有情趣的。法布尔就这样把知识的探求和介绍变得妙不可言、充满光彩。

　　《昆虫记》的可爱——或者说，法布尔的高超之处还在于，他不仅把他的昆虫故事和自然奥秘叙述得有趣有味，而且抒写得富有诗意和美感。瞧他怎样用拟人的笔法描写荒石园这片乐土上的居民们的生活："我这个稀奇而冷落的天国，正是无数蜜蜂与黄蜂的快乐的猎场，我从来没有在单单一块地方，看见这么多的昆虫过。各种生意都以这里做中心，来了猎取各种野味的猎人，泥土匠，纺织工人，切叶者，同时也有石膏工人在拌和泥灰，木匠在钻木头，矿工在掘地下隧道，各种各样的都有。"

这种充满痴迷和喜悦的描写，真叫人仿佛走进了童话的氛围。而这并非特例，整本《昆虫记》都被这样迷人的笔调浸润着。读着它，我们的一颗心仿佛能感受到屠格涅夫所说的那种"愉快的紧缩"——对于孩子来说，那是天性获得满足的幸福，对于成人来说，那是童心复活的快乐。"法布尔富于感受，他用了孩童般的新鲜、纯净和友爱的目光，来打量他的朋友们的生活，研究工作因此给罩上了一层诗意的光芒。"[9]表现在《昆虫记》中，则是作者在科学与文学的交叉地带创造了最纯真、最优美、最迷人的叙述形式。仅凭这一点，法布尔就足以在科学文艺的发展历史上光照千秋。

但还不仅仅如此。《昆虫记》还带给了我们更深刻的思考，更悠远的冥想。法布尔在回击那些大肆攻击他的研究工作的人时曾经指出："你们是剖开虫子的肚子，我却是活着研究它们；你们把虫子当作令人恐惧或令人怜悯的东西，而我却让人们能够爱它；你们是在一种扭拽切剁的车间里操作，我则是在蓝天之下，听着蝉鸣音乐从事观察；你们是强行将细胞和原生质置于化学反应剂之中，我是在各种本能表现最突出的时候探究本能；你们倾心关注的是死亡，我悉心观察的是生命。"[10]

是的，每一种昆虫都是一种独特的生命形式，悄悄藏匿着自己的秘密，鲜为人知。而法布尔则同样悄悄地仿佛在不经意间为我们点破了这些秘密，让读者跟着他一起从对昆虫世界的关注中嗅出一种"哲学意味"，从对另一种生命形式的了解中升华起我们的情感，更从对人类社会的联想和比照参证中领悟出造物的神秘和社会人生之种种。

例如蝉，谁都在夏日里听到过它的歌鸣，可是有几人知道，它从虫卵到幼虫，再到蜕化为夏天的歌者，要在土里的黑暗中潜藏达四年，在这个过程中它要经历一番艰苦卓绝堪称九死一生的挣扎，而且这个不知劳倦的歌手竟是个聋子。作为夏日里的歌者，蝉的生命却没有一个夏天那么长，只有五个星期左右；尽管这么短，却尽够它歌唱，尽够它下卵以延续新的生命，四年黑暗中的苦工，就为了要在阳光下过这么五个星期啊。法布尔说，难怪蝉们在五个星期中天天唱着歌，声音大得震耳欲聋，这在表白自己活着的快乐呀！

又比如黄蜂，提到它人们最先想到的总是它那可怕的蜇人的毒针，可它那为群体的生存而牺牲自己的行为又有几人知晓？

再比如食粪虫金龟子。法布尔笔下忙着搬运粪蛋儿的金龟子们仿佛透露着人间的种种消息和德行：这里有辛苦搬运粪球的金龟子，也不乏表面上去帮忙而暗地里不过是想捡点便宜，甚至是耍点阴谋把粪球据为己有的金龟子，更有自恃身强力壮，以武力半路劫持粪球的金龟子……于是，这些金龟子都仿佛化作了人形，在我们的目光下走来走去，而我们的思绪，也会随着作者的描述在不知不觉中升腾、飞翔……

周作人在20世纪20年代撰写的《法布耳〈昆虫记〉》一文中曾引用过戏剧家罗斯丹（Rostand）和作家梅特林克（Maeterlinck）对法布尔的评论。罗斯丹说："这个大科学家像哲学者一般的想，美术家一般的看，文学家一般的感受而且抒写。"周作人认为"这实在可以说是最确切的评语"。他还评论说，"我们看了小说戏剧中所描写的同类的命运，受到深切的铭感，现在见了昆虫界的这些悲喜剧，仿佛是听说远亲——的确是很远的远亲——的消息，正是一样迫切的动心，令人想起种种事情来。他的叙述，又特别有文艺的趣味，更使他不愧有昆虫的史诗之称"。是的，在《昆虫记》中，观察与思考获得了自然的结合，虫界与人世得到了巧妙的比照，科学和诗学实现了完美的统一。这正是因为法布尔有着精敏的目光、高贵的思想、优雅的才情，还有最根本的一点，这就是对于科学和艺术的虔诚和献身精神。

现在，让我们再一起来读读法布尔的世界吧——

"在我高高的头顶上，天鹅飞翔于银河之间，下面，围绕着我的，有昆虫的音乐，时起时息。微小的生命，诉说他的欢乐，使我忘记了星辰的美景。那些天眼，向下看着我，静静地，冷冷地，但一点不能打动我内在的心弦。为什么呢？它们缺少大秘密——生命。"

这不是诗又是什么？梅特林克称法布尔为"昆虫的荷马"，真是太准确了。

1910 年，法布尔 86 岁的时候，《昆虫记》第 10 卷问世了。老人抱着书，拄着拐杖，装上放大镜，一步三摇在"荒石园"中，仍想再把《昆虫记》写下去……但岁月已使老人的心愿难以实现了。

就在这一年，家人以"从事《昆虫记》写作 50 年"之名，邀集法布尔的挚友和学界友好来到"荒石园"，为他举行了一次小型庆祝会。法布尔备感欣慰、老泪纵横。消息传出，舆论界大哗大惊：法国人居然把隐居"荒石园"中的这位值得骄傲的同胞忘得如此轻松！于是，新闻界造起宣传攻势，"法布尔"的名字四处传扬；"了不起""最杰出""伟大"

一类赞扬声此起彼伏，荣誉桂冠一个接一个飞向老人；一时间，除了虫鸣寂静了几十年的荒石园人流如织，热闹非凡。但能令法布尔为之心动的消息只有一个：那一年里，自己作品销出的册数，是此前20年的总和。

此时，法布尔正开始筹划出版全10卷精装本《昆虫记》，并为这一版本写下一篇短短的序言。序言结尾是这样几句话："非常遗憾，如今我被迫中断了这些研究。要知道从事这些研究，是我一生得到的唯一仅有的安慰。阅尽大千世界，自知虫类是其最多姿多彩者中之一群。即使能让我最后再获得些许气力，甚至有可能再获得几次长寿人生，我也做不到彻底认清虫类的益趣。"

法布尔去世不到十年，10卷《昆虫记》精装本出齐。他的女婿勒格罗博士，将介绍他一生的文章结集出版，续作《昆虫记》第11卷。

法布尔不应有憾。他为人类科学、文艺事业所做的一切已经载入史册，而我也想说，《昆虫记》作为独树一帜的儿童科学文艺巨著，也在法国儿童文学史上写下了浓重的一笔。

---

## 注　释

[1] 朱立民、颜元叔主编：《西洋文学导读》上卷，台北：巨流图书公司出版，世界图书出版公司北京分公司1993年重印，第308页。本节未标明出处的引文，均出自本书。

[2] 参见朱智贤、林崇德：《儿童心理学史》，北京：北京师范大学出版社1988年版，第1页。

[3] 参见韦苇：《西方儿童文学史》，武汉：湖北少年儿童出版社1994年版，第146页。

[4] 克洛岱尔：《关于法国文学的讲演》，张祖建译，《世界文学》1995年第3期。

[5] 参见柳鸣九主编：《法国文学史》中册，北京：人民文学出版社1981年版，第193页。

[6] 莫渝：《法国儿童诗导论》，《梦中的花朵——法国儿童诗选》，台北：富春文化事业股份有限公司1991年版，第24页。

[7] 陈伯吹：《法朗士与〈蜜蜂公主〉》，《儿童文学研究》1985年总第20辑。

[8] 王光：《法布尔精神》，见《昆虫记》，北京：作家出版社1998年版，第2页。

[9] 彭程：《昆虫之涛》，《光明日报》1993年6月4日。

[10] 法布尔：《昆虫记·荒石园》，王光译，北京：作家出版社1998年版。

# 第五章　19 世纪的童话

## 第一节　概述

从著名的"禽兽史诗"《列那狐的故事》到影响深远的拉封丹寓言诗，从具有里程碑意义的《鹅妈妈的故事》到广为流传的《美妞与怪兽》，法国儿童文学形成了深厚的童话艺术积累和传统。进入 19 世纪，新兴的儿童小说逐渐以一种强势的艺术姿态取代了童话在法国儿童文学各类体裁创作中的"盟主"地位，但是客观地说，童话依然是各种体裁中最活跃的创作门类之一。由于儿童小说创作的活跃和兴盛主要出现于 19 世纪下半期，因此，我们首先来看一看 19 世纪创作童话的发展情况。

19 世纪的创作童话发展呈现出以下主要的特点：

第一，重视童话的艺术传统得到了珍视和继承。

法国古典童话不仅创作历史悠久，积累深厚，而且它在世界儿童文学的早期发展史上占有突出的艺术地位和历史地位。虽然进入 19 世纪以后，以马克·吐温的《汤姆·索亚历险记》《哈克贝里·费恩历险记》为典型代表的写实类的儿童文学创作逐渐在世界范围取得影响，法国的儿童小说创作也呈现出后来居上的态势，但是应该说，法国古典童话创作的艺术传统在 19 世纪并未中断，而是得到了相应的珍视和继承。其主要表现在于，19 世纪法国童话创作无论是在作家队伍，还是在留给后世并值得历史加以记载的作家作品的数量方面都有了显著的增强，其艺术风格和色彩也变得比以往更加丰富和多样化了。因此，在 19 世纪儿童文学的艺术格局中，童话仍然占有十分重要的艺术份额。

第二，一批名家的加盟构成了法国童话创作的独特现象。

19 世纪的欧洲儿童文学创作中，出现了一批以童话创作成就显赫而名垂史册的杰出作家，例如伟大的安徒生，还有格林兄弟、豪夫、卡洛尔、科洛迪等等。虽然也有王尔德这样的文坛大家写出了影响巨大的童话作品，但在法国以外的欧洲诸国，这种现象并不是十分普遍。而在法国，名家加盟童话创作不是一种个别现象，而是构成了一种颇富气势的创作景观。人们可以从中看到这样一些在整个法国文学史上都令人感到十分熟悉的名字：乔治·桑、都德、左拉、法朗士……这些名字的加入和存在，不仅在气势上，而且在童话创作实绩上，都为 19 世纪带来了沉甸甸的分量。

第三，在童话的艺术美学创造上有所拓展。

19 世纪的法国童话创作以古典童话的艺术传统为依托，因而在许多方面都难免表现出了对古典童话美学的巨大依赖性或者说是继承性。这种依赖或继承的具体表现主要有这样几个方面：

一是在题材来源上，继承了贝洛的遗风，往往注重吸收民间童话故事的灵感和素材来加以再创作。例如拉布莱依的《蓝色童话集》《新蓝色童话集》等，其中就有一些作品是在土耳其、意大利、法国、挪威、冰岛、塞尔维亚等国的民间故事的基础上写成的。法朗士的《蜜蜂公主》也是糅合了几个民族的民间童话的情节和形象，并充分发挥它们幻想神奇的特点再创作而成的。这些现象不仅显示了民间童话故事艺术资源的丰富性和童话作家对它们的亲和感，而且也对当时法国童话创作的艺术风貌形成了相当大的影响。

二是在童话形象的择取和组合上，往往采用了传统童话中的人物类型。如塞居尔夫人的《金发小姑娘的故事》、乔治·桑的《比克多尔堡》等作品中，都出现了狠毒的后母形象，令人联想起贝洛的《灰姑娘》、多尔诺瓦夫人的《格拉修丝和贝尔西内》等童话中所塑造的那些心狠手辣的后母形象。此外，在19世纪的不少童话中，仙女也仍然在呼风唤雨，王子和公主也仍然在继续演绎着他们悲欢离合的情感故事。

三是童话的主题和功能也仍然与古典童话有着深刻的联系。从内容上看，劝善惩恶仍是许多作品所热衷和留恋的主题；从功能上看，道德教育仍然是许多童话的主要创作意图。因此，虽然19世纪（尤其是后半期）世界最先进的童话创作观念已推进到对比较纯粹的"幻想"艺术的重视和创造，如英国的刘易斯·卡罗尔的《艾丽丝漫游奇境记》即以描写种种梦幻景象为特色——日本儿童文学研究者神宫辉夫曾在《世界儿童文学指南》一文中指出，"1865年《艾丽丝漫游奇境记》的出现，确立了幻想的胜利"——但是在法国，"以娱乐而不是以自我完善为目的，为了陶冶性情而不是为了增进文化知识的儿童文学"包括童话作品的创作，仍然是相对稀少和滞后的。

但是还应该看到的是，在对古典童话美学的继承和借鉴中，19世纪的法国童话也显示了许多超越古典童话美学的努力和迹象。我这里主要指的是，古典童话美学的影响虽然存在，但不少作家在题材、主题和表现手法等方面都进行了新的尝试和创造。这些尝试和创造中出现了不少成功的范例。例如塞居尔夫人的长篇作品《驴子的回忆》以一头驴子的回忆和自述形式展开故事，不仅角度新颖，而且内容生动，叙事幽默；在文体上则融合了小说和童话的艺术特点，极富创造性。有些作品虽然借鉴了古典童话的形式和手法，但又进行了新的创造。如在保罗·缪塞的中篇童话《风先生和雨太太》中，掌握着扬善惩恶的魔法并能够呼风唤雨的人物已不是传统的仙女或宝物了，而是更贴近儿童心理的拟人化了的风先生和雨太太了。可以说，风先生和雨太太为童话带来了某些新的美学表现空间。

因此我想说，虽然由于像英国这样的先进国家童话艺术观念和创作实践的大幅度更新与腾跃，19世纪的法国童话不再具有艺术上的优势，但应该承认，它仍然是沿着古典童话开辟的艺术道路继续向前延伸的，它仍然以自己的艺术努力为法国儿童文学的发展推波助澜。

法国也是民间童话故事积累十分丰富的国家。正是这些积累，给以贝洛为代表的古典童话直至19世纪的作家创作童话提供了最直接的美学滋养。除了创作童话之外，法国人也有收集、整理、出版以便保存和传播民间童话与传奇故事的文化传统。因此，19世纪的法国除了由作家们的创作童话作品所串联起来的一条发展线索之外，还有一条主要由民间童话的收集、梳理、出版工作贯穿起来的艺术线索。从19世纪初开始，法国有一批民间文学专家和杂志记者，专心致志地搜集法国各地区的口头童话故事，整理汇编成一部部传世佳作，如欧仁·科尔迪埃的《上比利牛斯传奇》（1855）、阿·斯托贝的《阿尔萨斯专集》（1858—1861）、塞纳克·蒙科的《加斯科涅民间文学》（1868）、E.蒂埃费尔和H.加尼埃的《阿尔萨斯传奇和故事》（1884）、让·波利的《老阿尔萨斯茶余饭后》（1886）、夏尔·居荣的《阿尔萨斯传奇》（1890）、达尔迪的《阿尔布雷民间文选》（1891）、让娜·弗朗斯的《阿尔萨斯故事》（1892）、日·弗·布拉代的《加斯科涅民间故事》（1899）、路易·朗贝尔的《南方民间故事》（1899）等民间童话和传奇故事专集。此外，一些杂志，如《罗曼语杂志》《阿里埃日方言年鉴》等，也常刊登民间故事。通过这些工作所保存下来的不少优秀的民间童话作品，至今仍在法国和世界上许多地方流传着。

## 第二节　塞居尔夫人

塞居尔伯爵夫人（La Comtesse de Ségur, 1799—1874）是 19 世纪中期法国童话创作中出现的一位重要的作家。她出生于俄罗斯的圣彼得堡，父亲是一名俄国将军。拿破仑大军攻占莫斯科时，她父亲下令放火焚烧莫斯科城（列夫·托尔斯泰在《战争与和平》中曾有过描述），后于 1817 年被流放到了法国。她也随同移居法国，并同一位法国伯爵结婚，加入了法国籍。作为一位儿童文学作家，塞居尔伯爵夫人可谓大器晚成。她是一位贵族妇女，大部分时间生活在法国努埃特大庄园。在她成为祖母后，她常常讲故事给儿孙们听。这些故事后来成为她创作的素材。1856 年，时年 57 岁的塞居尔夫人出版了第一部作品《新童话》，很快声誉鹊起，并由此成为一名儿童文学作家。

塞居尔夫人的主要作品除了《新童话》外，还有《模范小姑娘》（1858）、《假期》（1859）、《驴子的回忆》（1860）、《索菲的不幸》（1864）、《杜拉金将军》（1866）等。此外，她还撰写过三部教育论著。

塞居尔夫人在 18 年的岁月中所撰写的 20 部儿童文学作品，大部分属于儿童小说作品，其中，童话作品有《新童话》《驴子的回忆》等。这些作品在 19 世纪法国的童话创作中占有重要的地位。

大体说来，从艺术特点上看，塞居尔夫人的童话可以分为两种类型。

第一种类型即收入最早出版的《新童话》中的那些中短篇童话作品。这些作品具有较浓郁的民间童话特色，反映了塞居尔夫人初期童话创作的艺术特色，如《金发小姑娘的故事》《小亨利》等。

中篇童话《金发小姑娘的故事》讲述了这样一个故事：善良、正直的国王贝楠有一个善良美丽的小女儿，名叫布隆迪娜（意思是"金发小姑娘"）。她的继母伏拜特王后十分嫉恨她。布隆迪娜长到 7 岁的时候，有一天，10 岁的小仆人为糖果和甜食所诱惑，按王后的旨意把她引进了只能进不能出的丁香林。在魔林里，小猫米农把她带到一座华丽的宫殿里。善良的主人鹿妈妈碧什热情周到地接待了她，并让她睡在用绣着金丝的玫瑰色绸子装饰的房间里。梦中，碧什和米农教给她许多知识，使她学会了弹琴、歌唱、绘画和写字。七年时间飞快地过去，布隆迪娜醒了过来。此时她已是一位 14 岁的少女。她思念父亲，耐心期盼着与父亲团聚的日子。不料在一只坏鹦鹉的恭维、挑唆和怂恿之下，她竟怀疑起最真诚的朋友碧什和米农，以致不听碧什的话，去堆满乱石的荒地上摘下了一枝玫瑰花，招来了自己命运中的恶神，也损害了两个善待她的朋友。如梦初醒的布隆迪娜痛悔万分，决心以自己的痛苦赎过。在她又饿又渴之时，一头脖子上挂着小盆的母牛为她送来了牛奶。当她独自在林中痛苦地度过六个星期之后，一只特别大的乌龟来对她说："如果你有勇气爬到我的背上来，六个月之内不下去，而且在这个漫长的旅行没有结束之前，你一个问题也不要向我提，这样我就可以把你带到一个地方，在那儿你会知道你想知道的一切"；"如果你没有勇气到达目的地，你就会永远逃不出鹦鹉和玫瑰花的魔力的控制，我也再不能救你了。"经过 180 天寂寞而艰难的旅行之后，布隆迪娜终于来到了好意仙女的宫殿。可当她看见鹿妈妈和小猫米农的皮被金刚石钉子钉在用金子和象牙精雕细刻而成的大柜中时，顿时晕倒过去。好意仙女帮助她苏醒过来，并告诉她由于她的悔恨和经受的痛苦，感动了仙女王后，丁香林里的恶神所施的魔法被解除了。原来好意仙女就是恢复了人形的碧什，而小猫米农也已恢复了王子的原形。布隆迪娜和他们一起坐着用珍珠和金子做成的小车里，由四只洁白耀眼的天鹅驾着飞回了贝楠国王的宫殿，大家永远幸福地生活在一起。

《小亨利》叙述的则是 7 岁的儿童小亨利为救治病危的母亲，克服许许多多意想不到的困难，最后找到生命草的故事。在寻找生命草的过程中，他凭着勇敢、耐心和善良，解救了落入险境的乌鸦、公鸡和青蛙；进山以后，他又不畏艰难给两位山神分别割麦磨面做面包、摘葡萄酿酒；为一头大狼打猎做食物；为一只大猫捞完了沟里所有的鱼并分别煮熟或腌成了咸鱼。最后，他在经历了一次又一次的危险和磨难以后，终于找到了生命草，治好了妈妈的病，并过上了幸福的生活；"人们不知道亨利和妈妈活了多长时间。可能仙女王后使他们长生不老，并且把他们搬到了仙女住的宫殿里去了"。

这两篇童话艺术上的共同特点是，情节曲折跌宕，结构精巧完整，叙事丰满细腻，语言也比较密丽讲究，与 18 世纪以多尔诺瓦夫人为代表的贵族沙龙妇女作家的童话作品颇有艺术质地上的相同或相似之处。从主题上看，作品通过两位小主人公的奇险经历，赞扬了勇敢、善良、坚韧、刚强的品格，肯定了知错必改、尊敬父母的良好品行。这一切既表现了作家的艺术创作风格和道德教化倾向，也显示了相当浓烈的民间文学色彩。

另一方面我们也可以发现，在塞居尔夫人的中短篇童话中，已经透露了某些新的童话艺术色彩。例如，在《小灰老鼠》中，尽管民间童话的影响痕迹依然浓重，仙女、王子依然穿梭其间，万能的魔法依然不时发威，但我们也不难看出，主人公罗莎丽的生活及故事发生的环境已经具有了较强的现实生活的印迹。是的，这是一个重要的信号，塞居尔夫人对古典童话所进行的一场艺术革新，正在悄悄地孕育之中。

塞居尔夫人童话的第二种类型即是她的代表作、长篇童话《驴子的回忆》（1860），也即是我所说的塞居尔夫人对古典童话进行艺术革新的标志性作品。

《驴子的回忆》这部作品在文体样式上无疑会令那些熟透了古典童话艺术模式而又喜欢寻根刨底的读者大感困惑：一头聪明的驴子成了作品中的叙述者，而那些大大小小的人——儿童、老人、保姆、村长、警察、盗贼、厨师、马车夫、旅店老板等等则成了被叙述者；古典童话中的常人——国王、公主、灰姑娘、后妈等等的故事常常是那么荒诞，那么离奇，而一头驴子眼中的世界又是如此真切、如此写实。这的确令人大感疑惑。是的，关于这部作品的体裁，人们的把握就不一致。通常人们都认定它是一部童话，但也有研究者则认为它是一部小说，如这部作品中译本的前言中就认为："《驴子的回忆》是一部以驴子卡迪雄为主人公的儿童小说，应归入拟人化的动物故事一类"[1]。

《驴子的回忆》的意义也就在这里：它一举突破了古典童话的艺术桎梏。创造了一种全新的童话叙事模式。在这部作品中，叙事视角是纯童话的，而叙事视域则基本上是现实的。于是，荒诞、夸张的表现形式与客观、平实的表现内容实现了巧妙的统一，拟人化的童话叙事与写实性的小说叙事获得了自然的融合，而动物世界与人的世界也完成了一种新的艺术结盟——在《驴子的回忆》中，动物世界成了观察世态万千的一个别致的切入角度，而人情世态又借助动物的眼光和感受获得了一种微妙的呈现和注解。因此，从文体上看，《驴子的回忆》是一部汲取、融合了小说叙事特长的、别开生面的童话作品。说它是当代"童话小说"的艺术滥觞，恐怕也是准确的。

《驴子的回忆》是以一头年迈的驴子卡迪雄回忆和追述往事的方式展开叙事的："小时候的事情，我已记不大清楚。我很可能和其他小驴一样，很漂亮，很和气，却又都很不幸。那时候，我一定非常聪明。因为，直到如今，我虽然老了，可我还是比同伴们聪明一些。我曾经多次作弄过那些可怜的主人；他们不过是人，他们不可能具有一头驴子所具有的智慧。"平实、舒缓而又透着幽默和机趣的叙述，把我们带入了一个奇妙的童话世界。

《驴子的回忆》中译本的"内容提要"是这样提示读者的：卡迪雄是一头聪明的驴子，它有种种非凡的表现，赛驴会上得过奖，帮助捉过强盗，没有受过训练就能作种种技驴的表现。但是它处处好表现自己，又十分任性，报复心很重，因此惹了不少祸，几次换了主人。最后一家主人老老小小都很喜欢它，但是由于它心地狭窄，恶作剧差点弄出人命来，主人们一度都疏远了它。后来它觉悟到自己错了，并在一系列行动中改正了自己的错误，成了一头既聪明又勤劳，既驯良又具有同情心的驴子，最后得到了一家人特别是孩子们的信任。

很显然，无论是作为一位深受劝诫醒世文学传统影响的儿童文学作家，还是作为一位热心为儿孙们的成长而写作的老祖母，塞居尔夫人都会情不自禁地在作品中表达自己强烈的道德教育意图。在《驴子的回忆》的结束语部分，作者就借用驴子卡迪雄的口吻，作了这样的总结和点题："我利用一个不能外出的严冬组织材料，写下了我一生中的几件大事。少年朋友们，你们说不定觉得这些故事很有趣。它们会使你懂得，要别人待你好，你必须先待别人好；你认为最蠢的人，其实他们并不像外表那样蠢；动物，包括最可怜的驴子，都是有感情的，它们有爱主人的心，知道什么是受虐待，它们有报复心，也有表示感情的愿望；它是否幸福，把主人当作朋友还是敌人，全都取决于主人的态度。我生活得很幸福，我得到所有人的爱护，得到小主人雅克友情的关怀。我已经老了，不过驴子是长寿的。只要我还能站得住，就能行走，我就能用我的智慧和力量为主人服务。"

我想说，对于儿童文学而言，它主要是成人社会为满足儿童读者的精神需要和成长需求而创作、提供的一种文学产品，它既反映着成人社会对儿童的理解和认识，也必然会携带着成人社会的观念和期望。因此，教育性几乎可以说是儿童文学的文化本能和文化天性的一个重要组成内容。换句话说，教育性与儿童文学的审美本性在文化天性上是可以相容的。在儿童文学的艺术语境中，审美价值的"天敌"不是教育价值，而是伤害、践踏审美价值的说教主义暴行。

从世界儿童文学史上看，在许多处于经典位置的名著例如《爱的教育》《木偶奇遇记》等作品中，众多而明显的教育意念总是会不时地与我们不期而遇，但它们仍然被看成是成功的、具有稳定的经典品质的作品而被我们永远敬重和继承。这是因为，在这些作品中，教育性并没有构成对审美性的冲击或伤害，至少是没有构成超出一般艺术分寸感的冲击或伤害。

从这个意义上看，我想说，塞居尔夫人表现出了一位高明的儿童文学作家或者说同时也是一位高明的教育家的明智和素养。整部《驴子的回忆》几乎从头至尾都浸润在一种自然、轻巧而又极为幽默、充满意味的叙事笔调中。在这种笔调中，我们接受了一个充分童话化、艺术化了的形象——驴子卡迪雄；我们通过卡迪雄富有童心、智慧和幽默感的眼光和感受进入了一个散发出浓浓情味的艺术世界——这个世界是迷人的，有趣的，它使作品中所有思想的表达、意味的呈现，都变得如此自然而又妙趣横生，以至无论小读者和大读者，都会把作品作为一个完整的世界接受下来。

我们不妨来看看作品中描述的一个精彩的片段。雅克和女孩卡米耶等小伙伴一起带着卡迪雄去集市上看技驴的表演，他们相信卡迪雄比所有的驴子都聪明，只要让它看了技驴的表演，它就能学会那些把戏。锣鼓声响，表演开始了。主人声称这头驴子不像它的同类那样愚蠢，甚至比许多人还要聪明。这使旁观者、一向高傲的卡迪雄非常恼火，并决心报复。当主人让那头叫"米尔里弗洛勒"的技驴把一束花献给人群中最漂亮的女士时——我们来看看"卡迪雄"的叙述：

> 只见所有女人的手都伸了出来，准备接受花束。我不禁笑了。米尔里弗洛勒绕场走了一圈，在一个又胖又难看

的女人面前站住，把花束放在她手里。后来我才知道，她就是米尔里弗洛勒的女主人，当时她手里还拿着糖块呢。

真没意思！我很气愤，一下子跃过围绳进入了表演场地。人们大吃一惊。我姿态优美地向前、后、左、右的观众一一行礼，迈着坚定的步伐走向那个胖女人，夺下花束，走向卡米耶，把花束放在她的膝盖上。全体观众热烈鼓掌，我走回原来的位置上去。人们纷纷猜测这是怎么一回事。有人以为预先早有安排，原来就有两头技驴，而不是一头。另一些人本来就认识我，看见我和小主人们在一起，都为我的聪明欣喜若狂。

接着，主人又让技驴把一顶帽子戴到"人群中最蠢的人"的头上去。技驴仍按事先的安排，准备把帽子戴到一个"红脸膛的胖男孩"、也就是主人儿子的头上时，报复的机会来了。只见卡迪雄又一次冲进圈子夺下帽子，朝技驴主人的头上套去……

这时，作者用夸张的笔调让卡迪雄得意地继续它的叙述：

我无法形容人们欢笑、喝彩跟高兴得手舞足蹈的场面，反正世上还从来没有一头驴子取得那样的成功，取得那样的胜利。成千上万的人涌进绳圈，他们都想来碰碰我，摸摸我，近前来细细看我。认识我的人都非常自豪，向不认识我的人介绍我的名字，向他们讲述许多故事。这些故事有真实的，也有编出来的。在那些故事里，我都是了不起的角色。有人说，有一次火灾，我独自打开抽水机扑灭了大火。还说我登上四楼，打开女主人的房间门，把酣睡的女主人从床上拖起来，当时火焰已经吞没所有楼梯和窗口；我就小心翼翼把女主人背在背上从四楼跳下去。女主人和我都没有受伤，因为保护我女主人的天神在空中托住了我们，让我们轻轻飘下地面。还说我有一次，独自杀死了50个强盗，一口咬死一个，这些强盗一个也没来得及清醒过来，向他们的同伴发出警告。还说我从地窖中救出150个人，强盗把那些人锁上铁链准备养肥后吃掉。还说我在一次比赛中，一口气跑一百公里，只用五小时，战胜了当地所有的良马。

这简直有些神乎其神了——但是，又有什么关系呢，在19世纪，一个被称为塞居尔夫人的法国童话家就是为我们写出了这样夸张幽默、痛快淋漓的作品！于是，无论是不由自主的道德劝谕，还是毫不遮掩的挖苦讽刺，都在塞居尔夫人活泼、晓畅而又极富童心意趣的叙事中化成了读者美妙的阅读上的愉悦感。

因此我说，《驴子的回忆》是塞居尔夫人为19世纪的法国童话提供的一部重要作品。它对传统童话的艺术革新使其获得了格外突出的历史地位，而它那美妙可爱的叙事艺术则使其获得了长久的阅读魅力。事实上，由于卡迪雄形象的成功塑造，也由于这部童话的家喻户晓，"卡迪雄"在法国已成了毛驴的代名词！

## 第三节　乔治·桑

乔治·桑（George Sand, 1804—1876）是19世纪法国浪漫主义文学具有代表性的女作家。她本名叫阿芒丁·奥罗尔·露西·杜邦，乔治·桑是她1832年发表小说《安蒂亚娜》时首次使用的一个男性化的笔名——正是这部小说使她的声誉青云直上，从此这个笔名也一直沿用下来。

　　乔治·桑出生于贝里的诺昂镇，在一座祖传的庄园里长大。童年时代的她是一个地道的乡村孩子，在户外活蹦乱跳，热爱自然和自由，和农民的孩子平起平坐地厮混在一起；她对乡村的深切热爱和理解也由此得到了培植。这一切后来都生动地反映在她的许多作品中。在乡村环境里，乔治·桑第一次读到卢梭的作品，而且入了迷。"此后，直到她生命的末日，她都是卢梭的忠实信徒。卢梭对于自然的理解和崇拜，对于上帝的信仰，对于平等的信念和热爱，对于所谓文明社会的藐视——这一切都和她的天性产生了共鸣，而且仿佛预先占有了沉睡在她灵魂里的各种情感。莎士比亚、拜伦、夏多布里昂也使她欣喜若狂。他们使她在周围的环境里感到孤寂，而且感染给她那种初期朦胧的忧郁，在年轻、热情而诚挚的心灵里，这种忧郁往往先于真正失望的忧郁。"[2] 不过，文学无疑已经在她的生命中占据了重要的位置。

　　初次婚姻最终解体的结果是，她于 1831 年独自带着两个孩子来到了巴黎生活。在巴黎，乔治·桑开始了她的文学创作生涯。她所处的那个时代正是法国文学史上创作丰饶多产的时期。雨果、巴尔扎克、大仲马都在手不停挥地写作，"作品堆积如山"（勃兰兑斯语）。乔治·桑的创作能力也几乎是同样地惊人，她的作品多达 110 卷。在这些作品中，包括了她为孩子们所写的童话《格里布尔奇遇记》（1850）、童话集《老祖母的故事》（1873）。

　　可能主要是两方面的原因决定了乔治·桑为孩子们写作的热情。第一个原因是她独特的美学观和社会观。在其田园小说代表作《魔沼》

（1846）的序言中，乔治·桑说："艺术家的目的应该是唤醒人们对他所表现的对象的热爱；要是他把它稍加美化，就我而言，我是不会责怪他的。艺术并不检验已知的现实，而是追求理想的真理。"乔治·桑对她所处时代的社会状态深恶痛绝，极力回避，不但无意对它们进行考察和描述，更无意对它们嬉笑怒骂，避之唯恐不及。因此，她一生创作的四个阶段，分别以激情小说、空想社会主义小说、田园小说、传奇小说为主要创作种类，这些作品几乎与巴尔扎克式的写实主义倾向无缘。其中，田园小说是她找到的真正最适合她的题材和艺术形式。

勃兰兑斯认为，在乔治·桑田园小说的代表作《魔沼》中，"法国小说的理想主义达到了最高水平。在这部作品中，乔治·桑贡献给世界的，是她向巴尔扎克宣称她所乐意写作的——18世纪的牧歌"[3]。在分析乔治·桑的美学信条时，勃兰兑斯指出："她没有从别的角度去看待作家的天职，只把它看成是追求人类力所能及的最高成就的一种渴望；或者，更正确地说，她认为作家的天职应该是提高心灵，使之超脱社会现状的缺陷，以便为它安排一个辽阔的视野，从而赋予它一股力量，当心灵再度降落地面时，能按照自己的方式，和那些成为缺陷渊薮的偏见、传统、心情的粗陋和心肠的冷酷进行战斗。"[4]

乔治·桑的社会观、文艺观决定了她一生对乡村的热爱和对穷人、包括穷苦孩子的同情。在其田园小说的另一部重要作品《小法黛特》中，她让一位乡村女孩成了故事中善良而高尚的主角。因此，对于现实的绝望和回避，对于文学所持的理想主义信条，都使她很容易在乡村生活、在儿童世界那里找到自己倾心的题材和灵感。

第二个原因是她独特的个性气质。乔治·桑的气质是"丰盈的、母性的气质"（勃兰兑斯语）。她爱孩子，在生活中为了孩子的前途、幸福，她倾注了大量心血。尤其是到了晚年，乔治·桑在故乡诺昂的乡居生活中，用大部分时间来照应自己的儿孙。她为人慈祥，在乡间获得了"好心的诺昂太太"的名声。她的童话集《老祖母的故事》就是为自己的孙儿孙女们所写的。这些故事是她作为一位老祖母的心情的产物，因而在她的整个创作中别开生面，但我们也应承认，这些童话同样是作者整个个性气质的合乎逻辑的产物。

在乔治·桑的童话中，《格里布尔奇遇记》（1850）是出版较早的一部作品。这部童话的原名是《格里布尔》，其法语原意为"憨包""傻瓜"，是作品中主人公的名字。格里布尔是王家园林看守人的小儿子，他不像他的哥哥们那样心狠手辣，不会用伤天害理的手段去发横财，而是从小不计较个人得失，以助人为乐，以"利他"为人生信条，结果竟遭受毒打，并被人歧视。他做的许多事，如跳进河里去躲雨，虽无碍他人，却总让别人觉得不可思议。当他发现要收他做养子的大丸花蜂头领是靠掠夺蜜蜂而致富时，他立即看穿了其强盗的面目，坚决不答应做其养子。于是大丸花蜂头领就宣称要螫死他。格里布尔逃跑时被仙女所救，并被引到了花茂草盛、奇香四溢的花岛仙国。这里的人们都心地善良，互敬互爱，互帮互助，没有贫富之分。后来，花岛仙国的女皇摘了一片玫瑰花瓣投入海中，给格里布尔作返乡之船。格里布尔回到人间后，希望建立一套合理的社会秩序。大丸花蜂头领知道他回来，就下令处死他。花岛仙国女皇得知格里布尔面临危难，便派了一支鸟军前来救援。大丸花蜂们架起了一堆柴，扬言如果鸟军不撤退，就把格里布尔烧死。鸟军只好答应撤退以保全格里布尔的生命。但格里布尔为了让鸟军一举消灭这些强盗，就夺过火把点燃柴堆，自己纵身跳入了大火。在他自焚的灰堆里，长出了一株美丽的小兰花——毋忘侬草。花岛女皇把这朵花珍爱地收藏在胸中带到了花岛，在那里格里布尔又同自己的朋友重新相见了。女皇还让鸟军把灰烬带到空中，并撒向大地。灰烬落到之处，立即长起了果树、麦子和蔬菜。

与 19 世纪其他一些法国作家的童话作品一样，《格里布尔奇遇记》同样难以摆脱民间童话的艺术影响，但是，这篇童话同时也显示出了乔治·桑童话的独特性。

首先是它没有简单沿袭民间童话的常见主题，它所表达的社会理想和人格理想是属于乔治·桑的。19 世纪俄国思想家、作家赫尔岑在该书俄文译本的序言中曾经指出，乔治·桑为了满足儿童想象的艺术要求，创作了一篇具有高度道德意义的故事，它同那些说教小说，特别是法国的说教小说，毫无共同之处。赫尔岑认为，传统说教小说的道德说教，其出发点仍然是利己的、自私的，因此他高度赞扬了乔治·桑笔下的格里布尔的纯洁的人格力量："她的书刚一面世就散发出一股清新的气味，给人以纯洁的感觉。格里布尔是一个天真纯朴的、无利己之心的、忠心赤胆的、热爱群伦的人物，所以他一直受歧视、受迫害。父母认为他是个傻子，因为他既不会拐骗，又不会偷盗。他们常常毒打他，因为他出自对父母的热爱，不愿离开父母的家门。作者始终不渝地坚持了主人公的这一性格"，即诚实、正直、无私的品质和性格。乔治·桑试图告诉读者，真正的奇迹和功业正是表面看似"傻瓜"却具有这种品质的格里布尔创造的。赫尔岑认为，"向孩子们宣传这种道德观是再健康不过的了"[5]。

其次，《格里布尔奇遇记》显示了可贵的幻想力和完美的诗意品质。无论是丸花蜂王国的黑暗丑恶，还是花岛仙国的明媚祥和，直至格里布尔的自焚和灰堆里开出的美丽的小兰花，主人公的精神和道德力量始终被赋予了理想主义的幻想光泽和纯净完美的艺术诗意。对此，赫尔岑也曾指出："如果缺乏这种诗意的话，儿童就不会去阅读它了。艺术上的要求是要走在儿童的前头的，——因为儿童要在读物中寻求的是乐趣，而不是功利。"[6]

《格里布尔奇遇记》出版后，在当时受到了小读者的热烈欢迎，据说孩子们喜欢把它"读得稀烂"。1860 年，它的英文译本在伦敦出版，1861 年俄文译本又在俄国面世。它的流行当然不仅仅是因为乔治·桑的名气。

乔治·桑晚年为孙辈们所写的作品都收入了童话集《老祖母的故事》（1873）。其中包括《说话的橡树》《泰坦的口琴》《勇敢的翅膀》《玫瑰色的云》《灰尘仙女》《比克多尔堡》等流传至今的名篇。

中篇童话《说话的橡树》的主人公是失去了父母的牧猪孩子爱米。爱米不堪主人的虐待和猪的骚扰，逃离了村子。他来到林中，栖息在被认为着了魔法、会说话的大橡树树干上的一个洞穴里。他渴饮清泉，饥餐栗子、桑椹，后来又捕鸟捉兽，慢慢习惯了林中既孤独又自由的生活。后来，假装痴呆的丐妇卡底西要爱米做她的继承人，并许诺把自己 40 年向人乞讨和偷骗所得的大笔钱财留给他。但爱米不愿做偷盗和骗取钱财的乞丐，拒绝在耻辱和腐朽中谋取生活。他回到橡树那儿，并且参加了人们砍伐野树的工作，用自己诚实、正直的劳动去换取净化、快乐的生活。

我们不妨把这篇作品中的爱米和卡底西分别看作是两种不同道德观和人生观的艺术象征或符号。通过爱米，作者讴歌了劳动，赞美了诚实、正直、善良、勤劳的美好品格；借助卡底西，作者则鞭挞了怠惰、欺骗的恶行和希望不劳而获的人生观。而两个人物形象所构成的鲜明的艺术反差，更强化了作品的道德倾向。

另一部篇幅更长的中篇童话《比克多尔堡》同样显示了作者寻找理想道德和情操的执着憧憬。8岁的女孩狄安娜本来在修道院里学习，因患热病，只好随同父亲——一位著名的沙龙画家回家去。不料途中车翻马伤，他们便住宿在一个叫比克多尔的荒弃已久的贵族堡寨里。比克多尔堡虽然荒芜破损，但那儿还残留着许多美丽的雕像，被野生植物侵袭的露台成了一座更美的花园；室内布满壁画，虽然破旧，但人物依然栩栩如生。狄安娜似乎听到了那个戴着一副面纱的太太的雕像在跟她说话，看到了画上的仙女们举行的盛会，并随她们观赏了用千百种花儿组成的花坛。美妙的大自然和艺术在真诚、热情、富有感受力和想象力的狄安娜心中种下了美的种子。后来，狄安娜仍然不断怀念比克多尔堡。她经过不断地钻研和探索，终于找到了艺术生命的真正秘密，并在不知不觉中摒弃了父亲那种日益落伍、矫揉造作的沙龙画风，而追求一种富于生命力的真正的艺术，并最终取得了超越父亲的绘画艺术成就。

《比克多尔堡》同样反映了晚年乔治·桑对于晚辈的道德和情操上的关怀和引导。她引导孩子们热爱生活、自然和艺术的美，期望借助童话培养他们诚实善良、刻苦钻研、虚心上进的优良品德。尽管这种期望和憧憬不免有些空幻和理想化，但一位老祖母的慈爱炽热的心肠，仍然为这些作品灌注了一种美丽动人的艺术气韵。

《灰尘仙女》是乔治·桑童话中较为特殊的一篇作品，它有较多的科学知识含量，富有科幻色彩。作者把常见的、令人生厌的灰尘幻化为美丽的灰尘仙女，并让她带着"我"——一位同情灰尘仙女的小女孩遨游她那变幻莫测的宫殿，徜徉在各个实验室中，观赏她炼制的种种杰作：花岗岩、大理石、各种矿物、贝壳、宝石、水晶玻璃灯、陶瓷以及植物生长所需要的土壤……灰尘仙女告诉"我"，大自然仙女永不停留在已创造出来的和已被认识的事物上，事物在不停地变化，静止即是死亡；不应过分轻视过去的世界，但更要热爱未来的世界，要不断创新，使一切变得愈益完美。醒来后，"我的神志仍然留在迷人的梦境里，它已经使我能够从这些灰尘中分辨出最微小的原子了"；"我"也意识到，一切微小的混合物中，都孕育着一个不可捉摸的生命，它会再孵化、再生长、再完善起来……

　　《灰尘仙女》寓丰富的科学知识于美丽神奇的幻想之中，色彩绚丽，境界阔大，同样体现了乔治·桑童话气质纯美和诗意葱茏的美学特性。

　　最后我想特别指出的是，乔治·桑童话美学特性的熔铸，还有一个最重要的因素，这就是她对于大自然的格外倾心和由衷的赞美。她终生难以释怀的"大自然情结"，她在自己的田园小说中所流露的对于大自然的热爱之情，在她的童话作品中抒写表现得同样真诚和动人。从较早的《格里布尔奇遇记》，到晚年所写《老祖母的故事》中的《说话的橡树》《比克多尔堡》《玫瑰色的云》等篇什，大自然都构成了童话葱茏诗意和美妙意境的一个重要的源泉。正如法朗士后来在谈到乔治·桑作品时所说的那样："她在这个世界上唯一的使命就是以无可比拟的慷慨之情表现她对大自然的感受，描绘她对大自然的酷爱。她能够正确地看待大自然，因为她所看到的大自然无限的美。"[7]

法朗士说的当然不错。但我们还应看到，乔治·桑笔下的自然意象在很大程度上是与其作品中人物品质的揭示和形象的塑造联系在一起的。正如她曾经声明她的田园小说是要引导读者"注视青天、原野、绿树、善良而真实的农民"以及他们"安静、自由、富有诗意、勤劳单纯的生活"一样，她在自己的童话中也将诚实、善良、勇敢、勤劳的主人公形象与优美动人的大自然描写融为一体，因而构成了乔治·桑童话的富于理想主义和浪漫情怀、充满诗情画意的动人篇章。可以说，这是乔治·桑的童话创作对 19 世纪法国童话艺术美学的一个贡献。

## 第四节　其他童话作家

19 世纪的法国童话还拥有一连串响亮的名字和一连串可以说同样响亮的童话作品。

夏尔·诺迪埃（Charles Nodier, 1780—1844）在 19 世纪初的法国文学中一般被认为"并不是一个很有成就的作家，但却是一个很有影响的文学活动家"[8]。勃兰兑斯在《十九世纪文学主流》第五分册"法国的浪漫派"中有一节专门谈到诺迪埃，开头是这样介绍他的："从 1824 年开始，雨果、大仲马、拉马丁、圣伯甫、缪塞和维尼，几乎每星期天晚上都要在一个朋友家里聚会。这个朋友在那一年定居在巴黎郊外军火库附近的一所简朴的房子里，人们管它叫'小推勒里宫'。他们的主人，论年纪是属于上一世纪的人（他诞生于 1780 年），然而就精神状态而言，他已经预见到一种新生的文学，因此他立刻毫不踌躇地把这种文学置于他的保护之下。他的名字就是夏尔·诺迪埃。"

但是在儿童文学史上，这位 1833 年入选为法兰西学院院士的作家所占有的地位显然重要得多。在法国当代一些儿童文学史家所撰著的《法国儿童文学史》中，就设有诺迪埃的专节。诺迪埃的生涯一直是光怪陆离、历经沧桑的。这可能在相当程度上影响到了他的想象和性格——"他生活在传说的世界里，生活在奇幻的神话和鬼怪故事的世界里"[9]。勃兰兑斯曾经说，如果真有一位小仙女站在一个凡人的摇篮旁边，这个凡人就是夏尔·诺迪埃了。诺迪埃写过不少奇妙优美的幻想故事，如《伊涅斯·德·拉斯·西拉》《面包屑的妖女》等。这些幻想故事（通常被认为是幻想小说）中所具有的各种狂放不羁、错综曲折的幻想情节，使它们对儿童产生了独特的艺术吸引力。此外，诺迪埃还写过《布里斯凯的狗的故事》《蚕豆宝宝和豌豆花儿》《好心的司命神》等童话作品。他的童话情节简洁，但是风格清新，富有情味和表现力。

诺迪埃作为 19 世纪法国童话创作的先行者之一，显示出了独特的幻想和文体创造能力。例如，他甚至想到利用印刷术来加强其作品的幻想效果。[10] 在他的著名故事《波希米亚国王和他的七座城堡》中，他用尽了印刷术的所有方法。铅字听从他的指挥，可以变得很长很长，从书页的顶端伸延到底部；他又一指挥，它们又立即缩小到微乎其微；他尖叫一声，它们便惊慌失措，站立起来；他忧郁沉闷了，它们便在字里行间垂头丧气；那些铅字已经和插画不可分离地打成一片；随着心境一时的变化，他交替地运用着拉丁文和哥特文；有时，铅字头朝下倒立着，读者就得把书倒过来阅读；有时铅字密切地结合着情节，以至一句走下楼梯的描写必须排成下面的形式：

因此，

主人公

走下

楼梯，

完全

垂头

丧气。

我们无法贸然断定说诺迪埃给了他的后来者以什么样的影响。但有一点是可以肯定的：诺迪埃作品中的幻想力、创造力，在晚些时候的法国童话作品中都有着某些相似的呈现或影子。正如勃兰兑斯在上述同一本书中分析诺迪埃的历史地位时所说的，诺迪埃"这个人物在这一时期的文学里可以说是单枪匹马达到了浪漫派幻想的顶峰"；这种幻想的超自然性作为法国浪漫主义文学的要素之一，在许多作家作品那里都是存在的，例如，"在乔治·桑晚年给她的孙子们写的美丽的童话中，也出现了这种要素的影子"。

大仲马（Alexandre Dumas pere, 1802—1870）在法国学者撰写的《法国儿童文学史》一书中也是享有专节地位的一位作家。其缘由之一是因为他的小说作品广泛而持久地进入了儿童读者的阅读视野。大仲马也为孩子们写过童话作品。他的《一个榛子夹的故事》（1845）是根据德国作家 E.T.A. 霍夫曼（1776—1822）的一则故事演化而成。作品讲述德国纽伦堡的一个小姑娘玛丽，眼见她的教父德罗塞尔马耶的侄儿纳塔尼埃尔被鼠国的魔法变成了一个长胡子的榛子夹，便帮助纳塔尼埃尔杀死了长有七个头的鼠国国王，使他又恢复了英俊小伙子的原形，并当上了国王，他和玛丽共同治理这个王国；22000多个玩具娃娃都来参加婚礼……这篇童话情节曲折，诙谐有趣。据说在法国，孩子们看见圣诞树便会联想到榛子夹的故事。

保尔·缪塞（Paul Musset, 1804—1880）是著名浪漫主义诗人阿尔弗雷德·缪塞的哥哥。他受英国作家斯威夫特《格列佛游记》的影响进行童话创作，中篇童话《风先生和雨太太》（1860）是一部广有影响的作品。

作品叙述贫苦的磨坊主约翰·比爱尔在妻子病重、儿子嗷嗷待哺的窘境中求救于风先生和雨太太。这天夜里，守护神模样的风先生和仙女模样的雨太太先后来到磨坊主的茅屋，答应比爱尔，每天派微风和小精灵关照他的磨坊，派晨露和小云关照他的菜园。他们还分别许诺，在比爱尔遇到困难时，可以从他们那里得到帮助。作品生动地描述了比爱尔一家如何在风先生和雨太太帮助下获得幸福和快乐、以及他的儿子小比爱尔在风先生、雨太太帮助下战胜丹麦入侵军，赢得骑士称号，并终于和美丽的男爵女儿玛格丽特结婚的过程。

整部童话洋溢着浓郁的民间童话气息，同时又自出机杼，奇异别致的风先生、雨太太代替了仙女和魔鬼等传统超人形象；小银桶、小金桶、小铜箱等宝物形象充满神奇的魅力。如风先生第一次送给比爱尔的宝物是一只小银桶和一根小棒。用小棒敲击银桶，奇妙的景象就出现了："小桶马上分为两部分，好像一口橱。在一边是一个小厨房，在另一边是一个小小的食料房。厨房里。可以看见有缝针大小的炙肉叉，顶针大小的罐子，和极小的蒸罐和煎锅。看了这种情形，真是要令人笑死。一个厨子，长短不过三寸，戴了一顶棉睡帽，一直罩到耳朵边；还有两个小仆人在灶头边工作，吹火啦，炙肉啦，调味啦，忙个不停。他们在那里烤着蜜蜂那样大小的火鸡和不及苍蝇大的童子鸡；煎着比初孵出的蚕还要小的鱼，那里还有针头那样大小的切碎的蔬菜。同时，有两个和厨子同样长短的男仆，在食料房里料理杯、盘、碗、碟。他们正在揩拭那些银币大小的小瓷盆，和好像是给麻雀用的小玻璃杯。他们在一个瓶里倒了两滴酒，又在一个水晶瓶里倒了两滴水。顷刻间，那桌筵席已经预备好了"。当一切安排停当后，小银桶便很快地关好，小矮人也消失了，而桌子上的盆子都变成了寻常大小的真的菜盆了；熏鸡是真的熏鸡，鱼是鲜美的大鱼，大酒瓶里充满了美酒；刀叉是真银的美丽的大刀叉。不难看出，缪塞的描述确是受到了《格列佛游记》的影响。而对于法国童话来说，也的确因此获得了更多的趣味性。

《风先生和雨太太》列入《埃泽尔丛书》出版后广受欢迎。今天，它已经成为许多法国和外国小读者们所熟悉的一部古典童话名著。

爱德华·拉布莱依（Edouard Laboulaye, 1811—1883）是 19 世纪法国的政治家、法学家。他的主要活动不是在文学领域中，而是在社会科学特别是法学领域里。他在政治、法律和历史方面有数量较多的著述。但他在文学创作尤其是童话创作上也留下了一些著名的作品。如《蓝色童话集》（1863）、《新蓝色童话集》（1866）。好些年后，他还出版过《最后一批蓝色童话》。这些童话的出版和传世使拉布莱依成为 19 世纪重要的法国童话作家之一。

拉布莱依曾经在自己的童话集序文中，把童话作为发展孩子的美感、幻想能力、高尚的道德观念的强有力的源泉，予以高度评价。他回忆了自己的童年时代，认为儿时读过的童话其诗意能让他品尝一辈子。

拉布莱依对民间文学怀有强烈的兴趣。他的童话创作往往取材于法国和土耳其、意大利、挪威、冰岛、斯洛伐克等其他国家的民间童话故事。作为学者，他把这些民间童话作为各民族人种学和民俗学的最新鲜活泼、最生动有趣的材料加以研究；作为作家，他从这些故事中获得了自己创作的丰富灵感和素材。当然，"当他取这些童话的题旨或受这些童话触发、启示进行创作时，他所服从的是道德劝诱的创作使命"[11]，表达的是他自己的政治理想和艺术理想。

作为一名带有政治背景和政治家身份的作家，拉布莱依的童话创作带有突出的政治讽刺意味和社会批判情绪。这从他广有影响的《噼——啪——治理国家的艺术》《牧人总督》《野蛮人瑞尔朋》等作品中就可以明显地感觉出来。例如《牧人总督》中所描述的那位巴格达总督阿理，在总督的职位上养尊处优、庸碌无为。后来因故被苏丹下令扔到了荒滩上，无奈之中他带着女儿莎尔玛得约逃到了叙利亚的大马士革。沦落为一介平民的阿理这才发现自己什么也不会做，他陷入了天天忍饥挨饿、挨打受骂的困境之中。为了谋生，他只好去给人放羊，成了一个牧人。后来，他的女儿被当地总督的儿子看中，但阿理却坚决拒绝把女儿嫁给一个"只有一双又白又嫩的手，什么活儿也不干"的人。爱情的力量终于把总督的儿子也改造成了拥有自食其力技能的人。当官运又降临到阿理头上，苏丹准备使这位牧人再次成为一个总督时，他却毅然辞掉了"这个不再引诱他的光荣"，仍然回到大马士革，天天在自己的园子里从事松土、削草、接枝、修剪、灌溉等劳动。他还自己负责教育三个外孙，让他们每人都学一行不同的职业。为了让外孙们的心上铭刻着他的教训，他还在房子和园子的墙上雕刻上了这样的格言：劳动是永远不能缺少的唯一财富。你能够依靠你的双手去劳动，你就永远不会伸手去求乞。当你懂得了赚一个巴拉所付出的代价，你就会关心别人的利益和疾苦。劳动会给你健康、智慧和快乐，劳动和厌倦永远不会居住在一座屋子里。

颂扬劳动当然是这部童话一个鲜明的题旨。但是，在对官场人物鄙视劳动、庸碌无为的恶习的鞭挞中，在对主人公通过起伏曲折的人生经历后视官场为深渊的心理揭示中，作者不也正透露了自己的社会批判意识和政治讽刺意图吗？

政治意念的侵入，对于童话和儿童读者的阅读天性来说，都很容易构成一个艺术上的威胁。但是，拉布莱依显然在很大程度上成功地避开了这种威胁，或者说，他对童话艺术性的驾驭能力使他在作品中抵消了这种威胁。拉布莱依算得上是一个童话叙事的高手。他的童话，描述细腻而又并不冗杂沉闷，风格幽默而又决不陷于粗俗肤浅，富于哲理而又能避免生硬牵强。例如《嘭——啪——治理国家的艺术》这部具有代表性的作品，篇名有些令人不解甚至望而生畏，但是，只要打开作品，那充分舒展而又精巧的情节展开，那夸张幽默而又耐人寻味的细节描写，就会令读者产生很高的阅读兴致和可能随之而来的阅读好感。是的，拉布莱依童话能流传至今，不会是没有道理的。

由于这些童话所拥有的经典性和稳定的读者群，它们被列入了在巴黎出版的《千种故事丛书》。

奥克塔夫·弗耶（1821—1890）出生于圣洛，以历史剧和通俗喜剧开始创作生涯。他的主要作品有《一个罗马资产者》（1845）、《赞成与反对》（1853）、《夜儿梦多》（1855）。他的传奇小说是说教性较强的理想主义小说的代表，在"第二帝国"时期享有盛誉。1862年，弗耶当选为法兰西学院院士。

中篇童话《驼背矮人历险记》是一部能够让弗耶的名字不被法国儿童文学史遗忘的作品。这部童话所显示的荒诞滑稽而又流畅自然的叙事风格，为总体上说来比较缺乏趣味性的19世纪法国童话增添了一缕怪诞快乐的美学效果。

请看主人公驼背小矮人的"亮相"：船夫皮尔西和他的妻子住在海边，结婚20多年了，正当他们为一直没有孩子而发愁时，一只大猫和一只小鸟给他们送来了一个婴儿。皮尔西大妈欣喜万分，"母亲的眼睛是宽容的，并不在乎孩子身上多一个或少一个肉坨。可这个漂亮的娃娃前面是鸡胸，后面是驼背，一前一后，正好平衡。至于孩子的面孔，除了一个鹦鹉鼻子和一个往上翘的尖下巴，并不特别令人讨厌"。而皮尔西大叔却正好相反，他被惊得目瞪口呆！这时，有趣的场面出现了。只见小娃娃跳下地，"他摇摇摆摆，蹦蹦跳跳，做出种种令人眼花缭乱的动作。然后，他突然用鸡胸顶地，让身体像陀螺一样飞快地旋转起来。表演结束后，他跪倒在皮尔西大叔面前，对他扮了一个非常滑稽的鬼脸，接着伸出手，轻轻地捋着大叔的胡子。老天爷！皮尔西大叔一辈子从来没有这么开心过。他捧腹大笑，笑得肚皮整整痛了八天……他对心里乐开了花的大妈说，'他是魔鬼那里来的也好，他是驼背也好，我都不在乎。我要留着他。这娃娃实在太可爱了'！"

这个热闹滑稽的场面，预示着整部作品将要贯穿始终的荒诞、诙谐、风趣的艺术风格。而这个外貌丑陋却浑身充满智慧、胆识的驼背小矮人，也的确为读者上演了一幕幕精彩热闹的活剧。小矮人长得出奇地快，出生才六个星期，看上去就有十五六岁的模样了。他聪明机智，口齿伶俐，讲话头头是道，又喜欢动脑筋。他凭着智慧进入了王宫，并用妙计吓跑黑人特使，拯救了陷于困境中的公主；在蒙冤受屈的时候，他又略施小计报复了嫁祸于自己的总管；当十万英军兵临城下，局势万分危急时，他竟收集了全城的镜子悬挂于城墙上，结果不费一枪一弹，智破敌车……整部童话情节生动曲折，场面斑斓多姿，是一部好读又好玩的作品。

但仅仅拥有"好玩"，对于一部优秀的童话作品来说显然是不够的。一部优秀作品无论采取什么方式来构建自己的世界，总是同时会以自己的方式照亮人类精神生活或世相生活的某些方面，总是会自然而然或不由自主地表现出对于生命、对于生活的独到感受和阐释能力。驼背小矮人及其活动的世界无疑是艺术幻想的产物，但这个世界所透露的人间消息却是深刻的、动人的。例如，当驼背矮人决心通过艰苦的学习变得博学多才的时候，他相信人们会因此忘记他生理上的缺陷，他的面孔也会因此变得美丽起来；而当他以残疾的躯体与那些愚蠢而残暴的权贵周旋的时候，他表现出了超常的信念、智慧和力量。于是，通过离奇的情节展示，作者向读者传递了关于人的本质和力量的一种诠释。正是这种诠释，使这部风格怪异的童话获得了更为有力的艺术表达。

在法国文学史上，阿尔封斯·都德（Alphonse Daudet，1840—1897）主要是以短篇小说的创作成就而载入史册的。他也写过一些美丽动人、流传至今的童话作品。例如收在使他一举成名的小说、散文集《磨坊文札》（1866）中的《塞根先生的山羊》，写于1870年普法战争之后的《三只乌鸦》等。

《塞根先生的山羊》叙述了一头温顺而美丽的小山羊带给我们的充满悲壮意味的故事。塞根先生的小山羊布朗盖特不满足于在后院的小园子里被拴在木桩上安闲吃草、悠然散步的生活，它向往自由，向往那高高的大山。终于，他不顾主人的劝告，悄悄从窗口跃出逃到了山上。"整个山上都像过节一样地欢迎小山羊。再也没有绳子，再也没有木桩，再也没有任何东西妨碍它了。小山羊尽情地跑啊，跳啊，尽情地吃着山上的青草"……傍晚，他听到了狼的嚎叫，也听见塞根先生召唤他回家的号角。但是，它再也不愿回到那不自由的生活中去了，它宁愿留在这大山之上。他凭借着勇气和嫩弱的犄角与恶狼搏斗。最后，当地平线上出现了一缕光辉、村庄里传来了公鸡的啼鸣时，小山羊躺倒在了地上，那美丽的白外套上染着斑斑的血迹……

借助小山羊的故事，作者表达了"不自由，毋宁死"这样一个沉甸甸的主题。这个主题由于小山羊的温顺和美丽，由于小山羊的执着和悲壮而得以强烈地凸现出来。与《磨坊文札》中那些优美清丽、充满诗情画意的篇章一样，这篇童话也以优美迷人的笔调描述了小山羊的向往和获得自由时的欢欣，这无疑使作品的主题表达获得了一种稳固而又美妙的依托。

《三只乌鸦》同样描述了一个精短而惨烈的故事。一整天的激战之后，一个年轻的法兰西士兵躺在地上——他那苍白的脸正对着铅灰色的天空，两只手上沾满了泥，军大衣被子弹打穿了好多洞……但是他并没有死。三只觅食的乌鸦飞来了，它们带着神气而高贵的样子，商议着怎样将这位小战士分而食之。小战士又抬起了头，心里燃烧的怒火使他的神志清醒了一点儿，他终于用两只手支撑在祖国的土地上，试着站了起来。远处，三只乌鸦正在偷偷地看着他。当它们看见他费劲地在身边找寻他的武器的时候，三只乌鸦一齐张开翅膀，向着充满黑暗的北方飞走了。

这篇以普法战争为背景的作品具有一种象征意义：小战士一息尚存仍顽强抗敌的英雄主义气概，正是法兰西人民在保卫自己民族和国土斗争中所显示的不屈不挠精神的写照。因此，它与都德洋溢着爱国主义情感的短篇小说《最后一课》《柏林之围》等颇有异曲同工之妙。

法国著名作家、自然主义文学理论家爱弥尔·左拉（Emile Zola，1840—1902）以《卢贡·玛卡尔家族的命运》《萌芽》等长篇巨制闻名于世。他的小童话也写得清浅好读，颇耐回味。《猫的天堂》中那只又肥又胖的安哥拉小家猫厌倦了主人家舒适而温暖的生活，竟拟定了出逃的计划。在出逃成功并度过了最初的新奇而快乐的时光后，严峻的生存问题摆在了这只从小娇生惯养的小猫面前。尽管有几只野猫的帮助，但它已经丧失了那种充满野性的顽强的生存能力。作品中那头处处试图帮助小家猫的老雄猫认为，像它这么胖的猫，生来是不能领略自由这种充满艰辛的乐趣的。于是它被送回了主人家，并真心接受了主人用掸子一顿痛打，因为它认为：真正的幸福天堂，就是关在一间有肉吃的房间里挨打！这同样是一篇对"自由"的童话式的阐释文章。有趣的是，与都德笔下那头追求自由不惜以生命相许的小山羊恰恰相反，左拉笔下的这头小家猫是以重回"牢狱"为代价而终于放弃了自由。

阿纳托尔·法朗士作为一位具有纯朴、慈爱心灵的作家，不仅为孩子们写过一批精美畅达的散文作品，而且也在童话世界留下了他的想象和创造。他的童话《蜜蜂公主》（1882）在 19 世纪法国童话创作中，占有重要的一席之地。

这部中篇童话的法文原名为《蜜蜂》。由于这一篇名容易为读者误认为是一部昆虫科学读物，故中文译本改用了这一具有童话风味的篇名。作品描述了一个美丽的爱情故事：白国王子乔治与克拉丽德王国的公主蜜蜂青梅竹马、两小无猜，他们之间有着天真纯洁的友情。年龄渐长的两个孩子充满了好奇心。一次他们偷偷溜出城堡，要去看看那据说有一群水妖的大湖。当他俩陶醉于"湖泊娇弱文静的美貌"时，不料乔治被水妖捉到了水底，蜜蜂公主则被矮人国抢走。在经历了一番磨难和考验之后，他们终于团圆并永远幸福地生活在了一起。

《蜜蜂公主》在某些方面显然沿用了民间童话常用的套路，如王子公主的爱情故事、魔境奇域的历险磨难等等。但法朗士仍然在这部作品中显示了他突出的艺术才能。除了主题表达的集中有力之外，作品中最值得称道的是这样两点：一是作品中对两位主人公的心理、性格及其友情和爱情的形成、发展，描绘得细腻多姿，丝丝入扣，这就突破了传统童话通常对于人物形象的粗线条、类型化的表现范式，而使人物具有了更丰满的艺术表现力；二是在叙述语言方面，《蜜蜂公主》把典雅清丽的文字风格与通俗流畅的口语风格融为一体，使作品既具有民间童话语言通俗生动的特点，又兼具雅驯精致的文学美质。

除了上述作家外，19 世纪值得提及的童话作家还有吕迪亚尔·基普兰（Rudyard Kipling）。他是继拉封丹之后专为孩子们写作动物故事的一位作家。他的作品让孩子们看到了神秘东方的一角——印度原始森林中的动物世界。他笔下的动物形象富有个性和人情味，给小读者留下了深刻的印象。

## 注 释

[1] 余青：《驴子的回忆·前言》，上海：少年儿童出版社 1991 年版。

[2][3] 勃兰兑斯：《十九世纪文学主流》第五分册，"法国的浪漫派"，李宗杰译，北京：人民文学出版社 1982 年版，第 158 页。

[4] 参见勃兰兑斯：《十九世纪文学主流》第五分册，"法国的浪漫派"，李宗杰译，北京：人民文学出版社 1982 年版，第 156 页。

[5][6] 赫尔岑：《乔治·桑的童话〈格里布尔奇遇记〉序言》，见《俄苏作家论儿童文学》，周忠和编译，郑州：河南少年儿童出版社 1983 年版，第 80 页。

[7] 转引自韦苇：《西方儿童文学史》，武汉：湖北少年儿童出版社 1994 年版，第 153 页。

[8] 柳鸣九主编：《法国文学史》中册，北京：人民文学出版社 1981 年版，第 173—174 页。

[9] 勃兰兑斯：《十九世纪文学主流》第五分册，"法国的浪漫派"，李宗杰译，北京：人民文学出版社 1982 年版，第 41 页。

[10] 勃兰兑斯：《十九世纪文学主流》第五分册，"法国的浪漫派"，李宗杰译，北京：人民文学出版社 1982 年版，第 47—48 页。

[11] 韦苇：《西方儿童文学史》，武汉：湖北少年儿童出版社 1994 年版，第 154 页。

# 第六章　19世纪的儿童小说

## 第一节　概述

当童话在法国以外的北欧、西欧诸国取得重大艺术进展的同时，马克·吐温的《汤姆·索亚历险记》（1876）、《哈克贝利·费恩历险记》（1884）、斯蒂文森的《宝岛》（1883，又译作《金银岛》《荒岛探宝记》）等作品的出现，又把儿童小说创作推进到了一个全新的历史发展阶段。同样，在19世纪的法国，儿童小说也为整个儿童文学创作掀起了一阵阵颇为壮观的艺术狂潮。综观19世纪法国的儿童小说创作，我们可以发现其题材十分丰富，风格、类型也趋于多样化，传统"教育小说"一统天下的儿童小说艺术格局随着科学幻想小说、苦难童年小说、历史小说、冒险小说等新的儿童小说类型的陆续出现而被迅速打破。

### 一、科学幻想小说绚丽夺目

我们知道，早在19世纪之前，法国的科学幻想小说就已经有了一定的创作尝试和积累。进入19世纪以后，科幻小说创作写下了这个世纪法国儿童文学中堪称最绚丽夺目的艺术篇章。诺顿在《透过儿童的眼睛》一书中评述儿童文学的历史演变和发展时认为，19世纪后期至20世纪初，世界处于风云变幻时期，社会的变化也冲击着儿童文学的艺术世界。"幻想""冒险"与"现实中的人"是这一时期儿童文学的主要题材，体现了儿童充满幻想与冒险的欲望。如《艾丽丝漫游奇境记》《宝岛》等作品都含有浓烈的幻想或冒险色彩。随着工业革命的飞跃发展，许多前人看来不可能的事情完全变成了现实，这就为一种新的冒险故事奠定了基础，如法国作家儒勒·凡尔纳的科幻冒险故事。他的《海底两万里》发表以后引起了强烈反响并被搬上银幕，表现出了作者独具的天才。诺顿认为，凡尔纳的小说可以说是儿童文学发展史上的又一里程碑。

的确，凡尔纳的出现和科幻小说创作的兴盛，有着深刻的社会和科学技术发展方面的原因。17世纪以来一向是新生事物主要源泉的科学，在19世纪又取得了新的胜利。由于工业化的需要，科学和技术开始融合，科学技术开始大规模地普及。到了19世纪末20世纪初，可以说大部分的技术创新和发明都来自自然科学的成就。科学已进入人类生活，干系着人类未来的命运；新技术、新发明不断出现，改变着人类的生活方式和精神面貌。人们出于关心自己命运的本能，出于对未来世界的好奇心，纷纷想知道这些新技术、新科学的发展会怎样影响到他们的未来。在科技发展和生活改变的现实推动下，在人类对自身命运和未来世界的巨大好奇心的心理推动下，在一拨又一拨作家的不懈努力下，科幻小说创作进入了一个空前繁盛的时代。

19世纪上半叶，有许多著名作家都曾在科幻小说创作上一展身手，写出了一批具有科幻意味的作品。巴尔扎克写下了《百岁寿星》，乔治·桑创作了《洛娜》（又名《水晶宫之旅行》），雨果发表了《苍穹》，缪塞拿出了《杜邦与迪朗》，拉马丁写出了《天使谪凡》，福楼拜写出了《基德基德·沃吕里》；另外，大仲马的《伊扎拉克·拉克代姆》则把读者带到了比世界尽头还要远的地方。

这一时期，爱弥尔·索韦斯特尔（Emile Sourestre）也发表了一部较重要的作品《未来世界远景》。在书中，作者预言公元3000年的世界，将是一个毫无友爱可谈、功利主义的社会，是个充斥着广告牌子和消费品的社会。这是一部反乌托邦的作品。

19世纪下半叶，凡尔纳把法国科幻小说推向了荣誉的顶峰，其作品的出版被认为是19世纪法国儿童文学界最重大的事件。同时，他的出现也启发并带动了一批追随者投入科学幻想小说创作中。其中在文学史上留下了名字的主要有安德烈·洛里、路易·布什纳尔和保尔·迪瓦等作家。

安德烈·洛里（Andre Laurie, 1845—1909）是儒勒·凡尔纳的合作者，巴黎公社时期曾出任公社外交事务委员会成员，公社失败后被囚禁，两年后越狱成功。从1893年至1909年去世，他一直是社会党的巴黎市议员。1879年，他与凡尔纳合作完成了《培根的五亿法郎》；1885年两人再度合作完成了《圣提亚的汽船》。他单独发表的较重要的科幻作品有《英国的学校生活》《塔法尔卡尔船长》《大西洋号》《鲁滨逊的遗产》《魔术家的秘密》《深渊的主人》《大喇嘛的宝石》等。

路易·布什纳尔（Louis Boussenard, 1847—1910）在接受了医学教育后曾在军队中任军医，后转向文学活动。他曾经到过非洲、美洲、澳大利亚，1880年受派遣去法属圭亚那从事医疗工作。1883年，他模仿凡尔纳的笔法，写作出版了长篇小说《盗窃钻石的人们》。小说故事发生在南非，主人公是三名法国人，他们千方百计探寻"卡菲尔国王的宝藏"。这部小说显示了作家描写异域地理风光的才能。此外，他发表了关于澳大利亚的作品《旅行日记》《巴黎少年大洋历险记》《巴黎少年环游地球》；在南非旅行的故事《南非的悲剧》《冒失船长》；在世界其他地区旅行的小说还有《马拉果夫的朱阿夫团大兵》《毒箭的主人》《黄金矿区的强盗》《经陆路自巴黎去巴西》等。但路易·布什纳尔笔下的主人公去得最多的地区是圭亚那，他先后发表的关于这个国家的小说有《圭亚那鲁滨逊》《白老虎》《原始森林的秘密》《黄金的秘密》《铁臂》《圭亚那的秘密》《海盗》等。

保尔·迪瓦（Paul d'Ivoi, 1856—1911）从事的是新闻记者职业。他于1894年在《小小日报》上发表了《拉瓦雷德的五个苏》，这是模仿儒勒·凡尔纳《八十天环游地球》而作的一部旅行小说，获得了很大的成功。此后他又陆续发表了大约50部小说，其中18部汇集在《古怪的旅行》丛书里，这套丛书的名字也是从凡尔纳《奇妙的旅行》丛书那儿套用过来的。他的其他作品还有《天真的班长》《让·法伐尔》《拉瓦雷德表哥》《海盗船特里布克斯号》《尼利亚船长》《神秘博士》《中国的蝉》《白莲花伙伴》《不称心的亿万富翁》《隐面敌人》等。

凡尔纳及其追随者们借助科学幻想小说这一样式，巧妙地把科学技术的未来远景与现实生活中人们孜孜不倦的探索精神结合起来，把人们从个人生活的狭窄天地引向浩瀚无垠的知识海洋，从而开创了文学创作的崭新的一页，至今仍为人们所称颂。

除了上述作家外，还有一位著名的小说家罗斯尼（J.Rosny）应该被特别提到。凡尔纳逝世后，法国科幻小说的继续发展与他的努力是分不开的。1887年，早在英国著名作家威尔斯（H.G.Wells, 1866—1946）发表第一部科幻小说《时间机器》（1895）之前数年，罗斯尼就已写出了《克兹彻于一家》和《大变动》。不过，这两本书写的不是有关不可思议的发明、奇特的旅行或星际探索一类的事。罗斯尼睥睨潜艇、直升机或复杂的、使人不知所措的元件构成的蒸汽房屋。在前一本书中，作者表达了这样一种看法：人们是不会理解外星生命的，因此人类的最终胜利也改变不了什么。而在《大变动》中，罗斯尼主要记载发生在托尔纳德尔高原上发生的天翻地覆的现象，同时精确地描写纠缠着主人公们的所有事件，而不作任何主观的评论。

罗斯尼一生中还创作了《大地之死》《基亚莫的深处》《另一世界》及《无垠世界的航海家》等作品。不过，就创作风格而言，他的文笔比较艰涩，不如凡尔纳作品那样活泼、诙谐，所以他的作品拥有的读者不是很多。

这一时期从事科学幻想小说创作的作家还有勒·鲁热（Le Rouge）、拉·伊尔（La Hire）等。

19 世纪至 20 世纪初以凡尔纳作品为代表的法国科学幻想小说，题材广泛，数量众多，但它们大都有着一个共同的特点，那便是以巨大的热情和史诗般的笔触讴歌以推广科学为特色的文明生机，讴歌新科学、新技术给人类带来的光明与欢乐。同时，从基本的社会内容上看，它们把赋有 1848 年理想的法国 19 世纪末的两件大事叙述得有声有色：第一次工业化（第二帝国时期）和殖民帝国的胜利。

尽管并不是所有的科学幻想作品都完全适合孩子们阅读，但这一类型的小说所具有的对于未来和未知世界的巨大热情与非凡想象力，使它具备了一种吸引孩子们的天然魅力，并理所当然地成为儿童文学艺术家族中的一个重要成员。正是在这个意义上，我想说，19世纪科学幻想小说的巨大成功，为整个法国儿童文学在这个世纪的表现留下了亮丽的一笔。

## 二、苦难童年小说异军突起

19世纪是法国资本主义获得快速发展的时期。但19世纪上半期工业化的后果之一，就是无产者和劳动者的日益贫困化。对此，逐渐成为法国文学主流的批判现实主义文学的作家们本着真实反映生活的态度，几乎都在自己的作品中描写了下层人民的悲惨生活，并寄予了深切的同情。在这个过程中，贫苦儿童的悲惨境遇也引起了越来越多作家的关注。当时一些童工每天工作达12小时以上，但所得仅几个生丁；肺病成了到处蔓延的儿童职业病，死亡率达到了骇人听闻的程度；无家可归的儿童四处流浪，靠乞讨度日。作家维克多·雨果、弗朗索瓦·科佩、阿尔封斯·都德等都在自己的作品中反映了这一严酷的现实，并同样表达了巨大的同情之心。1862年，雨果曾在给一位出版家的信中表示："版税的收入悉数充作穷苦的小朋友的餐费。冬天到了。让衣衫褴褛的孩子穿上寒衣，让光着脚行走的孩子穿上鞋，这是我引以为乐的事。"[1]

在这样的背景下，儿童文学界出现了一批把目光集中投向贫困儿童苦难生活的作家，如埃克多·马洛、德·斯托尔日夫人、科隆夫人、让娜·卡赞等。由于他们的努力，儿童小说创作中的一支新军——"苦难童年小说"异军突起。

苦难童年小说创作最有成就和影响的作家是埃克托·马洛。他因《苦儿流浪记》等名作而名垂儿童文学史册。

德·斯托尔日夫人（De Stolz，? —1892，笔名德·贝贡夫人）是玫瑰书社最受敬重的作家之一。她的作品富有教育意义，其中描述了波希米亚流浪儿童的生活；主要作品有《流动之家》《巨额彩票》《我叔父的遗产》《老朋友》《幸福的十四天》《一位老祖父的假期》《纳勒蒂的宝藏》《泰雷兹小姐的不幸遭遇》《科克里科一家》等。

科隆夫人（Colomb，1832—1892）与其他描写童年苦难的作家不同，她看到的是儿童的另一种苦难——疾病。小主人公本人或亲人的疾病给童年生活蒙上了阴影，但同时也是对儿童意志的磨炼。科隆夫人把道德教育糅合到了对儿童苦难经历的描述之中。如《卡里勒斯的女儿》描述的是孤女米耶蒂牺牲个人幸福，一心一意照顾她那瞎眼的养父的故事；《弗朗索瓦兹》则描写一位孤女失去爱人后，便把自己的全部的爱倾注到死者母亲身上的故事。科隆夫人的作品还有《纯洁的让》《马德莱娜的成长》《波希米亚人的女儿》等30多部。

让娜·卡赞（Jeanne Cazin，? —1925）的作品大部分是描写阿尔卑斯山地区贫困儿童的苦难生活的。这些在贫困中挣扎的孩子都有一颗高尚、善良的心，他们同情他人、乐于助人。卡赞的作品有《可怜的小东西》《山区故事》《伯尔尼的孤儿们》《小牧羊人》《高尚的心》《萨瓦人的遭遇》等，其作品曾多次受到法兰西学院的嘉奖。

苦难童年小说的作者以其对儿童的巨大关爱和同情之心，描述了现实生活中儿童的不幸和痛苦；对这些生活在悲苦境遇中的孩子身上所表现出来的坚韧、善良、正直、诚实的品质则给予了深情的礼赞。同时，通过对苦难童年的艺术描绘，这些作品也在不同程度上揭示、批判了社会的黑暗、丑恶和不合理现象。可以说，苦难童年小说创作所取得的艺术成功，使 19 世纪法国儿童文学在以写实手法反映现实方面达到了空前的艺术深度和广度。

## 三、历史小说应运而生

1870 年普法战争以法国战败而告结束。此后几十年间，法国人痛感战败的屈辱，爱国主义遂成为文学表达的一个重要主题。而唤起民众的爱国主义热情、缅怀昔日法兰西——尤其是拿破仑帝国的光荣历史便成了最受读者欢迎的题材之一。这种倾向延伸到儿童文学领域，以真实的历史为题材的历史小说便应运而生了。

埃尔克曼－夏特里昂（Erckmann-Chatrian）专门为中学生写的三部曲《一个农民的故事》《1813 年的新兵》《滑铁卢》，再现了拿破仑帝国的兴衰史。他笔下的主人公横扫欧洲大陆、所向无敌的英雄胆略和赫赫战功，使许许多多的青少年读者热血沸腾、激动不已。

除了追溯和怀想拿破仑时代的荣光之外，也有一些作家把眼光投向了民族历史的整个进程，试图以此让少年儿童更系统地了解自己民族的历史。朱莉·拉韦尔尼夫人（Julie Lavergne, 1823—1886）从 54 岁时开始发表作品，十年间共写了 18 部作品，其中著名的历史小说有《枫丹白露的传说》《德·特雷隆骑士与法国的斯图亚特王朝》《光芒》《虹》《法国故事集》《特里亚农的传说》等。其中《特里亚农传说》将历史人物玛丽－安托瓦内特写得有血有肉。作者文笔细腻，善于刻画主人公的心理，把原本枯燥的历史事件描述得有声有色，扣人心弦。这是作者所有作品中最受读者偏爱的一部历史小说。

莱昂·卡昂（Leon Cahun，1841—1900）是为好几家报纸撰写军事政策文章的记者。他一生游历过埃及、努比亚（今苏丹）、叙利亚、冰岛等国，以后又曾在军队服役。他见多识广，熟悉军旅生活，他借鉴外国历史故事，创作了多部引人入胜的历史小说，如《马贡队长历险记》《蓝色的军旗》《安戈的向导》《海上诸王》《女凶手》等。其中反映公元前 10 世纪历史的《马贡队长历险记》是卡昂的代表作。它叙述的是马贡接受国王派遣到某地去筹办一笔款项来修建圣城耶路撒冷的庙宇，由于一个部下叛变，马贡历尽坎坷，先后到了英国、易北河地区，还绕着非洲海岸航行一周，最后返回祖国的故事。这部作品曾被译成多种文字在各国广为流传，在法国也一版再版，很受读者喜爱。

此外，阿尔封斯·都德的《最后一课》、儒勒·吉拉尔丹（Jules Girardin，1832—1888）的《正直的人们》《阿尔萨斯小故事》、埃梅·吉隆（Aime Giron，1836—1907）的《可怜的孩子们》《牧鹅姑娘》等作品，则把镜头拉到了历史的近景处。这些作品都展现了普法战争中法兰西孩子的痛苦经历，生动地刻画了战败的屈辱给法国儿童留下的心灵创伤，具有很强的艺术感染力。

## 四、冒险小说风靡读者

随着继承了笛福传统的冒险小说在法国以外欧美各国的风行，这股儿童小说之风也刮到了法国。曾经被儒勒·凡尔纳的科幻小说所吸引的少儿读者们，也把目光投向了由当里、居斯塔夫·图杜兹、彼尔·马埃尔和富耶夫人等作家创作的冒险小说。这一类型的儿童小说由于特别契合儿童读者的阅读心理，因而在少年儿童中拥有广阔的市场。

当里（Danrit，1855—1916）的小说主要表达了对未来战争的浓厚兴趣，描述了未来战争的各种形式、场面以及主人公的种种冒险故事。在六卷本冒险小说集《当心敌人！——明天的战争》（1889—1891）中，他设想了将来法德两国军队在森林、地面与空中厮杀搏斗的激烈战斗场面；在《皇帝来犯》《地下的战争》《太平洋的飞行员》《空中鲁滨逊》《海底鲁滨逊》等作品中他让读者一一领略了未来战争的不同形式。从1898年开始，他创作了《士兵之家》《拿破仑的教子们》《小海军陆战队员》三部曲。作品以1792年至1830年、1830年至1870年、1870年至1886年这三个时期法国军队的作战活动与争夺海外殖民地的冒险行动为背景。值得注意的是，当里的有些作品中把有色人种视为潜在的侵略者，表现出明显的种族偏见意识。这是其作品中最突出的思想糟粕。

居斯塔夫·图杜兹（Gustave Toudouze，1847—1904）的作品主要描述的是在他国异域发生的冒险故事。《神秘岛》讲述在马达加斯的冒险活动；《穿木鞋的女王》描绘的是神出鬼没的海盗船；《沙漠魔鬼》把读者带到了埃及的乡村。此外，他还有一些冒险小说以法国的历史事件为素材，如《绿色的绒线球》《弃儿》《穿羊皮衣的人们复仇记》《维祖耳人的巫婆》生动地再现了法国大革命以来各个时期的冒险活动。这些作品都曾吸引过孩子们的阅读兴趣。据说，图杜兹在布列塔尼地区很有影响，他死后当地的渔民把他的名字刻在大码头轮船停靠的地方，以纪念这位受人爱戴的作家。

彼埃尔·马埃尔（Pierre Mael）经常与别人合作创作长篇连载小说。他注重冒险小说中的教育意义，在80多部作品中以《苏里古夫号的小水手》《旱獭》《猛兽之乡》《最后一批红皮肤人》《绒线球小姐》《凿子》等较为有名。

富耶夫人（原名G.布律诺，G.Bruno）的主要作品则带有明显的游记特点。她的代表作《两个孩子周游法国》对法国各地的风土人情、物产以及历史状况等作了细致的描绘。这部作品曾被人们视作旅游法国的导游手册，是儿童的旅行之友。

科学幻想小说、苦难童年小说、历史小说、冒险小说的创作活跃和兴盛，使儿童小说成为当时最具活力和影响力的儿童文学门类。除此之外，在19世纪法国的儿童小说创作中，还有两个现象是格外引人注目的。

一是一些著名作家创作了一批适合小读者阅读并且事实上在儿童读者中广有影响的作品。

索利亚诺在《儿童文学史话》一文中谈论19世纪法国儿童文学状况时曾经有过一些有趣的说法。他认为，写儿童读物的大作家就是在这个时候出现的。他所说的儿童读物，实际上主要就是那些在不同程度上适合儿童阅读的普通文学作品。索利亚诺说："这些作家是不是发现了儿童读物将成为重要的文学部门呢？他们预料到自己的作品总会被别人改写了来给儿童阅读的，但是他们自己是不是因此而动手去做呢？可以肯定的是，几乎所有的大作家都做了这种尝试，当然各人的成就并不完全一样。"索利亚诺举出的例子有：阿尔弗雷德·德·缪塞写了好些美妙的短篇小说，如《一只白乌鸫的故事》；乔治·桑写了许多农村故事，如《小法岱特》《弃儿弗朗沙》《魔沼》等；泰奥菲尔·戈蒂耶的《木乃伊传奇》；雨果没有等到当祖父就已经为孩子们画画，写小说。此外，他还提到了莫泊桑、法朗士、都德等人的作品。

的确，19世纪法国许多著名的小说作品随着时间的流逝都始终保持了它们适合儿童读者阅读的突出特性。其最典型者如雨果的杰作《悲惨世界》中的片段、大仲马的《三个火枪手》《基督山伯爵》、莫泊桑的《项链》《西蒙的爸爸》《米龙老爹》、都德的《最后一课》《柏林之围》等等。其中如《最后一课》，历来被许多国家的教材所采用，事实上已进入了儿童文学经典作品的行列。又如根据《悲惨世界》第二部中的片断缩编而成的作品《珂赛特》、苏联卡萨特金娜根据《悲惨世界》第三部节选缩编的《巴黎一少年》等，也都成了十分适合儿童阅读的小说作品。

二是布列塔尼作家集团为儿童小说创作的活跃作出了突出的贡献。

布列塔尼作家集团对19世纪法国儿童文学，尤其是儿童小说创作的贡献是十分突出和重要的。除了儒勒·凡尔纳之外，还有许多作家都参与其事，共襄盛举，从而极大地推动了19世纪儿童小说创作的发展。例如，从1870年后与塞居尔夫人同为《玫瑰丛书》主要撰稿人的泽纳依德·弗勒里奥（Zenaide Fleuriot，1829—1890）是专为女孩子写作的儿童小说家。作为布列塔尼人，作为布列塔尼作家集团的代表性作家，她的贡献是为人们所称道的。从1863年到1890年这段时期，这位女作家先后发表了近80部作品，其中有《母亲的心》《雷塞达》《有理想的小姐》《老鹰和鸽子》《休假》《轻率从事》《小家长》《娇惯的孩子》《小妹妹》《火与热情》《公爵小姐》等。

除了泽纳依德·弗勒里奥之外，保罗·费瓦尔（Paul Feval, 1817—1887）是又一位佼佼者。费瓦尔以历史事件为依据创作的剑仙侠客小说，使评论界至今仍将他与大仲马联系在一起。他的著名作品有《儿童小说集》《克拉姆尔的骑手》《珍珠泉》《海盗的未婚妻》《安静的弟弟》《沉默的伙伴》《国王的牛皮大王》《白狼》《圣·米歇尔山的奇迹》《犹太流浪汉的女儿》《女骑手》《西蒙船长》《朱安党人与共和派》《罗昂的渔网》等。

此外，布列塔尼作家集团中还有一批著名的女作家，其主要代表作家除泽纳依德·弗勒里奥外，还有朱莉·鲍丽尤丝（Julie Borius, 1862—? ），著有《欠下的心债》《流浪》《祖父的歉意》等；弗里娜库尔（Frinacourt），笔名玛丽·德阿尔科特，著有《纳奈特的金顶针》《彼埃尔舅父的遗产继承人》等。

19世纪法国儿童小说创作的活跃和发展，其意义不仅在于突破了儿童文学原有的艺术格局，提供了一种新的主要体裁类型，而且更在于它开拓了儿童文学的美学时空构筑。儿童小说不仅将最贴近儿童的现实素材直接地、大量地纳入自己的艺术视域，而且将目光延伸到了历史和未来的广阔时空，这是19世纪法国儿童文学伴随着时代的步伐不断演进、发展所取得的一个重要收获——虽然这种收获与同一时代法国成人小说（尤其是批判现实主义文学）的辉煌成就还不能简单地相提并论，但它在儿童文学的艺术领域里确实取得了堪称辉煌的成就，尤其是科学幻想小说和苦难童年小说的创作成就，从19世纪整个世界儿童文学的大背景来考察，也是绝对不能忽视的。

## 第二节　儒勒·凡尔纳

儒勒·凡尔纳（Jules Verne, 1828—1905）有一个响亮的美称："科学幻想小说之父"。对于这个称号，英国作家彼得·科斯特洛在其《凡尔纳传》一书的序文中认为"恐怕是不确切的"。他说，这样一个生物学上的比喻既不适合于凡尔纳那朴实高雅和不爱抛头露面的个性，也不适于他的作品；"我宁可称他为'科学幻想小说的创始人'，因为这种机械上的比拟于他来说更为切合……凡尔纳的特殊贡献是，他喜欢作准确的科学叙述，而这样的叙述在爱伦·坡或玛丽·雪莱的作品中常常是缺少的。所以说，凡尔纳是地地道道的科学幻想小说的鼻祖。"[2]

科斯特洛的辨析多少有些咬文嚼字之嫌，但他也确实看到了凡尔纳作品的某些独特之处。对于凡尔纳来说，"科学幻想小说之父"这样一个比喻性的美称他是当之无愧的。虽然在他之前，法国、英国甚至古希腊的作家都已经写过科幻类型的小说，但凡尔纳的历史地位和艺术成就仍然是不同凡响、前无古人的。这主要表现在这样几个方面：

首先，凡尔纳是第一位把广泛而精确的科学技术知识与小说创作的虚拟与幻想艺术结合得堪称完美的作家。他对那个时代科学技术成果涉猎之广和反应之敏锐，以其小说家的身份而言是令人惊讶的。而当他把相应的科学技术知识纳入小说幻想艺术系统的时候，他的充满创造性的艺术处置总是显得那么得心应手和匠心独运。因此，可以说他是第一位把科学幻想小说创作推入成熟乃至相当完善境界的作家。

其次，凡尔纳一生的创作基本上都是围绕着科幻小说而展开的。他在 35 岁时出版第一部科幻小说后，从此便埋首于此，以异常勤奋的写作态度笔耕不辍。他的科幻小说卷帙浩繁，一生共写下了 80 部之多。其中如《格兰特船长的儿女》共 3 卷，《海底两万里》共 2 卷等，若按卷数计算，则为 104 卷。对于一位作家而言，他的科幻小说创作数量是空前的。从他开始，科幻小说逐渐取得了一种真正独立的艺术地位：拥有了一大批专门的作家和稳定的读者群，拥有了独立的艺术特性和美学形态，基本上成为一种固定了的文学体裁。

最后，凡尔纳把科学幻想小说的艺术影响扩大到了世界。他的第一部科幻小说《气球上的五星期》出版后大受欢迎，迅速传播至国外；《八十天环游地球》更使他获得世界声誉。他的小说由于畅销而随之被改编成剧本上演，同样获得了轰动效果，据说巴黎曾为此沉浸在节日一般的气氛中。凡尔纳的作品被译成了 50 多种文字，在世界各国广泛流传，凡尔纳也成为以科幻小说创作进入世界名作家之列的第一位作家。

凡尔纳之所以能够成为科学幻想小说史上如此重要的人物，除了本书前面所论及的社会和科学技术发展等宏观背景方面的原因之外，还有他自身及所处小环境等方面的原因。对于凡尔纳说来，这肯定是更直接、更具有决定性意义的原因。

1828 年 2 月 8 日，儒勒·凡尔纳出生于南特市一个律师之家。南特濒临大西洋，是法国一个重要的港口城市。这里既有布列塔尼公爵的城堡、圣彼得大教堂等古朴典雅的建筑，也有樯桅如林、繁忙热闹的港口码头。凡尔纳的童年时代是在充满幻想和渴望冒险的乐趣中度过的。他经常领着比他小一岁的弟弟保尔到海边玩耍，沐浴着海风，远望着茫茫无涯的辽阔水域，想象着充满神奇的异域风情……1839 年，年仅 11 岁的凡尔纳差一点要实现他的一个大胆而富有诗意的冒险计划。一天，他不知从哪儿得知，"卡罗利亚号"三桅帆船即将启航开往印度。凡尔纳的头脑中形成了一个完整的冒险方案。他瞒着家人，在"卡罗利亚号"启航的当天清晨偷偷溜出家门，用计谋神不知鬼不觉地登上了那艘三桅帆船。家人不知凡尔纳的下落，万分焦急。父亲皮埃尔几经周折，终于打听到他的儿子已经跑到开往印度的"卡罗利亚号"上去了。他赶紧搭乘火轮船，及时赶到"卡罗利亚号"当晚停靠的潘伯夫，把凡尔纳"逮"了回来。

不用说，父亲的一顿责骂是免不了的了，他还被关了禁闭。凡尔纳不得不向母亲求饶，并发誓说"今后将只是在梦中才作旅行"。当然，这是不可能的。成年后的凡尔纳是个地地道道的"旅行迷"，他甚至陆续购买过三艘船，以满足他这种强烈的探索欲望。正是这些旅行见闻，大大丰富了他的科幻小说创作的内容。

在凡尔纳的成长和发展过程中，他遇到了几位对他影响很大的关键性人物。青年时代，迷恋上文学尤其是戏剧的凡尔纳在巴黎学习法学课程时，常常出入他母亲的朋友巴里埃尔太太的沙龙，结识了一些浪漫派作家，并由一位朋友引见认识了大仲马。在大仲马的支持和鼓励下，凡尔纳齐头并进地开始三个主题的戏剧创作，其中独幕诗体喜剧《折断的麦秆》深得大仲马赞赏，并由他推荐上演，受到观众的欢迎。这对凡尔纳后来放弃法律专业投身文学事业无疑是一个重要的推动。

凡尔纳在荆棘丛生的文学道路上开始起步时，一个脾性怪僻、热情开朗的老头闯入他的生活之中，并对他日后的前途发生重要的影响。这位老人名叫雅克·阿拉戈（1790—1855），是一个饱经风霜、阅历深广的探险家，曾创办"阿拉戈航海协会"，并盲目地将一批对他表示信任的淘金者带到美洲的加利福尼亚去挖掘金矿。可以说，阿拉戈的一生，是一部人格化的探险史。阿拉戈的弟弟也是当时颇有名气的天文学家和物理学家。在阿拉戈家里。凡尔纳常常接触到一些探险家、科学家。他们兴致勃勃、海阔天空的谈论也引起了凡尔纳极大的兴趣，并激发了他从小培养起来的探索热情。从此，凡尔纳如饥似渴地学习各种科学知识，经常泡在国立图书馆，广泛涉猎地理、数学、物理、化学等各类书籍，积累了两万多张文摘卡片，为他日后在科幻小说创作上施展才华打下了扎实的科学知识基础。

当凡尔纳写出第一部科幻小说《气球上的五星期》（1863）时，他又遇到了一位传奇式的人物，就是我在前面曾提到过的著名出版家埃泽尔。关于《气球上的五星期》，有一个流传很广且为人们所熟悉的传说：这部作品完成之后，竟没有一家出版社愿意出版，因为谁也没有见过这种别具一格的科学幻想小说，不敢贸然出版这位锋芒未露的新作者的作品。在经历了第15次退稿之后，凡尔纳一气之下，把手稿投进了炉膛。幸亏他的妻子眼明手快，把稿子抢了出来。当稿子被第16次送出去之后，凡尔纳终于遇到了"伯乐"。埃泽尔这位具有敏锐的艺术辨识力的著名出版家当时正在筹办《教育与娱乐杂志》。他收罗了一批学者和作家为该刊撰稿，但他总嫌这些专家的文章有一种说教的味儿，难以为少年儿童读者所喜爱。因此，当凡尔纳战战兢兢地捧着手稿来见他时，他一下子便发现凡尔纳具有异乎寻常的素质、学识和禀赋，于是决定聘请他为特约撰稿人，并跟他签订了一份版权合同；凡尔纳每年向埃泽尔提供三卷作品，埃泽尔则以每卷1925法郎的价格支付著作权使用费。从此，两人同舟共济，开始了后来令世人震惊的"奇异的旅行"。

随着凡尔纳科幻小说的陆续问世，凡尔纳及其作品同时获得了大读者和小读者的迷恋与厚爱。在这里，分析一下凡尔纳作品成功征服读者的原因，显然是很有意思的。

凡尔纳刚步入文坛时，就立志要创立自己独特的流派：科学浪漫主义派。把读者带入科学技术的美妙世界中，成了他从事创作的一个重要目标。在他的笔下，天文、地理、化学、物理、生物、地质、地貌、气象、海洋诸学科的新奇知识、发展远景与世界各地的奇异风光跃然纸上，以至于有人认为他的 80 部科幻小说是一套无所不包的知识百科全书；而让·德·特里贡则作了这样的评论："如果说巴尔扎克头脑里装着一个社会的话，凡尔纳带给我们的却是整个宇宙。"

凡尔纳笔下的科学知识不仅容量巨大，而且具有惊人的精确性和可信度。也就是说，凡尔纳作品中的描述不仅仅是借助了科学的名义，制造了科学的氛围，而且是以真正的科学知识和科学事实作为创作的依据和出发点的。这样的写作策略使他与另外一位稍晚出现的英国著名科学幻想小说家威尔斯的创作形成了鲜明的对照。凡尔纳的创作是从科学到幻想，也就是说首先奠基在科学理论、实实在在的技术实践上，然后通过丰富的想象，以达到可能延伸的新领域。威尔斯的创作则是从幻想到科学，即从幻想开端，离开当时那个阶段的科学知识，只是借用科学背景来描述故事。

两者之间的不同，可以通过一个例子来说明。凡尔纳和威尔斯都写过以太空探索为题材的作品。凡尔纳的作品名称是《从地球至月球》(1865) 和续集《环绕月球》(1870)。他在写作前对于空气压力、飞行速度、起飞的适宜地点、在宇宙间的失重现象以及溅落等都一一做过精确研究，仔细绘制图形，就像真要去作一次宇宙航行一样。所以当 20 世纪 60 年代，当人类登上月球成为现实时，人们发现有那么多情况都与凡尔纳当年的预言恰相吻合。威尔斯也写过一部作品：《第一批月球人》(1901)。他所描绘的登月器是一种像昆虫模样的"月球人"，那里有社会，有国王，有警察，有严格的等级制度，有工人和工人失业，还有用"无工作时使之人睡"来解决失业问题的措施。作家在他的科幻小说中未受科学实际的约束，任想象驰骋太空，并以辛辣的笔触针砭现实，对他所处的时代和社会进行了无情的讽刺与批判。[3] 由此可见，凡尔纳的"醉翁之意"，关乎科学；威尔斯的"醉翁之意"，则不在科学。

从科幻小说美学的角度看，两种创作类型应该说是等值的。但是，就知识本身在作品中所可能酝酿和引发的科技意趣而言，凡尔纳作品无疑是会略胜一筹的。

关于两位科幻小说大师在处理科学素材时方法上的不同，两位作家本人也是看到了的。例如威尔斯在他的《科学小说选集》前言中，对两人之间的不同点有过十分准确的辨析和叙述："人们把我写的这些故事与儒勒·凡尔纳的作品进行比较，报界人士一度对我有'英国的儒勒·凡尔纳'之称。其实，这位伟大的法国人所预示的各种发明创造和我这些离奇的幻想，在文学上并无相似之处。他的作品几乎总是提到具有现实可能性的发明和发现，并作出一些卓绝的预言。他所引起的是一种具有实际意义的兴趣。他写作时就相信，并告诉读者这种或那种事是可以做到的，但在当时尚未能做到。他帮助读者幻想做这些事情，并使他们意识到可能随之产生的欢乐、兴奋或危害。他的许多预见已经'成为现实'。但我选在本书里的故事，我不敢妄称涉及了可能出现的事物，它们只是在一个完全不同的领域里所做的幻想练习而已。"

威尔斯的上述辨析实际上已经触及凡尔纳科幻小说在科学知识的丰富和准确的基础之上所具有的一种更重要的科幻文学品质或能力，这就是对于科技发展远景和未来社会的种种可能作出大胆而富于想象力、同时又是极其可靠甚至准确无误的预测与描绘的能力。在这一方面，凡尔纳几乎显示了料事如神的天才般的幻想能力，这也是凡尔纳作品最为当时和后来的人们津津乐道的话题之一。

今天，凡尔纳当年所幻想和描述过的许多事物，如电视、电影、传真、无线电话、无线电广播、人造钻石、原子分裂、氖光灯、汽车、远射程炮、导弹、坦克、激光、直升机、飞机、登月火箭、人造卫星等等都已变成了现实。从某种意义上我们几乎可以说，凡尔纳的小说参与了我们今天这个世界的创造，因为他启发了后人的想象力和创造力。

自动陀螺仪的发明者拉·谢尔巴、霓虹灯的完成者乔治·克劳德、现代潜艇之父西蒙·莱克、同温层开拓者兼深海探险家奥古斯特·皮卡尔、无线电报的创始人马可尼、火箭动力学家齐奥尔科夫斯基、航空学家茹可夫斯基、北极探险家伯德和南极探险家贝尔得等，都曾在不同场合公开表示过，对自己的最初想象给予启示的正是凡尔纳。法国的利奥台元帅甚至这样说过："现代科学只不过是将凡尔纳的预言付诸实践的过程而已！"

不仅如此，20 世纪人类在对自然和宇宙的科学挺进过程中所发生的许多具体事件，在凡尔纳的小说里也都有过逼真的预测或类似的描绘，例如意大利探险家诺比莱乘坐"诺吉号"飞艇在北极的洪荒世界上空滑翔而过；斯科特船长及其伙伴在人类进军南极的尝试中悲壮牺牲；

法国人诺比尔·卡斯特雷深入比利牛斯山脉的大岩洞，发现了失踪的湖泊和被人遗忘了的原始人圣堂；哈朗·塔齐夫为了探索地心的奥秘，爬进了扎伊尔北部一个隆隆作响的火山口；美国的核潜艇"鹦鹉螺号"升出北极的海面，用无线电向华盛顿的总统报告它在北纬90度的位置；在苏联的一颗人造卫星环绕地球飞行12年之后，一个美国人踏上了月球的表面。而凡尔纳的有些幻想直到今天仍然还是人类的幻想，例如环游太阳系的旅行……

从科学技术的现状和知识出发，通过幻想实现对于未来社会的准确预测和描绘，这是凡尔纳才华和魅力的最突出的一个特征。在一代又一代的读者心目中，凡尔纳的预见几乎构成了一个神话！

但是，对于完整的科幻小说美学构成来说，仅仅具有准确的科学预见还是不够的。凡尔纳小说对于读者的魅力还在于，它们将科学知识和科学幻想与引人入胜、耐人寻味的小说叙事策略精巧地融为一体，也就是说，在纯小说艺术领域里，凡尔纳的科幻小说也是成功的。

从文学气质和艺术血脉上说，凡尔纳在其创作生涯的开始阶段所接受的影响是不可忽视的："笛福、司各特、费尼莫尔·库珀和爱伦·坡——这几个作家就好像是一个奇特的四重奏小组，但凡尔纳对他们每一个人都极为钦佩，并且不断地从他们的作品中汲取灵感"[4]。例如，凡尔纳曾经仔细研究过爱伦·坡，并在1862年撰写过一篇关于爱伦·坡的研究论文。虽然凡尔纳也指出了爱伦·坡作品中的许多缺陷，但爱伦·坡对他的影响也是显而易见的。如爱伦·坡作品中的浪漫主义因素、感人而又恐怖的爱情、探究密码和暗藏财宝的乐趣、异想天开和不易轻信的科学观点等等。凡尔纳也喜欢神秘的事物、财宝、密码和稀奇古怪的科学细节。当然，他所利用的大部分科学知识，比爱伦·坡那漫无边际的幻想，总是更实际，更接近于真实的资料。凡尔纳常常将他所想象和预见的未来奇观精巧地嵌入主人公的大胆探险和神奇经历之中，从而对读者，尤其对少年儿童读者产生一种非凡的吸引力。

凡尔纳最优秀、流传最广泛的作品，几乎都充满了活动性、探求性和冒险性。《气球上的五星期》讲述的是探险家萨梅尔·费尔久逊博士带着他的朋友凯乃第和仆人乔，乘坐双层气球"维多利亚号"由东向西飞越整个非洲的历险故事；《格兰特船长的儿女》则描述了格兰特船长的一对儿女随一支旅行队驾驶邓肯号游船去寻找两年前失踪的父亲的神奇经历，一路上他们穿越大西洋、印度洋，先后到达了南美洲、澳大利亚、新西兰，最后无意中在太平洋荒岛——达抱岛上找到了格兰特船长；《海底两万里》叙述的是生物学家阿龙纳斯等人跟随"诺第留斯号"潜艇船长尼摩航行海底的惊险、奇妙的故事；而较晚发表的《神秘岛》则以五位美国人在荒岛上的创业经历为故事框架，描述了神秘曲折、斑斓多姿的冒险生活。同时，作者将前面那些作品中出现过的人物如尼摩船长、格兰特船长的儿子等也纳入了神秘岛上发生的故事中，使这些故事之间形成了巧妙而有趣的呼应。

探险作为人类的一种特殊活动，总是同一个巨大的未知世界和一种非凡的勇气联系在一起的。因此，探险也是最能激发少年儿童的好奇心和英勇感的一项活动。在文学作品中，探险和冒险故事则是最能吸引少年儿童的文学种类之一。少年儿童往往借助这些故事来宣泄和释放其富于好奇心和探求欲望的心理能量，满足他们对于幻想和征服的爱好与渴望。从这一点看，凡尔纳的作品能够吸引一代代少儿读者，就是十分自然的事情了。

在具体构思和情节设置方面，凡尔纳十分善于巧设悬念，制造种种神秘、惊险、紧张、神奇的叙事氛围。这种氛围吸引着读者的好奇心，刺激着读者的阅读神经，诱导读者进入一种沉醉的阅读状态。

例如，《海底两万里》一开始就抓住了读者的探求欲望：海面上出现了一个大怪物，被认为是独角鲸，究竟是什么？追捕开始了……而在《神秘岛》中，那个总是在紧要关头暗中支持、帮助史密斯和少年赫伯特他们的神秘人物究竟是谁？

更有趣的是，《八十天环游地球》中的福克先生在俱乐部与牌友打赌：环游地球一周，他只要 80 天，而且不管途中发生什么事故！他以两万英镑作押开始了这次轰动全国的环球旅行。于是，一个巨大的悬念也搁在了人们面前。福克和他的仆人路路通按照预定的日程紧赶慢赶，一路上险象环生、意外不断，当他们终于在预定的最后一天，即 12 月 21 日赶回伦敦，到达终点站时，已是晚上 8 点 50 分，比预定的时间晚了 5 分钟。福克先生输了，彻底破产了。不料第二天晚上，他们才弄清今天是 21 号，此时只剩下 10 分钟了！当福克先生再一次在俱乐部大厅里露面的时候，大钟正指着 8 点 45 分……原来，福克的旅行是由西往东走的，所以每当他跨过一条经线，就提前 4 分钟看到日出，因此他们在不知不觉中正好赢得了一天的时间。由此可见，凡尔纳在作品构思上的确是煞费苦心的，所以他的作品叙事细密、起伏跌宕、前后照应、张弛自然，显示了很高的艺术智慧。而所有这些，又总是得到其作品中那些严谨的科学知识描述的有力支持。

凡尔纳笔下人物形象塑造的坚实有力也是格外值得我们注意的。例如《海底两万里》着重刻画了尼摩船长的形象，从不同侧面表现了他强烈的爱憎及其对科学事业的热爱和执着。《格兰特船长的儿女》则成功地塑造了众多人物群像。如12岁的少年罗伯尔的机智、勇敢、执着；身兼旅行家和地理学家的巴加内尔博闻强记、学识渊博，他幽默风趣，颇有奇才，然而又是个极其粗心大意的人——这种颇具典型意味的性格，使他加入了法国民间传说人物的行列。还有《八十天环游地球》中那位沉着、果断、严肃、冷静、行动精确的福克先生和他那位办事勤快、对主人忠心耿耿的仆人路路通，等等。因此，凡尔纳留给我们的不仅仅是关于科学的幻想故事，还有这些故事中活跃着的一个个人物形象。

神奇、幻想、快乐的小说叙事，也使凡尔纳小说比许多科幻文学作品更多了一些趣味性和幽默感。正如彼得·科斯特洛所评论的那样："他的书没有一本不具有能弥补作品缺陷的趣味——或者是幻想的趣味，或者是地理的或科学的趣味。"[5] 同时，凡尔纳闪烁着快乐和奇幻光彩的、引人入胜的小说叙事，还具有一种发人深省的力量：它让我们思考人与科学技术的潜能和力量，它让我们关注这个世界以及人与世界的未来……

毋庸讳言，收入总题目为《奇异的旅行》的凡尔纳科幻小说丛书的数十部作品，其艺术质量和成就也是高下有别的。就凡尔纳的艺术创造力而言，在经历了六七十年代的创作起步、发展和高峰期后，他的声誉和名望都达到顶峰。在《神秘岛》（1874）问世、尼摩船长死去之后，凡尔纳小说虽然仍按合同保持了原有的出版数量，但质量却相对下降了。今天，当他的优秀之作仍在各国的大人和孩子们中间流传时，他的另一些作品则已基本上失去了读者。

但是，直到今天为止，凡尔纳仍然是所有作家中最具影响力的科学幻想小说家。他的作品使一代又一代的大、小读者激动不已。列夫·托尔斯泰就曾经赞叹说："凡尔纳的长篇小说妙极啦，我读的时候是成年人，但它们仍然使我赞叹不已。在构思发人深省、情节引人入胜方面，他是一个了不起的大师。"

凡尔纳以其一生的努力，为 19 世纪的法国儿童文学、为世界儿童文学史树起了一座历史性的丰碑。

## 第三节　埃克托·马洛

埃克托·马洛（Hector Malot, 1830—1907）是"苦难童年小说"的领衔作家。如果说凡尔纳是在幻想的领域把法国 19 世纪儿童小说创作推入了一个艺术高峰的话，那么马洛则在现实的领域里达到了当时法国儿童小说创作的又一个高峰。

马洛出生于塞纳滨海省一个公证人的家庭。他青年时代曾在巴黎一家公证事务所边工作边攻读法律。因酷爱文学，他利用业余时间从事创作，为数家报纸撰写文章，开始显露文学才能。不过，马洛早年从事的主要是文学和音乐评论。将近 30 岁时才开始创作小说。1859 年发表了第一部小说。1864 年，他的成名作《爱情的牺牲品》在《制宪党人》报上连载后，顿时蜚声文坛。该报也因而声誉大振，被争相订阅。当时著名的评论家伊波里特·泰纳（1823—1893）将马洛列入最富有才华的作家之列。

马洛一生辛勤笔耕 40 多个春秋，一共创作了 60 多部作品，其中大部分是给成年读者写的，也有一部分是专门为少年儿童读者创作的，而且，马洛真正的传世之作就是他的儿童文学作品，其中包括《罗曼·卡尔布里历险记》（1869）、《苦儿流浪记》（1878，原名《无家可归》）、《孤女投亲记》（1893，原名《在家里》，一译《孤女寻亲记》）等。《苦儿流浪记》是马洛最重要的一部作品，是为他赢得世界性声誉的一部"苦难童年小说"的代表作。

1869 年，《罗曼·卡尔布里历险记》在教育杂志上发表。这是马洛第一部具有一定代表性的儿童小说。作品讲了这样一个故事：遭遗弃的孩子罗曼·卡尔布里从虐待他的舅舅家逃出，和一些卖艺人一起生活，后被一位老人收留。故事的结局是，小主人公后来与他的童年伙伴迪叶莱特成亲，过上了幸福的日子。从这部作品中，我们看到了后来出现在《苦儿流浪记》中的一些故事的影子。

《苦儿流浪记》的创作据说也与大出版家埃泽尔有关。就在《罗曼·卡尔布里历险记》出版的同一年，埃泽尔要求马洛写一本以一位孩子周游法国为内容的小说，题目为《周游法国的孩子》。埃泽尔要求把法国的地理风光和各行各业的人们都糅合进这部小说。据说，由于次年爆发了普法战争，马洛写成的手稿因巴黎失陷于普鲁士人之手而无从找寻。后来重写的《苦儿流浪记》，仍然保留了最初的写作动机所带来的痕迹：介绍法国的地理风光、民风实情。因此，作品故事的舞台从巴黎逐渐扩展至法国各地乃至英国、瑞士。实际上，这部小说正是借助了小主人公的流浪足迹和所见所闻，展示了当时法国社会生活的广阔图景。

《苦儿流浪记》采用主人公雷米第一人称的视角展开叙事。在雷米只有五六个月大小的时候，他被父母遗弃于巴黎的街头。但是对他来说，真正不幸的命运是从 8 岁那年开始的。在此之前，他甚至并不知道自己是个弃儿，因为养母对他视如己出："我在 8 岁以前，一直以为我跟别的孩子一样，有一个母亲，因为当我哭的时候，就有一个女人把我温柔地抱在她的怀里。她对我说话的态度，她朝着我看的神情，她对我的抚爱，她责备我时那种温柔的声调，都使我相信她就是我的母亲。"

可是雷米 8 岁那年，在外当石匠的养父受伤致残，失去工作回到家里。这一不幸导致的一个连锁反应，就是雷米被养父租给了演马戏的流浪艺人维泰利斯，从此他随着卖艺老人带着几只小动物流浪四方。维泰利斯是一位温和、善良、高尚的老人，他不仅善待雷米，而且教他读书认字、识谱弹琴、唱歌跳舞。在图卢兹城的一次卖艺中，他们遭到了值勤警察的干涉，老艺人因不服而反抗，结果被扭送入监狱，被判处两个月的徒刑，并罚款 100 法郎。老艺人出狱后，师徒俩继续踏上卖艺流浪的艰难之路。后来，维泰利斯不幸冻死在一个花农的家门口。雷米被花匠阿根收养。不料一次天灾，阿根因无法偿还债务而进了监狱。雷米又独自踏上了流浪的路程。在历经千难万险，尝遍世间苦难之后，最后意外地与生母团圆了。

流浪汉小说的创作在欧洲文学中有着悠久的历史，并且形成了一定的艺术"格式"。如早期的流浪汉小说一般都采用自传体的形式，以主人公的流浪为线索，人物性格的描写比较突出，主人公的生活经历和广阔的社会环境的描写交织在一起。西班牙最早的也是最有代表性的一部流浪汉小说《小癞子》（1553），就是由主人公小癞子自述其经历，并以他的流浪史和人生视野来描写当时西班牙的社会风貌和各个阶层的人物。后来，一些流浪儿的形象也开始出现在作家的笔下。在 19 世纪的法国作家中，大文豪雨果在《悲惨世界》第三部中塑造的流浪儿伽弗洛什的形象是令人难忘的。而马洛的《苦儿流浪记》的问世不仅为我们提供了苦难童年小说的领衔之作，而且也为从流浪汉小说脱胎而来的流浪儿小说提供了一部经典之作。

《苦儿流浪记》原著篇幅庞大，译成中文约有 50 万字。这部容量巨大、场景丰富、人物众多、情节曲折的作品，为人们提供了多种视角的解读可能。因此，它看似一部单纯描写苦难童年的小说，实际上人们对其主题的解读和认识并不一致。例如有人认为作者描写童年的不幸和苦难，旨在批判社会黑暗；有人认为小主人公一路流浪，看到的是一幅社会风情画。而日本儿童文学评论家冢原亮一则认为，《苦儿流浪记》的主题是"旅行育人"：

> 我认为马洛小说中的"旅行"是教育观或者目的的必然结果。在欧洲，自古"周游"作为青少年教育的方法一直占据十分重要的位置。中世纪时期，工匠们为了研磨技艺，遍访名师，这是职业教育的方法。正像法国作家拉伯雷的长篇小说《巨人传》中所描述的那样，学生们从这所大学转到另一所大学。文艺复兴以后，仰慕古代文化，巡访希腊和意大利是贵族子弟的风习……"旅行育人"的方法成为马洛的思想基础，其结果使作品的创作手法变化多端。[6]

冢原亮一的观点显然也是符合作品实际的。当 8 岁的雷米突然被推入与他过去的经历完全不同的流浪生活中时，他还是一个纯粹的孩子。陷入流浪苦境的雷米与"流浪艺人"这一职业角色很快就在生活的磨炼中融为一体。在经历了最初的流浪生涯后，雷米不仅品尝和领悟到了人生的艰辛，而且也开始形成了坚强的体魄和人生品格。我们从他自己的叙述中可以感受到小主人公的"成长"："……就这样我学到了东西，同时我也学会了如何走向漫长的路程。和维泰利斯师傅的本领相比丝毫都不逊色，对我十分有益。在巴伯兰太太（即养母——引者注）那里时的我，是个纤弱瘦小的孩子。这是从别人谈论我时得知的。巴伯兰太太说我是'城里的孩子'；维泰利斯师傅说我'胳膊、腿太细'。如今整天在师傅身边过着严酷的野地生活的我，手脚强劲有力，胸脯宽大，肌肉结实，不论酷暑严寒，还是晴日阴雨，一切艰难困苦、疲劳等都能顽强地顶住"；"而且对我来说，这种经历应该是最大的幸福。在我步入青年时期，它时常地袭上我的心头。因为它使我顽强地克服了一切痛苦和令人一筹莫展的困难"。

"成长"无疑是《苦儿流浪记》的一个重要表达内容，但它还远远不是事情的全部。"流浪儿"这一题材构成的小说视角是十分独特的：一方面，它通过流浪儿自己的经历和体验，表现不幸儿童的存在状态及其悲苦人生，另一方面，它借助流浪线索的延伸展开来描绘种种社会人生和世态风情画面，因此，其艺术视角是相对开放的。同时，与早期的一些流浪汉小说中主人公的性格没有发展、情节之间缺乏有机联系的缺陷相比，优秀的流浪汉（流浪儿）小说总是通过流浪的背景和线索，来描述主人公性格的发展和精神的成长，从而在对流浪的叙事中实现人物形象的艺术塑造。

雷米之所以能够成为世界儿童文学人物画廊中著名的流浪

儿形象，与作者对人物精神成长的成功描述是分不开的。换句话说，雷米流浪路途中的每一个里程，几乎同时也就是他精神成长的一个里程。于是，尽管作品的情节曲折、场景转换频繁，但是在人物精神成长需要的召唤和安排之下，这一切遂成为一个有机的艺术整体，而不再是简单的叙事延展或情节叠加。这是这部小说在艺术上高于一般流浪儿小说的一个重要原因。

关于雷米成长过程中的生活和思想发展，日本儿童文学理论家鸟越信在他的《世界名著中的小主人公》一书中有过细致的分析。鸟越信认为，雷米的整个"旅行"可以分为六个部分。在跟随维泰利斯师傅从事流浪艺人职业开始到师傅被捕入狱为止的第一阶段中，雷米形成了基本的教养和人生态度，即掌握了生存技艺，领悟到人生的艰辛。第二阶段是在"天鹅号"游船上的生活，雷米第一次结识了自己真正的朋友，形成了丰富热情的感情世界。第三阶段是在花农阿根家里一段自耕农环境里的生活，雷米扩大了对人生的认识。第四阶段是雷米数次"旅行"中内容最充实、最丰富的一个阶段，特别是其中在煤矿的一段生活，给了雷米以少有的震撼和珍贵的教训。其中一个著名的情节是，雷米为了顶替受伤者下到了矿井，由于发生了意想不到的涨水事故，和其他七名矿工一起被埋在了井巷中，在绝望和恐惧中度过了两个星期。

鸟越信先生分析说，与以往的近代前期的流浪艺人和自耕农相比，近代工人集团被描述得尤其生气勃勃，特别是被埋在井下的七名工人在恐惧和焦躁中依然表现出支撑其生命力的乐观态度和刚毅精神，以及营救时井上的同伴们打破难局的合理方法及共同的责任感等方面的描写都相当精细、生动。至于第五、第六次旅行，鸟越信认为"似乎有画蛇添足之感。当然，本故事的主要情节——和亲生母亲的团圆是在后两次旅行中实现的，但雷米的成长过程显然在前四次旅行中已经完成"[7]。

借助雷米的成长视角，作者还塑造了其他一些相关的人物形象，这些人物或是他不幸命运的推波助澜者，或是他流浪生活中的亲密伙伴，或是他精神成长方面的启迪者。例如流浪艺人维泰利斯的悲惨命运和他热情、善良、正直、刚毅的品性，不仅令人同情，而且让人钦敬。而当雷米与矿工们被困井下时，那个平时专爱采集矿石标本并因此常被矿工们嘲弄和奚落的老矿工却表现出了超人的智慧、经验、勇气和人生观。合上书本，这些人物形象都会久久地浮现在读者的脑海里。

《苦儿流浪记》在艺术上还有一些值得称道的地方。例如，作品对流浪儿故事的描述是十分生活化的，体现了作者对生活的洞察、把握和再现能力，同时整部作品又不失其传奇性和趣味性，作品中那些关于训练有素的狗、猴表演的描述，尤其会令小读者产生一份特别的阅读兴趣和好感。此外，流畅自然、朴实无华的文笔，也是这部作品广受欢迎的一个原因。

《苦儿流浪记》作为一部结构相当庞大的儿童小说，当然也未能完全避免情节繁杂堆砌的毛病。这主要表现在作品后面的小半部分。此外，作者为雷米安排了一个圆满的结局，未能摆脱一般流浪汉（流浪儿）小说的故事套路，这虽然可能会给读者带来一缕安慰，但作品在思想上的深刻性和艺术上的震撼性方面，无疑也会受到一定的减损。

《苦儿流浪记》的姐妹篇《孤女投亲记》描述的同样是一个悲欢离合的动人故事。不同的是，前者的主角是男孩雷米，后者的主角是女孩子佩琳娜；前者采用第一人称的叙事角度，后者采用第三人称的全知视角。相对说来，前者的情节更开放而舒展，后者的故事较精巧而紧凑。《孤女投亲记》中的佩琳娜是一位十一二岁的少女，出生于世家的父亲因为娶了一位出身微贱的印度姑娘而遭到祖父的反对并断绝了父子关系。在动荡的生活中，佩琳娜的父亲不幸病逝，母亲只好带着她从意大利去巴黎投亲。但一路颠簸，贫病交加，母女俩刚到巴黎，母亲便撒手而去。剩下孤女佩琳娜，开始了艰难的"投亲"历程："世上还有跟她一样可怜、一样悲惨的人吗？她，孤苦伶仃，既没有面包，也没有房子，无人依傍，备受凌辱，疲惫不堪，心痛欲碎，忧郁至极。"但是，无论命运多么凶险，她始终以弱小的生命和躯体进行着坚韧的抗争。作品由此塑造了一个让读者同情和怜爱，更让读者喜爱和钦佩的具有独特光彩的少女形象。

与《苦儿流浪记》一样，《孤女投亲记》也通过小主人公的不幸遭遇和顽强抗争，展示了广阔的社会生活画面，只是在《孤女投亲记》中，这些画面被描绘得更具体、更斑斓，也更凝重。例如作品中对劳资关系的描述，对资产者争权夺利、尔虞我诈内幕的无情揭露等，都使它拥有了比《苦儿流浪记》更沉重的社会生活含量。不过，佩琳娜毕竟拥有一个阔绰的祖父，而且作品结尾时祖孙团聚，欢乐无比。因此，由弃儿雷米担任主人公的更为轻松有趣的《苦儿流浪记》成为马洛及"苦难童年小说"的主要代表作，并不是偶然的。

《苦儿流浪记》和《孤女投亲记》都曾获得法国艺术院颁发的艺术院大奖。有趣的是，当年马洛因为他那些成人小说而受到评论界的赞誉，甚至被称为"巴尔扎克的学生和继承者"，但是100多年后的今天，人们常常提起埃克托·马洛，首先是因为他给我们留下了一部《苦儿流浪记》。

## 第四节　其他作家的作品

在 19 世纪的法国儿童小说作家中，塞居尔伯爵夫人也是应该被着重提到的。虽然《驴子的回忆》为她在童话领域赢得了声誉，但在她的 20 部作品中，绝大多数还是儿童小说作品。作为侨居法国的俄罗斯人，塞居尔夫人时刻不忘她的祖国。她笔下的小主人公大多是在俄罗斯大地上生活和学习的天真儿童；俄罗斯的鞭子，斯拉夫人的仁慈、富有心计，心地善良的小主人公的生活天地是她着意描写的对象。她的作品中始终贯穿着道德教育的主题，但她对儿童生活、心理的无比熟悉和作品所具有的生动流畅的描绘能力，使这些道德教育的严肃主题每每拥有了一种轻松、诙谐的表现方式，从而使读者毫无厌倦之感。

《淘气的小索菲》是作者专为教育自己的小孙女而写的一本幼儿小说集(这些作品大体上也可以看作幼儿生活故事)，共收有《蜡娃娃》《小鱼儿》《弄湿头发》《马吃的黑面包》《一只松鼠》《狼来了》《小伊丽莎白》《一盒蜜饯》《一头小驴》《离开故土》等 22 则生活气息十分浓郁的幼儿故事作品。故事全部围绕着小主人公索菲 4 岁前后的生活和成长而展开。小索菲天真活泼、聪明伶俐，主意奇多，但也有不少缺点，如任性、说谎、馋嘴，而且对待小鱼儿小蜜蜂等还有过残忍行为。小索菲的这些缺点都没有逃过妈妈雷昂夫人的眼睛。在妈妈的严格管教下，索菲一一改正了缺点，成了一个诚实善良的孩子。

显然，淘气的小索菲是塞居尔夫人"制作"的一个旨在对小读者进行严肃的品德教育的文学标本，整部作品也具有说教文学重在道德教育的典型特征。但塞居尔夫人的可取之处在于，她赋予了作品以文学的趣味和生气，这就使她的一些作品具有了一定的阅读甚至流传的价值。这种文学趣味主要表现在作者对儿童心理的精妙鲜活的把握和细腻传神的描绘上，于是作品就显得不那么僵硬和令人生厌，而是变得生动和亲切起来。

例如在《弄湿头发》一篇中，喜欢打扮的索菲特别希望自己也像小伙伴卡米雅一样有一头漂亮的卷发。一天下午下起了大雨，小索菲想起卡米雅的头发打湿时比干的时候更卷曲，心里就想，如果自己把头发全弄湿，头发不也可以变卷曲了！"想着想着，索菲不管下的雨有多大，也没有得到妈妈的许可就走了出去。她把头伸在檐槽下面，很开心地让大股的雨水浇到自己头上，雨水把她的脖子、胳膊、后背也都打湿了。当她的头发全部湿透之后，她回到客厅，开始用手帕擦头发，仔细地把头发竖立起来，好让头发变卷曲。"不料弄巧成拙，爸爸看到她后说："现在这个样子可是够俏的！本想变得更美，可是反而更难看了。"小表哥保罗则催促说："我可怜的索菲，快去把头发弄弄干，梳梳头，换换衣服吧。如果你知道自己这个样子有多怪，你就一分钟也不会在这儿站着了。"有了这次教训之后，索菲就再也不用雨水打湿头发来使自己的头发变卷曲了。

读塞居尔夫人的儿童小说，你会觉得仿佛在听一位充满慈爱而又不乏威严的老祖母在向你娓娓地述说着关于孩子们成长的有趣故事。其中不乏严厉的教训和惩戒，但你更会被那些生动的故事所吸引。《淘气的小索菲》等塞居尔夫人的儿童小说迄今仍在法国一再出版，而且装帧美观，可见其对读者仍然具有相当的吸引力。

许多19世纪法国大作家的笔下，都曾出现过著名的儿童形象，或者，他们也写过一些虽不属于儿童小说，但却受到小读者喜欢的小说作品。雨果的名著《悲惨世界》第三部中的伽弗洛什就是一个十分著名的儿童形象。被家庭遗弃的伽弗洛什成了野孩群里的一员，"谁也不要他们"。他穿着大人的长裤，披着妇女的褂子，住在巴士底广场的"大象"肚子里。他无依无靠，整天在街上"去去，来来，唱唱，丢铜板，掏水沟，偶尔偷点小东西"；"他没有住处，没有面包，没有火，没有温暖"。但是，伽弗洛什又是一个聪明、勇敢、坚强、善良的孩子。他虽然举目无亲，饥寒交迫，但还是千方百计地接济那些同样流落街头、无家可归的穷苦孩子。他渴望自由；当巴黎起义的枪声一响起，他就兴高采烈地加入了起义者的行列，筑街垒、造弹药、送信件、做侦察，在枪林弹雨下从被打死的政府军身上搜集子弹。起义军遭到了残酷镇压，"这个小孩子、大英雄牺牲了"，他死得那么英勇、壮烈！他与《悲惨世界》中的另一个苦孩子——珂赛特一起，成为世界文学名著中著名的儿童形象。小说中的有关片段，也都曾被节选缩编为单行本，供小读者阅读和欣赏。

乔治·桑的中篇小说《小法岱特》描述了一个牧歌式的爱情故事。乡村女孩小法岱特因家庭名声不佳而蒙受屈辱，加上出身贫寒、缺乏教养、没有整洁的习惯、待人粗野、不懂礼貌等等，因而是一个经常受人轻蔑耻笑的姑娘。但是，与朗得烈的爱情逐渐使小法岱改掉了粗野失礼的毛病，并显露了善良而高尚的本性，变成了美丽、洁净、可爱的姑娘。原来，这个"丑小鸭"式的村姑是一位"天鹅"般的少女。这部小说的情感描写委婉细腻，同时也描绘了一幅纯朴的乡村风光和田园生活图景。小法岱特与乔治·桑的另一部田园小说《弃儿弗朗沙》中的弗朗沙，都是较为成功的少年形象。

大仲马主要创作以故事的生动和情节的曲折见长的通俗小说，并把这种小说样式发展到了前所未有的新的水平。以他为代表的通俗小说家的作品最初在报纸副刊上连载的时候，就曾吸引了不少小读者争相阅读。有人对此曾打趣说，越不是写给孩子们看的，孩子们就越爱看。大仲马的《三个火枪手》（1844）描写达塔尼昂及其好友三个火枪手的冒险经历，故事生动曲折、引人入胜。《基督山伯爵》（1844—1845）以波旁复辟王朝和七月王朝为历史背景，描述了一个报恩复仇的故事。主人公水手邓蒂斯因为替密谋推翻复辟政权的拿破仑党人传递信件，遭到三个效忠复辟政权的无赖之徒的陷害，被打入死牢。他侥幸越狱之后，凭借一位狱友赠送的大量财宝，化名基督山伯爵，报答了在他被捕后照顾他老父的好人，惩罚了已经变成七月王朝统治集团要员的三个恶人。这部小说生动紧张的情节，浓厚的传奇色彩，赋予它强大的艺术魅力。大仲马曾经明确地说过："什么是历史？历史就是钉子，用来挂我的小说。""在文学上我不承认什么体系，我不属于什么学派，也不树什么旗帜。娱乐和趣味，这就是唯一的规则。"他的作品都具有真实的社会历史背景，但大仲马的兴趣并不在于重述历史或致力于描绘广阔生动的社会生活画面，而在于以丰富的想象编织出离奇曲折、趣味盎然的主人公的冒险故事来吸引读者，因此，他的作品大抵属于社会历史演义类型。也正因为如此，大仲马在法国文学史上虽然并不享有崇高的地位，却拥有广大的读者，包括众多的小读者。

都德的《最后一课》和莫泊桑（1850—1893）的《西蒙的爸爸》等作品虽然就创作动机而言不一定是专为儿童读者写的，但这些作品童心焕发，具有巨大的艺术感染力乃至震撼力。将它们列入世界儿童文学精品宝库，它们也会是最光彩夺目的文学珠宝。

我还想提到儒勒·瓦莱斯（Jules Valles, 1832—1885）的长篇小说《孩子》。瓦莱斯出生于厄尔－卢瓦尔省一个贫苦的中学教师家庭，童年生活充满了痛苦和不幸，后主要从事新闻工作，在新闻界以公正大胆著称。1871年他创办了工人的报纸《人民呼声》。后当选为巴黎公社委员，参加过"五月流血周"的最后抵抗。公社失败，他被判处死刑，后越狱流亡到英国。在英国期间，他继续在巴黎共和派报刊上发表文学作品，追忆工人运动和个人经历，并完成了他著名的长篇自传体小说《雅克·万特拉斯》三部曲：《孩子》（1879）、《高中毕业生》（1881）、《起义者》（1886）。这部小说是作者一生经历的结晶，凝聚了真挚的爱憎和激情，具有很强的艺术感染力。

1876 年，瓦莱斯在给他的朋友埃克托·马洛的一封信中谈到了自己一个新的写作计划："我想写的是一本发自内心的书，充满朴素自然的感情、少年热情的书，人人都可以读，甚至我的敌人方面都可以读，它将具有它的社会意义。我用一个人名做书的名字，叫《雅克·万特拉斯》。这本书是一个孩子的故事。我刚刚读过都德的《雅克》，我就采用这种调子。我想主要围绕着小学校和中学校来写；只限于写一个被父亲虐待的孩子所受的痛苦，小小的年纪，内心就饱经创伤。我的经历，天哪，或者几乎是我本人的经历。"瓦莱斯在这里所谈的就是他正在着手写作的《雅克·万特拉斯》三部曲的第一部《孩子》。

《孩子》渗透着作者童年生活不幸的泪水。作者在书前写了这样的题词：把这本书献给那些在中学里苦闷得要死的人们，或者在家里被折磨得哭泣的人们，他们在童年时代被老师虐待或者被父母毒打。

作品一开始，就展示了一种痛苦的童年生活体验：

> 我是我母亲带大的呢，还是哪个乡下女人给我喂的奶呢？这我可一点都不知道。但是不管咂过谁的奶头吧，我都记不起我小时候曾受过任何爱抚；从来就不曾有人疼过我，拍拍我或是频频亲吻过我；我尽挨打。

> 我母亲说不该把孩子娇养了，所以每天早上都要打我一顿；要是碰到她早上没工夫，那么就是中午打，很少迟过下午四点钟。

> 我早年的回忆就从挨打开始，其次则充满了惊愕和眼泪。

但是，《孩子》所写的并不仅仅是关于童年的苦痛的回忆。瓦莱斯在写作前就明确提出这本书将"具有它的社会意义"。作者没有像一般小说那样使用传统的小说形式、布局、人物塑造、环境描写等等，而是采用了辐射式结构来写。中心是第二帝国统治下一个中下层家庭的无尽挣扎，辐射的圆圈及于多方面，背景是家庭、学校、街道，人物是工人、农民、革命者等等。散文式的写法：用一个或一组人物、或一件事的集中描写独立展开每一章节，贯穿其间的则是作者对那个社会的批判和对劳动人民的赞美。[8] 因此，《孩子》实际上是以一个孩子的视角，描绘了那个时代法国中下层社会的生活面貌和一代儿童的心路历程。

虽然通常人们并不把《孩子》看成是一部长篇儿童小说，但是，由于这部作品对童年生活的描述充满了痛楚、辛酸、愤慨和奇异而真切的怀念之情，具有一种力透纸背的动人的力量，因此，它与当时活跃的苦难童年小说创作形成了某种艺术呼应和暗合关系。当我们论述那个时代的儿童小说创作时，有必要了解瓦莱斯这部作品的存在。

## 注 释

[1] 雨果：《儿童会餐》，见《雨果抒情散文选》，沈宝基等译，长沙：湖南文艺出版社1992年版，第357页。

[2] 彼得·科斯特洛：《凡尔纳传》，徐中元等译，桂林：漓江出版社1982年版，第6页。

[3] 参见徐知免：《凡尔纳传》中译本代序，桂林：漓江出版社1982年版，第2页。

[4] 彼得·科斯特洛：《凡尔纳传》，徐中元等译，桂林：漓江出版社1982年版，第85页。

[5] 彼得·科斯特洛：《凡尔纳传》，徐中元等译，桂林：漓江出版社1982年版，第242页。

[6] 转引自鸟越信：《世界名著中的小主人公》，姜群星等译，广州：新世纪出版社1993年版，第36—37页。

[7] 转引自鸟越信：《世界名著中的小主人公》，姜群星等译，广州：新世纪出版社1993年版，第37—44页。

[8] 参见徐知免：《〈孩子〉译后记》，上海：上海译文出版社1982年版。

# 第七章　20 世纪概观

回顾法国文学几个世纪以来的发展历史，我们可以发现它具有明显的世纪性特征：17 世纪古典主义盛行一时；18 世纪启蒙主义独占风光；19 世纪浪漫主义和现实主义各领风骚，由浪漫主义衍生的象征主义和由现实主义发展而成的自然主义则各行其道。与此相呼应的是，法国儿童文学在 17 世纪的"古今之争"中实现了最初的历史自觉；18 世纪伴随着启蒙思潮的传播完成了近代儿童观的构筑；19 世纪则以同时代辉煌的法国文学为背景走过了一段黄金岁月。

那么，20 世纪呢？

19 世纪 80 年代，法国从长期的内忧外患中走了出来，进入了国民经济突飞猛进的垄断资本主义阶段。这一时期科技革新和创造发明层出不穷，大大促进了国民经济的发展，国家财富急剧增长，法国由一个被战争压垮了的财政上捉襟见肘的穷国，一跃而成为世界帝国主义列强之一，因而向国外源源不断地输出资本，连俄国沙皇也向它借了大批的债务。与此同时，法国又野心勃勃地在亚洲和非洲参与了争夺殖民地的战争，夺取了大片领土，使殖民地的范围从印度支那扩展到撒哈拉，"法国在短时期内以很少的代价就取得世界上第二殖民帝国的地位，拥有一千万平方公里土地和六千多万居民。它还继续扩大和巩固自己的阵地"[1]。客观地看，这一时期资产阶级的政权得到了空前的巩固，人民生活得到了改善，阶级矛盾也有所缓和。到了"20 世纪初，法国人沉迷在所谓'美好时代'的乐观气氛中。1900 年巴黎的博览会可以说是这个时代带来的满足和快活心情的象征"[2]。

然而，这个时代物质文明的发展、进步与人的精神颓丧、堕落之间所形成的巨大反差，也使作家普遍感到焦虑和困惑，对理性主义的信心和崇尚逐渐丧失。柏格森哲学和弗洛伊德精神分析学说的汇合与流行形成了一股巨大的反理性主义的现代文化思潮，并深刻地影响了这一时期的创作。从审美观上说，这个时期是作家由对客观现实的直接描写和批判转入以表现人的主观感受、揭示人的心灵活动为主要内容的过渡时期。对这一现象，法国当代思想家约瑟夫·祁雅理在其名著《20 世纪法国思潮》中做了这样的论述："在 19 世纪末 20 世纪初，生活是完全不合理的和不人道的，理性主义已信誉扫地了……对任何进行深刻思考和具有深切感受的人来说，现实越来越不能忍受了，无论在艺术中或在思想中，人们越来越认识到，他们所探讨和揭露的唯一现实就是人的心灵和思想的现实。"[3] 1914 年，第一次世界大战爆发——"'美好时代'最后一次节日竟是一场空前的屠杀"[4]，这更促进了 20 世纪文学心灵对于传统文学精神的游离和背叛。到了第二次世界大战爆发，情况更是如此。例如存在主义在第二次世界大战中崛起，在一定程度上可以说，恰恰是这种人类相互之间的残酷杀戮推广了这种以揭示存在的"荒谬"为核心的哲学思潮。让－保尔·萨特、阿尔贝·加缪、西蒙娜·德·波伏娃等用文学作品阐述存在主义哲学，由此产生了揭露荒诞世界里的荒诞人生和种种矛盾冲突的存在主义文学。

20 世纪法国儿童文学的发展既保存了它与自身历史传统的传承关系，更凸现出它与这个世纪社会现实与文化进程之间的密切联系。叶君健先生在分析 20 世纪世界儿童文学的总体时代特征时曾经认为："这是一个充满了激烈震荡的世纪。在这个历史时期，失望和希望、破坏和建设相互交错，蔚为大观。从文学创作的角度讲，这也可以说是一个丰富多彩的世纪。有苦难、也有欢欣；有侵略，也有反抗；有英雄牺牲，也有卑鄙出卖；有辛勤的建树，也有疯狂的摧毁；有对安静与和平的追求，也有凶残与冷酷的迫害……作为这个时代的反映的文学创作，就其品种、内容和风格而言，自然也是'丰富多彩'的。儿童文学是这个时代整个人类文学的一个组成部分，无论从品种、数量、风格和所表现的生活面而言，也同样具有前几个世纪所没有的巨大变化。"[5] 同样，20 世纪法国儿童文学从题材、体裁到艺术手法、美学风格也都日趋多元化，构成了与以往若干世纪中主色调鲜明的世纪景观迥然有异的世纪风貌。换句话说，众语喧哗、色彩丰富，就是这个世纪的基本色调。

大体说来，20 世纪法国儿童文学的内涵和外延都得到了很大的丰富和拓展。这首先是因为，20 世纪人类在物质财富的创造方面取得了前所未有的巨大飞跃，为发展儿童文学事业奠定了空前坚实的物质基础；20 世纪又是人类对儿童生存状况和儿童文化事业空前重视的时代，妇女社会活动家爱伦凯在 20 世纪的钟声刚刚敲响时就曾经说过："20 世纪是儿童的世纪"。进入 20 世纪后，人们对儿童的认识达到了新的高度，重视和尊重儿童，保护和发展儿童，已成为一种世界性的共识。"1910 年与儿童紧密相关的国际妇女节创立，1946 年与儿童有直接关系的联合国儿童基金会创立，1949 年儿童自己的节日国际儿童节创立，随着全球对儿童的日益重视，有关促进儿童文学发展的各项机构和措施也孕育而生"。[6]

《简明不列颠百科全书》中的"儿童文学"条目在谈到儿童文学发展的衡量标准时认为，有助于初步估计某一国家儿童文学发展程度的衡量标准中，有些是属于艺术性的，有些则和社会进步、物质财富、技术水平以及政治结构相关。以重要的程度为序，这些标准包括：

1. 对儿童特性认识的程度；

2. 超越被动地依靠口头传说和民间传说所取得的进步；

3. 一个职业儿童文学作家阶层的产生；

4. 脱离专横控制而独立的程度；

5. "名著"的数量；

6. 新形式或体裁的创造和各种传统形式的利用；

7. 依赖译作的程度；

8. 初级作品的数量；

9. 中级作品的数量；

10. 各种机构发展的水平。

参照这些标准来衡量，我们发现20世纪法国儿童文学的进展是显著的：

——人们对儿童的重视和了解程度是前所未有的；20世纪的儿童受到了更好的尊重、教育和引导。1924年法国小学教育已经普及，男、女儿童都有受教育的权利和义务。

——在民间口头文学依然受到重视的情况下，儿童文学的独立创造能力空前增强。儿童文学作品从题材、体裁到手法、风格的多样化，就是最好的证明。

——儿童文学作品的种类、数量有了明显的增长，出版物的品种逐年递增。一份有关法国儿童读物出版量的各个年度的抽样资料表明，1811 年出版种类为 80 种，1900 年为 525 种，1958 年为 650 种，1960 年为 1495 种，1970 年为 2282 种；1975 年以后，儿童读物（其中包括相当一部分的儿童文学作品）每年都出版 4000 种左右；1984 年，法国出版的儿童读物和连环画不少于 4774 种，递增趋势十分明显。一些一流出版社也加入了出版儿童读物的行列。

——以前处于未开拓状态的儿童文学研究、评论等领域也开始活跃起来，并出现了如保尔·阿扎尔、马克·索利亚诺这样有影响的儿童文学研究者和《书·儿童·成人》这样广有影响的儿童文学研究著作。马克·索利亚诺在波尔多大学和其他大学开设了儿童文学讲座，从而确立了儿童文学在高等院校中的位置。

——到了七八十年代，法国政府鼓励儿童文学创作，把儿童读物列入国家出版的重点项目。国家出版社或民间出版社也纷纷设立专门班子；由政府拨款和私人投资的少年儿童出版社已发展到 50 多家（不包括连环画出版社）。除了设立拥有一定数量和规模的少儿读物出版社外，还设立了一些专门机构。例如，由 49 家专业少儿出版社成立了一个全国协会。1977 年，又成立了一个少儿读物情报研究中心，联合了 500 余名对儿童文学读物感兴趣的作家、记者、艺术家、出版商、文学批评家、书商、教师和图书馆工作人员一起工作。1984 年初，首届青少年图书节在巴黎举办。

——设立了一系列儿童文学奖项和评奖规范。如 1934 年设立"少年文学奖"；1953 年设立"幼儿文学奖"；1958 年设立"最喜爱的书奖"（由儿童自己选出）；1984 年设立了"大拇指汤姆奖"，同年还设立了专门授予为孩子们写作的女作家、奖金额为5万法郎的"阿丽丝文学奖"。此外，还有"巴黎市儿童文学大奖"等诸多奖项。

由这些情况可以见出，20世纪法国儿童文学已经成为一项系统的儿童文化建设工程，得到了更全面、更完善的关注和推进。这种发展局面是以往任何一个世纪所无法比拟的。

20世纪法国儿童文学的发展还表现在它的具体历史过程的丰富曲折上，也就是说，它在一个世纪中所经历的时代变化和艺术动迁比以往几个世纪显然更为复杂多姿。这与20世纪整个法国文学流派纷呈、起伏多变的发展景观同样形成了一种内在的呼应关系。

关于20世纪法国儿童文学的具体历史分期，不同研究者的看法是不尽一致的。除有的研究者不加以划分而是把20世纪法国儿童文学作为一个整体进行描述之外，有的研究者是以第二次世界大战结束（1945）为界，将其划分为前后两个时期。[7] 有的研究者则将其划分为三个时期："以第二次世界大战（40年代）前为第一期，战后到60年代为第二期，70年代起到现在又可分为一期"；并作了这样的总体估价："在第二次世界大战以前，法国少年儿童读物虽然也出版数量不少，但是法国儿童文学作品与英美第一流的儿童文学作品相比，总有略逊一筹之感。不过从第二次世界大战以后，法国儿童文学落后情况却大有改变"。[8]

我认为，影响20世纪法国儿童文学发展的因素是多方面的，其中最主要的是三方面的因素：一是20世纪的整体社会历史进程（如两次世界大战）及其特征；二是社会思潮包括儿童观及艺术精神的整体演变；三是大众传媒的发展和儿童生活方式的变化。综合考察这三个方面的因素，同时为了描述的方便，本书将20世纪法国儿童文学发展分为两个时期，即 50 年代末之前的第一个时期、60 年代初以来的第二个时期。

第一时期即 20 世纪初至 50 年代末的法国儿童文学发展主要具有这样一些特点：

一是影视艺术开始发展，并影响儿童的审美趣味和儿童文学的生存方式。

19 世纪末，法国人发明了电影；1922 年，法国第一座国营广播电台建成；1932 年，法国有了电视，并于 1936 年开始定时播送电视节目。影视等艺术形式的出现，不仅丰富了孩子们的艺术欣赏方式，而且也影响了儿童文学的存在和传播方式。例如，一些儿童文学经典作家的作品陆续改编成电影出现在银幕上。根据儒勒·凡尔纳的科学幻想小说、塞居尔夫人的作品、贝洛与格林童话改编摄制的影片是孩子们百看不厌的。

自从电影进入孩子们的审美视野之后，一些银幕上的童星开始成为他们的新的崇拜偶像：奥斯博纳、雅克基·科冈、西尔莱·坦普尔便是两次世界大战期间孩子们所熟悉的童星。其中西尔莱·坦普尔主演的《叛逆者的女儿》《团队的吉星》《小公主》《女飞行员西尔莱》等影片受到了孩子们的欢迎和喜爱。

动画片大师沃特·迪斯尼（Walt Disney）制作的许多动画片在孩子们中间广受欢迎。幽默、风趣的动画片的大量出现也给法国的小观众带来了无穷的乐趣。

不过，影视艺术等对儿童文学发展的更大的影响和冲击，则出现于 60 年代以后。

二是图画故事书大量出现，成为儿童文学各种体裁中的一支新军。

图画故事书并非出现于20世纪，但是20世纪科技进步推动了美术印刷业的发展，使图画故事书进入了一个成熟和大发展的时期。因此，图画故事书以及刊载图画故事为主的儿童文学刊物大量涌现，其发行量超过了其他任何一种传统的儿童文学体裁样式。这一现象构成了20世纪法国儿童文学发展的新景观。有的研究者甚至认为，在20世纪上半叶，法国贡献给世界儿童的最好的作品是让·德·布仑霍夫的图画故事读物。这位伟大的艺术家以极度单纯化以及儿童喜爱的细节展开内容丰富的故事，出版了关于小象"巴巴尔"的系列图画故事。"巴巴尔有着老少咸宜的魅力，吸引了世界儿童的心"。[9]此外，一批第一流的图画书作者都加入了儿童文学创作领域，成为儿童文学作家队伍中的一支重要力量。

三是儿童戏剧演出十分活跃和流行。

儿童戏剧表演属于儿童艺术的一种样式，但它同时也是儿童文学（儿童戏剧剧本）的一种舞台延伸和展示形式。随着儿童剧院、剧团等儿童文艺设施、机构的不断建立和完善，20世纪法国儿童戏剧也进入了一个活跃的时代，儿童戏剧演出在第二次世界大战前极为流行。其中主要包括两种形式，一是由演员演出的传统剧目，二是木偶戏。

当时的"小城堡"剧院和"小人剧院"接待了许许多多的小观众。"小城堡"将凡尔纳的《八十天环游地球》等作品改编成剧本并搬上舞台，获得了巨大的成功。"小人剧院"陆续上演了塞居尔夫人的作品、克里斯朵夫的滑稽剧、让·庞热夫人的《梅里桑德的宝藏》以及艾洛特·德拉菲伊的《加的雄复仇记》《美妞与怪兽》《驴皮记》等剧目。夏尔·维尔德拉克还将莎士比亚的《仲夏夜之梦》改编成儿童剧，在"小人剧院"上演。上述两家剧院与 1931 年创建的"儿童剧院"不仅上演本国剧目，同时还演出了英国儿童戏剧，尤其是伯内特的《小老爷》和巴里的《彼得·潘》深受小观众的喜爱。

与儿童剧院的规模、影响相比，当时的木偶剧院更为普及，影响更大。法国的木偶剧院起源于 18 世纪，而在各地牢牢扎下根还是 20 世纪的事。里昂与巴黎的木偶剧团最有特色，剧团的数目与剧目都名列榜首，不仅是儿童，而且还有许多成人观众都十分迷恋小木偶人的精彩表演。

四是儿童文学丛书的出版仍具影响力。

在 1919 年至 1940 年间，与读者见面的儿童文学丛书据称达上百种之多，其中最有影响的是《营火丛书》和《玫瑰丛书》。

《营火丛书》汇集了法国与外国当代儿童文学作品中的佳作，居依·德·拉里戈迪（Guy de Larigaudie）是该丛书的主要撰稿人。拉里戈迪受英国作家基普兰的影响，创作了许多惊险小说，如《火之战》《穿越美国的三条道路》《老虎与豹子》《奇异的旅行》等等，其作品明显流露出对于大自然的崇拜倾向。

玛德莱娜·杜热纳斯图继承了塞居尔夫人的事业，她先后创作了 90 部儿童文学作品，给 19 世纪即广有影响的《玫瑰丛书》带来了新的生气。她的主要作品有《一次狂热的武装出征》《皮科洛马戏团》《偻人让-路易》《图皮先生的宝藏》《克莱隆先生的苦难经历》《图图在巴黎》《欢乐俱乐部》等。

五是童话与小说等儿童文学传统主流样式在题材、主题、风格等方面有了很大的拓展和变化，出现了更多的、更具原创力的儿童文学作家和作品。

20世纪50年代之前，法国儿童文学创作在上个世纪逐渐减少了对民间文学的依赖的基础上，进一步表现了艺术上原创能力的提高，原创作品的数量有了很大的增长。关于20世纪童话、小说及其他门类创作的发展，本书后面的有关章节中将分别重点予以评述。

此外，一些儿童文化设施的建立、儿童文学研究和讨论工作的开展，也都是20世纪50年代之前法国儿童文学发展进程中值得关注的现象。

我把60年代初作为20世纪法国儿童文学一个新的发展时期的起点，这不是随意为之的。在我看来，这一时期法国儿童文学发展的内外环境上，都发生了一些微妙而深刻的变化。

首先，20世纪以影像艺术为代表的大众传播媒介，在这一时期的法国取得了决定性的发展，并开始对人们的日常生活产生根本性的影响。以电视为例，法国的电视事业始于1932年。在第二次世界大战之前，电视机还是极少数人拥有的稀罕物，直到1950年，全法国一共拥有电视机4000台。这一数字显然还无法对公众的文化生活产生普遍的影响。但是到1958年，电视开始普及，全国拥有电视机100万台，能够收看电视的法国人约占总人口的一半，到了60年代末，电视机总数剧增至700万台，电视观众占总人口的90%。由此可见，电视对法国民众日常生活的全面渗透和影响是在60年代实现的。

众所周知，无论从法国还是从其他欧美儿童文学先进国家来看，儿童文学都是在19世纪开始获得空前发展的。"工业时代的印刷机使大规模地印制文学作品成为可能，文学在当时的文化消费结构中占据了一个重要的位置。在当时的欧洲，一家老少围坐在壁炉旁朗读狄更斯的小说或者格林的童话，是经常可以见到的情景。但是，进入 20 世纪后，这种充满温馨、高雅气息的场面却是越来越少了。现代科学技术的发展不断改变着已有的文化面貌和格局"；这些变化同时也意味着，"文学在人类文化生活和艺术消费结构中的显赫地位，开始受到了强烈的挑战和冲击"[10]。同样，20 世纪 60 年代以后，以电视为代表的影像文化以一种不可抗拒的力量，改变、重塑了那以后一代代小读者的艺术消费方式、趣味和习惯，英国人西奥多·泽尔丁在其《法国人》一书中就认为，今天法国"孩子们心目中的英雄不再来自文学，而是来自电视。无论是孩子或是成年人，花在听收音机和看电视上的时间要比阅读多"。[11]

进入 1990 年代以来，电视又被对少年儿童们更具吸引力的电子游戏机取代了。几年前法国文化部做了一个调查，发现在 15 岁到 19 岁这一人口组别里，64％的人每月只看一部书，每月看三部的仅 13％。这份报告一发表，法国上下莫不惊呼。但当文化部官员了解到，现在的小孩连电视也少看，而把空暇时间都放在电子游戏机之上时，更有欲说无言之感。法国《焦点》周刊报道说，今天法国 11 岁至 15 岁的少年，是处于"电子游戏机时代"。从前几年日本电子玩具在法国一年售出 170 万部的情况来看，法国人的担心是有理由的。一份调查显示，7 至 14 岁的法国少年儿童，心目中头三名偶像是美国电视明星卡尔柏、歌手费里埃尔、电子玩具超级马里奥。有的少年说："听一首音乐不过三分钟就完事，看一部 300 页厚的书却要一个月，太花时间了。"在如此情形下，儿童文学的作家、出版商和发行者都不得不千方百计设法把儿童拉回到书本中来。这一切，不能不对法国儿童文学的创作和发展，产生深刻的影响。

其次，20世纪五六十年代以后，各国儿童文学界对新的时代条件下儿童特点的认识，对儿童文学特点和功能的认识都发生了一些深刻的变化。例如在苏联，当时这个国家的人们已经开始认识到，今天的少年儿童的生活观比以往任何时候都自由、开放，他们身上具有时代的新意以及这种新意的外部征兆。有的评论家形象地比喻说："他们像一张酸纸，能反映社会心理的变化和生活的更新。"因此，当时的苏联儿童文学从整体上看逐渐比以往更注重提出问题，分析问题，更富于理性精神，"而热情洋溢的言辞，欢欣雀跃的场面，令人快乐的希冀则比过去少了，小说中的主人公日益经常地面临严峻的困难的抉择"。在英美等国，自第二次世界大战尤其是1960年代以后，儿童文学中数量最大的是所谓的"现实主义小说"。1960年以前的传统现实主义小说表现的都是传统的道德观念，如孩子对家庭的关心，对老人的尊敬，对弟妹的爱护，对同伴的友爱，对穷人的同情和帮助等等，而1960年代以后，儿童文学的主要题材则是一些社会问题，如暴力、吸毒、离婚、残疾儿童、无父母的孩子等等。这就是所谓的"新现实主义小说"。谢尔顿·L.特给"新现实主义小说"下的定义是："为青少年读者写的小说，专门涉及广大公众过去认为是儿童小说禁忌的个人问题和社会问题。"在日本，战后不少儿童文学作家也对儿童文学功能逐渐有了新的认识："过去的儿童文学已经满足不了读者的要求了，现在的儿童读者并不光是需要有艺术性和娱乐性，而更需要关于人生问题的探究"。[12] 这一切意味着，自60年代以后，人们对儿童的认识，对儿童文学艺术精神和美学功能的认识，都发生了普遍的、深刻的变化。法国儿童文学身处这一大的文学周边环境和美学趋势之中，必然也会表现出同样的艺术走向。

因此，20 世纪 60 年代，特别是 70 年代以来，法国儿童文学发展具有相当鲜明的时代特征。这些特征大体可以归纳为以下这样几点：

一、传统的书面文学进一步受到大众传播媒介和图画故事书的挑战和冲击，由此引发了对儿童文学功能、类别、写作方式、评价标准等一系列问题认识上的变化。

1960 年代以后出生的法国儿童，基本上都可以称之为"靠屏幕喂大的孩子"。许多孩子都是靠电视中的系列节目打发业余时间乃至整个童年。电视节目所具有的视野国际化、节目系列化、功能娱乐化等特征，直接影响了电视时代法国儿童的审美时尚和欣赏趣味。例如，1980年代初在法国出现了狂热的"圣斗士"迷一族。当时各种各样的日本卡通动画片在法国的儿童电视节目上大量涌现，首先是法国电视五台，随后是著名的多奥贝俱乐部的屏幕上。这些用简练线条勾勒成的、充满装饰性风格的剧中人物通常是披着一头长发，长着一双大眼睛，他们的冒险故事随着电视节目一集集地播放在法国少年儿童的心目中扎下了根。不仅如此，影像艺术也以其特有的魅力向印刷读物领域渗透。在法国，曾经每月都有大量的"圣斗士"图画故事书出现于书店和书摊。这些故事书讨孩子们喜欢，也令成年人爱不释手。

随着这些名为 Doraemon、Sailor、Moon、Power Ranger 或 Raman 的"圣斗士"迅速闯进法国的少儿读物，它们在法国的崇拜者也成千上万地剧增，在英特网络里也出现了这些"圣斗士"的矫健身影。不少法国儿童为了能更完美地品味日本"圣斗士"的美妙之处，甚至开始学起了日文。那么究竟是什么原因促使法国孩子们对这些日本小矮人崇拜得五体投地呢？有人认为，或许是奇异的异国情调，但更多的是因为日本的这些编导所采取的现实主义手法使这些法国观众和读者深感满足："这些是反迪斯尼乐园的作品，我们看到奄奄一息的孩子、父母分离，他们的生活艰苦异常，观众们经常为之一掬同情之泪。因为它使人们想起了自己的现实生活。"[13]

动画片和卡通图书以其新奇的人物造型、紧张的情节推进和耐人咀嚼的故事内涵吸引了孩子们。这些作品不仅为传统儿童文学增添了新的样式，而且也刺激着一些敏感而认真的儿童文学作家对此加以思考和借鉴。这些对于影像时代的儿童文学创作都产生了或显或隐的、全方位的影响。

二、对儿童的理解和尊重在今天的时代环境中获得了新的内涵，并且在儿童文学创作中得到了新的体现。

近代儿童观也强调对儿童的尊重和理解，但在骨子里仍然把孩子们看成是被动的受教育者，因此，在近代儿童观、教育观的指导下。儿童文学创作中强大的说教主义传统始终占有稳固的文学地盘。但是，近几十年来，人们对童年的理解已经被注入了新的含义。例如，近代儿童文化的建设是以儿童生活和儿童精神个性的独立为前提的，但是，自从电子媒体出现后，特别是随着电视的普及，儿童与成人之间的分界线彻底消失了，因此电视能够同时提供相同的信息给每个人，儿童便有机会去接触过去潜藏在成人世界的信息，而儿童也由此走出了童年世界。这一现象，也可以从当今社会儿童的行为表现与成人日趋一致得到印证，不论是语言、衣着、游戏、品味、兴趣，还是在社会活动的倾向、犯罪率与残暴程度等等方面都是如此。美国学者尼尔·波兹曼据此提出了"童年的消逝"的说法。[14]

另外一方面，人们也开始以一种真正平等和尊重的态度来看待儿童和青少年文化的独立性及其价值。例如当代美国人类学家玛格丽特·米德认为，随着社会的发展变化，随着社会规范、价值观以及知识结构和内容的更替，成人和儿童会产生不同的态度、观念和知识体系等，长辈同晚辈之间的这种代沟需要通过相互学习和沟通加以弥补。这也就是说，在这个时代，成人已经不是儿童们天然和永恒的导师，而儿童也不会总是被动地扮演温顺而愚昧的小绵羊角色；在许多时候，"年长者不得不向孩子们学习他们未曾有过的经验"。表现在文学接受上，这一代儿童读者的文学趣味和能力与以往时代的同龄人相比，都大大地发展了。[15] 因此，对于儿童文学来说，如何调整自身的艺术策略，并以更平等和尊重的态度来赢得小读者，就显得十分重要了。

这种变化在近几十年来的法国儿童文学创作中同样表现得极为明显：明显的说教主义倾向已不复存在，作家普遍是以平等的态度与儿童进行艺术对话，或以儿童代言人的身份，通过作品说出儿童们的心里话。这个时代的儿童文学作品"藐视任何权威，首先是无视家庭的权威，反对家长或其他什么人的独断专行，尊重儿童本人的意愿，发展儿童个性，培养他们独立思考、独自解决问题的能力。作品不再是通过描写或说教来对青少年灌输伦理道德等，而是让小读者自己去思考、对出现的各种现象和问题作出独立的判断，自己作结论。就是说作品兼有传播知识和培养儿童自主能力的双重作用；作者也不再把成人的意见强加给孩子们，孩子们也不会像从前的好孩子那样机械地照着书中的教导：'好孩子应该怎样做'去行事"。[16]

三、儿童文学的艺术思维趋于开放，其内容和主题突破了传统艺术观念的限制，具有更广泛的社会容量和更突出的时代特征。

　　六七十年代以来的法国儿童文学逐渐成为一种开放型的艺术门类，其表现内容已不再是某个社会阶层或某个社会，而是拓展到别的国家、多种文化、其他类型的社会；作品中的人物除少年儿童外，成年人的出现也更为频繁；艺术主题也从诸如个性解放、友谊、爱、孩子与成人的关系等，拓展到工业化、都市化、生态学、种族主义、战争、独立和国家关系等当代社会问题。这种倾向常常被认为有成人化之嫌，它在图画故事书和科幻作品中表现得尤为明显。

　　这种变化在很大程度上反映了当代儿童的生存状态及其特征，即他们的生存日益受到当代整个社会发展和生活方式的影响。例如西方有人曾经这样描绘了一幅现代家庭与儿童生活的可悲画面：伴侣关系的破裂，儿童在寂寞的环境中长大，冷冰冰的电子设施代替人的监护与照顾，现代工业社会生活节奏的加快使人们没有时间相互交流。儿童被动地坐在电视机前，电视伴随着晚餐，大家一起参与的游戏让位于摆弄机器，转换频道。家庭电脑的加入更加速了这个变化。电脑把人的目光局限到狭小的视觉画面上，一切情感的、个人的、自然的因素都被排除，一切都可以从外界输入。人与他人隔绝，被关闭在玻璃和铁皮屋子中。人们呼吸的大自然新鲜空气也受到污染，很快这个世界上的鸟儿都会绝种……在这一背景的影响下，法国儿童文学中也出现了一些相关的主题倾向和艺术关怀。例如，保护大自然、重返大自然、向往宁静的生活、远离都市的烦扰成为一些作品所热衷和倡导的主题。许多儿童文学作家认为，钢筋水泥构筑起来的都市禁锢了当今孩子们的心灵和思想，现代都市中的丑恶现象葬送了纯真的童年，因此只有在远离城市的大自然怀抱中才能找到诗一般的美好世界，才会有恬静的理想生活环境，才会让儿童有洁净的心灵和真正的童年。当然，这种主题的出现并不意味着当代法国儿童文学对于某种古典或浪漫情怀的简单回归，其背后隐藏着现代人对于这个世界及儿童生存状态的新的理解、忧虑和思考。

四、传统儿童文学体裁之间的界限不再泾渭分明，而是出现了相互渗透、融合的趋向。

19世纪塞居尔夫人的《驴子的回忆》是一部在当时和后来相当长时间里都很少见的具有浓郁小说叙事色彩的长篇童话作品。进入20世纪下半叶后，这种文体之间相互渗透、融合的现象就变得十分普遍了。例如多米尼克·哈勒维的中篇小说《孩子和星星》（1979）在叙事展开上采用了传统童话中的"寻宝式"结构方式。寻宝式结构的特征是以寻找某种宝物为动机去构成童话的故事，借以组织各种奇遇和历险情节。《孩子和星星》中描写的那个天真的孩子为了实现自己的愿望，寻找他心爱的星星，不畏艰难，爬山涉水，漂洋过海，横穿沙漠，翻越雪山，一路上善良的人们帮助他度过了一道道难关，艰辛的旅程更锻炼了孩子独立思考和生存的能力；他在大自然的怀抱中发现了真善美，找到了幸福，实现了自己的愿望。又如勒内·吉约的童话《小鸟的屋子》（1966），又具有颇浓的小说叙事成分。

此外，就某一种文体来看，其内部艺术构成也出现了这种融合现象。例如，在近几十年来的儿童小说作品中，人们常常已经很难区分出哪些是惊险小说，哪些是精神分析小说，哪些是社会小说。儿童文学作家通常也是将这几种具体类型融为一体，使之具有更丰富的艺术容量和表现能力。

五、儿童文学的艺术性日益受到商业性的挤压，艺术规律在许多情况下不得不服从于商业规律。

儿童文学作品的出版和传播不仅是一种艺术的、文化的活动，同时也是一种商业的、经济的活动。自六七十年代以来，法国儿童文学的商业化倾向愈加严重，相当多的出版商和作者更多关心的是作品的销售量，对作品商业价值的考虑远胜于对艺术价值的考虑。这种倾向直接影响到不同儿童文学样式的生存和发展：一方面，连环画、科学幻想作品、系列丛书等兴盛一时，另一方面，其他一些传统的儿童文学样式则处于举步维艰的困境。进入80年代以后，商业化倾向更是愈演愈烈。

从以上简要的描述中我们可以看出，20世纪法国儿童文学的发展深受这个世纪整个历史进程和社会生活的深刻影响，具有鲜明的时代特征。这个世纪的法国儿童文学不仅取得了辉煌的成就，而且也面临着新的转型期的迷惑和困难。在一个新的世纪又将到来的时候，法兰西儿童文学怀着光荣，更怀着梦想——让我们继续注视着它走向未来的身影和步伐！

注　释

[1] 皮埃尔·米盖尔：《法国史》，蔡鸿滨等译，北京：商务印书馆1985年版，第456页。

[2] 布吕奈尔等：《20世纪法国文学史》，郑克鲁等译，成都：四川文艺出版社1991年版，第6页。

[3] 转引自杨剑：《法国现代派文学产生的文化背景》，《当代外国文学》1993年第3期。

[4] 布吕奈尔等：《20世纪法国文学史》，郑克鲁等译，成都：四川文艺出版社1991年版，第6页。

[5] 叶君健:《20 世纪世界儿童文学名著精粹·序》,长沙:湖南少年儿童出版社 1994 年版。

[6] 孙建江:《20 世纪中国儿童文学导论》,南京:江苏少年儿童出版社 1995 年版,第 40 页。

[7] 参见韦苇:《西方儿童文学史》,武汉:湖北少年儿童出版社 1994 年版,第 167—185 页。

[8][9] 王石安:《现代法国儿童文学鸟瞰》,《儿童文学研究》1990 年第 5 期。

[10] 方卫平:《儿童文学的当代思考》,济南:明天出版社 1995 年版,第 162 页。

[11] 西奥多·泽尔丁:《法国人》,严撷芸等译,上海:上海译文出版社 1989 年版。

[12] 参见四川外语学院外国儿童文学研究所编《外国儿童文学研究》第一辑中有关评述文章,或见方卫平:《儿童文学的当代思考》,济南:明天出版社 1995 年版,第 185—186 页。

[13] 参见赵念国编译:《90 年代法国人的开门七件事》,《海上文坛》1996 年第 11 期。

[14] 参见周惠玲:《论电脑多媒体时代中童话创作的延展与变革》,《1998 年海峡两岸童话学术研讨会论文特刊》,台北:台北市图书馆 1998 年 5 月版。

[15] 参见方卫平:《儿童文学接受之维》,武汉:湖北少年儿童出版社 1995 年版,第 208—209 页。

[16] 张良春:《70 年代以来欧美法语儿童文学新趋势》,见《外国儿童文学研究》,南宁:广西人民出版社 1989 年版。

# 第八章　主要体裁创作概貌

## 第一节　童话

　　童话作为儿童文学艺术家族中源远流长的一种体裁，承载或传递着十分古老的人类经验和文化信息。波尔·阿扎尔曾经把童话比作"美丽的水镜"。他说："童话——明亮的、深邃的、美丽的水镜。在这清澈可见底的深水中，蕴藏着几千年的人类的经验。顺着它的深度探究，可以来到人类的幼年时代，更可以来到维柯所说的——传说的时代"；"人类在那个时代，早已使用他们独特的表现形式——虚构和象征，依靠自己的力量编织了故事。如果再顺着为孩子留下的一些故事，踏着长久的岁月，溯流而上，去探究故事的起源，就会发现表面上看起来，好像很新的故事，其实却从很古老的东西变化而来的"。[1] 法国童话有着十分悠久的历史传统——这不仅是指法国童话的文化传统悠远而深厚，也意味着法国童话在世界儿童文学的历史自觉和早期发展过程中起过十分突出的作用，更意味着法国童话在整个法国儿童文学的发展历程中始终占有一种重要的艺术位置——20世纪的法国童话也是如此。

　　不过，时代毕竟已经发生了翻天覆地的变化；童话这一古代的儿童文学样式在新的时代也发生了许多深刻的变化。如果说在19世纪，像塞居尔夫人的《驴子的回忆》那样具有独创性的童话作品还属于凤毛麟角，童话与民间传统文学的关系还显得难舍难分，十分暧昧的话，那么到了 20 世纪，法国童话作家独立的艺术创造能力则开始得到了全面的展示。

与以往几个世纪比较起来，20 世纪法国儿童文学发展进程中有了更多的著名成人文学作家的参与和贡献。成人文学作家参与儿童文学创作，可以说是法国人的一个良好传统，这个传统在 20 世纪得到了继承和发扬。在童话创作中，著名作家安德烈·莫洛亚、圣·埃克苏佩利、马塞尔·埃梅、欧仁·尤涅斯库等都曾有过出色的艺术表现和贡献；他们的参与对于 20 世纪法国童话艺术的丰富和发展，起到了重要的推动作用。

其次，从童话的题材和主题倾向来看，传统童话相对封闭的题材领域被大大拓展了，童话主题也突破了传统童话的限制，纳入了一系列更富于时代感和哲理性的主题。与此相适应的是，法国童话的表现手法和艺术风格也更加丰富多彩：现实与幻想、写实与象征、质朴与浪漫、典雅与滑稽……不同表现手法和艺术风格的作品大大丰富了法国童话的传统艺术积累。

夏尔·维尔德拉克（Charles Vildrac, 1882—1971）原名夏尔·梅萨热，是 20 世纪法国作家和评论家。他于 1901 年发表讽刺作品《自由诗派》而登上文坛。他的诗集《诗》(1905)、《爱情篇》(1910)、《发现》(1912)、《绝望者之歌》(1920) 等以简朴、具体、善于叙事的语言，表达了诗人慷慨豪迈的风度。此外，他还有大量的剧本、小说、散文作品。

维尔德拉克也为孩子们写过不少作品。其中《粉红色的岛》1924)、《粉红色的岛上的孩子们》(1925) 讲述了一个穷孩子由于偶然的机会，被人带到地中海里一个粉红色的岛上后的经历和故事。岛上有个大富翁为了让这个孩子过着快乐的生活，在岛上建成了各种设施。但是富翁后来破产了，那孩子只好与岛上的成人、孩子一起努力开始新的生活。在前一部作品中，各种各样的食物和船只、飞机等能够不断满足孩子们的愿望，而在后一部作品中，作者主要描述了劳动创造的快乐。他的名著《狮子的眼镜》（1932）讲述狮子丢失了眼镜，其动物臣民们怎样千方百计为他寻找眼镜的故事。作品中所描写的各类动物都各有自己鲜明的特性；作者通过动物的故事描述，来影射人类社会中的种种特性。维尔德拉克的儿童文学作品还有《圣诞老人的玩具》（1946）、《阿马杜·勒布基庸》（1951）等。他的《粉红色的岛》《狮子的眼镜》等作品不仅在少年儿童读者中享有盛誉，而且也为成年读者所喜爱。

安德烈·莫洛亚（Andre Maurois，1885—1967）是著名的作家、历史学家。第一次世界大战期间，他曾担任驻英国军队的联络官，和英国军官的接触使他产生了写作第一部小说《布朗勃上校的沉默》（1918）的念头。这部小说写得机智幽默，语言十分优美。作品的成功促使他走上了文学创作之路。此后他发表了《气候》（1929）、《家庭圈子》（1932）、《乔治·桑》（1952）、《雨果传》（1954）等大量小说和传记文学作品，出版了《英国史》（1937）、《美国史》（1947）、《法国史》（1948）等大量历史著作。1938年，他当选为法兰西学院院士。

莫洛亚的《三万六千个意志的国家》（1929）、《矮胖子国与瘦长个子国》（1930）是为孩子们写作的两部童话作品。前者讲述一个名叫米歇尔的女孩，梦中能随意出入一个国家，她最后知道，一个只凭个人愿望自由活动的社会是多么令人讨厌；后者描述的是矮胖子国和瘦高个子国两国战争与和平的故事。作品中有许多有趣的童话描述，但其中也过多地谈论了所谓国际理解和否定战争的道理，使作品所表达的反战主题未能得到更加深刻、更为艺术地表现。

黎达·迪尔迪科娃（Lida Durdikova, 1899—1955）出生于捷克布拉格，父亲是一名医生。黎达16岁时从中学毕业后，就热心地投身于儿童教育事业，在捷克教育家法朗蒂赛克·巴居莱创办的一个专门收容那些残疾的、流浪的、无父母的犯轻罪的少年儿童的特殊儿童教育学校里工作。在积累了丰富的工作经验后，她陆续写了《萨刚》《流浪儿童》两本书，详细地报道了特殊儿童教育学校里孩子们的生活；在另一本名为《失明的孩子》的书中，她讲述了自己教育盲童的经验。法国出版家保尔·富歇曾经参观过这所特殊学校，结识了黎达，后来与她结婚。婚后的黎达到了法国，住在巴黎。从此她就用另一种语言、在另一个国家来写作了。

1931年，保尔·富歇创建了"海狸爸爸编辑部"。这个编辑部属于法拉麦利洪出版社，专门编辑出版适合1岁到14岁的不同年龄读者需要的图画故事读物。熟悉并热爱儿童的黎达理所当然地参与了该编辑部的工作。她以"黎达"为笔名，先后写作了10多本图画故事，深受广大少儿读者的欢迎。

黎达的作品主要是动物故事。由富歇主编的《动物故事丛书》最先收入的一些作品就出自黎达的手笔。这套丛书的目的旨在通过一个故事，用引人入胜的笔法，描写一个典型的自然环境里所生长的植物和动物，激起孩子们的好奇心，帮助他们从中获得一系列的知识，进一步去了解大自然，深入大自然；让他们有所发现，有所创造。该丛书最早收入的黎达动物故事共有8本。即《海豹史卡夫》《棕熊蒲吕》《松鼠翎翎》《咕咕》《野兔飞陆》《刺猬荆荆》《翠鸟》《野鸭潜潜》

（由严大椿翻译的中译本《黎达动物故事集》分别译作《海豹历险记》《棕熊妈妈的管教》《跳树能手》《春天的报信者》《天生的飞毛腿》《会走动的"大毛栗"》《一对相依为命的翡翠鸟》《野鸭一家》）。

黎达不仅熟悉、了解儿童心理，具有出色的文学才华，而且创作态度十分严谨。动笔之前，她总是要对所写的动物进行一番仔细、透彻的观察，并且参考许多有关著作来证实和丰富自己的认识。因此，她创作的动物故事融知识性、趣味性、文学性于一体，取得了较高的艺术成就。

黎达的每部作品各以一种动物为主角，借助一个完整的故事来展示它们在大自然中的独特生存方式和生命习性。例如《海豹历险记》中的一群海豹本来在它们的"好海"中生活得很快乐，但是来自人类和它们的天敌的侵扰、残害及来自海洋的威胁，使它们不得不下决心长途跋涉，去闯危险的"暴风圈"——到幸福的岛上去开始新的生活。它们在海轮碰上都会被撞沉的大浮冰之间游过，一路上受到鲨鱼、白熊的袭击，猎人的屠杀……在经过了漫长而又艰难的迁移之后，它们终于寻找到了一片新的乐土。又如《一对相依为命的翡翠鸟》以小河旁边的一些动物和植物构成的自然环境为背景，描写了一对翡翠鸟相亲相爱的故事。作者笔下的动物形象都是富有个性和情味的，如不同的动物妈妈，其母爱表达方式既同样充满慈爱，又各具不同的特色。

知识性的准确和丰富构成了黎达动物故事的又一特色。《棕熊妈妈的管教》描述了两只幼熊在妈妈的管教下的成长过程。作者通过对它们在大森林中进行听、嗅、爬树、刨土、搏斗、游泳、奔跑等练习的描述，向小读者介绍了熊的生活习性。《会走动的"大毛栗"》以刺猬为主角，描写了菜圃里一些小动物的生活。作者按照季节描述了菜圃里各种有益的或有害的小动物。在黎达的8本动物故事作品中，除了作为主角描述的8种动物之外，作者还附带描述了其他许多动物和植物，其中动物有130多种，植物有70多种。这许多动物、植物虽然都是配角，但作者也都或多或少地介绍了它们的面貌、习性等等。此外，作者在故事中还穿插了一些自然现象，揭示了大自然的许多秘密，从而丰富了作品的知识容量。

黎达笔下所描绘的动物生存中的奇闻轶事、冒险经历以及大自然的奇观秘密等都给小读者带来了浓厚的阅读趣味。同时，作者精炼流畅、富有诗情画意的文笔和生动活泼、富于感染力的叙事，都使这些故事深受法国和其他国家的小读者的喜爱。法国《人道报》对"海狸爸爸编辑部"编辑出版的黎达动物故事等作品曾作过这样的评论："这些读物是富有教育意义的智慧的产物，在法国出版的儿童读物中，要数它们最适合儿童的需要，最适合儿童的兴趣了。"

应当说明的是，黎达的动物故事就体裁而言是一种介于文学童话和科学文艺之间的中间文体。与一般文学童话相比，它们具有更丰富准确的知识容量，具有一种科学属性；与一些科学文艺作品如法布尔的《昆虫记》相比，它们又具有更强的故事性和文学性。正因为如此，黎达对20世纪法国儿童文学的贡献也可以说是独特的。

贝阿特丽丝·贝克（Beatrice Beck；1914—）出生于瑞士，父亲是一位比利时作家，母亲是爱尔兰人。她早年在法国的格勒诺布尔求学，毕业后做过教师，后来成为安德烈·纪德的秘书，并在纪德的鼓励下开始了文学创作。她的第一部小说《巴尔尼》（1948）在很大程度上带有自传性质。在小说中，她以缠绵的感情和富于诗意的语言回顾了富于幻想的童年时代,抒发了对大自然的热爱之情。她的小说代表作有《非正常死亡》（1950）、《莱昂·莫兰教士》（1952）。后一部曾获得龚古尔文学奖,并改编摄制成电影,流传很广。该小说描写非常细腻,它以被占领时期的巴黎为背景,分析一个外省少女对一位教士的爱情。贝克为孩子们创作的童话集《给幸运儿讲的故事》是她最优秀的作品之一。该书1953年由法国著名的伽利玛出版社出版后,深受广大小读者的喜爱。1965年该社又加上插图再版发行。

60年代法国出版的《当代法国文学词典》在介绍《给幸运儿讲的故事》时说:"这些真正的童话故事就像贝洛的童话一样,描写了会说话的动物（可它们从不说蠢话）,作恶多端的女妖和可亲可爱的仙女";"可是这些故事的结局往往出乎人们预料。事实上,贝克通过这些故事是要告诉人们,如果这些仙女生活在我们的社会里,她们会怎样行动;在一个10岁的孩子眼里,这些神奇的人和事又会是怎样发展的。读到这本童话的孩子真算得上是'幸运儿',因为这是童话作家多尔诺瓦夫人以后由女作家写的最优美的一本童话集"。[2]

这本童话集共收入了34篇童话作品。这些作品中虽然也不时出现公主、仙女、女妖等传统童话形象,但其主题和风格却并不受传统童话的限制,而是更具有现实性和哲理感,更具有作家个人的美学追求和艺术特色了。如《"公主怨"鸟》中那位厌世的公主最终摆脱了哀怨,醒悟过来,劝森林湖泊回到阳光里,回到生活里来。作品以此启示读者:生活中有令人厌恶的一面,也有光明美好的一面。《变成妇人的仙女》中的仙女,克服重重困难。把幸福建筑在人间的世俗生活之中,从而告诉人们,生活里有艰难、痛苦,但我们可以创造欢乐、幸福。

此外,《蒂丽玲河》中的蒂丽玲河拒绝大海的呼唤,投向池塘,最终消亡。这一结局揭示了一个朴素的真理:虚荣和眼光短浅将会招致毁灭。《兽医特洛尔》《特洛尔和他的徒弟》中的特洛尔则以友善、无私赢得动物朋友和徒弟的爱戴。贝克童话的艺术特色主要表现为叙事风格温婉清丽、优美迷人。女作家柔美的心绪和精致的文笔,对大自然的用心描绘等等,都为作品带来了这种美妙的艺术风格。

莫里斯·德吕翁(Maurice Druon, 1918— )曾参加第二次世界大战,战争结束后主要从事小说创作,并以《大家族》(1948)获得龚古尔文学奖。1963年当选为法兰西学院院士。德吕翁的《齐士托——一个长绿指头的男孩》(1957)是他继承法国童话传统而创作的中篇童话名著,也是第二次世界大战后法国儿童文学中具有代表性的作品之一。童话讲述一个名叫齐士托的男孩的神奇故事。齐士托有一个绿色的魔手指,它具有触到花木种子即能使其发芽开花、使植物茂盛的特异功能。男孩纯洁无瑕的心灵使他成了自己的父亲——一个军火工厂老板、全城头号大财主的天生敌人。齐士托利用他的特异功能把监狱变成花的城堡,使苦难之地群芳吐艳;他也用魔指点向父亲出卖的大炮和火药,结果使军队使用的大炮和火药全部开出了鲜花。请看:"他用他的绿拇指将监狱变成了花园。囚犯们望着周围竞相开放的花朵,他们是那样的兴奋,一些不安分的人,改掉了爱发怒和好斗殴的坏习气。牢房的铁条、铁丝网、铁矛尖全被花覆盖住了。忍冬草从锁孔里穿过,大门无法关闭,但犯人们忘记了逃跑。他们迷上了园艺,不愿离开了。"在前线,"一些柔软的、茎上有卷须的攀缘植物在装枪支的箱子里生了根。它们是怎样钻进去的呢?谁也无法解释";"再瞧瞧坦克,炮塔全被封锁住了,上面缠绕着繁茂的野玫瑰灌木丛，中间还杂着荆棘和蒺藜。它们的根、花、柄和带刺的枝条伸向机械装置周围，坦克也瘫痪了"。最后，齐士托让两棵大树长得枝繁叶茂、硕大无比，他从这两棵树上攀登到天国去。这部作品构思独特，充满诗意，表达了冷战时代善良人们的和平憧憬。据说该书出版后，很受读者欢迎，在英语文化圈中也颇受欢迎。这部童话"写成于第二次世界大战后的和平诉求声中。这是现代人以人道主义为出发点的一种思考。这部童话之所以迅速传遍世界，自然是因为它的想象奇特又美丽，在同一主题和题材的作品中，它独辟了一条蹊径，以别致的故事表达了人们尤其是母亲们心灵深处的愿望：有一个祥和自由的环境让人们创造福祉"[3]。

罗贝尔·艾斯卡尔贝（Robert Askarbert, 1918— ）身兼作家和学者双重身份。他的《圣格郎童话集》是专为少年儿童创作的。作品以丰富的想象力对法国约定俗成的一些成语和俗语进行构思和再创造，编撰出一个个饶有趣味、富有教育意义的故事。例如"无所适从"这个意思，法国民间的说法是"在齐斯特和泽斯特之间"。为什么说"在齐斯特和泽斯特之间"就是"无所适从"了呢？作者就此编了这么一个故事：说是有个叫克洛普的小城，夹在齐斯特和泽斯特河中间。有两个国家，分别在齐斯特与泽斯特河的两边。其中一个国家把齐斯特河当成界河，而把泽斯特河当成内河；而另一个国家则认为泽斯特河才是界河，齐斯特河是它的内河。两个国家互不相让，争论不休。为了争夺河中间的土地，两国不断进行战争，今天你打过来，明天我打过去，克洛普小城居民的处境十分尴尬，当然是"无所适从"了。显然，作家创作的这个故事使"在齐斯特和泽斯特之间"这句成语变得生动具体并容易理解了。

《圣格郎童话集》中的作品里有各行各业的人物，也有动物，都被刻画得栩栩如生。作家通过笔下的形象歌颂了纯真的友谊和爱情以及正直、善良、助人为乐的高尚品质，赞美了追求理想、追求科学、热爱事业、不避困难的执着、坚定的精神，揭露了统治者的穷兵黩武和商人唯利是图的丑恶。故事叙述到许多国家民族的风光、习俗，穿插介绍了有关几个大陆的许多文学、历史、地理知识。

皮埃尔·格里帕里（Pierre Gripari, 1925— ）是 20 世纪后半叶一位重要的童话作家。他出生于巴黎，父亲为希腊人，母亲是法国人。格里帕里完成中学学业后，曾在军队服役三年，后来长期从事办公室工作，并开始了自己的文学生涯。1963 年，他发表了自传体小说《月亮皮埃罗》、剧本《特朗上尉》，并因此成名。作为儿童文学作家，他出版了《比波王子的故事》《娜娜丝和吉冈特》《疯女人梅里库尔的故事》（该书曾获 1983 年法国奖学基金会青少年图书奖）和《布罗卡街的故事》等。

格里帕里童话创作的一大特点是善于翻新传统童话的故事情节和人物，例如，长篇童话《比波王子的故事》中 15 岁的比波王子骑着他的小红马周游世界；他经历了火山、女巫等各种磨难，后来又变成了吃人的恶龙……最后他终于克服了所有的艰险，获得了自由，并找到了他心爱的波比公主。同时，格里帕里也很注意在对传统模式的借用翻新中注入崭新的时代内容，注入作家对当代社会生活的感悟，在简明易懂、富于趣味性的故事中表现出具有强烈时代感的、令人耳目一新的寓意。他的童话集《布罗卡街的故事》是当代哲理童话的代表性作品之一。其中不少作品如《可爱的小魔鬼》《狡猾的小猪》等，都表现或阐释了当代社会生活中深刻复杂的哲理性主题，传递了独特的主题意味。

《可爱的小魔鬼》中所描写的地狱里的一个小魔鬼，全身通红，长着一对黑犄角。样子凶恶却心地善良。地狱与人间不一样，人间美好的东西在地狱里却被视为丑恶的东西，因此小魔鬼想行善，却屡被惩罚。那么，人间会怎样呢？一个偶然的机会使小魔鬼来到了人世间，人们见他的模样凶恶可怕，便将他拒之门外；警察还去追捕他……终于，小魔鬼美好的品质和心愿感动了罗马教父。教父介绍他去天堂找上帝。小魔鬼在天堂里接受了各种考试和盘问，顺利地回答出了各种难题。圣母玛丽亚接纳了小魔鬼，从此小魔鬼成了"天国的居民"、一名特殊的小天使。

《狡猾的小猪》中，小上帝用彩笔创造了世界和万物，创造了天空、太阳、月亮和星星。小上帝把地上涌来的生灵分别挂到星星上。贪吃的小猪没有听到小上帝的召唤，失去了到天堂居住的机会。当它恳求小上帝安排它到天上居住遭到拒绝后，它便决心报复。小猪趁太阳先生和月亮太太的女儿晨光不注意的时候，吞下了悬挂小熊的北极星，然后就逃跑到巴黎布罗卡街的一家杂货铺藏了起来。后来，太阳先生根据小晨光提供的线索，乔装打扮来到杂货铺，取回了北极星。为了惩罚小猪，太阳先生用魔法把小猪变成储钱罐，让它在柜台上盛放顾客给的小费。

很显然，与以往童话中善恶泾渭分明的传统形态相比，格里帕里哲理童话中的主题形态具有一种复杂斑斓、引人深思的特征。《可爱的小魔鬼》中的小魔鬼由于形貌的丑陋而使他善良的品行在逃离地狱后也得不到人间的接纳，这无疑会触动读者对于人间良知和价值标准的反思；《狡猾的小猪》则将小猪正常的愿望与非正常的恶行融合在故事的描述中，揭示了正常的、美好的愿望应以美好的品行、正常的方式去接近和实现的人生哲理。可以说，这些童话与欧仁·尤涅斯库的《给3岁以下孩子们的故事》、弗朗索瓦·索特雷的《没有武器的国王》、让-弗朗索瓦·梅纳尔的《忧郁之神的岛屿》等哲理童话一样，"代表着70年代以来法国新童话的崛起。他们的哲理童话，带着强烈的时代感，童话内容中融进了现代哲理思想，阐明了当代深奥复杂的哲学原理"[4]。

此外，我们发现，格里帕里的上述作品中还具有浓重的宗教意味。西方文学包括儿童文学与宗教文化历来就有密切的联系；20世纪以来，这种联系并未随着社会进步和科学昌明而削弱，反而得到了进一步的加强——儿童文学创作中的情况也是如此。在格里帕里的童话中，不仅人物、情节和场景等都借用了宗教文化素材，而且其主题呈现和表达也具有浓重的宗教意味。这种现象与法国民间童话中所蕴含的宗教文化影响，倒是形成了有趣的对应和呼应。

说到民间童话，我们也会发现，20世纪法国民间文学专家对民间童话的搜集、整理、改写工作依旧方兴未艾，有关的作品集一直得到相当重视和系统出版，如让·瓦里奥的《阿尔萨斯宗教传奇》(1916)、《阿尔萨斯传说和传奇》(1919)、《阿尔萨斯城市的传奇和传闻》(1927)、《不朽的阿尔萨斯》(1929)；克洛德·塞纽尔的《吉耶纳民间故事》(1946)、《魔鬼的福音书》(1963)；加斯东·莫加尔的《比利牛斯故事》(1955)等等。20世纪刊载民间故事的杂志有《民间传说新杂志》《南方人种杂志》等。从儿童文学的角度看，亨利·普拉、玛利勒纳·格勒芒两人的工作是专门值得一提的。

亨利·普拉（Henri Pourrat, 1887—1959）的作品以描绘他家乡奥弗涅地区的自然景色和风俗民情著称。其作品语言朴实有力，散发着淳朴清香的乡土气息，使人回味无穷。其中《山里的加斯巴尔》获 1922 年费加罗奖和 1931 年法兰西学院小说大奖，《三月的风》1941 年获龚古尔文学奖。作为一位创作上具有乡土特色的优秀作家，亨利·普拉还长期从事民间童话的收集和整理工作，发表了 13 卷的《童话文库》（1948—1962），书中收集了他的家乡世代流传的牧歌和民间故事，其中如《大鱼的故事》等许多童话都十分适合孩子们阅读和欣赏。

法国当代作家玛利勒纳·格勒芒的《普罗旺斯童话集》（1976 年）是较近出现的一部有影响的作品集。普罗旺斯是法国南部的一个地区，古时候是一个王国，自 1487 年开始纳入法国版图。这个地区有着悠久的历史和丰富的文化积累，并流传着许多饶有风趣的民间传说和童话故事。玛利勒纳·格勒芒在民间作品的基础上整理、出版的《普罗旺斯童话集》保持了民间童话的质朴与风趣，惩恶扬善、颂扬机智、正直与坚韧不拔是它经常的主题。其中如《可怜的"香客"》《库古隆村的小蚂蚁》等作品经过格勒芒的加工和再创造，不仅适合少年儿童阅读，而且散发着一种独特的传统艺术神韵。

20 世纪法国童话创作中还有如圣-埃克苏佩利、勒内·吉约、马塞尔·埃梅以及欧仁·尤涅斯库等更重要或更著名的作家们的艺术贡献。对此，本书将在下一章中分别以专节形式予以评述。

## 第二节　小说

与童话相比，小说这一形式对时代和社会生活的感应无疑会直接、灵敏、迅捷得多。20 世纪法国儿童小说创作继承了 19 世纪关注社会现实和儿童生存境遇的传统，同时在题材、形象、主题与艺术手法等方面都有了新的丰富和发展。

从题材选择上看，20 世纪法国儿童小说对儿童的关注是全方位的、更贴近时代和整个社会生活的。诺顿教授曾经认为，进入 60 年代以后，家庭观念发生变化，儿童文学作品中所表现的主要题材便集中在家庭结构动荡不安给儿童造成的心灵创伤和儿童在家庭破裂的夹缝中追求生存空间，以及暴力、吸毒等不良社会现象对儿童的影响等等方面。这种现象在 20 世纪尤其是六七十年代以后的法国儿童小说创作中表现得十分明显。如《妈妈带来的问题》中的小主人公没有爸爸，当大家问他爸爸在哪儿时，他回答说："妈妈说他一直留在大肚子酒瓶里了，一直到他不再去酒吧间时才会从瓶中出来。"这天真又暗含讽刺的语言中透着失去父爱的孩子的辛酸。这类作品还有《玛丽的妈妈一人在》《母亲离去，痛苦的女儿》等，都揭示了没有妈妈的孩子心灵上的创伤。《母亲离去，痛苦的女儿》中，小安娜每天晚上只能和星星说话，作者借小女孩之口对社会提出了尖锐的批评。[5]

从形象塑造上看，20 世纪法国儿童小说中的儿童形象往往具有了新的时代内涵和性格。如多米尼克·哈勒维的《孩子和星星》、勒内·戈西尼的《小尼古拉和他的伙伴们》、亨利·博斯科的《孩子和河流》、皮埃尔·加马拉的《奇妙的字》等作品都塑造了新一代少年儿童的文学形象，表达了他们强烈的求知欲，他们渴望了解世界，掌握科学文化知识，渴望独立自主地去认识社会和人生。这些形象与过去儿童文学作品中一味被动接受成人教育和训诫的传统人物形象，显然有了很大的不同。

从主题表现看，儿童小说的主题力度和广度也都有不同程度的加强。例如，一些作家认为，现代都市生活中的丑恶现象污染了儿童纯真洁净的心灵，唯有远离城市的大自然才是保护儿童纯洁心灵、培养孩子善良本性的理想生活环境。于是，在让－玛丽·居斯塔夫·勒克莱齐奥的《蒙多及其他一些故事》《荒原》、米歇尔·图尼埃的《星期五或原始生活》《皮埃罗或黑夜的秘密》《金胡子》等小说中，都表达了重返大自然，寻求净化儿童心灵的新人道主义思想。这一主题既体现了卢梭主义悠久传统的影响，也表现了现代生活的强烈针对性和现实感。

从表现手法和风格看，儿童小说的艺术表现方式与能力也不断得以丰富和加强。例如，儿童小说的类型逐渐丰富，以儿童侦探小说为例，它在战后独树一帜，作品数量巨大，专供 10 至 12 岁的小读者阅读。其中如皮埃尔·加马拉的《十二吨宝石》、保尔·贝尔纳的《无头马》、乔治·西默农的《一个唱诗班孩子的见证》、弗朗索瓦·维尼埃尔的《对屋顶突角的调查》、尼娜·鲍登的《五个蹩脚的小偷》、保尔－雅克·邦宗的《六少年智擒走私犯》、西麦尔的《不许哭》等作品情节曲折，悬念迭出，扣人心弦，具有很强的阅读吸引力。[6]

在 20 世纪法国儿童小说创作中，下列作家的贡献都是值得文学史记载和提及的。

安德烈·利什坦贝热（Andre Lichtenberger, 1870—1940）出生于斯

特拉斯堡一个新教徒家庭，曾当过记者，并为孩子们写过50多部作品；其中围绕小主人公特罗特展开故事情节的《我的小特罗特》《特罗特的妹妹》等作品是最受法国小读者欢迎的小说。前者以简洁朴实的语言叙述了富家子弟特罗特所见到的上流社会；小特罗特天真地试图让因志趣不合而分手的父母重归于好，他表现出了令人钦佩的热情，但他不了解也不可能了解当代西方社会中这类现象的复杂性。这部小说获得了法兰西学院颁发的蒙迪龙奖，被认为是当代儿童文学的典范作品之一。但这部1898年就已发表的小说据说到1954年单独出版时才引起人们的广泛注意，利什坦贝热的主要儿童小说作品还有《玲娜》（1905）、《我们的米尼》（1907）等。

乔治·杜阿梅尔（Georges Duhamel，1884—1966）是小说家、诗人、评论家。早年在战争中野战医院的工作经历对他后来的创作影响很大，并使他写出了《烈士传》（1917）、《文明》（1918，获龚古尔文学奖）等感人至深的作品。他认为，对于那种只会导致战争和不幸的文明必须重新估价；必须阻止暴力卷土重来，要反对一切使人冷酷无情、摧残个人的东西。他的儿童文学作品主要有《皮埃尔和狼》《我花园里的故事》《欢乐和游戏》（1922）、《未来的生活情景》（1930）、《瓦朗古热尔的孪生兄弟》等。他的作品富于哲理性，但他不像哲学家那样运用思辨方式，而是运用小说家的直觉去看问题，非常深刻。在《未来的生活情景》一书中，他反对广泛使用机器，反对工业上的进步。他认为任何隔开人和大自然的东西、任何使人和人类分离的东西，都是坏的。虽然这些观点不无偏激，但其深刻之处也是不言而喻的。1935年，他进入法兰西学院，并从1942年至1946年担任该院常任秘书。杜阿梅尔的哲理小说在20世纪法国儿童文学界有较大影响。

1952年诺贝尔文学奖获得者弗朗索瓦·莫里亚克（François Mauriac，1885—1970）是当代法国最重要的小说家之一，1933年当选为法兰西学院院士。他众多的小说中适合少年儿童阅读的作品有他发表的第一部小说《戴锁链的孩子》（1913）以及《怪家伙》（1961）等。《戴锁链的孩子》描写了一个灵魂受到窒息、内在感情又像火一般炽烈的孩子的思想情绪活动。这个故事可能跟作者童年时代的感受有关。莫里亚克曾自称幼年时代充满了令人"悲怆的欢乐"。因此，这部小说对儿童心理的深度描绘是令人惊叹的。很巧的是，1952年瑞典科学院把诺贝尔文学奖授予莫里亚克，理由就是"由于他对心灵的洞察入微的分析，以及他在小说形式中对人类生活加以阐发的艺术上的紧凑"。

马塞尔·帕尼奥尔（Marcel Pagniol，1894—1974）出生于离马塞不远的小城镇奥巴涅。他最初从事剧本创作，并因此成名；后又转向电影文学剧本的创作。在儿童文学方面，他创作了小说《童年回忆》，共分为《父亲的光荣》《母亲的城堡》《山丘的水》等4部。作家在作品中描写了自己的童年生活，生动地描述了儿童的生活故事和天真的心理活动，笔调幽默、诙谐。例如《父亲的光荣》中的《打猎去》一章，说的是一个暑假期间马塞尔跟着全家去乡间度假时，父亲和姨父准备去打猎的故事。他们事先做了各种准备工作：猎枪、子弹、服装以及学习打猎技术等等。马塞尔和大人一样急不可耐地期待着开始狩猎的一天来临（法国对狩猎有规定的期限，否则就是违法）。请看作品中叙述打猎前准备工作的一小节关于猎装的描写：

朱尔姨父戴上一顶巴斯克的贝雷帽，穿上一双前面系带的长筒靴和一件非常特别的上衣。因为这是一件与众不同的上衣，我得介绍一下：

一眼看去，我母亲就说："这不是一件上衣，这是把几十只衣兜缝在一起的玩意儿！"

这衣服前后左右都是衣兜。不过，不久我就发现这件宝贝衣裳有它的缺点。

每当姨父在他的衣兜里找个什么东西时，他得先摸呢绒面，再摸衬里面，最后两面一起摸，才能发现要找的东西。最难办的是要弄清需要经过哪个通道方能摸到这东西。

就是这样，有一只被遗忘在这个迷宫里的小鸟直到过了两周以后，发出臭味来，才让人知道它还留在里边……

帕尼奥尔的《童年回忆》就是用这样细腻、灵巧、有趣的细节描绘连缀起来的一幅童年生活和心理流动的图景。这部书是在法国青年学生中广为流传的一部优秀作品。在作者去世以前，马赛的一所中学就以他的名字来命名了。

安德烈·多戴尔（André Dhotel, 1900—）的小说富有诗的气息，其主题表达具有典型的时代特征。多戴尔作品中那些腼腆的、有些粗野的、喜爱深思的少年，都具有心地忠厚、内心自由的特点。这些特点使他们更容易与大自然亲近和沟通。《胡说八道的孩子》中的主人公"阿列克西斯并不憎恨人和城市，但他希望永久留在田野和森林里，保持自己也算对它们的忠诚"。阿列克西斯有他自己特有的语言，他有时会发出奇怪的惊叹声来，好像是一种魔术密码。依靠这种密码，他掌握着与非理性世界交往的秘密。这种世界只有"心地纯洁的人"才能到达。一天，在林中散步时，他发现荒废的磨坊房顶上有一条微型的肩巾。那里住着一位爱唠叨的老大娘，她的外甥女已经失踪了好几年，她托阿列克西斯帮她寻找外甥女。老人对他说："我认为您能找到她。因为您心地善良。可是您得听我的话，您应当相信那些好像不可思议的事物的存在。"阿列克西斯凭着他的秘密语言，终于找到了失踪的姑娘，并把她送回了家。

长篇小说《谁也到不了的地方》（1955）是多戴尔的一部力作。作者认为，十几岁的孩子已经足够成熟了，他们已经有了自己的理想、信念和强烈的追求。作品中的小主人公加斯帕尔·丰塔雷尔是个好幻想、爱闯祸的少年。尽管生长在十分闭塞的乡镇，但他向往一切新鲜事物，渴望认识世界。有一天，加斯帕尔遇到一个离家出走的孩子。为了帮助那孩子实现自己的愿望，他经历了变幻莫测的奇遇。后来他才知道，那外逃的孩子原来是个美丽的小姑娘，名叫埃莱娜。埃莱娜幼年时在战争中与妈妈失散后，被一位阔绰的珠宝商收养，过着养尊处优的生活。可是她鄙弃这一切，倔强地寻找着自己的亲生妈妈和那个被称为"广阔世界"的故乡。在这个寻找的过程中，埃莱娜得到了许多素不相识的小朋友的帮助。胆怯懦弱的热罗姆、粗鲁冒失的吕多维克、热心富有的小聋子泰奥迪尔，都关心着埃莱娜的命运，还有那匹美丽剽悍的花斑白马……

法国评论界有人曾认为，多戴尔的作品所描写的，是处于大量微小细节或雅致的浓雾下的日常现实，常常在难以捉摸、奇异的传说气氛中摇曳不定。在《谁也到不了的地方》这部小说中，埃莱娜寻找故乡、亲人的渴望源于朦胧的记忆。在成人看来，这也许只是一个小女孩近于幻想的怪念头，但这个怪念头却成为几个孩子的共同愿望和行动目标。在共同理想的鼓舞下，他们彼此真诚相助、百折不挠，怀着坚定的信念和坚韧不拔的勇气，顽强地追求那个遥远而缥缈的理想。在这个过程中，每个孩子自己的精神世界也变得充实而完美了。这是一部具有独特的浪漫气质的小说。加斯帕尔所经历的一系列变幻莫测的奇遇，时隐时现、充满灵气的花斑白马，使故事变得极富戏剧性和传奇色彩。本书1955年出版后即获得了妇女文学奖"菲米纳文学奖"。

乔治·西默农（Georges Simonon, 1903—）是用法语写作的比利时作家，但一般关于当代法国文学的词典都将其收入作家条目之中。[7]他从少年时期便开始小说创作。在用笔名发表了一系列作品后，从1931年起，他开始以本名写作侦探小说，并一举成名。西默农具有非凡的工作能力和想象力，曾立志每个月写一本小说。他信守自己的诺言，在30余年中创作了约300部作品，其中还有些是大部头的小说，而且不失其文学水准。

西默农很早就创造了一个后来变成大名鼎鼎的人物——警长麦格雷。麦格雷是巴黎司法警察局的调查员，是个镇静沉着的胖子，外表迟钝，实际上洞察和鉴别能力很强，能够剖析案情，理出其中错综复杂的线索。这个人物还非常富于人情味，他注意各类人物的反应和环境气氛，对生活的观察细致入微，胜于注意那些可疑迹象和科学证明。在关于麦格雷的一组系列小说中，虽然故事开始时不外乎是谋杀，但作品的悬念却并不是来自案件本身，而是来自人物心理的变化。这些作品摆脱了一般侦探小说的局限，笔调细腻，具有很高的文学性。

西默农的主要作品有《命定赶大车的人》（1931）、《麦格雷》（1934）、《麦格雷回来了》（1943）、《麦格雷的假期》（1948）、《长绒毛狗熊》（1960）、

《儿子》（1966）、《猫》（1967）等。其中中篇小说《一个唱诗班孩子的见证》描述麦格雷警长在侦破一件谋杀案时，不受警官偏见的约束，相信一个唱诗班孩子提供的证词，反复调查，认真核实。他通过一系列准确无误的推论，掌握了破案的关键，最后终于弄清了谋杀案的来龙去脉，逮捕了危险的凶手。这些作品在各国流传甚广，也受到了孩子们的欢迎。安德烈·纪德曾认为西默农是 20 世纪最伟大的作家之一。西默农是比利时皇家法国语言文学学院的院士。晚年住在瑞士。

米歇尔·埃梅·布杜威（1909—）的《风王子》（1956）讲的是一群驾驶滑翔机的少年成长的故事。这是一本随着滑翔机冲向天空进行冒险因而具有刺激性的佳作。他另外还有一部描写现代西班牙儿童的小说《沼泽地的孩子们》（1955），出入其间的主人公有牧场老板的儿子、城市贫穷斗牛士的孩子们、牧场租用人的孩子们等等。他们各自怀着烦恼而成长。这部小说以填埋沼泽地建立近代农田这个问题为背景，把西班牙的生活和自然风光逼真地再现出来。书中描写的人物也很生动，整部作品把佛朗哥统治时代的西班牙描绘得惟妙惟肖。布杜威还有一本小说《奥特·毕特森林的达官贵人》（1957），描写了一群孩子与狐狸之间的友谊。

保尔－雅克·邦宗（Paul-Jacque Bonzon, 1908—）是一位著述颇丰的儿童文学作家，其中以两部获奖作品《西米特拉的孤儿》（1954）和《塞维利亚的扇子》（1957）较为著名。前者 1955 年获世界儿童奖，后者 1958 年获儿童沙龙大奖。长篇小说《西米特拉的孤儿》描述了一位 13 岁的希腊少年波菲拉斯在艰难的生活激流中所展示的刚毅性格和顽强追求。一场大地震使他和妹妹米娜骤然间失去了双亲和家园。不幸的命运使波菲拉斯早熟，也使他过早地承担起了深重而艰难的生活重担。作品以主人公千里寻妹为线索，既描绘了希腊医务人员、荷兰农民、法国工人、挪威水手们的美好心灵和博大爱心，细腻而富有诗意地描绘了各国风光，同时也刻画了波菲拉斯顽强不屈、藐视困难、热爱生活的坚强性格。作品文笔生动而朴实，充满了可爱的童心童趣。

邦宗的《六少年智擒走私犯》是一部儿童侦探小说。六个法国少年带着一条小狗去非洲塞内加尔的萨米乌特旅行。他们听说当地有一个岛上深夜经常有鬼火出现……富于冒险精神的六少年决定去岛上侦察……历尽艰险后，他们终于找到了一伙宝石走私犯，并使这伙罪犯落入了法网。作品描写了非洲大陆的丛林风光和风土人情，情节曲折，引人入胜，并能激发小读者的英雄主义和大无畏的精神。

保尔·贝尔纳（1913—　）的小说《无头马》讲的是十个孩子乘了从巴黎到本溪米格利雅的特别快车，集体追回盗贼偷走的一亿法郎的故事。这部小说像匈牙利作家莫尔纳尔的《巴尔街头的少年们》和德国作家凯斯特纳的《埃弥儿和侦探》等一样，都是描写都市少年儿童群体形象的作品。小说叙述在一条穷街上，快活顽皮的男孩子们结成一群，总想在侦探之类的事情上有所作为。有一天，一个逃犯被追踪到孩子们游戏时的玩具"无头马"中，无头马被锁上以后，孩子们便逐渐卷进了这件异常的事件中，干起了追捕盗贼的侦探工作，最后在盗贼抢劫邮车时将他们一网打尽。这部作品因受到少年儿童读者的欢迎而在比赛中获奖，不是偶然的。作品将十个不同年龄不同肤色的孩子的行动、对话等描写得栩栩如生，它"还原了儿童游戏时的轻快节奏，同时又不粉饰生活"[8]。贝尔纳的另一部小说《街头手风琴手》（1956）中也写到了十个孩子的故事，但情节比较单调，不如《无头马》那样精彩。

贝尔纳还写过《星星世界的门》（1954）、《天空的大陆》（1956）两部科幻小说，其中描写了宇宙空间中出现的人类问题，颇有吸引力。此外，他受到孩子们欢迎的小说还有《间谍》（1959）、《大吃一惊》（1960）、《"黑鸟"手术》（1970）等。

罗贝尔·萨巴蒂埃（Robert Sabatier, 1923—）从诗歌创作开始文学生涯，1953年转入小说创作，著有《阿兰和黑奴》（1953）、《大街》（1955）、《带血的鸭子》（1958）、《神圣的闹剧》（1960）、《人行道上的画》（1964）等。其中中篇小说《大街》是以50年代初巴黎流浪儿生活为题材的作品。主人公乔治从小没有母爱，没有家庭的温暖，只得流浪街头；他衣衫褴褛，食不果腹，彻底丧失了生活的信心。但乔治是个既可怜不幸又十分可爱的人物。他虽然出身低微、生活艰难、从小缺乏教育，但心地善良，乐于助人。他声称卖报是帮大学生们做点儿事，赚不赚钱无所谓，这与作品中描写的另一个人物罗森萨尔的唯利是图、损人利己的心态形成了鲜明的对比；乔治很有骨气，从不卑躬屈膝、向邪恶势力低头，人穷志不穷。相比之下，流浪汉狄克则得过且过，是个十足的行尸走肉。所以可以说，流浪儿乔治是个外表平常、心灵却美好的孩子，他的品行反衬出周围那些成年人的堕落和丑恶。由此及彼，斑驳陆离、五光十色的巴黎大街乃至法国社会虽然表面繁荣，但社会深层充满了危机和邪恶，物质的丰富掩盖着精神上的病态和贫乏。作品表现了作者对工业社会的忧患意识和对建立一个真、善、美的社会的向往。萨巴蒂埃笔下的流浪儿，令我们想起雨果、马洛笔下的伽弗洛什、雷米等流浪儿形象，但《大街》中的流浪儿形象显然已经融入了新的时代气息和现实意义，因此，"称之为当代的伽弗洛什倒也恰如其分"[9]。

西蒙娜·罗歇·韦塞尔（Simone Roger Vercel, 1923—）是著名作家罗歇·韦塞尔的女儿。她长期为妇女杂志撰稿。作为儿童文学作家，她的主要作品有《滨海地区的传说》（1946）、《弗洛里与白驯鹿》（1949）、《女巫师或是女领主》（1958）、《星星公主》（1959）、《神秘的宝石》（1960）、《沼泽地上的小火苗》（1964）等。

《神秘的宝石》描述印度小姑娘希达随母亲去喜马拉雅山朝圣时，母亲死在了朝圣的路上。无家可归的希达被人送进了专为孤儿设立的"医生村庄"。由医生和奥拉夫办的这所孤儿院没有钱买粮食和生活必需品，暴风雨又冲毁了他们的家园。善良的希达一心想帮助同伴们渡过难关。一天夜里她偷偷到被废弃的矿井里寻找宝石。她历经艰辛，终于找到了值钱的宝石。可是，宝石却在珠宝商家里被人盗走了。失望的希达在奥拉夫支持下去一家剧团当了舞蹈演员。可她一直被人跟踪，最后让人绑架失踪了。奥拉夫和朋友们经过调查，了解到这一伙坏人为了得到宝石而筹划的阴谋。奥拉夫设计抓到了绑架者，取回了宝石，最后在流浪部族人的队伍里找到了希达。这部小说故事生动，情节曲折，富有浓郁的印度地方色彩。作品颂扬了主人公希达及其朋友们善良、勤劳、不畏艰险、乐于献身助人的高尚品德。

勒内·戈西尼（Rene Goscinny, 1926—1977）出生于巴黎，2岁时随父母移居阿根廷，曾就读于布宜诺斯艾利斯的法国学校，后回到法国。他先后当过会计助理、广告社的绘画学徒、秘书、士兵、画家，后来成为《向导》周刊记者。他和一位画家合作为该周刊撰稿，创作了一套名为《阿斯特里和奥贝利》的连环画，取得了惊人的成功，其中的主人公成为各国小读者熟悉的人物，影响颇广。

戈西尼在连环画创作上取得成功后，转向儿童文学创作。他的作品中最有影响的是《小尼古拉和他的小伙伴们》。这是一部描绘当代儿童现实生活故事的短篇系列小说，具有幽默、生动、流畅的叙事风格。作品分为《小尼古拉和同学们》《课间十分钟》《约阿辛的烦恼》《小尼古拉的假日》等若干集，每一集都由若干篇精巧风趣的儿童生活故事组合而成。整部作品构成了一幅极为生动活泼的当代法国儿童的生活图景和形象画卷。

作品中的小尼古拉和他的伙伴们既天真、活泼、聪明，又不乏幼稚、淘气的一面。他们常常惹下一些令人啼笑皆非的麻烦，闹出不少笑话，但他们的天性是纯净无邪的，他们的心灵是美好可爱的。例如在《克罗岱尔戴眼镜啦》一篇中，班上学习最差的克罗岱尔来上学时突然戴了一副眼镜，这不仅使同学们都吓了一跳，也引起了班里学习最好、又是唯一戴眼镜的阿涅昂的不悦，因为阿涅昂是老师喜欢的小宝贝，特怕别人抢了他第一名的位置。"神奇"的眼镜令小尼古拉和同学们产生了好奇心——

　　"哎，"我问克罗岱尔，"等一会儿提问的时候，把眼镜借给我们好不好？"

　　"对，还有上作文课的时候！"麦克森说。

　　"上作文课的时候我也要用，"克罗岱尔说，"因为我要是得不了第一，爸爸就会知道我没戴眼镜，那就麻烦了，他不喜欢我借东西给别人。不过提问的时候可以想想办法。"

　　克罗岱尔真够朋友。我把他的眼镜戴起来试了试，我真搞不懂他怎么才能得第一，因为戴着他的眼镜，看什么都是斜的。你朝脚下看的时候，好像脚就在眼前。接着我把眼镜传给杰奥弗里，杰奥弗里传给卢菲，卢菲传给约阿辛，约阿辛传给麦克森，麦克森丢给厄德，厄德假装没接好，把我们逗得直乐。阿尔赛斯特也想碰碰，可没门。

"你不行，"克罗岱尔说，"你的手上净是面包上的奶油，你要把我眼镜弄脏的。要是眼镜不透光了，那戴它还有什么用。擦眼镜可麻烦了。我要是再得最后一名，爸爸又要不给我看电视！这全得怪一个笨蛋用净是奶油的肥手把我的眼镜弄脏了！"

在 20 世纪的法国儿童文学创作从总体上说趋向开放、深沉、复杂、斑斓的情形下，戈西尼为读者带来的更多的是现实生活中儿童天真顽皮的气质和风貌，是儿童文学的诙谐生动的艺术感觉和品质。《小尼古拉和他的小伙伴们》能够成为法国当代儿童文学中一部有影响、受欢迎的作品，并不是偶然的。

戈西尼的这部作品还有一个很好的合作者，这就是为原文版的《小尼古拉和他的小伙伴们》绘制插图的画家让·雅克－尚贝。尚贝的插图简洁传神，极富幽默感，与戈西尼的文字作品珠联璧合，相得益彰（我国甘肃少年儿童出版社出版的这部系列作品集保留了这些美妙的插图）。

米歇尔·巴达（Michel Bataille, 1926— ）出生于巴黎，早年攻读建筑学。1947 年发表第一部小说《巴脱里克》并获得司汤达奖。其后又陆续发表了《五日秋》《天火》《海上金字塔》《疯人城》《深仇大恨》《美好的日子》《海上的灰烬》等作品。1967 年出版的长篇小说《圣诞树》是他的代表作，获得过费加罗文学金笔奖，还曾搬上银幕，在电影界也引起过轰动。

《圣诞树》的主人公是一对父子。因装载着放射性物质的飞机爆炸，正在科西嘉岛海滩度假的父子惨遭不幸：儿子巴斯加尔得了致命的白血病。丧偶不久的父亲洛昂·赛居尔又遭到如此沉重的打击，痛不欲生，却又无可奈何！父子俩相互隐瞒着痛苦和悲哀，强颜欢笑，忍受着难以抗拒的、即将临近的死亡的威胁。

"无论谁也不会比我哭得更加悲伤"；"谁也不会比我哭得更加凄厉"；"呵！无论谁的心头之火也不会比我燃烧得更炽烈"；"无论谁也不会比我喊得更加凄厉。但这仅仅是无声的呐喊"……这无比悲愤、欲哭无泪的泣诉，引出了一个凄婉无比的故事。这部小说"犹如一幅色彩浓艳的油画，一首委婉凄恻的哀歌。书中主人公之———洛昂·赛居尔，对原子狂人残害人类的声声泣诉，给人以强烈的艺术感染"[10]。作品描绘了至真至纯的父子之情，控诉了核试验给人类带来的危害和灾难，具有强大的艺术力量和深刻的现实意义。

《圣诞树》塑造的小主人公巴斯加尔的形象是令人难忘的。作者以十分传神、细腻的笔触刻画了一个聪明、天真、富有同情心、面对死亡威胁又显得十分从容、平静、达观的非凡的儿童形象。尤其是当父子俩分别得知了实情之后，他们仍然克制自己内心的极度苦痛，若无其事地"高兴地"生活着，以尽量减少对方的烦恼。直到巴斯加尔临死前一刻，他都未向父亲透露出一句伤感的话，仅仅在一张白纸上写了"万事如意"几个字，作为圣诞节的礼物献给他唯一的亲人。这种相依为命、情深意笃、超乎生死的天伦之情，拥有一种动人心弦的感染力。

这部作品中还安排、刻画了一个角色——狼。它像一个幽灵似的自始至终追随着巴斯加尔。它不仅闯入到他们的家中，而且进入到他们的灵魂深处，与他们在精神上融为一体。作品中描述的不少富有童话色彩的传说，几乎都是烘托狼的形象的。巴斯加尔特别喜欢狼，狼似乎具有大自然的魂魄，巴斯加尔与狼之间的心灵上的感应和交流，可以看作他的灵魂与大自然的神秘沟通。因此，巴斯加尔热爱生命，同时又在死亡面前表现得如此潇洒、超脱。而父亲则由于对人生、对亲子之情的执著而陷入深深的痛苦之中。直到最后，他才从儿子对生死的超然态度中获得了启示，也领悟并进入到一种带有宗教意味的精神境界之中。[11]

此外，作者还大量运用了对话和内心独白的表现手法，并运用"意识流"和某些现代派文学的写作技巧，如开头使用的倒叙法和以后的经常性的回忆，比喻和象征，梦幻与事实的重复出现，幻觉与现实的交替变换，等等。这些手法的运用，有助于人物内心活动、感受的揭示和人物形象的刻画，也大大加强了作品的艺术表现力量。

多米尼克·哈勒维（Dominique Halevy, 1929— ）出生于里昂市。作为文学编辑，他曾在好几家出版社工作过。后来他在巴黎主持一家艺术画廊。他酷爱绘画，尤其是人物素描画。作为儿童文学作家，哈勒维的主要作品有《武器和士兵的故事》（1962）、《孩子和星星》（1979）等。他的作品体现了70年代以来法国儿童文学的某些新趋势和新观点：摒弃说教主义，尊重儿童本人意愿，发展儿童个性，培养儿童独立思考、独立解决问题的能力；凡事由儿童自己作出独立的判断，自己作出结论；重返大自然，到大自然的怀抱中去寻找真善美，在那里才有理想的生活环境，才有儿童真正的童年。多米尼克·哈勒维与同时代的许多作家一样，相信这种新人道主义思想能把孩子引入诗一般的美好世界，是洁净儿童心灵、陶冶高尚情操的启蒙之光。[12]他的代表作《孩子和星星》最典型地反映了这种创作思想和特色。

约瑟夫·若福（1931— ），出生于巴黎一个犹太籍理发师的家庭，1973年发表处女作《弹子袋》，引起文学界的极大重视，并由此成名，被视为法国当代文学界的后起之秀。此后，他陆续发表了《安娜和她的管弦乐队》《热雷巴的老妪》《台式足球》《多味果》等多篇小说，获得过卢森堡广播电视大众奖的一等奖。《弹子袋》是若福的一部自传体小说，它以回忆录的形式记录了作者童年时期的一段难忘的经历。作者通过一个10岁孩子的眼睛和口吻来表现第二次世界大战中，纳粹德国占领法国后给无数的犹太人家庭及其孩子带来的深重灾难。作品中的"我"和莫里斯两个正处于打弹子游戏年龄的孩子突然被战争剥夺了童年。开始了辗转各地的逃亡生活。这部小说的特点在于，它不是正面揭露和控诉德国法西斯的暴行，而是以轻松的笔调来表现两位小主人公在逃亡过程中如何与敌人周旋。他们凭着自己的勇敢、机智和乐观精神，在一些好心人的帮助下，一次又一次地死里逃生，化险为夷。两位犹太少年的故事表现了这样一种精神：纵然在死神面前，也敢藐视它的淫威，敢于以耍笑、揶揄的姿态向它挑战！小说文笔诙谐幽默，风格清新活泼，人物心理描绘和形象刻画惟妙惟肖。作品中的一些章节经法国教育部批准，已列入中小学教科书中。小说自1973年问世以来多次再版，畅销不衰，成为当代法国文学最畅销的作品之一，并被译成近20种文字，1976年还由著名导演雅克·杜瓦荣执导搬上银幕，深受广大观众欢迎。

乔治－居斯塔夫·图杜兹（George-Gustave Toudouze）是法国海洋科学院院士。他以丰富的海洋知识和航海生活经验，创作了许多有关大海和灯塔、关于海洋考察和开发等为内容的小说。1956年，作者曾荣获法国海洋作家大奖。他的作品伏笔甚多，矛盾交错，行文通俗，结构紧凑，具有自己的独特风格。其中不少作品是以孩子为主人公或描写到了儿童形象，十分适合孩子们的阅读口味。如70年代末结集出版的《在灯塔上》中的短篇小说《芒迪法——凯尔诺兹灯塔又亮了》，就是描写大海与灯塔的作品，读者从中不仅可以看到老一辈灯塔看守人如何忠于职守的高尚品德，而且可以看到孩子们对咆哮的大海所表现出的勇敢无畏精神。在另一部长篇小说《海底幽灵》中，孔凯市的一个小姑娘莫名其妙地失踪了。为了找到小姑娘，海军少年学校的学生伊冯等不顾生命危险，同那些危险的匪徒和冒险家展开了一系列的较量。作品中的主人公于盖特、伊冯、玛丽娜等都是一些少年男女英雄，他们在正义与邪恶、生与死的斗争中所表现出来的勇敢、坚毅和机智往往要比他们的长辈还出色。那个像毒蛇一样阴险狡猾的法西斯战犯无论如何也没有想到，他到头来竟栽在了几个孩子的手下。这部海洋历险小说情节曲折、描写细腻，形象刻画鲜明生动，具有很强的文学性。

让－玛丽·居斯塔夫·勒克莱齐奥（1940— ）出生于尼斯，祖上为18世纪非洲毛里求斯的英国移民，是近20年来法国儿童文学的重要作家之一。其作品虽然不仅仅为青少年所写，但少年儿童读者都十分喜欢。勒克莱齐奥儿童小说所宣扬的新人道主义思想集中体现了重返大自然、保护大自然、保护儿童、寻求净化儿童心灵、反对战争、反对都市丑恶现象的强烈愿望。在其收有八个短篇小说的代表作《蒙多及其他故事》（1978）中，就有不少篇什都表现了这样的主题。如《没有见过海的人》中的主人公达尼埃尔是寄宿学校里的一个成绩平平、家庭贫困的学生。他的脑海里老是摆脱不了一个念头：想出外旅行，看看大海。作品中这样写道："他叫达尼埃尔，不过要是人家叫他辛巴德，那他就更高兴了。因为他在一本红封面的大书中读到了辛巴德的航海历险故事。那本大书是他经常随身带着的……人家在一起说话，他从来不插嘴，除非人家谈到大海或者旅行的时候。"一天，达尼埃尔失踪了。原来，他是带着那本《辛巴德航海历险记》，搭上一辆货车的车厢作长途旅行去了。到了海边，他住在海滨浴场的地穴中，过的是野人般的生活：以软体动物和水草为生，与章鱼结为朋友……作品的结局也是神秘而不确定的："在大海旁的地穴中过了这几个月以后，他会变成什么样的人呢？也许，他确实搭了货船到美国或者中国去了。那艘货船正慢慢地从一个港口开到另一个港口，从一个岛开到另一个岛去了……"勒克莱齐奥笔下的少年如拉拉拜依、蒙多、达尼埃尔等，都是一些奇怪的少年幻想家。他们被一股不可抗拒的力量所吸引，向往着森林、高山、大海，向往着广阔的大自然。在另一个短篇《阿拉让》中，作者集中地表达了自己的观点。这篇小说描写一个贫穷、肮脏的小镇居民反对危害和吞噬大自然，反对政府的都市化计划。他们不愿迁往政府指定的城镇居住，在穷老汉马丹的带领下，集体朝着更加荒凉的大自然深处迁徙。作品通过小女孩艾丽娅与穷老汉马丹的接触，展示了儿童纯真善良、互助互爱的美好心灵。孩子们喜欢马丹，喜欢听他讲的"阿拉让"故事。在作者看来，树木繁茂、鲜花盛开的阿拉让王国，也就是大自然这个王国，才是孩子们的理想天地。

科学幻想小说作为儿童小说的一部分在法国儿童文学史上有着悠久的历史，但法国文学界对科学幻想小说属于不属于文学作品，一直存在着争论。"法国似乎忘掉自己是幻想小说之父儒勒·凡尔纳的故乡，给科幻小说以极其模棱两可的属性。事实上，它被当作儿童文学的一个领域，或一种消费的副文学，应和间谍小说或蹩脚的侦探小说放在同样的书架上……对他们来说，科幻小说始终是一种多少有点不可告人而且使人们感到有点堕落的宝藏的发现。"[13]为什么会出现这种状况呢？法国的文学史研究者认为，这一方面是法国公众对整个幻想文学的普遍怀疑心理，另一方面是一个落后于美国或苏联的民族缺乏集体的科学文化，与此相应的，是出版者的懒惰，他们在出版了外国的优秀作品后，很少想到鼓励本国人才；可能还有一个法国作家对被列为"科幻小说作家"所感到的难堪，这种称号似乎宣告他的作品只能摆在车站书亭的旋转陈列盘上。[14]

正因为如此，在20世纪上半叶，法国的科幻小说创作一直处于低潮，科幻作品骤然减少，登载科幻作品的杂志纷纷停刊，作品质量欠佳。这种状况到了20世纪下半叶才开始得到改变。

在50年代以后法国科幻小说的振兴过程中，勒内·巴雅韦尔（Rene Barjavel, 1911—）的贡献是特别值得提及的。他生于尼翁省，32岁时发表了第一部科幻小说《浩劫》后，除从事记者职业和编写电影剧本外，还陆续发表了十几部科幻小说，其中最著名的有《莽撞的旅行者》《不灭的孤岛》和《漫漫长夜》等。法国评论界对巴雅韦尔的评价较高，认为他是继儒勒·凡尔纳之后较有成就的科幻小说家，甚至尊他为"法国新科学幻想小说之父"。巴雅韦尔的作品借助科学幻想，表现人类生活中存在的矛盾，反映时代的某些问题，具有较深刻的思想内涵。例如《漫漫长夜》（又译为《冰民》）描写了一对来自90万年前的青年男女，从冰冻中在未来世界醒来，他们是被原子弹战争所毁灭的世界的生还者。小说以奇特的方式生动展现了冰河期以前的文明——一个幻想中的世界，但作品对现实的揭露、抨击也随处可见。如作者有意识地把现实中国与国之间的冲突、斗争穿插在复活那对男女的医疗过程中，大国间的勾心斗角葬送了人类与新文明的结合，那些自以为得意的人们实际上是在重复90万年前他们祖先的愚蠢。人们什么时候才会变得聪明起来，不再相互争夺和仇恨呢？作者对此似乎持一种悲观的态度。然而，这种悲观却饱含着激愤之情，它出于对人类前途命运的关切。作者祈盼着人类有一个美好的现在与未来。[15]

此外，50年代还诞生了一批属于新派的科幻小说作家，他们不满于上一代作家所常写的星球大战那类内容和手法，而在自己的作品中注入了更多的科学理论和哲学思想。这批作家的代表人物有热拉尔·克莱因( Gerard Klein, 1937— )、雅克·施特恩贝格( Jacques Sternberg )、米歇尔·德穆特( Michel Demuth )、皮埃尔·布勒( Pierre Boulle )、菲利普·居尔瓦尔( Phillipe Curval )等等。他们的创作活动十分活跃，作品也多姿多彩，是法国科学幻想小说"救亡扶危"的主力军。而其中最突出的当推热拉尔·克莱因。

热拉尔·克莱因出生于内尼利，是一位经济学家，业余从事小说创作。他的长、短篇科幻小说主要以时间为题材，代表作有《星主的策略》( 1958 )、《明天前的一天》( 1963 )、《战争霸王》( 1970 )、《石头之歌》等。其作品在情节展开中，也时常插入一些嘲讽现实的细节内容，既增添了作品的艺术情趣，也丰富了作品的思想内涵。克莱因除了致力于个人创作外，还主编过多套法国科学幻想小说丛书，为推动法国科幻小说创作的发展不遗余力。

继克莱因等一批崛起于50年代的作家之后，新的一代也逐渐成长，在科幻小说创作天地崭露头角。贝尔纳·布朗（Bernard Blane）、尚－皮埃尔·安德烈冯（Jean-Pierre Andrevon）、米歇尔·热里（Michel Jeury）、皮埃尔·佩洛（Pierre Pelot）等都是更年轻一代科幻小说作家的代表。他们本身都有较强的政治观点，作品内容则广泛而富于变化。

据统计，从 1950 年至 1970 年这 20 年内，法国科幻小说业余作者多达 1500 人；而 70 年代，人数更有大幅度增长。因此有人认为，如果把这期间涌现的专业和业余作家算在一起，法国科学幻想小说创作力量是十分雄厚的，无论在质量上或名声上，都并不逊色于英、美作家的创作。[16]

可以说，在经历了凡尔纳去世之后数十年的低潮之后，20 世纪下半叶法国科幻小说又经历了一个新的恢复和发展时期。

20 世纪法国儿童小说创作的确呈现出了比以往更为丰富斑斓的艺术色彩。除了上述作家作品之外，还有亨利·博斯科、米歇尔·图尼埃等重要作家的贡献，本书将另辟专节予以评介。


# 第三节　图画故事书和儿童诗


图画故事书（即连环画；为了论述方便，下文有时称连环画）以及刊载图画故事作品的儿童文学刊物的兴盛和发展，是 20 世纪法国儿童文学的一个重要现象，这类作品及其刊物的发行量事实上已经超过了其他任何一种传统儿童文学样式。

图画故事书是一种以小方块的绘图连缀而成、以图为主、图文并茂的文学表达和叙述样式。它与传统文学以文字为主的叙述样式有了很大的不同，因此在法国，一些文学研究者将其与歌曲等放在一起，视之为簇拥"在文学的周围"的"副文学"。[17] 图画故事书具有图文结合、有利于各种想象和思维创造及表义上的模糊性、令人情绪愉快的幽默感等等特点，因而受到了各种年龄读者的普遍喜爱。它更是儿童们爱不释手的读物；它让儿童借助画面而不仅仅是文字来接触、阅读文学作品，这对儿童文学的普及与推广显然是有好处的。

早在第二次世界大战之前，一批第一流的连环画作者就已成为儿童文学作家队伍中一支不可忽视的力量：路易·福尔通（Louis Forton, 1879—1934）、阿兰·圣－奥冈（Alain Saint-Ogan, 1895—1974）、保尔·富歇（Paul Faucher, 1898—1967）、让·德·布伦霍夫（Jean de Brunhoff, 1899—1937）与洛朗·德·布伦霍夫（Laurant de Brunhoff 1925—）父子、邦雅曼·拉比埃（Benjamin Rabier, 1869—1939）是最有成就的连环画作者。路易·福尔通在 1908—1934 年期间，一直不间断地在《妙笔》周刊上发表连载的图画故事《懒东西》；阿兰·圣－奥冈绘制的共达几十册的《人与跳蚤》被评论界看作是法国乃至欧洲第一批真正的连环画；保尔·富歇创作的《海狸老爷画册》《海狸老爷的作坊》《野鸭子普卢夫》《棕熊布尔干》是他 320 多种不同类型的连环画作品中的杰作，他后来获得了 1962 年欧洲儿童图书奖；德·布伦霍夫父子塑造的小象"巴巴尔"更是法国家喻户晓的名字。据说，每四个法国人中就有一人会讲"巴巴尔"的故事；"巴巴尔"还在电视上与广大观众见面，并被译成 15 种文字在各国广泛流传；邦雅曼·拉比埃的 50 多种连环画也是孩子们十分喜爱的畅销作品。

在此期间，22 岁的乔治·雷米（George Remi）以埃尔热（Herge）为署名，于 1929 年在比利时塑造了这一时期重要的法语图画故事书中的人物形象——丁丁。丁丁在与他寸步不离的小狗米尤的陪伴下出现在布鲁塞尔报纸《二十世纪》的增刊上。这个增刊的名字叫《二十世纪的孩子》。它获得了巨大的成功，并延续了很久。其画册的销售量从1939年前的每年7千册，到1978年时超过了平均每年250万册。1978年，画册的累计印数达到了5500万册。这部作品成为连环画中的法国—比利时学派的重要代表作。

第二次世界大战以后，人们为制止美国连环画的大举"入侵"、创造法国自己的连环画作品进行了很大的努力，《记者丁丁》《斯皮尔鲁》《向导》等大型连环画周刊都拥有大量的读者。其中《向导》周刊就是《小尼古拉和他的小伙伴们》的作者戈西尼（Goscinny）与达尔戈（Dargaud）一起于1959年创办的。1961年，法国建立了连环画俱乐部（后改建为图画文学研究中心）。从1961年至1967年，图画文学研究中心举办了许多活动，其中包括一系列的书展、学术讨论会、国际展览会等。这些活动为法国连环画的发展起到了积极的推动作用。

进入70年代以后，连环画更是在儿童乃至成人读者中风行一时，它也成了出版商的重要财源，并且在人们的文化生活中占据着极其重要的位置。有人甚至认为："人们可以说，连环画代表着70年代法国文化的核心"（伊夫·弗雷米翁语）。1970年至1985年，的确是法国连环画表现突出的15年；连环画轻而易举地就压倒了同时期的各种其他类型的畅销书。剖析这一时期的法国连环画，可以看出这一领域里与整个当代法国儿童文学一样，也经历着一场重大的文学变革。

一、从内容、题材上看，这一时期的法国连环画进入了一个冲破禁区的开放时代：从科幻作品到电视系列连环画，从摇摆舞到神奇的鬼怪故事，从古典主义的历史题材到风靡一时的骑摩托冒险，从美国西部故事到冷战，题材广泛，形式多样，内容包罗万象。但不管哪种题材的连环画，都或多或少跳出了传统叙事连环画的模式，都表现了弃旧图新、不满现状、期望变革的倾向。

二、连环画中的文字解释越来越少，倾向于只用一张张图画来表现整个故事。很多连环画作者认为，画面足以表现一切，无须再用文字加以说明。不仅儿童连环画，就是供青少年和成人读者阅读的连环画，也表现了这一趋向。

三、连环画出现了成人化的倾向。专供儿童阅读的连环画在整个连环画作品中所占的比例明显下降。并且由于越来越多的家长为孩子选购连环画，儿童实际上已没有选择的自由。而成年人与儿童的兴趣事实上是很难统一起来的。这种状况自然会引起出版商和作者的连锁反应，从而去迎合成年人的爱好。很多人对儿童连环画锐减和连环画中成人化的倾向感到遗憾，担心儿童连环画正在消亡。

四、在表现手法上，通常采用两种不同的表现方法：大部分作者采用现实主义的表现手法。他们的笔法细腻、形象逼真、诙谐幽默。他们塑造的形象经常是面目滑稽、不修边幅、衣服肮脏不堪的各种人物。另一些画家则采用表现主义手法。他们绘制的连环画，色彩鲜明、强烈而令人感到刺激和跳跃，线条和笔触大胆奔放、粗犷有力而令人感到动荡不安，形体因扭曲、夸张而变形失真。他们把绘画看作画家情感的流露，而不是自然的模仿。

五、科学幻想连环画的比重上升。据统计，每发行四册连环画中就有一册是关于科学幻想题材的。《向导》《吼叫的金属》

等画刊上刊登的科学幻想连环画，将科幻与荒诞的神话故事混杂在一起，很受读者欢迎。

六、大型周刊衰落，系列连环画崛起。这是商业化倾向日益严重造成的直接后果。各种大型周刊因经济原因相继停刊，但是月刊、短篇连环画、小画册，尤其是系列连环画开始兴旺起来。系列连环画题材新颖、情节生动、引人人胜，作者、读者和出版商都欢迎这种形式的连环画。[18]

但是据报道[19]，进入1990年代，西班牙、英国、意大利等国的连环画坛人才辈出，富有诗意、标新立异的流派不时产生，而法国的连环画土地上，新苗不多。20年前，专门发表连环画作者处女作的杂志很多，但是，自从《向导》《记者丁丁》和《马戏团》等发表园地销声匿迹之后，能发表连环画作品的杂志寥若晨星。尽管1990年有549部连环画作品出版，但是其中新人新作寥寥无几。

另外，连环画家往往为了很快地传递信息和发表作品，往往不能精心创作，这势必影响作品的质量。从读者群落看，儿童和青少年已很少看连环画。连环画成了成人的读物，供少年儿童阅读的连环画少得可怜。波尔多大学一位研究人员说："连环画应该保持它的原有特色。连环画家别忘了广大小读者。"目前，一些连环画家已意识到这一点，开始为少年儿童创作图画故事作品。

值得一提的是，连环画袖珍本销路看好。《我看过的连环画》袖珍本已售出400万册，这使得创作者大为振奋，也使出版商大为惊讶。

与童话、小说等儿童文学传统的强势体裁相比，儿童诗的艺术积累和影响力似乎就处于一种弱势地位了。这种情形在法国也同样得到了验证。"法国诗人文学家极力地在风起云涌的诗坛，建立自己的诗歌殿堂，似乎不曾刻意为儿童创作诗歌"[20]。1975年，诗人、出版家皮埃尔·塞格斯（Pierre Seghers, 1906—）主持的出版社出版了一部由米歇尔·戈松（Michel Cosem）主编的《发现法国诗》，选录了中世纪至当代97位诗人的426首诗，供8至14岁的少年儿童阅读，不过，这426首诗并非都可以朗朗上口或文意晓畅易懂，换句话说，少儿读者并非都能接受这些诗作。此外，加利玛出版社出版的青少年图书中的诗丛分为山、海、树、鸟、禽、兽、城、乡等类别，分别选辑成人诗作。对于这种现象，台湾的法国儿童文学翻译家、研究者莫渝认为："类似这样以'宜于儿童青少年的诗选'为标准，固然有提升阅读欣赏的效力，但过分趋向成人化，可能造成某种弊端。"[21] 比较而言，20世纪法国儿童诗创作中也出现了一些比较纯粹的适合儿童阅读的儿童诗歌作品，尽管这类作品并不是很丰富。

诗人古尔蒙（Remy de Gourmont, 1858—1915）的组诗《西蒙》是非常柔美清新的抒情诗，对大自然有相当轻巧的描绘和真挚的礼赞。试看《河》的片段：

> 河是鱼和花的母亲
> 是树鸟香色的母亲；
> 它给吃了麦粒又飞往
> 遥远地方的鸟儿喝水；
> ……
>
> 河是森林的母亲，美丽的橡树
> 用叶脉由清澄的河床汲取水分。

下雨时，河把天空变得像怀孕一样，

那是河升到天上，又落下来；

河是十分有力又纯洁的母亲。

河是整个大自然的母亲。[22]

这里只摘引了诗歌的几句。作者用清新的语言、别致的拟人手法和深挚的情感，赞美了自然（河流）的宽广有力、纯洁美好。这是十分适合小读者欣赏的作品。

诗人纪尧姆·阿波利奈尔（Guillaume Apollinaire, 1880—1918）发表过富有奇趣的童话诗集《异教首领及其一伙》（1910），情调凄婉，据说差一点获得 1910 年度的龚古尔文学奖。他的《动物诗集》（副标题为"奥菲斯的侍从"）于 1911 年问世，其中的 30 首诗都是只有几行的短诗，分为兽、虫、禽、鱼四类，每类开头由奥菲斯（希腊神话中的音乐家）领唱。这些短诗都呈现了有人情味的动物的象征意义，诗句充满幽默诙谐感。如：

时间的小鼠啊！趁着黄金年华

你们一点一滴地啃噬我的生命。

天啊！我行将二十八岁

还在苦熬中指望。

——《小鼠》

工作可以致富。

穷诗人啊，努力工作吧！

无止息的辛劳，毛虫

才能蜕化成华艳蝴蝶。

——《毛虫》

第二次世界大战末期因斑疹伤寒死于纳粹集中营的诗人罗贝尔·德思诺斯（Robert Desnos, 1900—1945）善于以口语、俚语入诗，诗句相当儿语化。他的诗语词浅显，较少变化，仿佛识字不多的孩子的口语。经过翻译，原诗的韵律、特色有所损失，但这里仍不妨举一个例子：

　　卓纳东队长，

　　十八岁时候，

　　有一天在远东某岛上

　　捕获一只塘鹅。


　　卓纳东的塘鹅

　　有天早晨，下了一个全白的蛋，

　　生出一只塘鹅

　　十分类似第一只。


　　这第二只塘鹅

　　轮到它，下了一个全白的蛋，

　　必然地，由此

　　发生同样的另一件事。


　　这件事长久地发展下去

　　要是人们事先不炒蛋的话。

　　在 20 世纪法国为儿童写作过诗歌的诗人中，雅克·普雷韦尔（Jacques Prevert, 1900—1978）是较重要的一位。他早年加入了超现实主义诗人团体，1930年与这一流派分道扬镳，完全致力于电影剧本、歌谣和诗歌的创作。他的诗逸兴驰骋，幽默诙谐，其中不少适合孩子们欣赏。普雷韦尔认为："诗，是人们梦到的、想象的东西，是人们想要且可以得到的东西。处处是诗，一如上帝无所不在。诗，人生最真实，最有用的别名之一。"因此，他的诗，就是他的人生观，他的日常生活及其感受的记录。例如他曾这样写道：

> 假使你用
>
> 正常眼睛
>
> 还看不到
>
> 并不难看到的风景
>
> 那是因为你的眼睛
>
> 可能
>
> 有了毛病。

是的，只有美丽的眼睛，才能看到美丽的世界。

最能代表普雷韦尔的诗与性格的，是那首《我就是这样子》。诗歌仿佛是一个个性倔强的孩子的自白："我就是这样子／我就是这副德性／当我想笑的时候／我就哈哈大笑／我爱喜欢我的人／这不该是我的缺点吧／要是每回我爱的人／都不相同／我就是这样子／我就是这副德性／你还要我怎样／我天生就逗人高兴／而这是无法改变的／我的鞋跟太高／我的身子过挺／我的胸部太硬／我的眼珠过青／还有／你能如此做吗／我就是这样子／我为喜欢我的人高兴"。

"儿童诗"除了有"儿童们读的诗"的含义之外，还有"儿童们写的诗"的意思。在法国，儿童写作诗歌的现象也很普遍。台湾翻译家莫渝曾从法文翻译过不少由 4 岁至 13 岁的法国儿童创作的诗作。这些诗歌题材广泛，情感丰富，想象纯真，叙事性浓。如 12 岁的冉·绿克的《友情》表达了孩子们对和平、友情和博大的爱的世界的讴歌和向往："我们跑着，唱着，舞着 / 在友情之火的周围 / 不论你们是黄种人、黑种人或白种人 / 伸出你们的手，形成 / 可以绕遍世界的土风舞圆圈 / 冒险的出发 / 到鲁滨逊岛 / 或是某个虚构的国度 / 女孩和男孩，手拉着手一齐走 / 内心唱着歌 / 但别扯断友情之绳 / 别弄熄 / 和平的火焰"。11岁的阿穆里的《衰颓》则表达了对于人类生存环境遭破坏、生态恶化的现实的关注和忧虑： "……成堆的乌云 / 在世界上降低 / 消失的河流 / 不再有水 / 地平线只是灰尘 / 群鸟鸣唱 / 松鼠舞跃 / 都没有了 / 一个大自然 / 纯真的 / 刚死在 / 人类的 / 愚蠢下"。法国的孩子们以他们纯真而又独特的歌吟，不仅表达了自己对这个世界的关注、理解和憧憬，而且也充实、丰富了 20 世纪法国儿童诗歌的艺术创造和累积。

## 注 释

[1] 波尔·阿扎尔：《书·儿童·成人》，傅林统译，台北：富春文化事业股份有限公司1992 年版。

[2] 转引自刘芳：《给幸运儿讲的故事·译者的话》，北京：北京出版社 1982 年版。

[3] 韦苇选评：《世界大作家儿童文学集萃》，合肥：安徽少年儿童出版社 1996 年版，第293 页。

[4] 张良春：《法国当代儿童文学——代译者序》，见《鲁滨逊和孤岛》，长沙：湖南少年儿童出版社 1992 年版。

[5] 参见丹华：《法国儿童文学近况一瞥》，《未来》1984 年总第 9 辑。

[6] 参见张良春：《法国当代儿童文学——代译者序》，见《鲁滨逊和孤岛》，长沙：

湖南少年儿童出版社 1992 年版。

[7] 参见冯汉津等编译:《当代法国文学词典》,南京:江苏人民出版社 1983 年版,第 298 页。

[8] 韦苇:《西方儿童文学史》,武汉:湖北少年儿童出版社 1994 年版,第 179 页。

[9] 张新木:《当代的伽弗洛什——评萨巴蒂埃笔下的流浪儿形象》,《当代外国文学》1992 年第 4 期。

[10] 韩沪麟:《圣诞树·前言》,长沙:湖南人民出版社 1981 年版。

[11] 参见关福坤主编:《20 世纪世界儿童文学名著精粹·儿童小说卷》,长沙:湖南少年儿童出版社 1902 年版,第 389 页。

[12] 参见张良春编选:《鲁滨逊和孤岛》,长沙:湖南少年儿童出版社 1992 年版,第 5 页。

[14] 参见丁·贝尔沙尼等:《法国现代文学史》,孙恒等译,长沙:湖南人民出版社 1989 年版,第 383 页。

[15] 参见刘文刚主编:《20 世纪世界儿童文学名著精粹·科幻小说卷》,长沙:湖南少年儿童出版社 1992 年版,第 330—341 页。

[16] 参见琅琅:《法国科学幻想小说新浪潮》,见黄伊主编:《论科学幻想小说》,北京:科学普及出版社 1981 年版。

[17] 参见丁·贝尔沙尼等:《法国现代文学史》,孙恒等译,长沙:湖南人民出版社 1989 年版,第 383 页。

[18] 参见张良春:《七十年代以来欧美法语儿童文学新趋势》,见四川外语学院外国儿童文学研究所编《外国儿童文学研究》,南宁:广西人民出版社 1989 年版。

[19] 参见《法国连环画坛现状》,庄宇和译自法国《快报》,《上海译报》1992 年 3 月 2 日。

[20][21] 莫渝:《法国儿童诗导论》,见《梦中的花朵——法国儿童诗选》,台北:富春文化事业股份有限公司 1991 年版。

[22] 本节所引诗作,均见莫渝译《梦中的花朵——法国儿童诗选》,台北:富春文化事业股份有限公司 1991 年版。

# 第九章　重要作家（上）

## 第一节　圣－埃克苏佩利

安托万·德·圣－埃克苏佩利（Antoine de Saint - Exupéry, 1900—1944）出生于里昂。在法国乃至世界作家中，圣－埃克苏佩利都是一个具有特殊性的人物。这种特殊性来自他那不平凡的特殊生活经历、个性与他独特的文学创作的结合。汉·沃尔在由耶鲁大学出版社出版的《飞翔的激情》一书中指出，如果圣－埃克苏佩利只写了《小王子》等作品，他就能名留青史了；如果他只是一名飞行员，他的勇气和经历也足以使他长久为人称道了。然而他都做到了：既是当代法国文学的一位大师，又是早期航空史上的一位无畏的英雄。更重要的是他的这两项事业并不是互不相干的，飞行和创作交织组成他非凡的一生，两项事业都是他不寻常个性的体现。

圣－埃克苏佩利 4 岁丧父，从小由母亲含辛茹苦地带大。他的母亲多才多艺，教他弹琴画画，培养了他终身对于写作的热爱。因为他有满头金发，童年时的绰号叫"太阳王"。在他的记忆里，童年是他一生中最美丽的时光。所以当他感到人间缺乏温情的时候，当他觉得生活孤寂的时候，他就喜欢在信纸上、手稿上和餐桌布上，经常画一些小人偶。这大概就是"小王子"的最初意象了。

但是，圣－埃克苏佩利似乎不愿成为一个职业作家，事实上他很蔑视那些咖啡馆诗人。有着"蓝天白云的耕耘者"之称的圣‐埃克苏佩利，他的存在就意味着他首先是一个飞行员、航空家。早在4岁的时候，他就梦想将来飞上天空。而在12岁时，一位著名的飞行员就带他实现了他的愿望。这还是在航空飞行尚属罕见的20世纪初期，对一个少年来说确是一次非凡的经历。后来，他进了飞行学校，掌握了飞行技术。在那个年代里飞行还是一项高度危险的工作，然而圣‐埃克苏佩利的大胆在当时只有勇敢的人才干的飞行界里也是出名的。他的飞行生活中充满了传奇性的经历：在不止一次飞行事故中负过重伤；试飞水上新机种时险些丧生；曾迫降在荒漠之中五天五夜之后才被救出；他还曾试图发明一种喷气式飞机；曾试图打破飞越大西洋的纪录……他似乎对生命危险毫不在意，飞行时总是心不在焉的。忽而取一本书来看几页，忽而注目机翼边的壮丽景色，心有所感就马上取出本子来记上几句。这位空中诗人很不为他的飞行同伴所理解。战时他在盟军的侦察机队里服务，有一次因为疏忽又摔坏了飞机，但他只是平静地回答他的美国上司："我想为法兰西而死。"恼怒的美国上校答道："你要为法兰西死，这不干我的事，只是别摔坏我们美国的飞机！"在这位美国飞行军官眼里他只是个怪人。正是这个怪人给世界文学留下了最优秀的描写航空生活的作品。1944年7月31日，他驾机执行他的第九次空中侦察任务，一去不复返，正如一篇悼念文章所写的："魂返天国，星宿归位"。

　　圣‐埃克苏佩利的文学创作从一开始就是以他的飞行生活经验为题材的。他的代表作《夜航》（1931）、《人的大地》（1939）等，都是在工作和战斗生活的暂歇期间写出来的。这两部以歌颂英雄主义和探讨人生真谛为主题的作品，写的是在艰苦的远程航行中，飞行员的经历和感受，他们出生入死的英雄壮举和崇高的生活目的。作者以高超的写景状物的艺术才能，真实、生动而又精微地描绘了种种常人从未见识过的天上人间的景物，刻画了许多新奇的、丰富多彩的形象。这两部作品以其纯净的语言、遒劲明快的风格、高尚的情操、富于激情和诗意的思绪，以及与命运对抗的大无畏精神，博得了评论家和读者的高度赞赏。

相形之下，《小王子》这部诗情洋溢的中篇哲理童话是圣－埃克苏佩利整个创作中不以航空飞行为题材的一部十分特殊的作品，它仿佛是作者那全部庄严而紧张的作品中一次恬静的憩息。1940 年底，在巴黎沦陷后约半年，圣－埃克苏佩利辗转抵达纽约，开始了他一生中最后的四年流亡生涯。由于不会说英语，与世隔绝，又因祖国亲友音讯全无，而自己一时又不能重驾飞机救国，圣－埃克苏佩利旅居的心情非常沉重。一位美国书商的妻子看出了他郁闷的心情，建议他写一本童话书以自娱娱人。作家就是在这种孤绝的心境中创作出《小王子》这部童话的。

圣－埃克苏佩利属于这样一类作家，提起自己的童年悠然神往。他认为，童年是盼望奇迹、追求温情、充满梦想的时代。对比之下，大人死气沉沉，权欲心重，虚荣肤浅。大人应该以孩子为榜样。这就像英国诗人华兹华斯那句妙语双关的话中所说的："孩子是大人的父亲。"因此，《小王子》就作者的创作动机及其艺术特质而言，它更主要的是一本"写给大人看的童话"。据说作者在写作时，曾请一位画家画插图，但是送来的画稿都不能使他满意，画中缺乏他要求的拙朴稚气与迷幻梦境，最后他决定自己画插图。《小王子》英文本于1943 年在纽约首先出版。评论界和读者对这本书感到意外。一直写飞机的圣－埃克苏佩利这次写了一篇童话——童话是大人讲给孩子听的故事，而《小王子》是把故事讲给大人们听！

　　在世界文坛上，圣－埃克苏佩利被视为一个具有使命感的严肃的作家。他的作品所关注的不是特定的地域，甚至也不是某个国家，而是整个人类。《小王子》构思奇特新颖，文笔雅致隽永。书中描绘的小王子是一位神奇的儿童，住在只比他自己大一丁点儿的 B612 号小行星上。由于跟小行星上的一朵花儿有点误解，同时也"为了找点事情做，学点知识"，小王子开始到邻近的七个星球作访问。第一颗星球上只住着一位国王。国王不停地向小王子这个唯一的"臣民"发号施令，以显示自己的尊严。第二颗星球上住着一个自吹自擂爱好虚荣的人；他要求小王子崇拜他，因为他自认为是这个星球上各方面最出色的人。第三颗星球上住着一个酒鬼，他试图以喝酒来忘掉"喝酒的耻辱"。第四颗是个商人的星球，商人一遍遍地数着星星，统计它们的数目，目的是把它们存入银行占为己有。这一次次短暂的访问使小王子陷入了无限的感伤之中，他觉得这些大人们真是太古怪了。第五颗星球非常小，只能安装一盏路灯，住一个点灯的人。点灯人虽是一个可以做朋友的人，但这个星球已容不下第二个人。第六颗星球上住着一位地理学家。在这位老先生的指点下，孤单的小王子来到了人类居住的地球上。这第七颗星球"地球可不是个普普通通的星球。据统计，那儿有 111 个国王（当然啦，没有漏掉黑人国王），7000 个地理学家，90 万个商人，750 万个酒鬼，3 亿 1100 万个虚荣迷，也就是说大约有 20 亿大人"。小王子登高俯视人类，发现人是那样缺乏想象力，只知像鹦鹉那样重复别人讲过的话。这时的小王子越来越思念自己星球上的那枝小玫瑰花。后来，他遇到了一只狐狸。按照狐狸的要求，他耐心驯养征服了狐狸，并与它结成为亲密的朋友。

狐狸把自己心中的秘密——"只有心灵才能洞察一切，肉眼是看不见事物本质的"这句话告诉了小王子。利用这个秘密，小王子在撒哈拉大沙漠中与遇险的飞行员一起找到了生命的泉水。最后，小王子悄悄地消失了："只见他脚旁闪出一道黄色的光。他一动不动地站了一会儿。他没有叫喊一声，就像一棵树一样慢慢地倒在了地上。因为是在沙地上，没有发出一点儿声响"。

作为一部富于诗情的哲理童话，《小王子》既没有离奇的情节，也没有惊天动地的壮举，故事在平淡的铺叙中展开。那么，《小王子》的魅力究竟何在？法国作家安德烈·莫洛亚的一段评论或许正好回答了这个问题："《小王子》在其富有诗意的淡淡哀愁中也蕴含着一整套哲学思想"。"这本给成人看的儿童书处处包含着象征意义，这些象征看上去既明确又隐晦，因此也就格外的美"。有关的研究表明，《小王子》这部精美的作品的魅力，就在于其丰富的内涵和广泛的象征意义，就在于其象征意义的或明或暗。

《小王子》是作者从生活中提炼、升华的人生哲学的集中表现，其象征艺术也都植根于现实之中。不过，其中有的直白，有的含蓄，有的寓意深邃。

作品中的第一类象征直率而明了。例如，醉心于权势的孤独的国王（政治权力的象征），贪得无厌、一味追求金钱的市侩（金融权力的象征），学究气十足、脱离实际的地理学家（精神权力的象征），孤芳自赏的虚荣迷，因循守旧、缺乏独立思考，但具有实干精神的点灯人等等，都是人们日常生活中屡见不鲜的人物，经过作者的加工提炼，他们都更具有了一种象征意义和普遍意义。

第二类象征较为含蓄，需要读者仔细揣摩、思考才能理解其中的含义，例如作品中的"蛇""狐狸""花""水与井"等意象，都具有各自的寓意和所指："蛇"是具有强大威力、能猜破一切谜底的死神的象征；"狐狸"是最纯洁、最智慧的动物，作者通过它的嘴道出了交往的秘诀：为了交朋友，就必须经过"驯养"，建立联系，树立责任感，必须"用心灵洞察一切"等等。

第三类象征则具有深层意义，须从作者所处的时代和文化背景的高度对该童话加以审视，进而深入挖掘，方能领悟其潜在的象征意义。例如"小王子"是一个神奇人物，具有随意在星际之间遨游的超人能力。他满头金发，身着长袍，既无国籍，也无家园，生活在人类社会之外，不受任何陈规陋习的束缚，是无牵无挂而又天真无邪的传奇式的儿童形象。他是永保童贞的天使之化身，是智慧和真理之源泉，是作者理想之象征。而小王子与飞行员之间的难以沟通或不理解，也恰恰是作者着力揭示的客观存在的矛盾。此种"难以沟通"，不正是儿童的内心世界与大人们的内心世界之间格格不入的象征吗？此外，"沙漠"则是世界上人烟稀少的净土，是脱离尘世污染的人间天堂的象征。这种环境最适合人们进行反思和遐想，从而完成现实与想象的交融和转换。"小王子之死"象征着纯朴的心灵与圣洁的沙漠之融合，象征着从错综复杂、荒诞无稽的人际关系中的超然解脱。同时，"小王子之死"是地球上成千上万个像"莫扎特一样的天才"受到"现代文明"摧残而夭折的象征，也表达了作者对人类"童年"消逝的无限怅惘和感叹。[1]

《小王子》看似平淡的叙述、简洁的表现手法与深邃的象征、深刻的哲理之间形成了强烈的反差，也使这部作品拥有了一种可以持久品味的魅力。事实上，当 1943 年《小王子》在美国面世时，全世界还处于烽火连天、血肉横飞的战火之中，虚无缥缈中的小王子在找寻什么，谁会多去理会呢？随着岁月的推移，《小王子》的寓意在严酷的现实中愈来愈明显。茫茫宇宙中，目前知道只有一个星球住着人，人的感情也全部倾注在这个星球上。在这个孤独的星球上，人既坚强而又脆弱，文明既可长存又易毁灭，这要取决于人类是否好自为之。[2] 作品所表达的对于人类及其文明的深邃的思索，无疑值得人们长久地品味和反思。

今天，《小王子》已成为圣-埃克苏佩利最著名的一部作品。它已经被译成了近 50 种文字，几乎象征着人类共同的语言；许多西方国家将它选入教科书，使之成了青少年的必读书籍。当圣-埃克苏佩利驾机消逝于蓝天的时候，他把《小王子》永远地留在了人间，留给了所有的孩子和"长成了大人的从前的那个孩子"。

## 第二节　马塞尔·埃梅

马塞尔·埃梅（Marcel Ayme, 1902—1967）出生于法国东北部汝拉山区的儒瓦尼镇。父亲是铁匠，因为子女多，家境很贫寒。埃梅两岁丧母，由外祖母抚养成人。他中学毕业时成绩优良，本想进理工科大学深造，不料因病中止了学业。后来自谋生计，先后当过兵，学过医，做过小贩、银行职员、保险公司经纪人、营业员、泥水工、清洁工、影片中的群众演员、报纸编辑等。1925 年，他开始了文学创作生涯，一生著作等身，其中长篇小说主要有《陈尸台》（1928, 获泰奥弗拉斯特-

勒诺多文学奖）、《绿色的母马》(1933)、《秘密牛》(1939)、《美丽的画像》(1941)、《吞婴蛇》(1943)、《小学生之路》(1948)等；中短篇小说集则有《画图井》(1932)、《穿墙记》(1943)等。在这些作品中，以《绿色的母马》最为著名，它是第二次世界大战之前最畅销的小说之一。据统计，埃梅在成人文学创作方面的作品计有长篇小说17部，中短篇小说集9部，此外还有戏剧10种，评论2部。

埃梅被认为是20世纪最具独创性的法国作家之一。他生前没有引起足够的重视，死后声誉却愈来愈高。据80年代的一项调查，在法国现代作家中，埃梅是最受青年读者欢迎的十位作家之一。他的作品文笔洒脱，想象力极为丰富，往往以怪诞离奇的故事，讽喻现实生活的荒谬，表面上是无稽之谈，实际上给人以强烈的现实感。埃梅的不少作品是以梦和幻想为题材的。因此，他的有些成人文学作品从表现手法上可以说与童话艺术仅有一纸之隔。也许，正是这种独特的艺术创作气质，使埃梅为20世纪的法国童话作出了同样独特而又重要的艺术贡献。

埃梅的童话在数量上虽然无法与他的成人文学作品相比，但就其质量和影响力而言是绝不逊色的。这些作品主要收集在《捉猫猫游戏童话集》(1934)中。这部童话集由于深受欢迎，于1950年、1958年还分别出版过续集和末集。

《不列颠百科全书》中的"儿童文学"条目在谈及法国1930年至1940年间的儿童文学时认为："1934年，马塞尔·埃梅写出了奇迹般的童话的第一部分。这是叙述两个女孩和一批会说话的动物一起历险的故事。这些严肃的喜剧故事收在《捉猫猫游戏童话集》中。他和布仑霍夫、富歇一起，使这个十年成为法国儿童文学的重要时期。再也找不出可以同这十年相提并论的时期了。"这样的判断，当然是有其根据和道理的。

《捉猫猫游戏童话集》共收有 17 个彼此有联系而又各自独立成篇的短篇童话故事。这些童话都以两个小姐妹德尔菲纳和玛丽纳特为主人公，描写了姐妹俩与父母和农场的鸡、鸭、猫、狗、猪、牛、马、驴等家禽家畜乃至狼、狐狸、野猪等动物之间发生的一个个生动有趣的故事。埃梅写作这些故事的最初动机源自对于小女儿弗朗索瓦兹的一片父爱之情，而且，他以女儿为原型，塑造了故事中的小姐妹俩，不过，从创作的精神源头探寻起来，我们会发现作者早年生活的经验和印记对于其童话创作的影响。埃梅很小时就被寄养在了外祖父家。村子旁边有一片大树林，外祖父家有瓦厂、耕地和牧场。尽管母亲早逝，家境贫寒，不幸的阴影笼罩着埃梅的童年，但是，那宽阔的树林、牧场和有趣的田园生活在他的童年记忆中留下了深深的印记。恰如康·巴乌斯托夫斯基在《金蔷薇》中说的那样："在童年时代和少年时代，世界对我们来说，和成年时代不同。童年时代阳光更温暖，草木更茂密，雨更丰沛，天更苍蔚，而且每个人都有趣得要命"；"对生命，对我们周围一切的诗意的理解，是童年时代给我们的最伟大的馈赠"。埃梅童话中所描写的森林、小溪、山谷、牧场、居室、庭院、学校、家禽、动物等及其所散发出的清新旷野气息和乡居生活气息，无不与作者早年的观察和体验有关。当然我也想说，这些童话的艺术构成不仅仅来自或依靠单纯的生活素材积累，而且还融入了作者独特的艺术想象和创造成分。

从童话艺术的角度来分析埃梅童话，下列诸项是格外值得我们注意的：

一、埃梅的童话作品继承了塞居尔夫人《驴子的回忆》所开创的以具体写实的手法描绘儿童现实生活、辅以灵巧的幻想手法制造童话意趣的创作方式，并将现实与幻想的融合艺术推到了一个新的堪称完美的阶段。

　　传统童话所描述的生活内容绝大多数是远离儿童现实生活的虚构故事。近代法国童话在描绘儿童日常生活形态并以之为主要表现内容方面作过了不同程度的努力，埃梅童话的出现可以说使这种努力达到了一个成熟、完美的艺术阶段。他的童话描绘的是儿童日常生活中的学习、游戏和生活故事，具有很强的生活化的叙事风格，同时，作者又将儿童世界、成人世界、动物世界自然地融为一体，将现实人的世界与拟人化的世界、写实手法与幻想手法巧妙而自然的衔接、熔铸为一个童话艺术整体。因此，埃梅童话与整个现代童话更贴近儿童的心理、更贴近儿童生活的艺术发展趋向是一致的。

　　我们来看看《图画引起的风波》这篇作品。玛丽纳特过生日时，一位叔叔送图画颜料给她作礼物，可爸爸妈妈不愿小姐妹俩到处涂抹，不准她们画画，而让她们去干许多活儿。在鸭子等的帮助下，姐妹俩到了牧场上去作画。她们给驴子画了一个侧面像，只画了两条腿；两头白牛请她们画像，她们说牛身子是白色的，画不出，因此只画了头和角。姐妹俩又分别用一张纸和半张纸画公鸡和马，结果马画得比公鸡还小。驴、牛、马都很生气，渐渐地它们都变成了这副模样：驴只有两条腿，牛隐去了身子，马的身体缩得比公鸡还小。爸爸妈妈回来见状急忙去找兽医。小姐妹也十分着急，最后，在鸭子和动物们的配合下，它们终于在父母和兽医赶来之前全部恢复了原状。

　　在这篇作品中，整个故事是极度荒诞、夸张的，但作者对儿童心理、行为等的描述又是极为细腻、逼真而传神的；故事的表层神奇而怪异，但其内在的冲突与演变又颇具一种情理上的真实——因此，埃梅童话植根于现实而又超越现实，表现出一种以现实启动幻想，以幻想激活现实的独特、成熟的童话艺术策略。

二、埃梅童话成功地塑造了众多富有鲜明个性的栩栩如生的动物形象。这是构成其童话意趣的一个重要的艺术来源。

在法国儿童文学史上，动物一直扮演着极为重要的艺术角色。从《列那狐的故事》、拉封丹的《寓言诗》到贝洛笔下的狼外婆、塞居尔夫人塑造的驴子等等都是如此。埃梅继承了这一传统，他笔下的家禽和野兽都被拟人化了。它们不仅是孩子们的好朋友，而且有思想、通人情、懂道德、能说会道、具有鲜明的个性和迷人的情趣。例如猫一搔耳朵天就要下雨（《会搔耳朵的猫》）；猪拼命节食，奢望长得像孔雀一样美（《孔雀和猪》）；牛有了学问，就不肯再干活了（《有学问的牛》）；狼企图变得善良可终究本性难移（《学做游戏的狼》）……而且，作者笔下的动物形象往往还具有一种震撼人心的力量。如《心地善良的狗》中，狗把自己的好眼睛换给了盲眼主人，自己眼睛瞎了；猫又主动提出把好眼睛换给狗，因为狗有了好眼睛后，在家里干活时比它起的作用大；狗呢，知道眼睛瞎了很不方便，宁肯自己受痛苦也不愿把瞎眼睛换给猫。在这里，动物的故事中分明寄寓着作者对于人间那种自我牺牲精神和博大情怀的赞美，而动物的形象及其精神也在这种人世间的比照中得到了升华。

三、埃梅童话具有浓郁的情趣和高超的幽默艺术技巧，显示出十分地道的幽默艺术智慧。

埃梅童话在故事构思、形象塑造、语言表达等方面，都表现出一种对于儿童天性、童话美学天性的深刻理解和艺术创造能力。例如《一场虚惊》中，奶牛科纳特及牛群先后失踪。在侦破案情的过程中，猪认为"贼都是一些穿着褴褛的人"，并对吉普赛人乱加怀疑，结果不仅挨了一顿打，连自己也被扣压了。而善于观察和思考的鸭子根据种种线索，进行分析推理，最终破了案，教训了偷奶牛的农场主，领回了奶牛。整篇作品故事情节安排得生动有趣，引人入胜。在形象塑造上，埃梅善于通过对话和行为描绘，来入木三分地刻画形象。请看《孔雀和猪》中的一段精彩对话：

> 小姐妹指着猪回来的方向叫道："彩虹，啊，它真美！"
>
> 猪扭过头，满以为小姐妹在赞扬它开屏了，得意地说："瞧啊，我开屏了！"
>
> 爸爸妈妈说："算了吧，丑剧该收场了。进你的圈去吧，时候不早了。"
>
> "进去？"猪反问道，"你们没瞧见我这羽尾太大进不去吗！进院子倒还勉强，从这两棵树中间是怎么也穿不过去的呀！"
>
> 小姐妹友好地说："你把羽毛收拢，不就穿过去了吗！"
>
> "啊，对呀。"猪说，"我倒没想到。这也不难理解，羽尾刚长出来，我还不习惯……"

在这里，对话构成了对猪的一种尖锐、辛辣的讽刺性幽默，同时也巧妙地突出了猪的愚蠢和可笑的特征。

埃梅的童话语言也是极为生动传神的。比如根据贝洛的《小红帽》故事重新构思、创作的《学做游戏的狼》中的例子：狼来到了小姐妹家的篱笆后面，"耐着性子窥视着房屋的周围，它终于满意地看到小姐妹的爸爸妈妈走出了厨房"，"便一瘸一跛地沿房屋周围绕了一圈，发现房门都关得紧紧的。在猪圈和奶牛圈那边，它是毫无指望进去的。这类家畜呆头呆脑，无法说服它们，叫它们上当受骗。于是，狼在厨房门口停下来，抬起前脚爪，踩在窗台边，向屋里张望"。当小姐妹发现了狼后，狼一再伪装善良却又忍不住露出了凶残的本性——"狼明白吓人的话说多了不起作用，它就转而央求小姐妹原谅它的感情用事。它说这话的时候，目光温柔，两耳低垂。它还把鼻子紧贴窗玻璃，使它的嘴变得又扁平，又柔和，看上去就像奶牛的嘴唇"。对于埃梅童话的幽默艺术包括语言艺术，曾有评论者给予了热情的评价。贡扎洛·特吕克在《法兰西行动》杂志上撰文认为："马塞尔·埃梅先生的语言饶有趣味，简洁明了，具有他独特的风格，他将诙谐、同情、准确和轻快的诗意自然而然地同语言融为一体。他使好奇的人感到乐趣，对哲学家产生吸引力，给道学家弥补了不足，让上流社会中有教养的人哭笑不得。人们发现他是他同时代的最好作家之一的时候大概到了。"夏尔·普利斯尼埃 1937 年在《比利时独立报》上撰文更明确地指出："为成人写《绿色的母马》和其他十分幽默的小说是一回事情，写《捉猫猫游戏童话集》又是一回事情，善于对儿童讲话的人是再稀少不过了，马塞尔·埃梅先生在这方面是做得令人赞赏的。"[3] 是的，每一个阅读埃梅童话的读者，都会被其作品机智轻巧、婉而多讽的幽默风格所陶醉的。

四、埃梅童话继承了法国童话重视道德教育的艺术传统，具有鲜明的道德倾向，同时又避免了简单化的非艺术的道德说教，构成了别具一格的"严肃的喜剧"。

埃梅在童话创作的选材和主题表达等方面，十分注重给予儿童的作品在思想内容上应当具有的道德上的纯净感。他在为自己的童话集所写的前言中曾有过这样的表白："我的童话是没写爱情，没写金钱的浅易故事。好几个大人读过我的童话，写信告诉我说，这些童话并不比任何其他作品更叫他们厌烦。今天，我对此十分满意，因为一本使成人厌烦的书，也会使儿童厌烦。"[4]

除了选材上的严谨之外，埃梅童话在主题意蕴的挖掘和表达上也显得深刻而富有力量。在名篇《会搔耳朵的猫》中，小猫施展其一搔耳朵就下雨的神奇本领两次帮助了处于困境之中的小姐妹，而小姐妹则和其他朋友一起救出了身陷绝境的小猫。作品中的这一情节是令人难忘的：爸爸妈妈气恼之下要淹死小猫，而小姐妹和猫彼此都为别人的安危着想——猫宁愿被扔下河淹死，也不让小姐妹受罪；小姐妹宁愿被送到可怕的麦莉纳婶婶家去受罪，也要救猫的命。这篇童话与前面提到过的《心地善良的狗》一样，主题都具有一种动人的崇高感。从整体上看，埃梅的童话作品大多具有严肃庄严的寓意。当这些寓意与埃梅的幽默艺术结合在一起的时候，它们就避免了可能陷于说教的艺术陷阱，而成为一种愉快的教育或"严肃的喜剧"。

除了《捉猫猫游戏童话集》外，埃梅还有另外一些童话作品也是十分著名的。如《七里靴》就是流传很广、影响颇大的一个童话名篇。

在法国以及其他法语国家和地区，埃梅童话早已成为脍炙人口的畅销书。不少国家将其中的某些童话选为中小学教材。法国评论界也给埃梅童话以很高的评价，认为埃梅的童话再现了拉封丹动物寓言的风格。安德烈·卢梭1938年在《费加罗报》上发表文章说："如果评选讲故事王子的风尚犹存，桂冠应该属于马塞尔·埃梅。"法国已将埃梅的部分童话故事搬上了银幕，并以《传奇生涯》为片名，为埃梅摄制了一部介绍其文学生涯的传记影片。世界上其他许多国家也陆续翻译介绍了埃梅童话。1984 年，在巴黎大学举办了题为"马塞尔·埃梅和他的时代"的国际学术讨论会，来自法国各地以及西班牙、英国、荷兰和非洲的学者出席了大会。由此可见，埃梅及其创作的意义并未随着时间的流逝而消失，反而日益引起人们的重视。同样，他对 20 世纪法国童话创作的艺术贡献，也必将引起人们愈来愈多的重视。

## 第三节　勒内·吉约

勒内·吉约（Renè Guillot, 1900—1969）是迄今为止唯一获得过每两年颁发一次的世界儿童文学最高奖——安徒生奖的法国作家，那是 1964 年的事情；吉约的名字因此在 20 世纪法国儿童文学发展历程中具有了某种特殊的意义和分量。

勒内·吉约出生于法国西部的圣东日县。他在大学里念的是数学专业。毕业后，他于 1925 年去非洲的塞内加尔，在达喀尔市当中学教师。此后，他还在苏丹居住过。他在非洲一直待到 1950 年。在非洲的 25 年间，吉约经常利用假日到非洲腹地旅行，足迹遍及尼日尔河流域、象牙海岸、苏丹和乍得湖等地。他同当地人一起打猎，一起驯养野兽，见到听到了许多动物真实的生活情况，也收集了许多民间故事和传说。他在非洲时已经开始写小说，但还不是写儿童文学作品。不过，在非洲的长期生活，在那里获得的狩猎经验和丰富的自然、人文知识，加上他诗人的气质，都为他后来从事儿童文学尤其是动物故事的创作，打下了深厚的基础。

1950 年，吉约回到了法国，并在巴黎的一所中学担任数学教师，同时开始为孩子们写作。他写的第一本儿童文学作品《象王子萨马》(1950)获得了法国"少年文学奖"。此后，他陆续写了多种儿童文学作品。其中主要有《米歇尔·桑唐雷奇遇记》(1951)、《我的野兽朋友》(1952)、《小公主》(1953)、《一千零一头野兽的故事》(1953)、《独角兽的传说》(1954)、《豹子克波》(1955)、《大象之路》(1957)、《格里什卡和他的熊》(1958)、《驯象大师》(1959)、《三个女孩和一个秘密》(1960)、《丛林王子》(1960，中译本名为《丛林虎啸》)、《乘气球旅行》(1962)、《无人知晓的星球》(1963)、《大象的大地》(1963)、《小狗的圣诞节》(1965)、《小鸟的屋子》(1966)等。

吉约的作品里的重要角色是动物和孩子。他描写过非洲动物，还有北极等地方的动物，描写过一个个关于儿童与动物之间的友谊故事。吉约笔下的动物，也像英国作家吉卜林笔下的动物一样，能思考、会说话，同时这些动物形象同样不是披着兽皮的人，它们有自己独特的思考方式和行动方式。吉约相信，人和动物，尤其是儿童和动物之间有一种心灵感应的亲缘关系。这使他的作品产生了独特的魅力。从体裁特征看，吉约的动物文学作品介于童话和小说之间，既有童话的拟人和荒诞手法，又保留了小说丰富的写实特性。

1958 年出版的中篇作品《格里什卡和他的熊》是勒内·吉约的代表作之一。吉约曾创作过一套关于少年格里什卡和动物之间友谊的作品，这是其中的第一本。在这部作品中，作者充满深情地描绘了小主人公格里什卡和小熊迪迪之间的动人友谊。迪迪是格里什卡救助并带回图什凯纳人聚居的摩尔克沃小村子里的一头小熊。可是，一年后，当狩猎季节又到来的时候，按照风俗，迪迪将成为祭品而被杀死。与迪迪建立了深厚友情的格里什卡在一个深夜带领小熊逃离了部落，去熊群里生活。熊群友好地接纳了他们。格里什卡和迪迪一起睡在岩洞的草铺上，一同寻找浆果和野蜂的蜜汁。为了保证与熊群一起生活的孩子的安全，图什凯纳部落的人们禁止狩猎迪迪氏族所属的黑熊部落。后来，他们在格里什卡的父亲奥尔索克的指挥下搜索丛林。熊群受惊扔下迪迪和格里什卡逃走了，男孩只好带着小熊跑向黑森林的边缘。匆忙中格里什卡掉进了陷阱。迪迪想尽办法也没能把昏迷的朋友救上来，它发疯般地冲向围猎的人们，有意将猎人引向陷阱附近。一个莽撞的猎人射伤了它的大腿，可它仍然努力把猎人们引到它朋友躺着的陷阱那儿。人们终于发现了格里什卡，把他从陷阱里救了出来。迪迪惊喜之余，害怕人们再伤害自己。它痛苦地轻轻叫着，慢慢地钻进森林找它的熊群去了。苏醒过来的格里什卡仍在呼唤着迪迪。图什凯纳人此后仍然在山里打熊。有褐色的熊，有灰色的熊，但他们再也不打黑熊，因为它们属于格里什卡的小熊朋友迪迪的氏族。泰加森林的猎人们还通过了一项公约：在这个地区，以后只许人们管黑熊叫"格里什卡熊"。作品在生动感人的叙事中还融入了关于西伯利亚北极地带的风土人情、泰加森林和图什凯纳人的神秘习俗以及北极奇特的自然风光等的细腻描述，使作品充满了原始而古朴的北极情调。

在《丛林虎啸》这部长篇作品中，作者则把读者带入了古老的印度丛林之中。作品讲述了这样一个故事：古代印度恒河边有一个叫江国的小王国，国王被人谋杀了。依照江族的传统，新国王要从 12 名 15 岁左右的贵族少年中产生，谁要是能只身在丛林中接受三个月的考验，让兽王老虎选中，并和它缔结盟约，人民就推举他为国王。新故国王的王子拉阿尼因此而深入丛林。他熟悉野兽的习性，不仅在猛兽出没、随时会有生命危险的丛林中生存下来，而且与猕猴、野牛和大象等交上了朋友。后来他救出了老虎萨尔卡，与它一起出猎，被丛林和江国人民公认为江国国王。拉阿尼还机智地战胜了大祭司派来的刺客。并以自己的行为感动和降服了与之争夺王位的对手姚里克。最后，他率领象群击溃了进犯江国的敌军。吉约在作品中还生动地描绘了大自然和动物界中的许多壮观的、惊心动魄的场面，如群象争王、鼠钻象鼻、野牛迁移、灰猴群居、红蚁洪流等等，使作品富于浓郁的自然气息和传奇色彩。

在另一部更富有传统童话意味的作品《小鸟的屋子》中，人和动物的沟通仍然是构成作品艺术魅力的不可或缺的因素。一位王后失去了心爱的儿子——小王子后，陷入了极度的悲伤之中。仆人们千方百计设法让王后从痛苦中解脱出来。他们先是把一只小鸟说成是王子的化身，后来又将森林里一对砍柴夫妇收养的孤女玛丽娜打扮成小王子来安慰王后。小鸟和玛丽娜都尽心尽力让王后快乐。小王子在小鸟及其同伴的帮助下，终于回到了王宫，与王后团聚。

英国儿童文学评论家马克斯·克罗彻曾经评论说，吉约"作为故事作者，作为冒险家，作为哲学家，几乎要比同时代的作家高出一筹"[5]。我们暂且不管这个评论对于同时代的其他作家说来是否公平，克罗彻的这个概括倒是点出了吉约作品的主要魅力之所在。

首先，吉约的作品从题材到手法都具有一种吸引小读者的魅力。当动物频频成为他作品中的主人公时，这种独特魅力就已经开始显示了出来。孩子们认为动物"比神话中的仙女要更真实可信"；他们希望通过动物世界来了解、认识人类世界。吉约作品深受小读者喜爱，这种题材上的选择也许已经占有了一种艺术上的先天优势。同时，吉约拥有长期任教的经历和长期在自然界观察、生活的体验，因此他对动物以及动物与儿童的交流描写便显得格外生动形象、妙肖传神，加上他的文笔简洁流畅，作品细节描述细腻独特，使其作品在艺术上也获得了相当的成功。

其次，吉约的作品展示的常常是非洲腹地、北极地带、恒河岸边那些奇特的自然风光、神秘的风俗民情和精彩的人与动物的历险故事。这一切对于生活在其他地域和现代文明环境中的读者尤其是小读者来说便具有了一种引人入胜、扣人心弦的冒险性质。因为孩子们往往都是向往那些非凡的、独特的事物，喜欢沉醉于那些惊险的、紧张的故事述说之中的。吉约虽然不是一个纯粹的冒险家，但他几乎拥有与冒险家一样的传奇经历，加上他独特的想象力和创造力，这就决定了他的作品不同于一般动物文学而具有了一种独特的冒险精神和气质。

最后，在对人与动物、人与自然的神奇故事的描述中，吉约的作品总是透露着作者对于人类及其赖以生存的整个世界的富有哲学意味的思考。例如，在《格里什卡和他的熊》中，作者把一个少年与一头幼熊互爱、互助、互救的故事描述得楚楚动人。在这个故事中，格里什卡救助并十分爱护小熊迪迪，而迪迪也以其独特的灵性、忠诚和人情味温暖、救助了自己的朋友。在这里，孩子与小动物的交往已经超越了他们之间的障碍，这无疑是作者艺术理想的体现。而且，作品中所描述的动物世界似乎也不像人类社会中的某些人那样冷酷寡情、出尔反尔，作者以此表达了对人类社会某种弊端的批判意识。在作者看来，人与动物是朋友，人应当与大自然中的一切生命友好相处。这种思想无疑与 20 世纪人类逐渐形成的新的人与自然应和谐相处的观念、生态观念、生存意识等等是相互呼应和统一的。

除了动物文学创作之外，勒内·吉约还以其丰富的学识和勤勉的写作精神，为孩子们写作了《拉露斯儿童百科全书》(1956)、《荆棘丛林全书》(1964) 等六部少年百科类的著作，流传也十分广泛。

## 第四节　欧仁·尤涅斯库

欧仁·尤涅斯库 (Eugène Ionesco, 1912—1994) 出生于罗马尼亚，母亲是法国人，父亲是罗马尼亚人。他幼年时随全家迁居法国，1925 年返回罗马尼亚上学，后取得法语学士学位后，在布加勒斯特任教，并开始发表作品。1938 年，他因为要准备一篇关于法国诗歌的论文，到了法国，从此再也没有离开。

尤涅斯库是 20 世纪法国荒诞派戏剧大师，有着"20 世纪最有影响的先锋派戏剧家""荒诞戏剧之父""荒诞派的经典作家"等许多美称。他一生用法语创作了 40 多部戏剧作品，重要作品有《秃头歌女》1950)、《椅子》(1952)、《犀牛》(1960)、《国王正在死去》(1962)、《提皮箱的人》(1975) 等等。据说，他的戏剧才能是偶尔发现的。在学习英语时，他发现人物对话中那些陈词滥调全是以固定的方式、庄严的声调发出来的，不禁大笑起来。于是他把这种平庸的日常用语极度夸张，推到荒谬程度，写出了他的第一部自称为"反剧本"的戏剧《秃头歌女》。不过，尤涅斯库戏剧创作的背景却是极为现实而深刻的。他的剧作都表达了他的看法："人生是荒诞不经的"。在创作手法上，他极力突破传统的戏剧形式，将笔下人物抽象化、符号化，借此揭示现代人精神生活的空虚和互不理解；有些戏剧表现手法与童话的传统艺术手法颇为相似。如《犀牛》描述一座城市里除了一个主人公外，所有的人都变成了犀牛，作品以此描绘现实的荒诞、人格的消失、人生的空虚绝望，以及人在物的绝对统治之下变成犀牛的"异化"过程。尤涅斯库还十分重视舞台效果，充分调动一切舞台手段，如道具会说话、演员模拟木偶的机械动作等，以突出其剧作的荒诞色彩和意味。

我们注意到，这种种荒诞意味从美学品格上说，与童话的荒诞艺术是颇为接近的。那些在成人艺术中被视为怪异独特的表现形式，在儿童美学（还有民间美学）中早已天然地存在着了。当然，两者产生的精神背景是不同的，前者是当代西方社会精神危机的一种曲折的艺术反映，后者则是儿童心理和精神特征的一种合乎逻辑的美学表现。1970 年，尤涅斯库被选为法兰西学院院士。1994 年 3 月 28 日，尤涅斯库在法国去世。这一消息不是由他的妻子而是由法国文化部宣布的，这一形式本身也显示了尤涅斯库在法兰西民族心目中的重要地位。

作为一代戏剧大师，尤涅斯库也与许多著名作家一样，为儿童创作文学作品。他从 1969 年开始陆续发表的《给三岁以下孩子们的故事》是一组以不满 3 岁的幼儿若赛特为主人公的系列幼儿童话故事。作者分别为这组故事编了号，即《故事 1》（1969）、《故事 2》（1970）、《故事 3》（1973）、《故事 4》（1976）。虽然尤涅斯库为孩子们写的作品从数量上说并不多，但他的这组作品十分别致有趣，同时又举重若轻，在平易而浅显的叙事中蕴含着耐人寻味的意趣和哲理，显示了名家手笔不同寻常的艺术功力。

这组作品的主要人物是小若赛特和爸爸，此外还有妈妈、保姆等人物。从表层看，作品反映的是现代家庭教育中所存在的种种问题：孩子纯真好奇，可是父母们因为自己的事务和娱乐等等耗尽了精力，于是，对待孩子的教育便变得漫不经心、敷衍塞责。在《故事1》中，爸爸妈妈因为前一天"去过剧院，去餐馆，餐馆之后又去看木偶戏"，累得不想动弹，第二天早晨，面对若赛特希望"讲个故事"的请求，爸爸竟讲了这样一个搪塞胡诌、匪夷所思的"故事"："从前有个小姑娘叫雅克琳……但不是雅克琳（若赛特家的保姆也叫雅克琳——引者注），这个雅克琳是个小姑娘。她的妈妈叫雅克琳太太，小雅克琳的爸爸叫雅克琳先生，小雅克琳有两个姐妹都叫雅克琳，两个小表兄弟也叫雅克琳，两个表姐妹也叫雅克琳，一个叔叔和婶婶也都叫雅克琳，这个叫雅克琳的叔叔和婶婶的朋友也叫雅克琳先生和雅克琳太太，他们有一个叫雅克琳的女儿和一个叫雅克琳的儿子，那女儿有三个娃娃，他们叫雅克琳、雅克琳和雅克琳。小男孩有个叫雅克琳的小伙伴和叫雅克琳的木马，还有一些叫雅克琳的铅人小士兵。有一天小雅克琳和雅克琳爸爸、雅克琳哥哥、雅克琳妈妈到布劳涅森林去，在那里，他们遇见了他们的朋友雅克琳一家，管着女儿雅克琳、儿子雅克琳和铅人士兵雅克琳，以及三个娃娃雅克琳、雅克琳和雅克琳。"而纯真的小若赛特却并不了解爸爸的敷衍和不耐烦的心理，仍然天真地接受了这个故事。当她随后跟着保姆上街买东西，在一家小店遇见一个恰好叫"雅克琳"的小姑娘时，她对小姑娘说："我知道，你爸爸叫雅克琳，你的弟弟叫雅克琳，你的娃娃叫雅克琳，你爷爷叫雅克琳，你的木马叫雅克琳，你的房子叫雅克琳，你的小罐子叫雅克琳……"结果令小店里所有的人都瞪起了吃惊的大眼睛！

在《故事2》中，爸爸在回答若赛特提出的"你跟电话机说话吗"这个问题时，故意混淆事物约定俗成的命名，把电话机说成是奶酪，然后又是一顿胡诌："因为奶酪不叫奶酪叫音乐盒，音乐盒叫地毯，地毯叫灯，天花板叫地板，地板叫天花板，墙叫门"。还有，椅子是窗户，窗户是笔筒，枕头是面包，面包是床前小地毯，脚是耳朵，手臂是腿，头是屁股，屁股是头，眼睛是脚趾，脚趾是眼睛……于是，若赛特也学着爸爸的样子说：

"我一边吃着我的枕头，一边从椅子向外看，我打开了墙，用我的耳朵走路，我有十个眼睛用来走路，我有两个脚趾为我观看，我把头坐在地板上，把屁股放在天花板上。当我吃八音盒的时候，我把果酱涂在床前小地毯上……"

最后，当妈妈回来时，若赛特迎上去说："妈妈，你把墙打开了。"[6]

在这些作品中，作者对幼儿心理特质和个性特征的把握、描述是十分精彩的。小若赛特天真可爱、具有很强的好奇心和求知欲，同时，她接受能力强、吸收极快、善于模仿，但又真假莫辨，对错不分。正因为如此，她的品性就更显得纯真洁净、一尘未染，就更加惹人怜爱。

另一方面，爸爸讲的"故事"也好，一番"胡扯"也好，从幼儿童话的美学效果上来看，都造成了很强的游戏性和形式感。如《故事2》中爸爸的"胡扯"和若赛特的模仿，都造成了一种类似于中国传统儿歌中的颠倒歌那样的极富诙谐、幽默意趣的叙事效果。颠倒歌的特点就是把日常事物、景物等的特征、关系、顺序等故意颠倒过来叙述，或把自然界和社会生活中不可能发生的情况、现象加以活灵活现的描述、渲染，从而给人一种荒唐、古怪、滑稽的感觉，并在轻松的气氛中引人发笑、让人快乐。这种形式特别符合儿童好奇、快乐的天性。尤涅斯库根据幼儿的语言能力和心理特点所创造的这种具有绕口令、颠倒歌特征的幼儿童话叙事形式，不仅与传统儿歌（欧洲也有类似的传统儿歌样式）构成了一种美学上的默契，而且对于幼儿童话的美学创造，更是一种宝贵的贡献。

不过，仅仅看到作品对幼儿心灵世界的描绘及其在童话形式美学上的独特感还是不够的。尤涅斯库的这些作品，的确还蕴含着更耐咀嚼的意味，具有一种内在艺术思维上的发散感和开阔感。

从人物关系所构成的矛盾看，这些作品揭示了两种人类精神品质和状态的对峙和冲突。一方是天真无邪、充满好奇和活泼的童年精神状态，一方则是漫不经心、疲惫倦怠的成人精神状态。不幸的是，在这种对峙、冲突中，成人精神总是处于强势和主导地位；这里暗暗透露了作者的某种焦虑、无奈的心境和感受。

从作品构成的心理和社会背景看，这些作品也在一定程度上反映了当代社会中人类精神本身的荒诞、无序、贫乏、虚幻状态。在我看来，《故事1》揭示的是一种荒诞的精神现象，《故事2》展现的则是一种无序的精神格局，而《故事3》通过父女俩共同编撰一个生活故事的描述，反映了当代人（主要是成年人）想象能力的匮乏，《故事4》则通过父亲的一个个谎言的编织及其被"揭破"，反映了当代人精神存在的虚幻状态。

因此，在浅显好玩的故事中，作者实际上把一些十分凝重的思索和主题交给了读者。

尤涅斯库童话被认为是近二三十年来法国新童话（哲理童话）创作的代表作之一，是有道理的。弗朗索瓦·卡拉德克在其《法国儿童文学史》（1977）中是这样谈到尤涅斯库童话的：他的童话是"令人感到兴趣的"；"他的这些作品是要高声朗读的童话，而且是围绕着一个主题并且用各种手法写出来的真正的童话"。

---

注　释

[1] 关于《小王子》的象征艺术，参见胡玉龙：《〈小王子〉的象征意义》，《外国文学评论》1998 年第 1 期。

[2] 参见马振骋：《圣－埃克苏佩利的生平与作品》，见《空军飞行员》，北京：外国文学出版社 1991 年版。

[3] [4] 转引自黄新成：《一部不易多得的儿童佳作——〈捉猫猫游戏童话集〉》，见四川外语学院外国儿童文学研究所编《外国儿童文学研究》，南宁：广西人民出版社 1989 年版。

[5] 转引自王石安：《现代法国儿童文学鸟瞰》，《儿童文学研究》1990 年第 5 期。

[6] 欧仁·尤涅斯库：《给三岁以下孩子们的故事》，见张良春编选：《鲁滨逊和孤岛》，长沙：湖南少年儿童出版社 1992 年版，第 256–257 页。

# 第十章　重要作家（下）

## 第一节　保尔·阿扎尔

20 世纪是儿童文学研究开始作为一个独立的学科兴起并获得较大发展的时代。谈到法国对世界儿童文学研究方面的贡献，法国人只要举出阿扎尔的名字，似乎就可以令他们感到安慰甚至自豪了。

保尔·阿扎尔（Paul Hazard, 1878—1944）是法国著名的文学史专家、比较文学学者。他出生于法国边境靠近比利时的一个小村庄，1903 年毕业于高等师范学校，1910 年以学位论文《意大利文学中所反映的法国革命》获得博士学位。1911 年，阿扎尔担任了里昂大学的比较文学教授，三年后应聘到巴黎大学执教。1925 年到法兰克大学讲授近代文学。1932 年至 1941 年间，他每隔一年便前往美国讲学半年，并在 1940 年获得了哥伦比亚大学授予的名誉文学博士学位，同年入选为法兰西学院院士。

作为一名学者，阿扎尔涉足的学术研究范围主要是文学史和比较文学领域。他曾是法国文坛权威性刊物《比较文学杂志》的主编；他一生中最重要的作品是 1935 年发表的一部以文学为研究文献的精辟的心理思想史《从 1680 年至 1715 年欧洲意识的危机》。在此前后，他先后出版过《司汤达传》（1927）、《18 世纪欧洲的思想，从孟德斯鸠到莱辛》（1946）、与约瑟夫·贝迪埃合著的《法国文学史》等。此外，他还写了一些中短篇小说和一部感人的长篇小说《妈妈》。

作为一位著名的学者，阿扎尔以其开阔的文学视野、丰沛的艺术才情、独特的美学识见，为 20 世纪世界儿童文学理论宝库留下了一部重要的学术著作《书·儿童·成人》（1932）。这部著作问世以来一直受到国际儿童文学界的重视，是一部被广泛引用并被奉为经典的理论作品。而且，它与加拿大女学者利利安·史密斯的《欢欣岁月》一起，"在国际上，被誉为儿童文学理论著作的双璧，世界各国的儿童文学思想，都脉脉地穿流着他俩阐扬的观念，以及叙说的文学技巧。数十年来，世界各国尽管在政治上的意识形态有很大的差异，但对儿童文学的看法，却大同小异，并且一致推崇这两位开创新观念，为儿童文学理论奠定了深厚根基的学者"[1]。

阿扎尔能够为后人、为儿童文学学术宝库留下这样一部著作，除了他过人的学识和才情之外，与他严谨的治学态度和扎实的学术准备也是分不开的。在写作此书之前，他曾经访问了许多作家，并仔细调查研究了各国的儿童读物；他的足迹遍及英国、意大利、西班牙、丹麦以及南美和北美洲的一些国家。因此，从表面看来，阿扎尔的《书·儿童·成人》不过是作者在儿童文学学术领域里偶尔为之的产物，但实际上，其背后依托的仍然是认真的研究功夫和深厚的学养根基。

《书·儿童·成人》的一个显著特点是其理论建构上的开阔感和贯通感。

作为一位比较文学研究的著名学者，阿扎尔对儿童文学的思考同样显示了开阔的时空意识。从时间上说，《书·儿童·成人》的作者实际上以其深邃的历史眼光，概括并透视了欧美儿童文学发展的基本历史脉络及其进程。作者在书中分析了早期历史中成年人对于儿童特点及其独特文学需求的漠视和误解，指出"大部分的成人，在长久的历史中，都无法给孩子们达成愿望。成人们写的书，总是记载着成人自己的事，而且是根据自己的属性和实际的感觉去写，也就是一些知识的、伪善的书"。造成这种历史局面的原因在于，"成人有个错误的观念，那就是要孩子们早日变成自己一样的状态，也就是早日感受、达到最高的完成的境界"。作者以饱满的激情肯定了贝洛童话诞生的重大历史意义："就从这个时候开始，鹅妈妈从鹅棚和柴房飞出来，昂首阔步在巴黎的街道上了。于是先从法国的孩子，然后全世界的孩子都紧紧抓住这本书，再也不肯轻易松手了……孩子们绝对不会忘记，被野狼吃掉的可怜的小红帽，也不会忘记小拇指吧！在那感性敏锐的幼嫩的年纪里，震撼他心灵，使他永远忘不了的就是这些故事"；"贝洛带来了黎明般舒爽的气息，他的特质是怎么也说不完的，轻松而又幽默，快活又优雅"。作者正视并评述了贝洛之后的"童话的黯淡期"，并对《鲁滨逊漂流记》《格列佛游记》《木偶奇遇记》《爱的教育》等早期具有原典意味的儿童读物和安徒生等经典作家做了认真的评析。从空间上说，阿扎尔比较分析了北欧与南欧儿童文学的差异，阐述了意大利、法国、英国等国儿童文学的不同民族特色。因此，这部著作经纬编织，点面结合，其所论所述对欧美儿童文学的历史和现实（20世纪初）都具有较大的理论覆盖力。

与此相联系的是，《书·儿童·成人》融史、论、评于一体，显示了一种学科建设上的贯通感。在这部著作中，历史描述的展开中往往借助了对于那些代表性历史文本的独到评析和解读；历史文本的解析中又常常跳出具体文本而上升到对儿童文学基本观念的

310 | 311

理论阐释；而理论阐释的逻辑性又是与儿童文学发展的历史逻辑性相互关联、相互参照的。因此，阿扎尔实际上建立了一个超越儿童文学研究的史、论、评诸分支领域、具有较高度的抽象性和较广泛的涵盖力的儿童文学理论框架。因此，它对后来儿童文学理论研究全面展开的启示意义是不言而喻的。

阿扎尔之所以能够在现代系统的儿童文学研究尚处于起步阶段的30年代初写出《书·儿童·成人》这部在本学科具有里程碑意义的著作，并使自己的研究具有一种学术上的开阔感和贯通感，除了有赖于他丰厚的学识、扎实的研究和治学功夫之外，与他所常常采用的比较文学研究方法也是分不开的。在这部著作中，"影响研究"和"平行比较研究"等方法都得到了适当的采用。例如，在第四章"民族的特色"中，作者以《木偶奇遇记》《爱的教育》为例，分析了意大利儿童文学所表现出的快活的、煽情的特征；他认为法国儿童文学的特点是"论理的、机智的、社交的"，而用"宗教性、实际性和幽默"来概括英国儿童文学的特色。这些研究对于今天的儿童文学研究来说仍然是饶有趣味并富于启示性的。

《书·儿童·成人》的另一个显著特点是其轻松、机智、幽默、洒脱的理论表述方式。

阿扎尔并未沿用通常较为系统的理论著作所习惯采用的周到、严谨，以抽象论述为主的理论表述方式，而是在这部著作中采用了轻松、优美、诙谐的随笔方式，从而使这部学术性著作具有了一种清新可读的美文性质，并且争取到了更多的读者。关于这一点，《书·儿童·成人》一书的日文译者之一矢崎源九郎在"日译本后记"中有过中肯的看法。

他指出，"这本书毫无道貌岸然、艰深难解的地方，谁都能够轻松愉快地阅读"；作者的"笔锋是明朗的、俏皮的、讽刺的，使人读了觉得痛快无比。他熟练于语言文字的技巧，不管怎样的话题，怎样的冒险故事，一旦由他的妙笔来介绍，只要短短的一些字数，就能使人仿佛正浸浴在那故事中一般，活生生地在脑子里浮现故事的情景，真是不可思议！"矢崎源九郎认为，阿扎尔的生花妙笔之所以具有一种神奇的魅力，是因为他"本身写这本书时，投注了自己的欢乐和爱心。他不像别的大学者那样高高在上，昂然不可侵犯，他以诗人般优雅的风度，温馨地、热情地写成了这本书"。[2] 的确，这部著作的理论表述语言是愉快而灵动的，理论表述者的情感则是美好而投入的。例如，阿扎尔这样引出了"匹诺曹"的形象："个子小小的，喜欢蹦蹦跳跳，有时转过来，有时转过去，急速地回转着身体，他穿着花花绿绿的纸衣裳，拖着木鞋，戴着面包屑黏成的帽子，样子又奇异又可爱，他就是大名鼎鼎的木偶——匹诺曹。"他是这样分析匹诺曹最初的心灵特征的："幼嫩的心灵，柔柔软软的，轮廓也还不明晰。那是一颗很年轻、很年轻的灵魂。后来成为美德的行为，这时候只算是本能；后来成为罪恶的，这时候也只算是无心的过错。没有人深责，因为他是年轻的灵魂。"又如，他是这样描述儿童戏剧从无到有的历史过程的："当我童年的时候，很想看看古典剧，经过几番强烈的要求，总算得以走进戏院大门，想起来记忆犹新。对一般人来说，除非获得大学的入学资格，要不然不管几岁，只能望戏院之门兴叹！纵然有机会进入戏院，也不能轻松地坐上红色的椅子上，只有拘束地站在角落，算是大人放你一把，让你偷偷溜进去，然后在长着白胡须的老人监视下，默默地观赏。这样的戏院，怎会有专为孩

312 | 313

法国儿童文学史论

第十章
重要作家（下）

子演出的戏剧呢！""现在不同了，孩子们拥有相当进步的，有技巧、有艺术意味的木偶戏，可以充分地满足孩子们的需求，孩子们有自己的演员、歌星、剧本、乐团、舞者和芭蕾明星。因此在孩子们当中看戏时，总觉得自己十分笨重、过分肥胖，而且憔悴衰老。"在这样的理论表达中，作者的情感是真挚而投入的，思想的展开是形象而生动的，读者的阅读感受也变得亲切而美妙起来。《书·儿童·成人》能够成为一部广泛传播并深受欢迎的理论著作，与作者独特的理论表述风格是分不开的。

当然，《书·儿童·成人》之所以能够成为世界儿童文学批评史上的一部名著，最根本的一点还是在于它所具有的丰富的理论灵感、闪烁的思想火花和深邃的学术见解。它所涉及并阐述的许多理论观念和见解，在某种程度上成了许多后来者的思想源泉和理论出发点（尤其是在西方）。阿扎尔在书中所描述的超越时空和国界、超越一切精神隔阂的"儿童世界邦联"的景象，可以说是迄今为止人们对儿童世界特征的最美好而深刻的揭示之一。是的，在一定意义上我们的确可以说，进入儿童、儿童文学、儿童文化的独特世界，就是进入了一个充满了理解、关怀和友善、充满了爱的世界。

人们应该感谢阿扎尔，因为他通过儿童文学，让我们更加清楚地感悟到了这一点。


## 第二节 亨利·博斯科

亨利·博斯科（Henri Bosco, 1888—1976）出生于法国南部阿维尼翁城一个普罗旺斯人家庭。父亲是一名石匠兼制作弦乐器的工人。博斯科曾先后在阿维尼翁、格勒诺布尔和意大利的佛罗伦萨城读书；取得法国大、中学校教师学衔后，曾长期在法国南部和北非任教。

博斯科的处女作《皮埃尔·朗普杜兹》发表于 1924 年。1937 年发表的《驴子居洛特》开始引起批评界和广大读者的注意。他的创作以小说为主，其中《马斯·泰奥蒂姆》（1945）获得泰奥弗拉斯特-勒诺多文学奖。其他如《风信子花园》（1941）、《安托南》（1952）、《古董商》（1954）等小说，都是现实主义与幻想世界的结合体。博斯科的小说主要以写实与虚幻交替的手法，描写法国南部普罗旺斯地区的自然风光、乡村景色，以及具有古老传统信仰的农民的生活情趣，其中往往荡漾着低沉而神秘的诗情，描绘出一个与时代格格不入的农民社会。他的部分作品则描绘了北非的风土人情。

博斯科也是一位在艺术气质上与儿童和儿童文学十分有缘的作家。他为少年儿童读者写过不少优美、独特的作品，主要有《狐狸在岛上》（1954）、《孩子与河流》（1956）等。他还出版过不少诗集和回忆录，其中回忆录《圣三会修士花园》（1966）回顾、再现了童年生活的乐趣。50年代以后，博斯科的作品多次获得许多重要的文学奖项，如国家文学奖（1953）、青年文学奖（1959）、法兰西学院文学奖（1968）等。

博斯科儿童文学创作的代表作是中篇小说《孩子与河流》（一译《大河的魅力》）。作品以小主人公帕斯卡雷的"第一人称"视角展开叙述："我很小的时候，住在乡间。我们的房屋是田野里孤零零的一座小农舍。在那里我们过着宁静的生活。父亲的姑姑马蒂娜和我们住在一起。"平实质朴的叙述引出了一个优美的充满了诗情画意和憧憬神往的故事。

　　乡居生活是宁静的，但小主人公却无法抵制"大家常常谈起"的远处那条河流对他的强烈诱惑。"一到春天，风和日丽，天高气爽，人们需要空气和活动。我像所有的人一样，也感到有这种需要。而且一种偷跑出去的愿望竟如此强烈，以至我为此而感到胆战心惊"；"我常常差点就决定按照这种欲望去做，找一个晴朗的早晨，出发去漫游历险。可是没有机会。"在这里，作者十分真切、细腻地描绘了潜伏在帕斯卡雷心底的那种骚动、那份渴望。

　　机会终于来了。"那是四月的一个晴朗的早晨，就在那棵树下，一种诱惑力忽然吸引了我，打动了我的心。这是春天的诱惑。那碧净的天空、娇嫩的树叶、盛开的花朵，对敏感的人，这是一种最迷人的诱惑。于是，我顺从了它。"而大河也终于以其壮阔、奔腾的气势出现在"我"的眼前：

　　　　河面宽阔，向西流去。积雪融化，河水暴涨，奔腾的水流夹带着一些树木向下游呼啸而去。河水混浊，灰色，不时无端地卷起巨大的漩涡，把从上游冲下来的漂流物吞没。当汹涌的漩涡遇到一个障碍物时，就怒吼起来。五百米宽的河面上，巨大的水流一股劲冲向岸边。河中央，一股更为凶猛的水流在滚动，黑黑的浪尖劈开了浑浊的河水。我觉得太可怕了，吓得直打战。

　　一条缆绳脱落的小船把他带离岸边，送到了远处的一个小岛上。帕斯卡雷发现岛上有一群可怕的波希米亚人正在毒打一个男孩，就躲藏在树丛里。等那伙人睡觉后，他救下了这个名叫格特佐的孩子。他俩偷偷地驾驶着波希米亚人的小船逃离海岛，开始水面漂流的生活。他们时而停泊在河湾，与飞禽走兽为伴；时而驾船顺流而下，寻访小岛、湖泊；时而弃舟登岸，参观沿途的村庄、集市，看木偶戏班的演出，生活丰富多彩，逍遥自在。他俩还用打火石取火，挖泉眼找水，钓鱼、捉鸟、捕兽，随心所欲。充满野趣。忽然有一天，格特佐不辞而别。帕斯卡雷感到了孤寂，家人这时也在四处寻找他，渔夫巴加博把他接回了家中。回到了往昔生活中的帕斯卡雷变得无精打采，他常常思念格特佐。一天深夜，格特佐忽然敲响了帕斯卡雷的窗户。他叙述了自己的经历，他唯一的亲人萨维尼爷爷已去世。帕斯卡雷的父亲很感动，从此"格特佐成了我的哥哥"，他们生活在了一起。

也许在一定程度上是受了卢梭顺应儿童天性，让儿童回归自然的教育思想的潜在影响，"自然"一直是法国儿童文学的一个重要的艺术母题。到了 20 世纪，受新的时代氛围和观念的影响，"自然"母题在法国儿童文学创作中受到了更多的青睐和重视。尤其是在厌倦了都市生活的嘈杂、壅塞和丑恶之后，许多儿童文学作家更愿意把自己笔下的主人公们遣放到大自然的纯净、壮阔的怀抱之中去。博斯科的《孩子与河流》与哈勒维的《孩子和星星》、勒克莱齐奥的《蒙多及其他一些故事》、图尼埃的《星期五或原始生活》等作品一样，也可以说是一部十分典型的描写"自然"母题同时又具有浓郁的当代意味的作品。作为一部充满了抒情气息、具有散文化特点的小说，《孩子与河流》把奔流不息的大河、旖旎的河上风光、神秘的孤岛炊烟等历历如画地展现在了读者面前。小主人公的离家出走并未带出或构成多么曲折完整的故事情节，而是仿佛提供了一种叙事契机，一个导游线索，引领读者去尽情领略大河的魅力以及大河两岸迷人的风光民俗。在作者的笔下，大河时而是温和的、平静的，时而是狂暴的、咆哮的，它美丽的景色中也常常潜藏着猛兽、毒蛇，因而大河的魅力不仅在于它优美如画，吸引孩子们沉醉其中，也在于它的凶险和变幻莫测，吸引着孩子们去探索和冒险。"在这里，作者对大河的描写既是写实的，又是象征的。大河可以说是生活的象征，生活中充满挫折、不幸和灾难，但也有幸福和欢乐。谁想回避前者，也就不会拥有后者"。[3]

博斯科笔下的帕斯卡雷、格特佐等少儿形象与 19 世纪美国作家马克·吐温笔下的汤姆·索亚、哈克贝利·费恩、20 世纪法国作家哈勒维笔下的"孩子"（《孩子和星星》）等形象一样，自信、自立，总是乐于听从自己心灵和良知的召唤来行动，他们具有一种向往自然、向往快乐、冒险和自由的天性。有所不同的是，马克·吐温笔下的少儿形象更多机智活泼、顽皮善良的个性，而 20 世纪法国作家笔下的少儿形象则具有更丰富敏感的心理体验和抒情气质。因此，马克·吐温笔下的少儿形象的生存状态主要是行动的，描述手法和气质、风格是幽默的；博斯科笔下的少儿形象的生存状态则同时表现出了一种内省的方式，描述手法和气质、风格是抒情的。

博斯科的另一部小说《巴尔蒲希》（1957），描述了一个名叫巴斯卡莱的少年同玛蒂娜大娘一起，去玛娜娜大娘儿时生活的村子里去旅行的故事。在巴斯卡莱的眼中，玛蒂娜大娘童年时代生活过的村子是满目疮痍、杂草丛生的一片废墟。而在大娘的眼中，这一切却成了与童年时光紧紧联系在一起的美丽的院子和家庭。作者把回忆与现实描绘糅和在一起，构筑了一个充满神秘气息的小说世界，并以此传递出缕缕人生的哲理和感悟。

因此，博斯科小说所具有的抒情、内省特质，所采用的诗化、象征的手法，所表达的人生况味和哲理，使这些作品拥有了较高的艺术品位，也使这些作品更适宜于具有较成熟的阅读能力的少年读者的欣赏和接受。


## 第三节　皮埃尔·加马拉

皮埃尔·加马拉 ( Pierre Gamarra, 1919— ) 出生于法国西南部的图卢兹城，早年当过小学教师，后为《西南爱国者》的主编及《欧洲》杂志的秘书长。在文学创作上，加马拉以小说创作为主，出版过许多长篇小说及中短篇小说集。他以比利牛斯山区为背景，描写了丰富多彩的乡村生活，尤其反映了农民的艰苦生活状况，同时也阐述了自己的政治信念。因此，乡村生活、山野气息、正义立场，构成了加马拉许多小说作品的基本内容。正如他在《比利牛斯狂想曲》一书所作的序文中写到的那样："……我一边描写着这比利牛斯山区小小的世界，一边想在我亲爱的比利牛斯崖谷间、山野气息中、欢乐和痛苦里反映出整个世界生活的颤动，震响起世界的同声呐喊：反对罪恶的战争！"他的第一部小说《火屋》( 1947 ) 获得夏尔·韦荣文学奖。接着，他陆续出版了小说《吃黑面包的孩子们》( 1950 )、《午夜的公鸡》( 1950 )、《圣－拉萨尔的丁香》( 1951 )、《女人与河流》( 1952 )、《小学教师》( 1955 )、《西蒙的妻子》、中短篇小说集《人的双手》( 1954 ) 等。其中他的代表作《小学教师》《西蒙的妻子》尤其成功。《小学教师》描述了第二次世界大战期间一个法国小学教师参加地下抗敌斗争而牺牲的故事。两部作品都描绘、颂扬了普通学校的小学教师形象。此外加马拉还出版过一些诗集，他的作品情感真挚自然，风格质朴无华，颇受法国读者的喜爱。

加马拉也是一位热心为小读者写作的作家。他的儿童文学代表作品有短篇童话《喀尔巴阡山的玫瑰》（1955）、中篇小说《羽蛇的故事》（1957）、《春队长》（1963）等，此外还有《奇妙的字》《特里库瓦尔的宝藏》《我喜欢的歌》《曼德里和曼德林》《头版的六个专栏》等。其中除了小说、童话外，还有诗歌、戏剧、故事等各种体裁的作品。

《喀尔巴阡山的玫瑰》是1955年圣诞节时作者特为儿童写作的一篇异常美丽、充满诗意的童话作品。活泼、灵巧、善于歌唱的小姑娘米阿扎在和弟弟一起寻找一只迷路的小羊时，发现了一株美丽芬芳的朱红玫瑰花——喀尔巴阡山的玫瑰花。这朵花常常伴着米阿扎的歌声喷出香气。于是，小姑娘每天编出各式各样的歌曲为弟弟唱，为喀尔巴阡山美丽的大自然歌唱，为辛勤劳动的善良的人们歌唱。村里的黑熊爵爷无比霸道，他听说了这件奇事以后，抓来了小姑娘命她唱歌。但小姑娘却不为剥削人的财主歌唱。结果，小姑娘和她父亲都被残暴的黑熊爵爷关进了监牢。米阿扎的玫瑰听说了这一切后，喝足了水迅速地长大，最终用它长满了硬刺的、强大的胳膊摧毁了财主的堡寨和监牢，小姑娘和狱中的人们都获得了解放。作品以象征手法和诗化的语言，抒发和表达了为正义善良而讴歌、为自由解放而奋争的美好情怀和主题。

加马拉为孩子们所写的小说作品则更多地注重了情节的构筑和"悬念""巧合"等技巧的运用，显示了作者对儿童心理的了解和重视。中篇小说《羽蛇的故事》所叙述的故事发生在比利牛斯地区的一个山村里，情节梗概是这样的：菲利克斯是个小馋鬼，但更是个小说迷，成天陶醉在惊险小说的情节里。他最敬仰的作家是巴特里克·多莱龙，对他的崇拜超过雨果和狄更斯。他在地理课上读到昔日墨西哥印第安人的奇妙生活，对他们的文明遗迹和有关"羽蛇"神的传说产生浓厚兴趣，向往去那里的丛林和沙漠探究奥秘。小伙伴贝尔唐的父亲在村子里开了个旅店。有一天，一位外地人来店寄宿。菲利克斯觉得他很像课堂上说起的墨西哥人，便与贝尔唐一起小心翼翼地对他进行观察和监视，想弄清他是好人还是坏人。孩子们对这位客人的一些举动感到迷惑不解。一天，他们终于在他的卧室里发现了惊人的秘密：客人在一份"遗书"里叙述自己曾乘"羽蛇"号帆船在大西洋遇险。"羽蛇"被一次风暴击沉后，他侥幸逃生，流落墨西哥玛雅族密林，在那里发现一座古印第安人的石砌迷宫，里面除了神像之外，还有十万根金条……孩子们无比兴奋和好奇，密切注意起客人的动静，同时担心他的敌人可能会来向他索取石宫地址，争夺这宗宝藏。几天后，果然有人来问"玛雅的宝藏"。孩子们竖起耳朵，真以为双方要做这笔黄金交易……不料，最后戏剧性地发现，这位自称埃尔米·杜朗的房客原来就是赫赫有名、深受菲利克斯敬仰的大作家多莱龙——他是来山村观察生活从事创作的，"遗书"是他所写小说中的一章，来人是代表出版社向他索稿的。后来，作家成了孩子们的好朋友。他告诫孩子们不能光把精力集中在丛林和沙漠上。还要学好数学、历史、语文……菲利克斯在作家指导下发奋用功，进步很快，语文成绩尤为优异。他不仅爱好阅读，而且着魔似的练习创作——有时竟忘了进食，终于写出了他的第一部小说。

这部小说以儿童的视角和口吻展开故事，叙述语气中一直透露出孩子们所特有的活泼、好奇、探究的心理特征。在孩子们敏感、好奇、多思的心理驱动下，一个普通的房客在菲利克斯和贝尔唐的眼中成了一个神秘莫测的人物，而孩子们对杜朗的跟踪、观察、猜测、探究等等，则使作品一直笼罩在一种神秘、紧张、兴奋的叙事氛围之中。小说一方面描写两个孩子捕风捉影式的秘密监视，淋漓尽致地表现了儿童特有的好奇心理和他们对遥远未知世界的神往，使作品充满了悬念和诱惑力；另一方面，作者又以"无巧不成书"的传统写法，设置了一个出人意料的巧合和结尾，这也为作品带来了一种特殊的趣味性，同时也满足了少儿读者的欣赏心理。此外，作者在故事的描述中还融入了许多有关比利牛斯山区的民俗风情方面的知识，并且让小读者和小主人公一道进行了一次想象中的美洲之旅。这部小说出版几年后，获得了1961年度法国最佳儿童读物文学奖。

加马拉在他的讲演和文章中曾提出，更让孩子们了解当代的种种问题，给他们看的书中要真实地、充满感情地描写和反映祖国历史上曾经发生过的屈辱和荣耀。他的描述法国抵抗运动的中篇小说《春队长》，可以说就是这样的一部佳作。作品描述的故事同样发生在比利牛斯山区。一个小村寨坐落在山坡上。山下是冰封的狭谷，又长又窄，就像是一条山缝。苍翠的比利牛斯群山，山顶上终年积雪。山风、森林、山坡或绿或黄，错杂其间。小说中的人们就生活在这个山坡上的小村寨里。虽然农活又苦又累，但回到家里往灶边一坐倒也快活，他们又是聊天又是唱，还不时说些笑话，生活是快乐而宁静的。这里民风淳朴，人们非常好客，个个富有同情心。但是，法西斯的肆虐终于弄得这个僻远的小山村也不得安宁。山民们家家都接待着从巴黎逃出来的亲戚。亲戚们还带来了一个叫本扎明的犹太人。大家不知道该怎样帮助他。后来，山民们了解了本扎明的骇人听闻的遭遇，他们震惊了，愤怒了，他们的反抗行动是十分自然的，他们非反抗不可了。孩子们和大人们一起参加了抵抗运动。孩子们的作用有时不比成人小。作品中也设置了一个"秘密"——这个秘密是特殊的战争环境的实际需要所决定了的：当时游击队领导人的名字是整个游击队必须保守的一项秘密，所以连儿子也不知道自己的父亲正是祖国光荣的保卫者。最后当然知道了："春队长"就是他父亲。[4]

加马拉的儿童文学作品细节丰富，人物心理、性格描述真切传神，具有浓郁的儿童情趣和可读性，这与作者早年当过小学教师、熟稔儿童心理应该是有相当联系的。

## 第四节　米歇尔·图尼埃

米歇尔·图尼埃（Michel Tournier, 1924—）是法国当代著名的作家。他出生于巴黎，高等院校哲学专业毕业后，曾从事过文学翻译，在电台为新闻报刊撰稿，之后在普隆出版社担任了十年文学处主任。1967年，时年43岁的图尼埃发表了第一部小说《星期五或太平洋上的虚无缥缈之境》，并一举获得了当年的法兰西文学大奖，从此在文学界崭露头角。1970年，他的第二部力作《桤木王》获得龚古尔文学奖，从此名声大噪。1972年他被选入龚古尔学院，成为文学界的一个权威人物。1980年初，法国《文学新闻》周刊评选他为法国70年代的代表作家。

在法国当代作家中，图尼埃是一位极富哲学气质的作家。他的作品融形象与哲理于一炉，正如他在自传体散文《圣灵风》中所说的："把形而上学转化为小说，我必须藉助传说故事。"这似乎也是他整个创作的纲领。"形象之中寓有哲理，虽然不是作家是否杰出、是否伟大的唯一标志，但却是重要的标志之一；一个真正出众的作家，要么是以其艺术上的独创性见长，要么就是以深刻的哲理或者以提出了重大的问题取胜，三者必居其一。"[5]而图尼埃的作品正是以其深刻的哲理性，给世人留下了深刻的印象。

在这里，考察一下图尼埃的哲学背景也许不是没有意义的。图尼埃显然是热爱哲学的，这与他那日耳曼化的家庭或许有关。他的父母都是通晓德国语言文学的知识分子，他从小就受到德语教育和德国文化艺术的熏陶，这离德国哲学就只有一步之遥了。因此，当他在大学里得到文学学士和法学学士两个学位后，又到德国去专攻哲学，钻进了康德的本体论、黑格尔的体系，并以出色的成绩拿下了文凭。肯定是因为运气不好，他回国后在哲学教师会考里落第，通往哲学教授席位的大门对他关闭了。但人生中的这一曲折未尝不是好事。当他不由自主地成了一名小说家后，"他就为自己的哲理找到古典文学的风格与特具魅力的形象，通过诉之于大众的感情而渗透到社会的理智中"[6]。

图尼埃也是一位热衷于为儿童写作的名作家。更确切地说，他善于借用神话和传说故事来阐明哲理的艺术本领，他的作品所具有的老少咸宜、雅俗共赏的艺术特质，都使他赢得了许多的小读者。图尼埃在谈到自己创作的变化时曾这样说过："我的作品愈写愈短，愈写愈简练，很多批评家都以为我在为儿童写作，其实，我并不是专为儿童写作，但如果儿童也能看懂我的作品，我认为自己就成功了"；"我判断我的作品是否成功，是根据不同年龄儿童的反应"。[7] 在他的作品中，最适合儿童阅读的有作者根据其第一部作品《星期五或太平洋上的虚无飘渺之境》专为少年儿童读者改写的《星期五或原始生活》（1977）、短篇小说集《大松鸡》（1978）中的部分作品以及《贝洛或夜的秘密》（1979）、《金胡子》（1980）等等。

图尼埃小说的寓意或哲理是发散的、丰富的。以收在短篇小说集《大松鸡》中的作品为例，《愿欢乐常在》描写一位天才的音乐家拉斐尔·俾多士为生活所迫，不得不在咖啡馆、影剧院演奏庸俗曲调扮演小丑去迎合小市民观众。他每次出丑都赢得观众疯狂的掌声，钱也挣得一次比一次多，可是他内心非常痛苦，艺术家的良心和个人人格尊严都在妻子讲究实惠的劝导和金钱诱惑面前砸得粉碎。最后他鼓足勇气弹起自己喜爱的巴赫乐曲《愿欢乐常在》，听众席上竟死一般寂静。作品揭示了商业化的现实与人的天赋禀性的矛盾对立。此外，在《鲁滨逊·克鲁索的结局》中，表现的是鲁滨逊的平庸化、委琐化以及"不能涉足于同一水流"式的世事皆变的哲理；在《铃兰空地》里，是关于现代生活作为人自然状态之异化的寓意；在《少女与死亡》中，是康德式的感性的先验形式的神秘主义倾向；在《圣诞老妈妈》中，是妙不可言的折中主义精神；在《特里斯丹·沃克斯》中，是对以假顶真、名实错位的荒诞性的揭示；在《阿芒迪娜或两个花园》中，是人的超越本能与性意向的象征……

尽管意蕴丰富甚至深奥复杂，但图尼埃作品的叙事层面却是纯净、有趣、好读的。例如，图尼埃曾经坦率地说过："《阿芒迪娜或两个花园》是我最好的作品之一。"这篇区区数千字的小说，内容看起来似乎简单而平淡：一个 10 岁的小女孩的日记，记述了她对一只母猫怀孕与生小崽子的观察，以及她如何不满足于待在自己家的花园里，而要爬过墙头去探看另一个神秘花园的情景。这篇小说的语言非常简洁纯净，整个作品流露出小女孩的天真情趣。但是，作者就这篇作品的内涵，曾向访问他的中国学者柳鸣九作了这样的开放性的解释：很多人以为这是一篇儿童文学作品，其实大有寓意。对于这个小女孩爬梯子看墙外这个情节，就有好多种分析，社会学家认为这有妇女解放的寓意，心理学家认为这表现了性的压抑与对墙外的性关注，哲学家则把它视为超越的象征，甚至（德国统一前的）东德学者认为可理解为要从东德看西方；对中国批评家来说，未尝不可以理解为要从长城内往长城外看，等等。图尼埃说，"总之，这篇作品提供了各种理解的可能，我就是要通过越墙这一个简单的行为，来表现深刻的寓意，事实上，这篇作品也提供了各种理解的可能，它发表后，社会反应很热烈，当时的第一个试管婴儿就以这篇小说中的女主角阿芒迪娜的名字为名"[8]。

图尼埃认为 1979 年出版的《贝洛或夜的秘密》也是自己最好的一本书。他介绍此书的价值和其中的精髓时说："我把这个故事念给非洲儿童听，他们都能听懂故事内容。但这个故事的哲理含义却是很深的，它包含了本体论的寓意和其他的思想。"[9] 这部作品表面上看起来只是一个爱情传说：面包坊伙计爱着洗衣坊的少女，而少女被新来的油漆匠所吸引并随他私奔。冬天来到，为饥寒所迫，少女回到了面包坊伙计的温暖的家，油漆匠也来投靠，面包师接待了他们，三人分享一个人形面包。但在作品的故事内容与那些很有表现力的形象描绘中，的确闪烁着极其丰富的寓意的磷光。面包师、油漆匠、洗衣女似乎都是某种象征：

炉火、面包、颜料、白天、黑夜、花花绿绿的奇装、雪白素净的衣服、五颜六色、黑白素色以及人形面包等等无不都有某种隽永的含义。所有这一切都启迪人们的思想走向真正的善、真正的美。而作品"那最后的象征性的、带有某种暧昧双关意味的结局，是否意味着现象对本体、对自在之物的回归？"[10]

很显然，图尼埃的这些作品都具有较为阔大的解读空间和较为丰富的解读可能。对于儿童文学作品来说，设置较为深刻的寓意和意味层显然是允许的，而且常常也是必要的。美国学者马修斯就曾经认为，儿童"同样是有思想权力的人，儿童，他的精神食粮，包括情感特别丰富的故事，要是故事中没有智能探险是无益的"[11]。这些深刻而丰富的意味，对于儿童来说也许一时还存在着解读上的困难，但它对儿童精神成长的潜在影响却是不言而喻的。现代阅读心理学中有一个概念，叫作"两重阅读效应"，意思是指那些在童年时代读过，并且在成年后又回过头来读的书能够真正深刻地对一个人起作用，并且被他所理解；也只有在这种情况下，才会产生两重阅读的效果，对毕生起作用的效果。[12] 图尼埃的这些既具有可读性又具某种哲学气质和丰富寓意的作品，显然有可能产生这种"两重阅读效应"。

图尼埃为儿童创作的最重要的作品无疑要数他根据自己的第一部力作特地改写的小说《星期五或原始生活》（中译本还加上了一个副标题"鲁滨逊漂流新记"）。这部作品的故事梗概是这样的：鲁滨逊乘坐"弗吉尼亚号"船出海远航，遇到了狂风恶浪，只身一人漂流到一个无名小岛上。他用木筏把搁浅的船里的一些物品运到岛上，开始治理荒岛。他饲养家畜，开荒种地，修盖房屋，制定宪法，试图完全按照文明社会的模式在岛上复制着一个小型的社会。黑人星期五到来之后，鲁滨逊俨然成了他的主人。星期五表面上对主人百依百顺，却在暗中寻找自己的欢乐，实际上并没有接受鲁滨逊的影响和对他实行的殖民统治。他躲在山洞里偷偷抽鲁滨逊的烟斗，引爆了 40 桶火药，使鲁滨逊多年经营的事业毁于一旦。爆炸之后，鲁滨逊变得判若两人，他不再是主人了，并逐渐丧失了文明习性，学着星期五过起了原始生活。他们没有房屋、衣服，没有文明社会所拥有的任何财富，生活反倒过得比过去更加充满乐趣。流落孤岛 28 年之后，当盼望已久的船只终于出现在眼前时，鲁滨逊反而拒绝返回故乡，拒绝成为文明社会中的一员，甘愿留在岛上：他彻底皈依了自己的新生，与从船上逃出来的小水手在岛上相伴为生。

自从 1719 年英国作家笛福的名著《鲁滨逊漂流记》出版之后，文学史上模仿鲁滨逊故事或借用其人物、环境加以再创造的作品便不断出现，当代法国也是如此。如 20 世纪 80 年代，法国作家阿兰·埃尔维就由拉泰斯出版社出版了长篇小说《鲁滨逊》。作者在书中着重塑造了一个聪明能干，但有时又很胆怯的鲁滨逊形象，特别渲染了他在大自然面前的恐惧与焦虑。作者似乎有意要写出人类在自然面前无能为力的一面，并告诉读者人是孤独的。不过比较起来，图尼埃的作品则是最富经典品质的当代版本的鲁滨逊故事。图尼埃沿用了笛福的故事题材和人物原型，但人物关系和作品题旨则作了耐人寻味、妙不可言的"逆向处理"。在这里，鲁滨逊是在"星期五"的熏陶和影响下，才逐渐感受到了"野蛮生活"的乐趣，并且再也不愿意回到文明世界中去，在他看来，后者充斥着耗损和破坏。有研究者在分析原作时指出："这种变异透露出的，是当代西方人对物质和技术畸形发展的疑惑、忧虑，和复归自然的精神取向。人与动物、树木和大地的关系，神秘的象征，难解的迹象，本体论意义上的玄奥……被批评界认为是根据弗洛伊德、荣格和列维－斯特劳斯的心理学和哲学理论改写了的《鲁滨逊漂流记》。一个原本十分陈旧的荒岛故事，经过点化，便折射出现代意识之光。"[13] 这里的分析对于改写版的《星期五或原始生活》来说同样是合适的。

为了使改写本更适合少年儿童阅读，图尼埃没有在作品中表达太多的哲学思考，而是在叙事中自然地掺入了一些富有教育意味的格言式的短语，如："必须冷静下来，好好干活，掌握自己的命运"；"他懂得了懒惰、气馁、绝望的危险时时在威胁着他，为了逃避这种危险，自己必须坚持不懈地工作"；"他们要创造新的游戏，新的奇迹，新的胜利。一个崭新的生活即将开始，这生活与他们脚下正在雾霭中苏醒的小岛同样美好"……

20 世纪 70 年代以来，法国儿童文学创作表达了一种"重返大自然"的集体愿望。其中，图尼埃的作品占据了一个十分醒目的艺术位置。今天，他的作品已被翻译成 25 种以上的文字，在更广的范围里得到了传播。

---

### 注 释

[1] 傅林统：《儿童文学理论书的双璧》，见保尔·阿扎尔《书·儿童·成人》，傅林统译，台北：富春文化事业股份有限公司 1992 年版。本节中《书·儿童·成人》的引文均见该译本，不再另注。

[2] 见傅林统译《书·儿童·成人》中所附的"日译本后记"，台北：富春文化事业股份有限公司 1992 年版。

[3] 见关福坤主编：《20 世纪世界儿童文学名著精粹·儿童小说卷》，长沙：湖

南少年儿童出版社 1992 年版，第 373 页。

[4] 参见韦苇：《西方儿童文学史》，武汉：湖北少年儿童出版社 1994 年版，第 182—183 页。

[5][6] 柳鸣九：《"铃兰空地"上的哲人——米歇尔·图尔尼埃印象记》，《世界文学》1990 年第 1 期。

[7] 转引自柳鸣九：《"铃兰空地"上的哲人——米歇尔·图尔尼埃印象记》，《世界文学》1990 年第 1 期。

[8][9][10] 柳鸣九：《"铃兰空地"上的哲人——米歇尔·图尔尼埃印象记》，《世界文学》1990 年第 1 期。

[11] 马修斯：《哲学与幼童》，陈国容译，北京：生活·读书·新知三联书店 1992 年版，第 99 页。

[12] 参见方卫平：《儿童文学接受之维》，武汉：湖北少年儿童出版社 1995 年版，第 153 页。

[13] 彭程：《旧瓶与新酒》，《中华读书报》1998 年 2 月 11 日。

# 第十一章　法国儿童文学在中国

中国与法国最初的文化、贸易关系始于17—18世纪。17世纪上半叶，一些法国耶稣会士随着意大利人利玛窦、德国人汤若望、比利时人南怀仁的足迹，来到中国传教。1685年，法国政府正式派遣五个耶稣会修士来华。出发前，路易十四的大臣柯尔伯曾向他们指示："我愿汝等教士能在传教之余，在各地作各种观察，以使我国科学艺术臻于完善。"[1]到了18世纪，来华的法国商人和传教士进一步打开了中法往来的渠道，在两国间形成了经济和文化的联系网络，中国文化开始向法国传播。在这一过程中，一些来华的耶稣会编纂的有关中国文化的著述无疑发挥了重要作用，如李明神父的《中国现状论》（1697）、《中国现状续论》（1698），柏应理的《中国贤哲孔子》（1687），《耶稣会士通讯集》（1703—1774），杜哈德的《中国通志》（1736）等，都曾风行法国乃至欧洲。法国启蒙运动的先驱作家孟德斯鸠、伏尔泰、狄德罗、卢梭等都怀着浓厚的兴趣，认真研读过这些著作。一部分启蒙学者开始研究讨论中国的思想和制度。中国的哲学、文学、绘画、园林、建筑、工艺等都在法国产生了影响，在18世纪一度形成了一股"中国热"。特别是启蒙作家中的伏尔泰、狄德罗，都是中国文明的崇尚者。伏尔泰就曾说过："欧洲的王族同商人在东方所有的发现，只晓得求财富，而哲学家则在那里发现了一个新的道德的与物质的世界。"他崇尚孔学，称它是"摆脱迷信和野蛮而自由的哲学"，"唯一纯洁的道德"，文学的"真美之源"，是中国文化的灵魂。狄德罗则在《百科全书》中的"中国"条目中这样写道："中国民族被一致认为，其悠久历史、聪明才智、艺术进步、道德、政治、哲学、风尚，均为亚洲各国之冠，甚至有人认为，可以凌驾欧洲任何最进步的国家。"他们对中国和中国文化，都是推崇备至的。[2]

　　另一方面，法国的思想文化也逐渐在中国得到传播并产生了深广的影响。这种影响在 19 世纪末、20 世纪初达到了一个高潮。法国儿童文学也正是由此而传入了中国。当然，这种输入是与当时整个中国文学界、文化界对"西学"充满热情这一时代氛围和文化心理背景分不开的。19 世纪后期，随着西方新学的传入与"开发民智"的急需，我国文坛译风大开，出现了"翻译多于创作"的局面。据不完全统计，到辛亥革命前夕，各种译本多达一千余种，包括英、法、俄、德、日、美等许多国家的作品。这里面就有不少著名的外国儿童读物，如格林童话、伊索寓言、凡尔纳科学幻想小说、《无猫国》《天方夜谭》《鲁滨逊漂流记》等等。梁启超、林纾、周桂笙、徐念慈、孙毓修、包天笑等是当时外国儿童读物的热心译介者。"五四"以后，随着新文学运动的蓬勃发展，译介外国儿童文学又出现了一个新的高潮。《新青年》《小说月报》《妇女杂志》《儿童世界》以及著名的"四大副刊"等报刊，都发表了不少外国儿童文学作品。安徒生、王尔德、小川未明的童话，拉封丹、莱辛、克雷洛夫的寓言，《鹅妈妈的故事》《格列佛游记》《阿丽丝漫游奇境记》《爱的教育》《木偶奇遇记》等等世界著名儿童文学作品源源不断涌入。当时成绩卓著的译介者有鲁迅、茅盾、郑振铎、赵景深、赵元任、周作人、顾均正、徐调孚、夏丏尊等。[3] 由此可见，当时法国儿童文学是作为整个西方儿童文学乃至整个西方文化科学成果的有机组成部分，而被输人介绍到中国并得以广泛传播的。

回顾清末民初中国人对法国儿童文学的关注和译介过程，我们会发现，这种关注的热情之高、译介的眼光之准确，是令人惊叹的。在一个不算很长的时间里，《列那狐的故事》、贝洛童话、博蒙夫人的童话、卢梭的儿童观和教育思想、凡尔纳的科学幻想小说、马洛的苦难童年小说、法布尔的科学文艺作品以及都德的短篇小说等等都被翻译、介绍了过来。可以说，直至19世纪末法国儿童文学史上最具有代表性的作家及其作品，大都或多或少地得到了译介，其中如凡尔纳的科学幻想小说，仅在清末就译介了十余种，一些著名作家曾参与译事，使清末出现了一股引人注目的"凡尔纳热"。

从有关的史料记载和研究成果来看，目前已知的清末对法国儿童文学的介绍就是从凡尔纳的科幻小说开始的。现在所能见到的凡尔纳作品最早的中译本是《八十日环游记》。该书由逸儒译，秀玉笔记，经世文社发行，光绪庚子（1900）初版。书为线装，分上下两册，铅活字排，连史纸印。凡4卷37回，仿章回体，以文言叙述之。书前有寿彭序，其中谈到译书的缘起，以及关于本书的评介："《八十日环游记》一书，本法人朱力士名，房姓，Jules verne 所著，中括全球各海埠名目，而印度美利坚两铁路，尤精详，举凡山川风土，胜迹教门，莫不言之历历，且隐合天算，及驾驶法程等。著作自标，此书罗有专门学问字二万，是则区区稗史，能具其大，非若寻常小说，仅作诲盗诲淫语也，故欧人盛称之，演于梨园，收诸蒙学，允为雅俗共赏。"这段简短的述评文字，可能是中国第一次关于凡尔纳其人其文的介绍。此外另有薛绍徽（即署名秀玉女士者）序，叙述了由逸儒（即寿彭）口译，复经自己笔述而译成该书的经过。

接着出现的凡尔纳作品中译本是《十五小豪杰》，前署"法国焦士威尔奴著，新会饮冰子顺德披发生合译"，光绪二十九年（1903）由日本横滨新民社活版部出版。"饮冰子"即梁启超，其时正流亡日本。该书系据日译本转译，最初在《新民丛报》上连载（自1902年2月22日第2号起至1903年1月13日第24号讫），上署"少年中国之少年重译"。译者在第一回的"附记"中记叙了自己"纯以中国说部体"重译此书的经过："此书为法国人焦士威尔奴所著，原名《两年间学校暑假》。英某译为英文。日本大文学家森田思轩，又由英文译为日本文，名曰《十五少年》。此编由日本文重译者也。"并认为原著"寄思深微，结构宏伟"。关于译书的动机，译者在书的结尾作了这样的表白："……自此各国莫不有了这本《十五小豪杰》的译本，只是东洋有一老大帝国，从来还没有把他那本书译出来，后来到《新民丛报》发刊，社主见这本书可以开发本国学生的志趣智识，因此也就把它从头译出，这就是《十五小豪杰》这部书流入中国的因果了。"译者还赋诗寄志云："海岛飘蓬不自哀，伤心吾土旧池台；蓬蓬纸上风云气，可有男儿起舞来。"由此可见，译者作为那个时代的有识之士，是"欲藉泰西少年同舟共济、艰苦卓绝的精神，来激励中华男儿闻鸡起舞、挺然兀立的斗志"的。[4]

在凡尔纳作品的中译者中，鲁迅所做的译介工作，尤其是他关于科学文艺的观点，是格外值得我们珍视的。鲁迅早年在日本读书时，一面学习日文，一面写稿和翻译，曾节译了三部科幻小说，即《月界旅行》《地底旅行》《北极探险记》。其中后一部已失落了。《月界旅行》即今译之《从地球到月球》，《地底旅行》即今译之《地心游记》；《北极探险记》因原稿失落，无法确定，估计可能就是凡尔纳的《哈特拉斯船长历险记》。

鲁迅所译《月界旅行》是根据井上勤的日译本转译的，凡 12 回，版权页误署"美国培伦"著，光绪癸卯年（1903）由进化社出版。当时因系卖稿，所以书上无译者具名。仅注明"中国教育普及社译印"。《地底旅行》初刊于《浙江潮》第 10 期（1903 年 12 月 8 日出版）上"小说"栏中，署"索子"译，旋因该刊中辍而未刊完。光绪三十二年（1906）在日本排印出版，由上海启新书局发行。扉页上作者署名为"英国威南"，国籍有误。译者则署名"之江索士"。

在《月界旅行》的序言里，鲁迅对科学文艺的特点及其重要意义做了精彩的论述："盖胪陈科学，常人厌之，阅不终篇，辄欲睡去，强人所难，势必然矣。惟假小说之能力，被优孟之衣冠，则虽析理谭玄，亦能浸淫脑筋，不生厌倦。彼纤儿俗子，《山海经》《三国志》诸书，未尝梦见，而亦能津津然识长股奇肱之域，道周郎、葛亮之名者，实《镜花缘》及《三国演义》之赐也。故掇取学理，去庄而谐，使读者触目会心，不劳思索，则必能于不知不觉间，获一斑之智识，破遗传之迷信，改良思想，补助文明，势力之伟，有如此者！我国说部，若言情谈故刺时志怪者，架栋汗牛，而独于科学小说，乃如麟角。智识荒隘，此实一端。故苟欲弥今日译界之缺点，导中国人群以进行，必自科学小说始。"在这里，尽管鲁迅对科学文艺功能的认识受当时时代要求的影响，不免有所夸大，但他对其艺术特质、艺术感染力及其重要价值的论述，仍然是十分精辟并具有突出的历史意义的。

此外，凡尔纳作品中译本有如雨后春笋，纷纷面世。据《晚清儿童文学钩沉》一书的作者胡从经介绍，著名翻译家周桂笙译了《地心旅行》，曾连载于吴趼人编的《月月小说》，光绪三十二年（1906）又由广智书局出版了单行本（一题《地球隧》）。卢冀东、红溪生译了《海底旅行》，连载于梁启超主编的《新小说》（起自1902年11月创刊的第1号，讫于1905年7月出版的第18号）。奚若译了《秘密海岛》，光绪三十一年（1905）由小说林社刊行。商务印书馆编译所译了《环游月球》，署"法焦奴士威尔名士著"，光绪三十年（1904）由该馆印行，列为"说部丛书"之一。

　　一个有趣的现象是，有的凡尔纳作品在当时还出现了多种译本，如《八十天环游地球》竟出现了六种译本，除了前已述及的逸儒、秀玉合译的《八十日环游记》外，尚有叔子译的《八十日》（商务印书馆"说部丛书"本）、孙毓修译的《二万镑之奇赌》（节译）、陈泽如译的《寰球旅行记》（小说林社刊本）、雨泽译的《环球旅行记》（有正书局刊本），还有就是先在《少年杂志》上连载，后出单行本之《周游世界》。如此盛况，在当时的翻译界是十分罕见的。

　　随着凡尔纳科幻小说的大规模引进以及清末"凡尔纳热"的兴起，法国儿童文学的另外许多名家名作也陆续被译介到了中国。其中重要者主要有：

　　1901年，罗振玉在上海创办了《教育世界》。该刊自53号起到57号为止，发表了节译的卢梭的《爱弥儿》，题目改为《爱美耳钞》，署法国约翰若克卢骚著，日本山口小太郎、岛崎恒五郎译，日本中岛端重译。"五四"前后，许多人都曾以各种方式介绍卢梭的教育思想。例如，蔡元培的《新教育与旧教育的歧点》（1918）一文在谈到外国重视儿童个性发展教育的情况时，就提到了卢梭以及裴斯泰洛齐、福禄培尔、托尔斯泰、杜威、蒙台梭利等人的教育理论和实践。严既澄在《儿童文学在儿童教育上之价值》（1912）中也曾借助"现代的教育思想"来"评判儿童文学的价值"。[5]1923年，魏肇基根据《爱弥儿》的英文节译本译成中文，由商务印书馆出版了单行本。这些工作虽然还是节译、转译，但对当时中国的文化界包括儿童文学界都产生过一定的影响。

贝洛童话等也在这一时期被译介过来。从1909年开始，商务印书馆开始出版专供少年儿童阅读的文学丛书《童话》，到1921年为止，共出版了3辑，计102册。该丛书的主编孙毓修是一位视野开阔、见解独到的编辑家和作家。《童话》丛书创办时，孙毓修曾撰有一序言。这篇仅有千字左右的文章，比较系统地阐述了作者对儿童文学的理论见解，其中也借鉴了西方人的观点："西哲有言：儿童之爱听故事，自天性而然。诚知言哉！欧美人之研究此事者，知理想过高、卷帙过繁之说部书，不尽合儿童之程度也。乃推本其心理之所宜，而盛作儿童小说以迎之。说事虽多怪诞，而要轨于正则，使闻者不懈而几于道，其感人之速，行世之远，反倍于教科书。"事实上，《童话》丛书作为中国近现代儿童文学草创时期的产物，基本上是根据外国的寓言、童话、民间故事和中国古代的童话、历史故事等作品加以改写、编译而成的。其中孙毓修所编的77册中便包括了贝洛童话《红帽儿》《睡公主》（即《小红帽》《睡美人》），茅盾以原名沈德鸿编写的17册中包括了《怪花园》（即贝洛童话《小拇指》）。1927年，诗人戴望舒翻译出版了7篇贝洛童话，使贝洛童话得到了更广泛的传播。

此外，当时还有一些译家都曾涉足法国儿童文学的译介工作。如林纾、李世中合译了肺那的《爱国二童子传》，1907年由商务印书馆出版。包天笑从1905年起在上海文明书局翻译了《儿童修身之感情》一书后，又译了埃克托·马洛的《苦儿流浪记》等作品。1922年，郑振铎曾将《列那狐的故事》节译为《狐与狼》发表；1925年，他又根据歌德的改写本，将它全部译成中文，先在《小说月报》第16卷第8号至第12号上连载，署名"文基译述"，后作为"文学周报丛书"由开明书店出版。顾均正则翻译了保罗·缪塞的《风先生和雨太太》，1927年由开明书店出版。都德的《小子志之》（即名篇《最后一课》）由江白痕翻译发表于《中华小说界》第2卷第5期。法布尔的《化学奇谈》《家常科学谈》《家畜的故事》等经顾均正、宋易、成绍宗等翻译，陆续由开明书店出版；《科学的故事》《坏蛋》等则由董纯才译成了中文发表。拉封丹的寓言也陆续刊载于《小孩月报》（1875—1915）等报刊。

与翻译法国儿童文学作品同步进行的，是对它们的初步的理论分析和评介工作。其中既有针对具体对象的作家作品论，也有论述对象较为广泛的专题性评介文章，还出现了带有中西比较性质的研究文章。如鲁迅在《〈月界旅行〉辩言》中对凡尔纳及其科幻小说的论述就颇为精当和独到。他认为凡尔纳"学术既覃。理想复富。默揣世界将来之进步，独抒奇想，托之说部。经以科学，纬以人情。离合悲欢，谈故涉险，均综错其中。间杂讥弹，亦复谭言微中。十九世纪时之说月界者，允以是为巨擘矣。"在这里，鲁迅对科幻小说的内容和艺术特征及凡尔纳小说历史地位的论述是相当精彩而准确的。周作人的《法布尔〈昆虫记〉》一文则对作为"科学的诗人"的法布尔表示了十分的佩服，指出"我们固然不能菲薄纯学术的文体，但读了他的诗与科学两相调和的文章，自然不得不更表敬爱之意了"。郑振铎在《列那狐的历史·译序》中除介绍该书的作者、形成等背景知识外，还分析了这部中世纪"伟大的禽兽史诗"的艺术特色，指出它"最可爱最特异的一点，便是善于描写禽兽的行动及性格，使之如真的一般；还有它引进了许多古代的寓言，如熊的被骗，紧夹在树缝中，狼的低头看马蹄，被马所踢等等，而能够自由的运用，使之十分的生动，也是极可使我们赞美的"。这些作家作品评论不仅向中国读者介绍了相关作家作品的背景知识，为读者提供了阅读、理解作品上的便利，而且它们所闪现的理论火花，所阐述的学术见解，对处于草创时期的中国儿童文学理论批评的学科建设，也是十分有益的。

1921 年发表于《东方杂志》第 18 卷第 12 号上的胡愈之所撰之《法国的儿童小说》一文，转述了法国女批评家杜克劳夫人所著的《二十世纪法兰西作家》中关于现代法国儿童小说创作概貌一节的主要内容。该文介绍说，"法兰西人是爱小儿的民族，法国文学家又大多是长于心理分析的，所以描写儿童的文学，虽然发生的还没几时，但在近几年来，却是非常兴盛"。究其原因，作者认为是"因为儿童的心理，具有浓厚的感情和丰富的神秘性，——这是近代文学中所最宝贵的两种素质。所以晚近的作家，大多是爱用儿童心理来做题材的"。当然，当时法国具体的哲学背景的影响也是不能忽视的。该文进一步指出："现在法国文坛最盛行而且最好的，几乎全是描写小孩子心理的小说。这一种变动，也许是布格逊（即柏格森——引者注）哲学的影响。布格逊对于本能，感情，直觉，竭力的赞美，因此引起了一般人研究儿童心理的兴趣。这一类的小说，有的是从观察儿童心理而得的，有的只是作者自身的青年时代的回忆，总之是表现恋爱呀，罪恶呀，痛苦呀，疯狂呀，死呀——人类对于'生之神秘'最初所得的几种印象罢了。这种印象是我们大家都经验过了的；大凡读了这一类的小说，都会把沉没在后脑底部的隐而不显的童时印象，重复唤了回来，而不禁嚷出来："啊！我时常这样想的呀！我自己从前也是这样的呀！"这便是儿童小说有这么普遍的原因了。"在简要介绍、分析了波拉斯佛的《栏杆上的孩子》、伏胜的《小学生季拉》等作品后，文章最后指出，这些作品"大半是受了布格逊的影响。20世纪之有布格逊犹之18世纪之有卢梭，这两个哲学家，在文艺上，影响都是很大的。从布格逊的直观哲学所造成的文艺潮流，是感情之过度而精深，心灵和外部世界调和的要求之热切。这一类的特质，几乎是20世纪的时代精神，儿童小说上所表现的，也就是这一种趋势罢"。

这篇文章值得我们重视的意义主要有这样几点。一是它以相当的敏感介绍了法国儿童小说的最新动态和信息；二是它参照法国批评家的研究成果和观点，较为准确地分析了法国儿童小说的艺术发展及其特征，尤其是指出柏格森哲学对于这种创作变化的深刻影响，这是相当可靠的观点；第三，此文对长于心理分析的法国儿童小说的介绍，显示了"五四"时期中国文学界在翻译和介绍外国儿童文学作品时所具有的相当开阔的艺术视野和相当开放的文化态度。

在西方人类学派研究方法等的影响下，当时许多学者常将中西民间童话等加以比较研究。如郑振铎的《老虎婆婆（读书杂记）》(1927)一文就比较了中外小红帽故事的异同："小红冠式的故事，即虎或狼一类的吃人的猛兽，变了人——常常是老太婆——去吃小孩子的故事，是世界各处都有存在着的。中国式的《小红冠》故事，与欧洲式的《小红冠》

故事其间区别得很少。不过欧洲式带些后来附加上去的教训意味，中国式则无之，而欧洲式的小孩子为一人，中国式的小孩子则常为二人而已。其间特别相同之点，是孩子见了外婆的突然变了样子，例如，眼睛大了，身上有毛之类，常要发生疑问，而猛兽外婆则常以巧辩掩饰过去。"他还具体比较了黄之隽的《虎媪传》（黄承增《广虞初新志》卷19）、民间的老虎外婆故事和欧洲式故事在情节上的差异。

赵景深的《中西童话的比较——〈广东民间文艺集〉付印题记》（1927）一文也作了类似的比较。他认为："在民间故事里常有野兽吃人的故事，这自然是属于'食人精系'的。大约古代文化未开，人皆穴居荒野，人兽杂处，很容易为野兽所侵袭，所以为人母的常讲野兽食人的故事给小孩听，以作警戒。"他也具体比较了法国贝洛的《小红帽》与中国的《人熊外婆》等民间童话故事之间大同小异的"相似"或"吻合"之处。

现在看来，这类比较研究的意义更主要的还是表现在一种方法的借鉴和运用上，而其实质上的学术深度和理论价值都还是十分有限的。例如，这些故事情节的异同在美学上是否具有不同的价值，其表层的差异是否也传达了某种文化学的深层意味？如果比较研究仅仅停留于形式的比较而未能进行更深入的思考的话，那么这种比较就还只能说是初步的。[6] 正如汤锐在《比较儿童文学初探》一书中所指出的那样，当时的比较研究"应该说还是粗浅、零散的，有很大局限性，如视野的狭窄（仅仅是民间童话和传说的比较）、项目的简单（仅仅是情节、题材、体式等外在形式的比较）、方法的单一（仅采用人类学的方法）等等。并且这种研究与其说是儿童文学研究，不如说更多地是为民俗研究搜集例证"[7]。当然，现代早期儿童文学研究中存在这些不足是难免的，也是完全可以理解的。

清末民初中国文坛对法国儿童文学的译介工作与当时整个外国儿童文学评介工作一样，带有明显的"选择"倾向。正是这种"选择"，使当时的译介工作透露出了鲜明的时代特征，也就是说，这种选择中隐含着那个时代特定的精神状况和文化需求，同时也显示了那些参与译事的人们自身对于这一时代精神状况、文化需求的把握和体认。我们知道，"五四"前后的一个时代主题是在爱国主义精神的推动下，呼唤把"德先生"（民主）、"赛先生"（科学）请入国门。这一时代需求同样深刻地体现在人们对法国儿童文学的译介工作之中。

清末民初的知识分子生当民族危难当头、神州陆沉的历史关头，救亡图存的时代主题唤起了他们的爱国热情，同时也决定了他们的特殊心态和历史使命感——这种心态和使命感同样也延伸、影响到了相应的文学翻译行为之中。例如，林纾在翻译法国肺那的《爱国二童子传》时，就撰一"达旨"置于卷端，其中的表白颇为动情："存名失实之衣冠礼乐，节义文章，其道均不足以强国。强国者何恃？曰：恃学、恃学生，恃学生之有志于国，尤恃学生人人之精实业"。他表示自己翻译是书，目的是"冀以诚告海内，至宝至亲如骨肉尊如圣贤之青年读之，以振动爱国之志气"。在当时的历史环境条件下，林纾赖"实业自振"的愿望当然只能是一个颇为幼稚的空想，但他在译介过程中所流露的一掬爱国热忱，却是令人慨叹的。

梁启超在与披发生合作翻译凡尔纳的《十五小豪杰》时，也曾在卷首填了一阕《调寄摸鱼儿》来阐发自己译书的意旨：

> 莽重洋惊涛横雨，一叶破帆飘渡。入死出生人十五，都是髫

龄乳稚。逢生处，更堕向天涯绝岛无归路。停车伫苦。但抖擞精神，斩除荆棘，容我两年住。

英雄业，岂有天公能妒。殖民俨辟新土。赫赫国旗辉南极，好个共和制度。天不负，看马角乌头奏凯同归去。我非妄语，劝年少同胞，听鸡起舞，休把此生误。

很显然。除了激励中华少年"听鸡起舞，休把此生误"之外，《十五小豪杰》中少年民主选举产生"总统"等有关共和制度雏形的描写，也是引发梁启超译介此书的兴趣和动机之一。

鲁迅对凡尔纳科幻小说的重视和译介，同样强烈地反映出他企望通过译介科学小说，介绍外国进步的科学文化，破除禁锢中国人千百年的封建迷信思想，推动祖国科学昌明、社会进步的一颗拳拳之心。事实上，晚清出现的"凡尔纳热"绝不是偶然的，它"是时代的需要使然，是民众的渴求招致"[8]，而鲁迅等人的翻译行为，在一定意义上可以说只是感应、顺乎了这一时代需要和潮流而已。

清末民初法国儿童文学在中国文坛的输入和传播，与当时整个西学的输入和传播一样，在激发爱国精神、传播民主和科学思想等方面都起到了积极的历史作用。同时，它不仅丰富了当时人们尤其是少年儿童的精神食粮，也对处于酝酿起步时期的现代中国儿童文学的发展起到了积极的艺术借鉴和历史推动作用。

30 年代以后至 60 年代初，中国儿童文学界对外国儿童文学的关注和译介由"五四"前后以欧洲（主要是西欧和北欧）为主，逐渐转变为以苏联为主，尤其是 50 年代，由于特定的历史原因，苏联（还有东欧一些国家）儿童文学更是在中国儿童文学界的域外视野中占据了几乎整个天下，苏联儿童文学及其理论几乎成了50年代中国当代儿童文学艺术建构过程中人们寻求外来借鉴时唯一真正可供选择的对象。仅以儿童文学理论建设为例，据笔者的不完全统计，50年代公开出版的儿童文学理论专著和论文集有27种，其中译自苏联的儿童文学理论专著和论文集即不下15种。特别是50年代前期出版的儿童文学理论专著和论文集，几乎都是从苏联翻译过来的。这些翻译的理论著作在当时的中国儿童文学界有着广泛的影响，它们直接介入了当代中国儿童文学观念的确立和理论的建设进程之中，并且在很大程度上规定着当时中国儿童文学的基本观念和理论构架。

在这一大的历史趋势支配下，法国儿童文学在中国的传播自然也受到了一定的影响。不过，50年代毕竟是一个具有生气、充满热情的时代，20世纪以前法国传统儿童文学的优秀作品和20世纪法国进步儿童文学的一些作品仍然被纳入了人们的接受视野之中。据笔者的不完全统计，50年代出版的法国儿童文学作品单行本共约40种，其中拉封丹寓言、贝洛童话、马洛的《苦儿流浪记》等都出版了两个或更多的译本。50至60年代翻译出版的法国童话和动物故事主要有：贝洛等著、刘霞等译的童话集《水晶鞋》（1953年中国儿童书店版），贝洛著、吴墨兰译的《穿长靴的猫》（1953年少年儿童出版社版，以下简称"少儿版"），贝洛著、戴望舒译的《鹅妈妈的故事》（1955年儿童读物新1版），贝洛著、王汶译的《小红帽》（1956年天津人民版），贝洛著、朱鸣时译的《小红帽》（1956年甘肃人民版），勒非甫尔著、陈伯吹译的《红面小母鸡》（1951年中华书局版，1953年少儿新1版），乔治·桑著、罗玉君译的《祖母的故事》（1955年平明版）和《说话的橡树》（1957年少儿版），拜洛匈著、严大椿译的《两只小山羊》（1950年商务版，1953年少儿新1版），特拉吕编写、严大椿译的《法国民间故事》（1955年少儿版），阿耳玛改写、严大椿译的《快乐的老神仙》（1955年儿童读物版），加马拉著、罗玉君译的《自由的玫瑰》（1956年少儿版），索利阿诺等著、陈学昭译的《鲶鱼奥斯加历险记》（1956年中国少儿版），阿希·季浩改写、严大椿、胡毓寅译的《狐狸列那的故事》（1957年少儿版），波蒙夫人著、傅辛译的《美人和怪兽》（1958年少儿版）以及瓦扬·故久里著、胡毓寅译的《瘦驴和肥猪》（1960年少儿版），严大椿译的《黎达动物故事》（1960年少儿版）等；儿童小说主要有：马洛著、陈秋帆译的《无家儿》（1950年商务版），马洛著、沙里译的《流浪儿》（1957年新文艺版），马洛著、傅辛译的《苦儿流浪记》（1957年少儿版），雨果著、乔玲译的《法兰西小英雄》（1951年青年版，1955年儿童读物新1版，1957年少儿新1版），薄朗著、李灿茂译的《柏特小船长》（1957年少儿版），大仲马著、伍光建译、伍蠡甫等节写的《三个火枪手》（1957年少儿版），凡尔纳著、周煦良译的《天边灯塔》（1957年少儿版），一之译的法国短篇小说集《老板的鼻子》（1958年少儿版），安德烈斯谛著、严大椿等译的《法国码头工人的孩子们》等；儿童诗歌（含寓言诗）有拉封丹著、倪海曙译的《知了借粮》（1954年儿童读物版，1956年少儿版），倪海曙译的《拉·封丹寓言诗》（1958年少儿版），岱丽塔依著、庄森译的《匣子里装阳光》（1958年少儿版）等。

由以上所列主要出版书目可以见出，五六十年代中国儿童文学界对法国儿童文学的关注和译介并未中断，法国儿童文学史上的一些重要作家和作品继续得到了重视。在一切以苏联为榜样的50年代，这种现象的出现是十分值得注意的。它说明，即使是在那个文化心灵相对封闭、文化视野相对狭窄的时代，人们对于那些代表着人类优秀文化积累的文学作品的渴望依然是强烈而不可遏制的。

与清末民初译介法国儿童文学的活跃局面形成鲜明对照和呼应的，是处于20世纪另一端的八九十年代。随着当代中国人文化视野的逐渐拓展、艺术心灵的逐渐解放，随着新时期儿童文学建设的全面推进，法国儿童文学在中国的译介和传播工作也得到了全面的加强。综观近20年来法国儿童文学在中国的译介和传播状况，可以看出它表现出了一些新的特点。

一是逐渐系统化。

20世纪初以来法国儿童文学在中国的传播经历了一个由零散逐渐到较为系统化的过程。具体表现在，首先，一些过去以选译若干篇目的形式介绍进来的作品集现在终于有了全译本，如"五四"以前孙毓修、茅盾都翻译过二至三篇贝洛童话，20年代戴望舒翻译了七篇贝洛的作品，直到80年代，才出现了贝洛童话的全译本，如曹松豪译的《贝洛童话》（1989年湖南少儿版）；一些长篇名著过去以节译形式引入，现在也有了完整的译本，如卢梭的名著《爱弥尔》在20年代就有了转译的节选本；而到了1981年，由李平沤从法文直接翻译的全译本作为"汉译世界学术名著丛书"之一种，由商务印书馆分上、下卷出版。

其次，不同世纪、不同体裁、不同风格的法国儿童文学作品，除了图画故事书由于内容和印刷技术等原因译介较少外，都得到了比较全面的介绍，可以说，历代法国儿童文学名家的作品，至少是其主要的代表性作品，大都得到了翻译或介绍。

最后，除了愈来愈多的单篇作品或单行本外，还出现了一些容量较丰富、十分有价值的法国儿童文学选本。略去与他国儿童文学作品合集出版的丛书、文库等不算，仅以法国儿童文学选本为例，如倪维中、王晔译的《法国童话选》（1981年外国文学版），郁馥、唐有娟、吴玲玲译的《法国儿童文学选》（1982年江苏人民版），张良春编选、张良春、宋雪梅等译的《鲁滨逊和孤岛》（系"外国当代优秀儿童文学作品精选"之法国卷，1992年湖南少儿版）等，都是帮助读者"管中窥豹，可见一斑"的良好选本。

二是选择的眼光新。

20世纪法国儿童文学既有继承传统的一面，又有在新的时代条件下不断创新的一面，同时，20世纪又是法国儿童文学获得重要发展的一个世纪。因此，近20年来中国儿童文学界在继续译介或重译那些具有经典性意义的法国儿童文学作品外，还特别重视对20世纪以来反映出新的时代特征和审美趣味的儿童文学作家作品的译介工作。如童话有圣-埃克苏佩利著、胡雨苏译的《小王子》（1981年中国少儿版），马塞尔·埃梅著、黄新成译的《会搔耳朵的猫》（1982年重庆版），贝阿特丽丝·贝克著、刘芳译的《给幸运儿讲的故事》（1982年北京版）；小说有亨利·博斯科著、郁馥译的《孩子与河流》（见《法国儿童文学选》，1982年江苏人民版），米歇尔·图尼埃著、阎素伟、陈志萱译的《星期五或原始生活》（1986年湖南少儿版），勒内·戈西尼著、韩壮编译的《小尼古拉和他的小伙伴们》（一译《小尼古拉》，1992年甘肃少儿版）等。这些作品都向中国读者和儿童文学界呈现了20世纪法国儿童文学的艺术动向，传递了相关的富有参考价值的文学消息。

三是翻译质量较高。

清末民初的儿童文学翻译工作，由于受当时历史条件的限制，意译、转译、编译者颇多，如林纾采用的是意译的方式，许多法国儿童文学作品又是通过日文、英文、德文、俄文等译本转译的，这就难免在不同程度上影响到中译本对原作精神、风格的把握和传达，加上当时现代白话文文学尚处于草创阶段，翻译作品的语言在今天的读者看来也就难免颇有"隔"的感觉了。随着时代的进步，白话文文学的逐渐成熟，翻译家外语等水平的提高等等，今天的儿童文学翻译作品在整体质量上是有所提高的，特别是这些作品更适应今天的小读者的阅读习惯，因此也更便于在读者中广泛传播。

四是研究工作逐渐跟进。

与"五四"前后中国儿童文学界对法国儿童文学的了解相比，近20年来人们的这种了解显然已经大大增加了。在这种情况下，人们对法国儿童文学的介绍、研究工作也有所推进和提高。例如，出现了一批试图较全面地评述和探讨法国儿童文学历史的现状的论著，如于沛的《法国儿童文学探源》（见《法国研究》1986年第2期）、张良春的《法国儿童文学概况》（见《外国语文教学》1985年第1—2期，另见《外国儿童文学研究》1984年总第1辑）、王石安的《现代法国儿童文学鸟瞰》（见《儿童文学研究》1990年第5期）、韦苇的《西方儿童文学史》（1994年湖北少儿版）中的"法国儿童文学"部分等。从介绍和研究文章的质量看，一些文章或蕴含较多的信息量，如琅琅的《法国科学幻想小说新浪潮》（见香港《开卷》月刊1978年第1期，收入黄伊主编《论科学幻想小说》，1981年科学普及出版社出版），或具有一定的理论深度，如胡玉龙的《〈小王子〉的象征意义》（见《外国文学评论》1998年第1期），显示了较好的研究势头。

值得一提的是，台湾的儿童文学工作者在法国儿童文学译介方面也做了许多工作，如莫渝翻译了《梦中的花朵——法国儿童诗选》（富春文化事业股份有限公司1991年版）、傅林统翻译了保尔·阿扎尔的理论著作《书·儿童·成人》（富春文化事业股份有限公司 1992 年版）等。这些工作也正是大陆儿童文学界所缺乏的。因此，两岸同行的努力在一定程度形成了一种译介工作上的互补关系。

法国儿童文学在中国的传播和影响，构成了中法儿童文学交流和文化交流的一个向度和方面。保尔·阿扎尔在《书·儿童·成人》一书中的说法是有道理的："儿童的书的确有民族的感情，可是更重要的是含蕴着全人类的意识。"可以说，法国儿童文学在 20 世纪中国的传播，串起的不仅仅是时间，更是两个伟大民族共通的感情和意识！

---

### 注 释

[1] 参见张芝联主编：《法国通史》，北京：北京大学出版社 1989 年版，第 125—127 页。

[2] 参见钱林森：《法国作家与中国文化》，载翁义钦主编：《外国文学与文化》，北京：新华出版社 1989 年版。

[3] 参见王泉根：《论外国儿童文学对中国现代儿童文学的影响》，《浙江师范学院学报》1983 年第 3 期。

[4] 胡从经：《崇奉科学渴求知识——记晚清的凡尔纳热》，见《晚清儿童文学钩沉》，上海：少年儿童出版社 1982 年版。

[5] 参见方卫平：《中国儿童文学理论批评史》，南京：江苏少年儿童出版社 1993 年版，第 146 页。

[6] 参见方卫平：《中国儿童文学理论批评史》，南京：江苏少年儿童出版社 1993 年版，第 233 页。

[7] 汤锐：《比较儿童文学初探》，武汉：湖北少年儿童出版社 1990 年版，第 3 页。

[8] 胡从经：《晚清儿童文学钩沉》，上海：少年儿童出版社 1982 年版，第 207 页。

# 附录一 _____

## 一 法国儿童文学大事记

### 公元 12-14 世纪

中世纪伟大的长篇民间故事诗《列那狐的故事》逐渐形成并流传于世。这部作品后来成为法国古典文学和法国儿童文学历史宝库中不可多得的瑰宝。

### 1532

弗朗索瓦·拉伯雷以民间故事为蓝本的长篇讽刺小说《巨人传》陆续出版，其中第 5 部于拉伯雷死后 11 年（1564 年）出版。这部作品带有浓郁的童话意味和浪漫色彩，问世后被"儿童据为自己的读物"。

### 1668

拉封丹的《寓言诗》第一集（共6卷）出版。第二集（7-8 卷）、第三集（9-10 卷）此后陆续出版，最后的第 12 卷于 1694 年面世。

### 1687

1 月 27 日，夏尔·贝洛在法兰西学院朗诵了他的诗作《路易大帝的世纪》，从而引发了著名的"古今之争"。在这场争论的影响和推动下，贝洛在推崇现代文学的同时，也把注意力投向了深厚的民间文化土壤。

### 1693

英国学者约翰·洛克（1632-1704）出版《教育漫话》一书，

书中认为儿童应该有欢乐的童年，应该让他们读一些像《伊索寓言》《列那狐的故事》那样的好书籍。

## 1697

夏尔·贝洛的童话集《鹅妈妈的故事》问世。其中收有《小红帽》《仙女》《灰姑娘》《睡美人》等著名童话作品。它的出版被认为是欧洲为儿童整理、改编、创作童话的开端，在儿童文学史上具有划时代的意义。

多尔诺瓦夫人的《童话故事集》的前3卷出版，次年她又出版了《新故事，或流行童话故事集》，其中《青鸟》《金发美人》等作品流传至今。

## 1699

弗朗索瓦·费纳隆出版长篇传奇小说《忒勒马科斯历险记》，对儿童文学的产生和发展有一定影响。

## 1720

1719年问世于英国的长篇冒险小说《鲁滨逊漂流记》次年便出现了法文译本，并在法国风靡一时。

## 1757

博蒙夫人的童话集《儿童杂志》出版，其中收入了著名童话《美妞与怪兽》等作品。

## 1762

启蒙思想家让·雅克·卢梭的半论文体的长篇教育小说《爱弥儿》出版。这是世界文学中第一部把儿童作为具有独立人格的人，并根据儿童年龄特征进行教育、描写其成长的小说，在儿童文学史上具有重要影响。

## 1782

被法国教育学辞典称为"法国儿童文学的真正开拓者"的阿尔诺·伯

尔坎受德国人魏杰创办面向儿童的杂志一事的影响，创办了法国第一份儿童月刊《儿童之友》。

## 1785—1789

集 17—18 世纪世界童话大成的《仙女宝库》出版，共计 41 卷，其中既收有法国童话，也收有传入法国的外国童话。

## 1828

2 月 8 日，儒勒·凡尔纳出生于南特市的一个律师之家。

## 1860

塞居尔夫人的长篇童话《驴子的回忆》出版。

保尔·缪塞的中篇童话《风先生和雨太太》出版。

## 1863

儒勒·凡尔纳的长篇科学幻想小说《气球上的五星期》在被 15 位出版商退稿以后，终于被出版家皮埃尔·儒勒·埃泽尔发现，于这一年出版。此后埃泽尔开始编辑凡尔纳作品丛书《奇异的旅行》。这套丛书收有 63 部小说和 18 篇中短篇故事，包括了凡尔纳的所有主要作品。

爱德华·拉布莱依的《蓝色童话集》出版。

## 1864

出版家皮埃尔·儒勒·埃泽尔和他的朋友让·马塞共同创办了 19 世纪法国最重要的儿童刊物《教育与娱乐杂志》（1864-1906）。这份刊物当时曾被誉为"真正的儿童百科全书"。

## 1868

凡尔纳的长篇科学幻想小说《格兰特船长的儿女》出版。

乔治·桑的童话集《老祖母的故事》出版。

## 1869

凡尔纳的长篇科学幻想小说《海底两万里》出版。

## 1873

阿尔封斯·都德的《月曜日故事集》出版，其中收有《最后一课》等名篇。

凡尔纳的长篇科学幻想小说《八十天环游地球》出版。

## 1878

埃克托·马洛的长篇小说《苦儿流浪记》出版。该作品是 19 世纪法国苦难童年小说创作的领衔之作。

## 1879

让-亨利·法布尔的科学文艺巨著《昆虫记》第 1 卷出版。至 1901 年，第 10 卷出版。

## 1882

阿纳托尔·法朗士的中篇童话《蜜蜂公主》出版。

## 1900

逸儒翻译、秀玉笔记的凡尔纳科学幻想小说《八十日环游记》由经世文社发行。这是目前已知的中国近代最早译介的一部法国儿童文学作品。此后法国儿童文学作品不断被介绍到中国。

## 1905

3 月 24 日，儒勒·凡尔纳去世。

## 1931

保尔·富歇创建"海狸爸爸编辑部"。该编辑部隶属于法拉麦利洪出版社，专门编辑出版适合 1 到 14 岁不同年龄小读者需要的图画故事读物。黎达的动物故事作品，就收于该编辑部出版、由富歇主编的《动物故事丛书》之中。

## 1932

法国出现了电视，并于 1936 年开始定时播送电视节目。

保尔·阿扎尔的儿童文学理论著作《书·儿童·成人》出版。该书是 20 世纪最有影响的儿童文学理论著作之一。

## 1934

马塞尔·埃梅的《捉猫猫游戏童话集》出版。该童话集是法国现代童话的代表作之一。

乔治·西默农的侦探小说《麦格雷》出版。西默农的系列侦探小说塑造的警长麦格雷形象在读者中颇有影响。

设立"少年文学奖"。

## 1943

圣-埃克苏佩利的中篇童话《小王子》在美国出版。该书是法国现代童话名著之一。次年 7 月 31 日，作者驾驶侦察机在地中海上空执行任务时不幸失踪。

## 1949

国际民主妇女联合会为保障全世界儿童的权利，在莫斯科举行的会议上决定以 6 月 1 日为"国际儿童节"。

## 1950

勒内·吉约的第一部儿童文学作品《象王子萨马》出版，并获法国"少年文学奖"。

## 1951

国际儿童读物联盟（英文缩写为 IBBY）筹备会议在联邦德国召开。

## 1952

IBBY 在瑞士苏黎士正式成立。第一届大会的主题采用了发起人莱普曼女士著作的核心语言：通过儿童图书增进国际间了解。

## 1953

贝阿特丽丝·贝克的童话集《给幸运儿讲的故事》出版。

设立"幼儿文学奖"。

## 1954

IBBY 决定设立以安徒生的名字命名的国际儿童文学奖，在 IBBY 的参加国中每两年评一位作家授奖，奖励其儿童文学创作和全部儿童文学活动。

作家勒内·戈西尼与画家让·雅克·尚贝合作创作出版系列小说《小尼古拉和他的小伙伴们》。

## 1956

亨利·博斯科的中篇小说《孩子与河流》出版。

## 1957

皮埃尔·加马拉的长篇小说《羽蛇的故事》出版。

莫里斯·德吕翁的中篇童话《齐士托——一个长绿指头的男孩》出版。

## 1958

设立由孩子们自己评选的"最喜爱的书奖"。

## 1961

连环画俱乐部建立。该俱乐部后改建为图画文学研究中心。从
1961 年至 1967 年，该中心在推动连环画研究、出版、展览等方面发挥
了积极作用。

## 1963

IBBY 被批准作为联合国教科文组织所属"D"类的一个组织，确
立了互相提供情报信息的关系。

## 1964

勒内·吉约获世界儿童文学最高奖——安徒生奖。他是迄今为止
唯一获得该奖项的法国儿童文学作家。

## 1966

"安徒生儿童文学奖"设美术奖，以奖励优秀的儿童图书的插图
画家。

## 1967

米歇尔·图尼埃的第一部小说《星期五或太平洋上的虚无缥缈之境》
出版，并获法兰西学院小说奖。作者后来将此书专为少年儿童读者改写
为《星期五或原始生活》，该作品是当代法国儿童小说的代表作之一。

## 1969

欧仁·尤涅斯库开始发表系列童话《给三岁以下孩子们的故事》。

## 1976

经本年度召开的联合国第 31 届大会讨论，决定把 1979 年定为国际
儿童年。

玛利勒纳·格勒芒整理、加工的《普罗旺童话集》出版。

## 1977

少年儿童读物情报研究中心成立。该中心联合了数百名对儿童读物感兴趣的各界人士一起从事相关工作。

## 1978

让-玛丽·居斯塔夫·勒克莱齐奥的短篇小说集《蒙多及其他故事》出版。

## 1979

多米尼克·哈勒维的小说《孩子和星星》出版。

9月15日至18日，在波尔多市加斯科涅大学召开了国际儿童文学研究会第六次代表大会，议题是：当代文学中的儿童形象。

## 1984

首届青少年图书节年初在巴黎举办。

设立"大拇指汤姆奖"。

设立专门授予为儿童写作的女作家的"阿丽丝文学奖"。

## 70-80 年代

法国政府鼓励儿童文学创作，把儿童读物列入国家出版的重点项目。国家出版社和民间出版社也纷纷设立专门班子；由政府拨款和私人投资的少年儿童出版社已发展到 50 多家（不包括连环画出版社）。

## 二　修订版后记

还记得1992年初冬，我与一帮儿童文学界的朋友们被"关"进了北京前门附近的外交部招待所。在将近一个月的时间里，大家每天都在紧张地阅读、讨论各地推荐的儿童文学作品，为中国作家协会第二届全国优秀儿童文学评奖，做着艰苦的遴选工作。那个时候，我也正在开始为这本书的写作搜集资料，于是便利用星期天难得的时间空当去北京图书馆（现国家图书馆）查阅有关资料。与我"关"在一起的白冰先生知道这个情况后，便主动提出要陪我去拜访他的朋友、著名的法国儿童文学翻译家倪维中先生。一天晚上，白冰兄借来了两辆自行车，我们一人骑一辆，在夜晚的寒风中穿越半座北京城，去当时在法国驻华使馆文化处工作的倪先生家中讨教有关法国儿童文学的一些问题。

那个冬夜的情景仿佛还在眼前，而时间已经过去了20多年。

法国儿童文学从清末民初开始传入中国，迄今已恰好过去了差不多一个世纪。一个世纪以来，中国人对法国儿童文学的了解在不断地丰富、积累和深化。我在为本书收集、研读有关资料的过程中，深感我们这个民族在充满了动荡和曲折的这个世纪中，对作为人类文明优秀成果组成部分的外国儿童文学充满了何等的热情和执着。正是这种热情和执着所提供的文学交流成果的历史积累，构成了本书的一个稳固的研究基础。

不过，对于我来说，这仍然是一个全新的研究课题，需要涉猎的领域，需要补习的知识很多很多，法国的历史和现实，法兰西民族的文化传统和美学个性……何况，要真正认识、把握一个民族的精神个性谈何容易！法国历史学家、政治家托克维尔在其《旧制度与革命》一书中就曾经为自己的民族做过这样的描述："一个固守原则、本性难移的民族，以至从两三千年前画的图像中还能把它辨认出来；同时又是一个想法和爱好变化无穷的民族，最后变得连它自己也感到意外"……

但我仍然坚持了下来。这不仅因为本书是湖南少年儿童出版社陆续推出的"世界儿童文学研究丛书"中的一种，还因为我相信，在中国儿童文学发展和中外儿童文学交流发展的这个历史时段，这样一批著作的撰著和出版是必要的，有价值的。

本书写作过程中，我曾参阅、研读了约200种各类有关书籍和10余种有关报刊，其中包括80余种法国儿童文学作品选本和单行本。对此，我除了在书中引用有关材料时尽量予以注明外，还在附录部分列出了主要参考书目。在此，我谨对给本书写作以滋养的那些著作、作品的作者、译者等表示衷心的感谢。

本书初版于1999年4月，书名为《法国儿童文学导论》。此次再版，我对书中的个别误植或错误进行了修订。为了更好地反映本书的体例和内容，修订版书名更改为《法国儿童文学史》。衷心感谢湖南少年儿童出版社；感谢修订版责任编辑熊楚、畅然，他们认真、细心的工作精神，给我留下了深刻的印象。

方卫平

2014年11月10日于浙江师范大学红楼

# 附录二

## 一　方卫平学术年表

### 1967

10 月

入浙江省温州市双屿小学读书。

### 1973

7 月

小学毕业于浙江省温州市双屿小学。

9 月

入浙江省温州化工厂子弟中学读初中。

### 1975

3 月

随父母工作调动，转入宁波市镇海县( 现镇海区 )骆驼中学继续读初中。

6 月

初中毕业于骆驼中学。

9 月

入浙江炼油厂职工子弟学校读高中。

## 1977

### 7 月

高中毕业于浙江炼油厂职工子弟学校。之后在浙江炼油厂参加做保温砖等劳动。

### 10 月

21 日，获知恢复高等学校招生考试的消息。

### 11 月

20 日，在浙江炼油厂职工子弟学校参加 1977 年高等学校招生考试宁波地区初试，考试科目为语文、数学。

### 12 月

16、17 日，在宁波市镇海县镇海中学参加 1977 年高等学校招生考试浙江省复试。考试科目为语文、史地、数学、政治。

## 1978

### 3 月

11 日，入浙江师范学院宁波分校（后为宁波师范学院。1996 年，原宁波大学、宁波师范学院、浙江水产学院宁波分院三校合并，组建新的宁波大学）中文系读本科。

## 1979

### 9 月

开始将文艺学、美学作为自己的学术兴趣点进行拓展性学习，并逐渐扩展至哲学、心理学、中外文学与艺术等领域。

## 1980

### 2 月

由春天至次年冬天，陆续尝试《创作方法的质的规定性不能取消》《柏拉图文艺观点刍议》《自然的人化与自然的客观性》《试论美的本质》《意识流手法与现实主义文学》《形象思维是用形象来思维吗》等十余篇学术练习文字的撰写。

## 1981

### 9 月

文学理论习作《浅谈艺术个性》经徐季子先生推荐刊于《宁波师专学报》1981 年第 2 期。

## 1982

### 1 月

11 日，参加本科毕业典礼，后分配至宁波市镇海县骆驼中学任语文教师。

### 2 月

获浙江师范学院授予的文学学士学位。

### 4 月

开始将学习兴趣转向儿童文学领域。

## 1983

### 2 月

寒假期间撰写《教师笔下的少年形象》《试论儿童小说中的儿童情趣》、修改《意识流手法与现实主义文学》等习作。

### 4 月

第一篇儿童文学评论习作《教师笔下的少年形象——谈余通化几篇儿童小说形象塑造的特点》刊于《宁波师专学报》1983 年第 2 期。

### 7 月

第二篇儿童文学评论习作《我读〈惠惠和黄黄〉》刊于《宁波文艺》1983 年第 5 期。

## 1984

### 2 月

17 日至 19 日，在宁波市第一中学参加 1984 年全国硕士研究生招生考试，考试科目为英语、政治、中国现代文学、文艺理论、儿童文学、综合。

### 9 月

11 日，入浙江师范学院（1985 年 2 月更名为浙江师范大学）中文系读硕士研究生。

### 10 月

3 日，完成研究生阶段第一篇学术习作《从发生认识论看儿童文学的特殊性》初稿写作。

## 1985

### 7 月

14 日上午至 15 日上午，在泉州"福建省儿童文学讲习班"进行关于中国现代儿童文学的讲课。

21 日至 25 日，列席由文化部少年儿童司主办，云南人民出版社承办，在昆明市连云宾馆召开的"全国儿童文学理论规划会议"（20 日开幕）。

### 9 月

15 日，完成《我国儿童文学研究现状的初步考察》一文初稿写作。

《从发生认识论看儿童文学的特殊性》刊于《浙江师范大学学报》1985 年儿童文学研究专辑（总第 26 期）。

## 1986

### 3 月

28 日清晨 5 点 45 分，乘坐福州至北京 46 次特快列车到达北京，开始在北京游学半月。住东四十二条中国青年出版社、中国少年儿童出版社招待所（地下室）。

### 4 月

月初起在北京图书馆（现国家图书馆）等查阅资料，复印松村武雄的《童话与儿童研究》、高锦雪的《儿童文学与儿童图书馆》等。在中国美术馆参观"当代油画展"等五个展览。到北京音乐厅听了两场音乐会（古典室内乐专场、《弄臣》清唱会）。恰逢首届莎士比亚戏剧节举办，在中央戏剧学院实验小剧院观看了《黎亚王》。购学术书籍约 30 册。

15 日离京。返程在徐州、南京、上海逗留，22 日回到金华。

5 月

4 日,誊完 1 月份开始写作的《论当代儿童文学形象塑造的演变过程》一文。

11 日,誊完《我国儿童文学研究现状的初步考察》一文,12 日邮寄哈尔滨的《文艺评论》编辑部。

7 月

5 日,收到《文艺评论》编辑信,告知投稿拟用于第 6 期。

11 月

《我国儿童文学研究现状的初步考察》一文刊于《文艺评论》1986 年第 6 期。

28 日,到达重庆。29 日起在四川外国语学院参加全国少儿文化艺术委员会委托该校主办的外国儿童文学座谈会,会期五天。

12 月

3 日晚 10 点,乘江汉 52 号轮离开重庆。

在《儿童文学研究》1986 年总第 23 期发表《略谈开展儿童文学的创作心理研究》一文。


1987

1 月

在《儿童文学选刊》第 1 期发表《童话的立体结构与创新》一文。

2 月

2 月至 5 月,撰写硕士学位论文《儿童文学本体论》。

**5 月**

16 日，在《文艺报》"儿童文学评论"版发表文章，题为"儿童文学：在创作者与接受者之间"。

**6 月**

28 日上午，在浙江师范大学行政楼小会议室参加硕士学位毕业论文毕业答辩。下午答辩委员会评议后做出决议，全票通过，成绩优秀。

**7 月**

研究生毕业并留校工作。

**9 月**

21 日上午，在杭州大学参加"中国现代文学"考试并通过。下午参加杭州大学申请硕士学位论文答辩，并以全票优秀通过。后获杭州大学授予的文学硕士学位。

本月开始至 1988 年 2 月，具体承担并独立完成《中国儿童文学大系》理论卷（共 2 卷）的编选、整理等工作，后由希望出版社出版。

**10 月**

19 日，组织中文系儿童文学方向、当代文学方向研究生讨论班马短篇小说《鱼幻》。后讨论稿发表于《浙江师范大学学报》1987 年"儿童文学研究专辑"。

**11 月**

应周晓先生之约为《少年小说选·探索与争鸣》一书撰写长篇序言《少年小说：对新的艺术可能的探寻》。该书后因故未能出版，该文全文发表于《浙江师范大学学报》1987 年"儿童文学研究专辑"，节选 1988 年 7 月 16 日发表于《文艺报》。

12 月

18 日，完成论文《近年来儿童文学发展态势之我见——兼与陈伯吹先生商榷》的写作。28 日，完成论文《冰波童话的情绪变调》的写作。


1988

1 月

修改誊抄上月写完的两篇论文，并分别邮寄给合肥的《百家》、沈阳的《当代作家评论》编辑部。

开始酝酿为儿童文学进修班开设"中国儿童文学批评史"课程。该班后因招生方面的原因未能办成。

2 月

2 月至 6 月，在文科楼旧东大为浙江师范大学中文系 1985 级学生独立讲授"儿童文学概论"课。

5 月

论文《近年来儿童文学发展态势之我见——兼与陈伯吹先生商榷》《冰波童话的情绪变调》分别发表于 1988 年第 3 期《百家》《当代作家评论》杂志。

10 月

中旬参加在烟台中国作家协会创作之家举办的"当代儿童文学创作趋势"研讨会并做大会发言。

11 月

论文《我国儿童文学研究现状的初步考察》获"首届全国儿童文学理论评奖优秀论文奖"。《报刊文摘》以"方卫平与陈伯吹针锋相对"

为题摘要发表《近年来儿童文学发展态势之我见》一文的观点。同月晋升为讲师。

12 月

在《儿童文学研究》1988 年第 6 期发表《儿童文学本体观的倾斜及其重建》。

本年度，在《儿童文学研究》《当代作家评论》《文艺评论》《百家》《光明日报》《文艺报》《当代创作艺术》《浙江师范大学学报》《宁波师范学院学报》《衡阳师专学报》等报刊发表评论文章和学术论文若干篇。

1989

2 月

5 日完成合著《中国当代儿童文学史》中关于当代儿童文学理论批评部分 6 万余字的写作。

3 月

应邀完成为周晓先生第二部评论集《少年小说论评》撰写的序言《批评的品格》。

5 月

在《儿童文学研究》1989 年第 2 期发表《论儿童审美心理建构对儿童文学文本构成形态的影响》。

1990
―――

2 月

启动著作《中国儿童文学理论批评史》的撰写工作。

3 月

在《浙江师范大学学报》第 2 期头条发表《童年：儿童文学理论的逻辑起点》一文。

4 月

收到江苏少年儿童出版社刘健屏先生的理论书稿约稿信，复信告知正在写作《中国儿童文学理论批评史》一书。

5 月

应邀出席中国儿童文学研究会主办、在昆明召开的"九十年代儿童文学展望研讨会"，并在会上做"儿童文学研究的理论意义"的发言；发言稿经整理后次年应约发表于《文论月刊》第 6 期。

为《中国儿童文学理论批评史》一书的写作，陆续赴上海图书馆、上海辞书出版社资料室、浙江图书馆古籍部等查阅、搜集资料。

6 月

加入中国作家协会浙江分会（后改名为浙江省作家协会）。

10 月 −11 月

应邀出席少年儿童出版社主办的"90'上海儿童文学研讨会"，并在会上做题为"商业化时代的文化绿洲"的发言。

<u>1991</u>

2 月

任中文系 90 级 2 班班主任。

5 月

应《儿童文学选刊》邀请，写作并在该刊第 3 期发表《1990：少年小说的艺术风度》一文。

与中文系美育、当代文学等领域同事合作承担国家教委社科项目"当代青少年美育问题研究"，赴杭州学军中学、上海师范大学附中等学校调研（问卷调查、座谈会等）。

7 月

参加中国儿童文学研究会主办、河北少年儿童出版社在承德承办的全国儿童文学研讨会。

8 月

与人合著的《中国当代儿童文学史》由河北少年儿童出版社出版。

9 月

开始书稿《儿童文学接受之维》的案头准备和写作。

<u>1992</u>

2 月

完成书稿《儿童文学接受之维》的写作、修改、誊抄并寄给湖北少年儿童出版社编辑。

5 月

19 日开始，加快《中国儿童文学理论批评史》的写作进度。

## 7 月

6 日，完成书稿《中国儿童文学理论批评史》并寄给江苏少年儿童出版社编辑，同日得知申报的课题"中国儿童文学理论发展研究"被列为"浙江省哲学社会科学'八五'规划重点课题"。

## 8 月

下旬参加湖南少年儿童出版社主办的儿童文学研讨会（长沙、张家界），接受该社关于研究、介绍法国儿童文学著作的约稿。

## 9 月

应聘为茅盾文学院（现浙江文学院）特约研究员。

## 11 月

在北京外交部招待所参加第二届中国作家协会全国优秀儿童文学奖初评工作，共 20 余天。

## 12 月

论文《西方人类学派与周作人的儿童文学观》获浙江省社会科学优秀成果评选委员会颁发的"浙江省优秀社会科学成果三等奖"。

完成论文集《儿童文学的当代思考》整理工作并寄给明天出版社编辑。

## 1993

## 4 月

本学期以班主任身份组织中文系 2 班的学术征文和研讨会，收到同学们涉及多个领域的学术习作 40 余篇。个人用一个多月时间阅读、评定，选出优秀论文 4 篇，出资印制了班级优秀论文选，召开了班级学术交流研讨会，为优秀论文作者发了小奖品，推荐其中的儿童文学研究佳作发表于当年的《浙江师范大学学报》。

5 月

加入中国作家协会。

8 月

著作《中国儿童文学理论批评史》由江苏少年儿童出版社出版，责任编辑刘健屏。

主编并用于内部交流的《儿童文学导报》第 1 期印行，《文艺报》《春城晚报》发表了该报创办的消息；至 1996 年，该报共编印发行了 4 期。

10 月

完成论文集《流浪与梦寻——方卫平儿童文学文论》的整理工作并寄给甘肃少年儿童出版社编辑。

## 1994

5 月

在中文系动员下，申报教授。

10 月

论文集《流浪与梦寻——方卫平儿童文学文论》由甘肃少年儿童出版社出版，责任编辑郑洁。

在上海赴陈伯吹先生府上拜访陈先生，并赠《中国儿童文学理论批评史》。

11 月

由讲师晋升为教授。

获浙江省青少年英才奖励基金会颁发的"第二届浙江省青少年英才奖二等奖（青年组）"。

在杭州出席浙江省青年作家代表大会。

12 月

被浙江文学院评为"1993–1994 年度浙江文学院优秀特约研究员"。

选评的《中华幽默儿童文学作品精粹》（上、下册），由湖南少年儿童出版社出版。


## 1995

3 月

在《儿童文学选刊》第 2 期发表《一份刊物和一个文学时代——论〈儿童文学选刊〉》一文。

4 月

获浙江省人民政府授予的"浙江省劳动模范"称号。

5 月

《儿童文学接受之维》由湖北少年儿童出版社出版，责任编辑别道玉。

与人合著的《教育新概念·青少年美育》一书由华中理工大学出版社出版。

7 月

论文集《儿童文学的当代思考》由明天出版社出版，责任编辑李蔚红。

9 月

被聘为硕士生导师，开始招收、培养硕士研究生。

在《儿童文学选刊》第 5 期发表《寻求新的艺术话语——再论〈儿童文学选刊〉》一文。

11 月

2 日至 7 日，出席在上海召开的"第三届亚洲儿童文学大会"。

22 日至 25 日，在杭州参加浙江省文学艺术界联合会第四次代表大会。

本年度当选为金华市第三届人民代表大会代表（1995–2000）。


1996

2 月

经浙江省人民政府批准，被浙江省教育委员会选拔为"浙江省高等学校首批中青年学科带头人"。

本年度被选拔为"浙江省跨世纪学术和技术带头人第二层次培养人员"（省"新世纪 151 人才工程"）。

5 月

应聘为中国作家协会"中国作协第三届（1992–1994）全国优秀儿童文学奖评奖委员"并在京出席终评会议。

7 月

任浙江师范大学中文系副主任，分管科学研究、研究生教育、成人教育等工作。

9 月

22 日，组织召开的"1996 海峡两岸儿童文学研讨会"在浙江师范大学邵逸夫图书馆举行。

12月

6日至15日，应台湾海峡两岸儿童文学研究会邀请第一次赴台出席在台北联合报系大楼举办的"海峡两岸少年小说研讨会"，并到访联合报社、国语日报社、台东师范学院等单位。

1995年申报课题"繁荣我国儿童文学研究"，本年度被批准为"国家社会科学基金年度项目"。

主编的《中国幽默儿童文学文库》(共15册)由北京燕山出版社出版。

1997

1月

撰写《法国儿童文学导论》绪论、第一章等。

2月

获国务院颁发的1996年度政府特殊津贴。

4月

与周晓先生一起，应贵州人民出版社邀请赴贵阳参加该社《中国少年文学大系》审稿会，并做关于少年文学的专题报告。该书系后因故未能出版。

9月

著作《中国儿童文学理论批评史》获浙江省人民政府颁发的"浙江省第七届社会科学优秀成果奖三等奖"。

11月

著作《中国儿童文学理论批评史》获浙江省作家协会颁发的"1993-1996年浙江省优秀文学作品奖"。

在上海参加少年儿童出版社主办的儿童文学研讨会。

**12 月**

应刘海栖先生邀请，赴济南出席山东省儿童文学创作会议，并在会上做儿童文学专题报告。

本年度当选为浙江省第九届人民代表大会代表（1998-2003）。

## 1998

**1 月**

出席在杭州召开的浙江省第九届人民代表大会第一次会议。

**3 月**

20 日至 29 日，赴台湾出席"海峡两岸童话学术研讨会"。

**5 月**

在《文艺评论》第 3 期发表《论童话及其当代价值》一文。

**8 月**

15 日开始，集中精力撰写《法国儿童文学导论》一书。

**11 月**

中旬完成著作《法国儿童文学导论》的写作并将打印稿、电子光盘等邮寄给湖南少年儿童出版社编辑。

**12 月**

10 日至 12 日，在杭州参加浙江省作家协会第五次全省代表大会，当选浙江省作家协会全省委员会委员。

1999

1月

应浙江师范大学中国现当代文学学科王嘉良教授之邀，完成论文集《逃逸与守望——论九十年代儿童文学及其他》的整理工作。

4月

著作《法国儿童文学导论》由湖南少年儿童出版社出版，责任编辑谢清风。

5月

应聘为中国作家协会第四届全国优秀儿童文学奖评委，在北京出席终评会议。

论文集《逃逸与守望——论九十年代儿童文学及其他》由作家出版社出版，责任编辑方华。

6月

经桂文亚女士牵线，应联合报系文化基金会邀请，6月6日至7月8日，赴台湾进行"台湾儿童文学理论批评"项目的资料收集和短期研究。

7月

参加由二十一世纪出版社在泰国、中国香港举办的"大幻想文学研讨会"。

8月

在《儿童文学研究》第3期发表《早慧的年代——20世纪中国儿童文学理论体系建设回眸之一》一文。

11月

应邀参加2日至3日在浙江淳安千岛湖举行的中国版协少读工委文

学读物研究会双年会，并在会议上做专题发言。

应邀参加 12 日至 14 日在南宁市召开的"99'南宁国际民族民间文化学术研讨会"。会后赴越南下龙湾等地采风三天。

在《儿童文学研究》第 4 期发表《回归正途——20 世纪中国儿童文学理论体系建设回眸之二》一文。

12 月

卸任浙江师范大学中文系副主任。

## 2000

1 月

本人建议设立的"批评家"栏目在《中国儿童文学》面世。第 1 期介绍汤锐，应刊物之邀配合发表《我们思想舞台上的优雅舞者》。

5 月

出席由中国作家协会主办、在国家行政学院召开的全国儿童文学创作会议，在会议上做题为"批评的挣扎"的专题发言。

8 月

在《中国儿童文学》第 3 期"批评家"专栏发表《经典 经典意识》《批评的挣扎》两篇文章。

11 月

18 日至 23 日，应新蕾出版社邀请，在天津远洋宾馆参与《中国儿童文学五人谈》一书的对谈工作。

12 月

应王尚文先生和广西教育出版社之邀，参与《新语文读本》

小学卷编著工作，任主编之一。

应聘为《中国儿童文学》编委。


## 2001

1月

1日开始，《新语文读本》小学卷编著团队启动编著工作。

7月

任浙江师范大学儿童文学研究所所长，开始筹划创办学术丛刊《中国儿童文化》、中国儿童文学研究网等事务。

8月

参与主持《新语文读本》小学卷修改定稿会议。

9月

上旬开始《新语文读本》小学卷的统稿工作，并将完成统稿的书稿，陆续寄交广西教育出版社编辑。

与人合著的《中国儿童文学五人谈》由新蕾出版社出版。

10月

继续《新语文读本》小学卷的统稿工作，并继续交付书稿。

11月

7日，完成《新语文读本》小学卷最后一卷统稿工作并寄交出版社。


## 2002

1月

作为主编之一参与编著的《新语文读本》小学卷12册由广西教育

出版社出版。

2 月

作为小学卷主编之一，赴上海出席《新语文读本》出版研讨会，并接受《文汇读书周报》记者访谈。

7 月－8 月

7 月 18 日至 8 月 21 日，应台东大学儿童文学研究所邀请，赴该校为暑期研究生班讲授"大陆儿童文学"课。

9 月

任中国作家协会儿童文学委员会委员。

12 月

出席在北京和敬府宾馆召开的中国作家协会儿童文学委员会年会。

本年度卸任浙江省人大代表；任浙江省第九届政协委员（2003–2008）。

## 2003

1 月

应聘为第六届宋庆龄儿童文学奖评委，在北京出席终评会议。

出席在杭州召开的浙江省政协第九届第一次会议。

2 月－3 月

与本校中国现当代文学学科同事一起先后赴长春、武汉、南京、济南等地，与当地高校现当代文学学者交流博士点建设经验。

9 月

16 日晚，在浙江师范大学 17 幢田家炳教育书院一楼阶梯教室做题为"诗意和理趣——谈儿童文学的诗性深度"的学术讲座。

开始在浙江师范大学行知学院汉语言文学专业试办儿童文学专业方向班（儿童文学系）。2003年、2004年先后招生两个班，效果良好。

月底，赴昆明参加高等教育出版社所约教材《儿童文学教程》的编著工作会议。

10月

作为评委在北京参加第六届宋庆龄儿童文学奖颁奖典礼。


2004

4月

10日至12日，应南京师范大学教育科学学院学前教育学科邀请，出席"儿童的文学·儿童的文化·儿童的教育高峰论坛"。10日上午在论坛上做儿童文学专题报告。

5月

与王昆建教授合作主编教材《儿童文学教程》由高等教育出版社出版，并在本年度被全国教师教育课程资源专家委员会评为"2004年全国教师教育课程资源优质资源"。

9月

16日至30日，应马来西亚华文教师总会邀请，分别为吉隆坡、槟城的儿童文学教师研习营做儿童文学讲座。

10月

10月30日至11月1日，在深圳参加中国作家协会召开的全国儿童文学创作会议。会议期间与明天出版社刘海栖社长商定《方卫平儿童文学理论文集》出版事宜。

12 月

主编的学术丛刊《中国儿童文化》第 1 辑由浙江少年儿童出版社出版；至 2016 年，该丛刊共出版了 9 辑。

## 2005

4 月

开始启动"当代西方儿童文学理论译丛"的相关工作。

5 月

中旬，赴青岛参加儿童文学研讨会，并被中国海洋大学聘请为兼职教授。

下旬在北京参加江苏少年儿童出版社主办的曹文轩新作《青铜葵花》研讨会。

6 月

整理完成《方卫平儿童文学理论文集》4 卷书稿，并寄交明天出版社编辑。

7 月

8 日，被学校聘任为浙江师范大学儿童研究院（后更名为儿童文化研究院）主持工作的副院长。

8 月

12 日至 19 日，随浙江师范大学人文学院参访团赴台湾"中研院"、台东大学等进行学术交流。

2006

7月 - 8月

7月5日至8月5日，应台东大学儿童文学研究所邀请，赴该校为暑期研究生班讲授"儿童文学史理论"课。

9月

浙江师范大学儿童文化研究院迁入红楼。

10月

2日，浙江师范大学儿童文化研究院举行成立揭牌仪式。

应中央电化教育馆邀请，赴甘肃平凉为当地小学教师做儿童文学公益讲座。

11月

《方卫平儿童文学理论文集》由明天出版社出版，包括《中国儿童文学理论批评史》《思想的边界》《文本与阐释》《法国儿童文学导论》共4卷，责任编辑徐迪南、孟丽丽。

12月

10日至14日赴云南西双版纳州出席中国作家协会儿童文学委员会年会。

2007

1月

被浙江省哲学社会科学发展规划领导小组聘请为"浙江省哲学社会科学'十一五'学科组专家"。

2 月

在台湾作家桂文亚女士赞助下，为研究生、本科生的学术成长，启动"第一届思想猫儿童文学研究优秀成果奖"评奖工作。

收到俞金尧先生转来的意大利马切拉塔大学"国际学校练习本论坛"邀请函。

3 月

在浙江大学参加浙江省当代文学研究会第一次年会，任浙江省当代文学研究会副会长。

8 月

为撰写《媒介中的学生课艺》一文，赴杭州浙江图书馆古籍藏书部查阅资料。

论文集《儿童文学的审美走向》由中国文史出版社出版，责任编辑张蕊燕。

9 月

9 日，完成提交意大利会议的论文写作，10 日同步进行的英文翻译版完成（赵霞译），并提交意方。

25 日至 30 日，应意大利马切拉塔大学邀请并接受资助，赴该校出席"国际学校练习本论坛"，在会议上宣读论文《媒介中的学生课艺：一个变革时代的文化现象及其历史解读》。会后被聘任为该校主办的学术期刊《教育史与儿童文献》杂志国际学术委员。

11 月

23 日至 28 日，作为中方主持人应邀赴日本大阪出席"第三届中日儿童文学研讨会"。

## 12 月

主编的浙江师范大学儿童文化研究院红楼书系第一辑 4 册由少年儿童出版社出版，其中包括《中国儿童文学理论发展史》（增订本），责任编辑梁燕。该书系至 2016 年 5 月，共出版了六辑计 23 册学术著作，含学术专著、译著、论文集等。

## 2008

### 1 月

接待鸟越信先生率领的日本大阪儿童文学界一行 10 人，并主持中日儿童文学论坛。

### 4 月

在意大利《教育史与儿童文学》2008 年第 1 期发表英语论文《西方人类学思想与现代中国儿童文学理论》（赵霞译）。

### 5 月

7 日至 10 日，出席浙江省作家协会第七次会员代表大会，当选浙江省作家协会主席团委员，任浙江省作家协会儿童文学委员会主任。

### 6 月

选评的《最佳儿童文学读本》系列 3 册由明天出版社出版。其中《树叶的香味》次月入选"开卷"畅销榜童书榜第 7 位。

### 7 月

21 日至 22 日，参加由丰子恺儿童图画书奖筹备委员会主办，书伴我行（香港）基金会、香港教育学院中文学系协办，陈一心家族基金会和陈范俪瀞赞助，在香港教育学院大埔校园举行的"儿童图画书国际论坛暨第一届丰子恺儿童图画书奖发布会"。

9 月

16 日，参加在南昌举行的"首届中国少儿出版高层论坛"，并做题为"我们离儿童艺术之门有多远"的论坛发言。

10 月

21 日至 22 日，主持在浙江师范大学图文信息中心召开的"2008 儿童媒介国际高峰论坛"，来自中国（含中国大陆、香港地区、台湾地区）及英国、意大利、新西兰、南非等国的学者 50 余人参加了论坛。30 日，主持在红楼召开的长篇儿童小说《腰门》（二十一世纪出版社出版）研讨会，开始启动"浙江师范大学儿童文学新作系列研讨会"。

12 月

论文集《无边的魅力——方卫平儿童文学论集》由接力出版社出版，责任编辑陈苗苗。

主编的《2007 中国儿童文化研究年度报告》由浙江少年儿童出版社出版；该年度报告逐年出版至《2014 中国儿童文化研究年度报告》。

主编的浙江师范大学儿童文化研究院红楼书系第二辑《儿童文学的乐趣》《作为神话的童话／作为童话的神话》《你只年轻两回——儿童文学与电影》（译丛）等 3 册由少年儿童出版社出版；《理解儿童文学》2010 年 4 月由该社出版。

## 2009

1 月

根据学校的安排和要求，整理、撰写教学成果奖"儿童文学课程体系的建设与实践"的申报材料。

应德国慕尼黑国际青少年图书馆之邀，自本年度开始，与赵霞合作逐年为该馆《白乌鸦书目》推荐中文书目并撰写英文介绍文字。

4 月

14 日至 16 日，赴桂林参加由中国作家协会儿童文学委员会主办，接力出版社、中共桂林市委宣传部承办的"2009 全国儿童文学理论研讨会"，并在会议上做题为"新媒介对当代儿童文学发展的意义"的发言。16 日，《光明日报》发表记者专稿《方卫平：重视新媒介对儿童文学的影响》。

5 月

3 日至 9 日，随浙江师范大学参访团赴台与台湾大学、台湾师范大学、暨南国际大学、台东大学等高校进行交流。

12 日至 13 日，主持与加拿大多伦多大学儿童研究所联合举办、在浙江师范大学图文信息中心召开的"2009 儿童发展与教育国际高峰论坛"。

6 月

24 日至 30 日，参加在香港进行的"第一届丰子恺儿童图画书奖"终评工作。

选评的《最佳少年文学读本》系列 3 册由明天出版社出版。其中《成长的滋味》次月入选"开卷"畅销榜童书榜第 9 位。

论文《论新媒介与当代儿童文学的发展》（与赵霞合作）在《文艺争鸣》第 6 期发表。

8 月

论文集《童年·文学·文化 儿童文学与儿童文化论集》由二十一

世纪出版社出版，责任编辑邓滨、谈炜萍。

14日，应信谊基金会邀请，作为发起人之一，在上海市中福会少年宫参加了"中国原创图画书论坛暨信谊图画书奖征奖发布会"。

9月

领衔完成的教学成果"儿童文学课程体系的建设与实践"先后获浙江省人民政府颁发的"浙江省第六届高等教育教学成果奖一等奖"、教育部颁发的"第六届国家级教学成果奖二等奖"。

6日，应明天出版社邀请，在广州参加由广东省教育厅主办、广东教育出版社承办的"在一本书里旅行——第二届暑假读一本好书活动"颁奖会。

10月

22日至23日，应邀参加南京师范大学教科院学前教育学学科主办的"全国儿童教育理论高层论坛"，做题为"图文之间的权力博弈"的学术报告。论坛期间为该校师生做题为"当代儿童文学中的童年叙事美学批判"的专题讲座。

12月

作为第一主编的著作《2007年中国儿童文化研究年度报告》获浙江省人民政府颁发的"第十五届浙江省哲学社会科学优秀成果奖"三等奖。

被南京师范大学聘为兼职教授。

## 2010

3月

被聘为浙江师范大学二级教授。任浙江师范大学儿童文化研究院院长。

**4月**

参加四川少年儿童出版社在成都主办的儿童文学论坛。

**5月**

选评的《新语文课外书屋·儿童文学名家读本》系列6册由外语教学与研究出版社出版。

**9月**

主编的《在地球的这一边——第十届亚洲儿童文学大会论文集》由外语教学与研究出版社出版。

**10月**

16日至18日,经过一年多的筹备、组织,"第十届亚洲儿童文学大会"在浙江师范大学图文信息中心7楼会议厅召开;主持会议开幕式、闭幕式。来自中国（含中国大陆、香港地区、台湾地区）、日本、韩国、马来西亚等国家的约200名人士出席了大会。本次大会得到了中国作家协会儿童文学委员会、浙江省作家协会、金华市人民政府、浙江师范大学等的支持。

18日,《文艺报》在第一版发表记者刘秀娟的访谈稿《为亚洲儿童文学贡献一场思想的盛宴——访第十届亚洲儿童文学大会组委会负责人方卫平》。

**12月**

应聘为香港丰子恺儿童图画书奖顾问。2011年至2020年初,作为书奖顾问,每年赴香港列席丰子恺儿童图画书奖董事会、参加丰子恺儿童图画书奖评审工作等数次。

2011

1 月

选评的《中国儿童文学分级读本》系列 12 册由浙江少年儿童出版社出版。

4 月

23 日，被浙江图书馆聘为"浙江图书馆文澜讲坛客座教授"，并在该馆为读者做儿童文学讲座。

主编的《二十一世纪新语文》读本 12 册由二十一世纪出版社出版。

5 月

6 日至 8 日，赴河南省新野县出席河南省教育厅、广西教育出版社联合主办的《新语文读本》出版十周年交流活动，并与钱理群先生一起分别为 1000 余名教师做专题报告。

21 日，应台州图书馆邀请，为读者做题为"儿童文学的艺术之光"的讲座。

6 月

11 日，应宁波图书馆"天一讲堂"邀请，为读者做题为"童文·童趣——儿童文学的艺术魅力"的讲座。

18 日，在红楼主持由浙江师范大学儿童文化研究院与上海的少年儿童出版社联合举办的"思辨与品格——周晓先生儿童文学评论与编辑工作研讨会"。

9 月

申报课题"新世纪儿童文学艺术发展研究"被批准为 2011 年度教育部人文社会科学研究规划基金项目。

25 日，应安徽少儿出版社邀请参加"国际安徒生奖大奖书系"启动工作会议，并受邀担任丛书主编。26 日，在该社做儿童文学专题讲座。

27 日，应福建少年儿童出版社邀请，在南宁参加王勇英"弄泥的童年风景"系列暨广西本土文学作品研讨会。

11 月

获《中国教育报》读书周刊"2011 推动读书十大人物"称号。


## 2012

2 月

著作《享受图画书——图画书的艺术与鉴赏》（责任编辑刘蕾、张富华）、论文集《寻回心灵的诗意》（责任编辑肖晶）由明天出版社同时出版。

3 月

应安徽少年儿童出版社邀请赴意大利博洛尼亚童书展。

7 月

主编教材《幼儿文学概论》由高等教育出版社出版。

8 月

14 日至 22 日，应邀赴马来西亚。19 日，出席在吉隆坡珍苑国际酒店举行的"马来西亚儿童文学协会成立大会暨儿童文学的世界与世界的儿童文学一日营"，并在开幕式上做题为"儿童文学的世界"的主题演讲。

9 月

1 日至 27 日，在中央党校参加由中组部、中宣部、中央党校、教育部、财政部、解放军原总政治部联合举办的第四十七期哲学社会科学教学科研骨干研修班学习并结业。其间赴延安学习一周。

**10月**

《文艺争鸣》第10期刊出"方卫平专辑"，发表论文《童年写作的厚度与重量》，同时发表刘绪源、王侃、吴其南、班马的相关专论。

中旬应邀赴济南长清区山东省青少年素质教育基地，为山东省作协举办的第九届青年作家（儿童文学）高研班做题为"原创儿童文学中的童年叙事美学及其批判"的专题讲座。

20日，主持由浙江师范大学儿童文化研究院和丰子恺儿童图画书奖组委会联合主办、在浙江师范大学图文信息中心举行的"华文原创图画书学术研讨会"。

**11月**

著作《享受图画书——图画书的艺术与鉴赏》获冰心奖评委会颁发的"2012年冰心儿童图书奖"。

## 2013

**2月**

论文《童年写作的厚度与重量》被《新华文摘》第4期转载。

**3月**

30日，参加由安徽少年儿童出版社在安徽休宁举办的"国际安徒生奖大奖书系"翻译工作研讨会。

**7月-8月**

应《上海师范大学学报》之邀撰写的《商业文化精神与当代童年形象塑造——兼论中国当代儿童文学的艺术革新》一文发表于该刊第4期。2014年4月，中国作家协会发布的《2013年中国文学发展状况》提到："方卫平的《商业文化精神与当代童年形象塑造》对儿童文学的现状和问题做出了具有理论深度的分析。"

7月21日至8月9日赴美国费城参加由浙江师范大学、天普大学联合举办的高等教育管理研修班，其间赴哈佛大学、麻省理工学院、普林斯顿大学、哥伦比亚大学、芝加哥大学、罗耀拉大学等高校参观、交流。

**9月**

卸任浙江省作家协会儿童文学委员会主任职务。

**10月**

论文集《思想的舞者——方卫平文论集》由接力出版社出版，责任编辑蒋强富。

13日至19日，建议并协助晨光出版社组织了大理、丽江、香格里拉、梅里雪山儿童文学之旅。

**11月**

本月29日至12月13日，应台湾陆委会委托中华发展基金管理会发出的邀请，率领大陆作家一行9人赴台交流。这是自1996年以来，第8次赴台交流。

## 2014

**3月**

被聘为博士研究生导师。应安徽少年儿童出版社邀请赴意大利博洛尼亚童书展，出席"国际安徒生奖大奖书系"首发仪式；赴博洛尼亚之前，整理了自2011年10月以来与安少社编辑之间的通信共约6万字。

5 月

主编的"国际安徒生奖大奖书系"第一辑 47 册,由安徽少年儿童出版社出版。

7 月

应邀开始为《中国新闻出版报》（后改名为《中国新闻出版广电报》）"读书周刊"撰写畅销书榜评。17 日,在该报发表第一篇榜评文字《让童年"看见"什么》。

8 月

17 日,参加长江少年儿童出版社在湖北恩施主办的"中国式童年的文学表达"文学笔会,并应邀在会上做了题为"关于当代儿童文学写作'新现实'的思考"的报告。

11 月

参加"第一届国际陈伯吹儿童文学奖"评审工作。

12 月

2 日至 3 日,应邀赴济南出席山东省作家协会儿童文学创作委员会 2014 年年会扩大会议,并为会议做儿童文学专题报告。

完成个人撰著教材《儿童文学教程》,书稿于 16 日发给复旦大学出版社编辑。

## 2015

1 月

在《南方文坛》2015 年第 1 期发表《中国式童年的艺术表现及其超越——关于当代儿童文学写作"新现实"的思考》一文。

该文被《新华文摘》2015年第6期论点摘编。

2月

《语文教学通讯》第2期作为封面人物做了介绍，同时发表《论儿童文学的接受与教学应用》一文；人大报刊复印资料2015年第7期《小学语文教与学》转载。

3月

所著教材《儿童文学教程》作为"全国学前教育专业（新课程标准）十二五规划教材""浙江省高等学校重点建设教材"，由复旦大学出版社出版，责任编辑谢少卿。

著作《法国儿童文学史论》（修订版）由湖南少年儿童出版社出版，责任编辑熊楚、畅然。

4月

8日至13日，赴香港参加、主持"第四届丰子恺儿童图画书奖"初评工作。

7月

6日至9日，6日赴香港，作为评委会主席参加、主持"第四届丰子恺儿童图画书奖"终评工作。

9日晚上到京。10日下午，在北京京西宾馆由中宣部、中国作协联合举办的"全国儿童文学创作出版座谈会"上，做题为"抵抗庸俗文化，批评可以做什么"的大会发言。

17日上午，应邀以"什么是好的儿童文学作品"为题，在长沙毛泽东文学院为2015年湖南儿童文学作家班学员授课。

9 月

招收指导的儿童文学专业博士研究生和最后一名硕士研究生入学。

10 月

14 日，应邀在北京鸿府大厦由中宣部、中国作协联合举办的"儿童文学作家与编辑研修班"上，做题为"人文的，艺术的——关于儿童文学艺术高度的思考"的专题报告。

18 日至 19 日，参加由《当代作家评论》杂志社主办的"文学评奖与地域文学发展论坛"暨《当代作家评论》杂志年度优秀论文奖颁奖仪式，并在会议上发言。

11 月

21 日至 22 日，在浙江师范大学组织、承办"第四届丰子恺儿童图画书奖颁奖典礼暨第五届华文图画书论坛"，在开幕式上做评审主席报告。

12 月

论文集《童年写作的重量》由安徽少年儿童出版社出版，责任编辑何军民、宋丽玲。

12 日，在浙江师范大学主持第 21 场红楼儿童文学新作系列研讨会"赵丽宏长篇儿童小说《渔童》研讨会"（福建少年儿童出版社出版）。

2016

2 月

应邀参加在云南昆明举行的第十二届中国版协少读工委文学读物研究会双年会，并在会议上做专题发言。

3月

26日，以"国际安徒生奖大奖书系"主编身份，出席时代出版传媒股份有限公司、安徽少年儿童出版社在北京皇家大饭店举办的"国际安徒生奖与经典阅读高峰论坛"。

4月

16日，在合肥参加由复旦大学出版社和合肥幼儿师范高等专科学校联合主办的全国首届儿童文学教学研讨会，并在开幕式后做题为"重新发现儿童文学"的学术报告。应聘为合肥幼儿师范高等专科学校兼职教授。

5月

19日，作为《文学报》第1版封面人物，同时在第9版（童书版）发表记者访谈《培养相对纯正的儿童文学艺术趣味——访复旦版〈儿童文学教程〉作者方卫平》。

著作《享受图画书》（增订版）由明天出版社出版，责任编辑刘蕾、史淼。

2007至2016年，每年"六一"国际儿童节前后，桂文亚女士往返于台北、金华之间，出席每一届"思想猫儿童文学研究优秀成果奖"的颁奖典礼。主编《思想猫的步履——"思想猫儿童文学研究优秀成果奖"十年文集》由福建少年儿童出版社出版，也为该奖画上了一个句号。

8月

合作主编教材《儿童文学教程》第3版由高等教育出版社出版。

9月

1日，应邀在北京鸿府大厦由中国作协、中宣部出版局联合举办的"第二届全国儿童文学作家与编辑研修班"上，做题为"什么是好的童年书写"的专题报告。

10月

30日至11月3日,随浙江作家代表团在北京出席中国作家协会第九次全国代表大会。

11月

主编《台湾儿童文学馆·理论馆》(全10册)开始由福建少年儿童出版社陆续出版。

12月

9日,应邀在上海师范大学儿童艺术创意与研究中心为师生们做题为"图画书给儿童文学的叙事带来了什么"的专题学术讲座。

论文集《童年美学:观察与思考》由海燕出版社出版,责任编辑郭六轮、陈艳艳。本书收入的36篇各类文字,是从2015年发表的50余篇文章中选出来的。

## 2017

1月

11日,参加山东教育出版社在北京举办的张炜长篇小说《狮子崖》新书发布暨研讨会,并在会议上发言。

2月

任中国作家协会儿童文学委员会副主任。

4月

2日,在武义童话书屋为130余位小朋友做题为"儿童文学:光芒照亮童年"的公益讲座。

8 日 专程赴上海，先后看望周晓、刘绪源、任溶溶先生。

17 日，应邀在上海宝山图书馆为儿童文学爱好者做题为"发现儿童文学的秘密"的讲座。

23 日至 30 日，应安徽少年儿童出版社邀请，经卡塔尔赴阿联酋参加阿布扎比国际书展。

5 月

选评《方卫平精选儿童文学读本》《方卫平精选少年文学读本》（《最佳儿童文学读本》《最佳少年文学读本》修订版）由明天出版社出版。

论文集《思想的跋涉》（责任编辑王世锋、韦雨涓）及主编的《中国儿童文学名家论集》共 10 种，作为"国家出版基金项目"由青岛出版社出版。

6 月

10 日至 12 日，应《复印报刊资料 · 幼儿教育导读》杂志社邀请，参加由中国人民大学书报资料中心主办、《复印报刊资料 · 幼儿教育导读》杂志社承办的"2017 全国学前教育学术论坛暨教育研究方法与成果表达专题研讨会"，并在开幕式上结合"童年观和儿童文化研究"做主题报告。

24 日，应邀出席在宁波举行的"浙江 IP ＋ 宁波智造——浙江儿童文学名家与宁波文创产业高峰论坛"，并在会议上做专题发言。

7 月－8 月

7 月，卸任浙江师范大学儿童文化研究院院长、儿童文学研究所所长职务。

1 日，开始撰写《中国儿童文学四十年》。

22 日，后半夜完成《中国儿童文学四十年》并发给出版社。

7月23日至8月4日，在京参加中国作家协会第十届全国优秀儿童文学奖评审会议，任评委会副主任。

**9月**

22日，晚上，参加中国作家协会主办、在北京中国现代文学馆举办的"第十届全国优秀儿童文学奖"颁奖典礼，代表评委会宣读童话获奖作品颁奖词。

23日，主持"第十届全国优秀儿童文学奖论坛"上半场。

23日至25日，参加丰子恺儿童图画书奖组委会在合肥举办的"第五届丰子恺儿童图画书奖颁奖典礼暨第六届华文原创儿童图画书论坛"，主持新闻发布会、几米专题演讲等活动。

**10月**

21日，主持在红楼召开的红楼系列儿童文学新作研讨会之26场"刘绪源《中国儿童文学史略（1916—1977）》研讨会"。

**11月**

11日，应广西壮族自治区少年儿童图书馆、广西教育出版社、广西书院邀请，在广西少儿图书馆为读者做儿童文学讲座。

17日、18日，应安徽少年儿童出版社、江苏少年儿童出版社、明天出版社、山东教育出版社等单位邀请，参加上海国际童书展有关的新书发布和研讨活动。

17日，下午，应邀参加在复旦大学图书馆举行的"甘肃文学论坛第二届甘肃儿童文学八骏上海之旅"推介活动。

24日，应邀出席厦门城市学院闽台儿童文化福建省高校文科应用研究中心第二届学术委员会会议并做专题讲座。

12 月

5 日，应浙江省作协邀请，在杭州为浙江省基层作协骨干培训班做题为"认识儿童文学"的专题报告。

## 2018

3 月

25 日至 30 日，应国家广播电视总局、安徽少年儿童出版社等邀请，赴博洛尼亚参加童书展活动。

26 日上午，以主编身份参加安徽少年儿童出版社主办的"熠熠生辉——'国际安徒生奖大奖书系'全球推介会"，并发言。

27 日上午，在书展作家咖啡角，与赵霞（兼翻译）一起出席由德国慕尼黑国际青少年图书馆策划、主办的国际对谈："中国儿童文学：推荐与趋势"(Chinese Children's and Youth Literature: Recommendations & Trends)。对谈持续了一个小时，由慕尼黑国际青少年图书馆中文等语种专家欧雅碧女士主持，约 80 位各国作家、学者、翻译家、出版家、爱好者等参与。

应中国少年儿童新闻出版总社之约撰写的著作《中国儿童文学四十年》（中英双语版，英语翻译霍跃红），配合 2018 年意大利博洛尼亚国际童书展中国主宾国的相关活动，由该社于 4 月出版，责任编辑包萧红、韩春艳。

4 月

14 日，主持红楼系列儿童文学新作研讨会第 27 场刘海栖新作《有鸽子的夏天》研讨会（将由山东教育出版社出版）。

18 日，应邀参加在福建漳州举行的第十四届中国版协少读工委文学读物研究会双年会，并在会议上做专题发言。

5 月

著作《儿童文学的中国想象：新世纪儿童文学艺术发展论》（与赵霞合著）由安徽少年儿童出版社出版，责任编辑阮征、张怡。本书系 2011 年度教育部人文社会科学研究规划基金项目"新世纪儿童文学艺术发展研究"最终成果。

指导的最后一名硕士研究生通过毕业论文答辩。

陆续将《方卫平学术文存》第 1、2、3、4、10 卷原书或电子稿邮寄或发给山东教育出版社编辑。

6 月

26 日，参加由海燕出版社等举办主题为"国际视野下图画书的中国格调"的"2018 金羽毛绘本高峰论坛"，并在论坛上做题为"'差异'与'互补'的艺术——关于图画书图文关系的一点思考"的学术报告。

帮助完成"第一届义乌骆宾王国际儿童诗歌大赛"初评工作。

7 月

27 日，应福建少年儿童出版社之邀，经过约 10 个月的工作，完成《童诗三百首》的选评，将全部电子稿发给编辑。

8 月

21 日至 23 日，作为评委会副主任参加"第一届义乌骆宾王国际儿童诗歌大赛"现场决赛评审及颁奖典礼。

10 月

10 日，《中华读书报》在 16 版（"书评周刊·成长"）整版发表记者陈香与方卫平对话《方卫平：如何评价新世纪中国儿童文学》。

24 日至 26 日，出席在杭州召开的浙江省作家协会第九次代表大会。25 日，当选为浙江省作家协会副主席。

29 日上午，在北京中国现代文学馆参加文艺报社举办的"回首四十年 放歌新时代"系列研讨会之一（小说、诗歌、儿童文学）并发言。

30 日，应《钱江晚报》邀请，在金华市站前小学为师生做题为"儿童文学与小学生写作"的讲座。11 月 3 日，《钱江晚报》进行了整版报道。

11 月

1 日 经浙江省作协牵线，应邀为杭州市崇文实验学校做儿童文学公益讲座。

10 日，应上海国际童书展组委会邀请，在童书展专业论坛之"近窥国际童书奖项成功的奥秘"上的发言，介绍"丰子恺儿童图画书奖"的专业定位及发展历程。

24 日，主持红楼儿童文学新作系列研讨会第 30 场冰波"孤独狼"系列（新蕾出版社）童话研讨会。

26 日至 29 日，在北京参加国家出版基金项目资助初评。

11 月 30 日、12 月 3 日，应河北省香河县文联邀请，为香河县小学生做儿童文学讲座。

12 月

4 日，在北京出席中国作家协会儿童文学委员会年会暨原创幼儿文学发展论坛（上午参加年会，下午主持论坛）。

丰子恺儿童图画书奖为庆祝成立 10 周年，在上海市杨浦区图书馆举办"丰子恺儿童图画书奖获奖作品暨插画展"。15 日，应邀在该馆做儿童图画书艺术的讲座。

## 2019

### 1 月

12 日，与二十一世纪出版社合作，在浙江师范大学主持中德"白乌鸦"青少年文学研讨会，浙江师范大学、二十一世纪出版社、德国青少年文学研究院等 20 余位专业人士与会。

### 2 月

整理完成书稿《1978—2018 儿童文学发展史论》并于 18 日发给少年儿童出版社编辑。

### 3 月

选评的《童诗三百首》（3 册）由福建少年儿童出版社出版。

31 日上午，应邀在福建省少年儿童图书馆做题为"童年的天性是诗"的讲座；下午参加"诗意的春天——2019 年海峡儿童阅读研究中心纳新分享会"，做"什么是真正的童诗美学"的发言。

### 5 月

11 日至 12 日，由复旦大学出版社主办的"方卫平教授儿童文学大师班"在复旦大学开班授课。11 日下午，做题为"童年书写的高度——关于当前儿童文学创作与教学的思考"的专题报告。陈思和教授、秦文君女士、赵霞副教授应复旦大学出版社邀请为来自全国各地的 60 位教师授课。12 日下午，举办了方卫平著、复旦大学出版社出版的教材《儿童文学教程》教学研讨会。

20 日，应邀在鲁东大学张炜文学研究院与研究生导师交流，并参观该院文学博物馆。

21 日至 22 日，分别在明天出版社、山东教育出版社、青岛出版社济南少儿分社交流。

6月

10日至16日参加鲁东大学主办的首届"贝壳儿童文学周"。11日开幕式上，应聘为鲁东大学兼职教授。12日上午做题为"儿童故事的难度"的学术报告。

29日，在湖南师范大学文学院、《文艺报》社、中国现代文学馆主办的"湖南师范大学中国当代写作研究中心成立暨走向辉煌——新中国文学七十年研讨会"上做题为"今天儿童文学的艺术起点在哪里"的发言。

7月

6日，在深圳宝安图书馆以丰子恺儿童图画书奖顾问身份，参加"丰子恺原创儿童图画书展"开幕式并致辞，在"原创图画书对童年教育的价值"论坛上发言；下午在该馆做题为"儿童文学的世界，如何阔远浩大"的学术演讲。

6日至12日，在香港参加"第六届丰子恺儿童图画书奖"评审工作。

8月

14日，应"担当者行动"邀请，在厦门为第七届全国"阅读领航员"教师研习营做题为"用文学打开儿童世界的方式"的公益讲座。

20日至21日，出席由中国诗歌学会、北京大学中国诗歌研究院、北京大学外国语学院主办、在安徽宏村举办的首届"童诗现状与发展"研讨会，并主持20日上午开幕式后的会议发言、讨论环节。

9月

应《文艺报》编辑之约为纪念该报创刊70周年撰写的《相伴四十年》

一文，发表于 18 日的报纸上。

9 月 18 日至 22 日在云南临沧参加中国作家协会儿童文学委员会 2019 年年会暨中国儿童文学论坛。19 日开幕式后主持"中国儿童文学论坛"。

**10 月**

选评的《共和国 70 年儿童文学短篇精选集》（3 册）由中国少年儿童新闻出版总社出版。

25 日至 27 日，在上海市奉贤区参加第六届丰子恺儿童图画书奖颁奖典礼暨第七届华文图画书论坛，并主持本届评委对谈环节，作为顾问代表组委会致闭幕词。

**11 月**

著作《儿童文学的中国想象：新世纪儿童文学艺术发展论》（与赵霞合著）获浙江省人民政府颁发的"浙江省第二十届哲学社会科学优秀成果奖"三等奖。

论文集《什么是好的童年书写》由甘肃少年儿童出版社出版，责任编辑段山英。

7 日，整理完书稿《方卫平儿童文学随笔》并发给安徽少年儿童出版社编辑。

15 日至 16 日，赴上海国际童书展，参加安徽少年儿童出版社、明天出版社、山东教育出版社等主办的研讨活动。

**12 月**

2 日至 5 日，在北京参加教育部第八届高等学校科学研究优秀成果奖（人文社会科学）评奖评审会。

选评的《共和国 70 年儿童文学短篇精选集》入选《中国教育报》"2019 年度教师喜爱的 100 本书"。

整理修订完自 2011 年 10 月以来作为"国际安徒生奖大奖书系"主编与安徽少年儿童出版社编辑之间的相互通信共 8 万余字。

## 2020

### 1 月

4 日,参加由丰子恺儿童图画书奖组委会、上海浦东图书馆等主办的丰子恺儿童图画书奖插画展开幕式,并在该馆做关于图画书艺术的报告。

9 日至 10 日,以顾问身份赴香港列席丰子恺儿童图画书奖董事会议。

在《儿童文学选刊》新设的"我与'选刊'"专栏发表《与〈儿童文学选刊〉一同走过》一文。

著作《1978—2018 儿童文学发展史论》由少年儿童出版社出版,责任编辑周婷。

选评的《中国儿童文学分级读本》（新版，11 册）由浙江少年儿童出版社出版。

因春季无授课安排,学校人事处给予学术假,15 日抵达英国剑桥大学游学,住剑桥大学爱丁顿 Burkitt Walk 73 号。国内新冠疫情暴发。23 日,武汉封城。

### 3 月

欧美新冠疫情渐趋严重。宅家整理旧作。6 日,应作家出版社之约,完成论文集《童年观与中国当代儿童文学》的整理工作并发给编辑。

4 月

完成论文集《儿童文学的难度》整理工作并发给长江少年儿童出版社总编辑。

与《文艺报》"少儿文艺"专刊编辑商定 5 月份开始推出"童诗现状与发展"论坛。

5 月

13 日，主持的"童诗现状与发展"论坛栏目第 1 期，在《文艺报》"少儿文艺"专刊刊载。

23 日，指导的博士研究生通过线上论文答辩(北京时间9点,伦敦时间2点)，历时 2 小时 50 分钟。

选评的《长胡子的儿歌：给孩子的 100 首童谣》《时光的钟摆：给孩子的 100 首童诗》由安徽少年儿童出版社出版。

6 月

陆续完成《方卫平学术文存》第 5、6、7、8 卷修订整理工作。

7 月

21 日，《方卫平学术文存》第 5、6、7、8 卷书稿发给山东教育出版社编辑。

28 日，已买好 10 月 13 日英国维珍航空由伦敦希思罗机场直飞上海浦东机场的航班机票。为申请延期离开英国一事致信英国移民局。

30 日伦敦时间 8 点，以顾问身份列席丰子恺儿童图画书奖董事会视频会议。

8 月

4 日，帮助组织完成"第二届义乌骆宾王国际儿童诗歌大赛"

初评工作。

10 日，作为"第二届义乌骆宾王国际儿童诗歌大赛"赛事终评组副组长，组织完成了终评工作。

12 日，完成《边界与可能 2018—2019 儿童文学论文选》的选编工作并发给长江少年儿童出版社编辑。

21 日，第 4 次收到英国移民局复信，确认签证有效期至 10 月 16 日。

25 日，完成《方卫平学术文存》第 9 卷的整理工作并发给出版社编辑。至此，"文存"10 卷书稿主体内容已全部交付出版社。

9 月

21 日，帮助组织完成"第二届义乌骆宾王国际儿童诗歌大赛"云决赛评审工作。

10 月

13 日 15 点 15 分，与家人搭乘英国维珍航空 VS250 航班由伦敦希思罗机场起飞回国。14 日 8 点 38 分抵达上海浦东国际机场，并在青浦区白鹤镇开始 14 天隔离。

11 月

19 日，上午在广州参加 2020 中国作家协会儿童文学委员会年会；下午参加粤港澳大湾区儿童文学高峰论坛，做题为"真相与正道"的发言。

27 日，上午参加山东教育出版社年度选题论证会，下午为与会者做儿童文学专题讲座。

12 月

14 日，上午在南京市溧水区参加由江苏省作家协会、江苏第二师范学院主办的"长三角儿童文学论坛"，做"儿童观与中国当代儿童文学"

的发言。主持的《文艺报》"童诗现状与发展"本日刊出第 8 期。

15 日至 21 日，应邀参加中宣部全国征文终评（线上）。

29 日至 30 日，在杭州之江饭店参加"浙江省文学艺术界联合会第九次代表大会"。

30 日，选评的《中国儿童文学分级读本·童年的盒子》，入选中国教育新闻网"2020 年度影响教师的 100 本书"。


## 2021

### 2 月

选评的《读首童谣再长大》（共 8 册），由浙江少年儿童出版社出版。

### 3 月

17 日下午、18 日上午，在浙江师范大学图文信息中心古籍部阅览室，接受央视记者、六集系列电视片《中国童书》编导李见茵访谈。

21 日上午，应邀为绍兴文理学院人文学院师生做图画书艺术讲座。下午，在绍兴市图书馆为读者做题为"认识儿童文学"的讲座。

### 4 月

9 日上午，以丰子恺儿童图画书奖顾问身份，列席该奖董事会的线上视频会议。

16 日下午，应邀在温州市广场路小学读书节期间，为温州大学继续教育学院承办的浙江省中小学教师培训班做题为"儿童文学的人文性与文学性"的专题讲座。17 日上午，在温州市图书馆的"籀园学堂·香樟课堂"，为 300 余位小读者、大读者做题为"少年读书正当时"的讲座。

5 月

20 日上午，受浙江省作家协会委托，在杭州之江饭店主持"第十一届全国优秀儿童文学奖"浙江省初评工作。下午参观浙江文学馆建设工地并参加浙江文学馆儿童文学展馆展陈咨询会。

21 日下午，应曾经求学、工作过的宁波市镇海区骆驼中学邀请，为高中二年级 5 个班级的同学做讲座，并与部分语文教师座谈。

《方卫平儿童文学随笔》由安徽少年儿童出版社出版，责任编辑郭超、张怡。

6 月

18 日，应邀赴丽水学院幼儿师范学院（松阳）交流，并做儿童文学专题讲座。

20 日至 23 日，应邀赴鲁东大学参加"第二届贝壳儿童文学周"。22 日上午，参加山东教育出版社张炜新著《爱的川流不息》（插图版）新书发布暨作品研讨会；下午，做图画书专题报告。23 日上午，主持儿童文学论坛。

自 3 月份以来，陆续在山东教育出版社各位编辑审校的基础上，看完《方卫平学术文存》各卷校样。

自 2020 年 12 月 1 日至本月，陆续向浙江师范大学图书馆、浙江师范大学人文学院资料室、金华市少年儿童图书馆、金华市图书馆、上海浦东图书馆、上海市少年儿童图书馆、衢州学院图书馆、衢州市南孔书屋、浙江图书馆、宁波图书馆、台州市图书馆、绍兴市图书馆、长兴县图书馆、温州图书馆、丽水学院图书馆、鲁东大学张炜研究院资料室、深圳少年儿童图书馆、深圳宝安图书馆、首都图书馆、南京师范大学文学院资料室、南京大学文学院图书馆、江苏第二师范学院图书馆、晓庄学院图书馆、山东师范大学图书馆、重庆师范大学图书馆、咸阳师范学院图书馆、福建省少年儿童图书馆、福建幼儿师范高等专科学校图书馆、三明市少年儿童图书馆等省内外近 50 家图书馆（资料室）赠送儿童文学、儿童文化方面的个人著作、主编的学术丛书、作品集等逾 16000 册。委托部分图书馆进行二次转赠，赠书覆盖的各类图书馆、资料室、书屋等逾 100 家。

## 二  总结与清算

——方卫平教授谈他的儿童文学研究历程

### （一）

**肖　雨：**方老师，许多作家在谈论自己创作经历的时候，常常会谈及童年生活的影响。记得您在谈论自己的学术经历的时候，也常会追溯到青年甚至少儿时代。您能谈谈童年时候的读书经历和记忆吗？

**方卫平：**好的。我的学术梦想，最初是在宁波市郊三官堂那座即使在当时看起来也无比简陋、无比破败的大学校园里开始生长起来的。

但是，童年生活的影响和记忆是特别深刻的。从 1967 年上小学，到 1977 年高中毕业，中小学的十年光阴，我的少儿时代几乎恰好与"文化大革命"十年相伴随。在一个懵懂的年龄，我的记忆中收藏的是例如"刘邓陶""彭罗陆杨"的倒台，请红宝书、请主席宝像、"天天读"这样一些事件和场景。大约八岁的时候，我获得了平生第一份学习奖品——一本开本比我当时的手掌还要小的红宝书"老三篇"，扉页上写着"奖给近郊区毛泽东思想学习积极分子"。

我所就读的双屿小学，属于当时的温州市近郊区管辖。

这样的追溯也许过于遥远。但是回想起来，这样的事件和场景构成了我童年时代最基本的关于人生和社会的记忆，也构成了我童年时代最基本的精神来源和背景。当然，更深刻的印象也许是关于那个时代虽然贫乏但却十分生动的文学阅读的记忆。我的书柜中至今仍保存着《闪闪的红星》《渔岛怒潮》《向阳院的故事》《新来的小石柱》《虹南作战史》等等"文革"时期的文学作品。除了《虹南作战史》，这都是一些曾经让我和我的童年伙伴们甚至是长辈们读得如痴如醉的作品。记得有一次，邻居一位杨姓同学的父亲把《闪闪的红星》还给我时，满脸喜悦地告诉我说，这本书他读了两遍。"文革"时候出版的著名作品，我读过不少，特别是浩然先生的几乎所有作品，《艳阳天》《金光大道》《西沙儿女》（正气篇、奇志篇）《欢乐的海》《大肚子蝈蝈》（这是一本儿童文学作品集）等，我都曾读过，而且现在想起来让我感到不可思议的是，几乎每一本书我都读得十分痴迷。

连环画是我童年时代最重要的读物之一。我和弟弟曾经拥有过大约三百册"文革"时期的连环画出版品，其中包括《三条石》《杨国福》《二十响的驳壳枪》《红山岛》《智取威虎山》《红色娘子军》等等。在通往学校路边的乡村供销社的柜台里，瞪大眼睛发现一本本新到的连环画，成了我和弟弟童年时代的一大乐事。连环画的阅读，在我们这一代人的成长史上，的确曾经是十分重要的一个内容。

肖　雨：您在自己的两本论文集的后记中，都曾谈到过大学生活对您学术成长的影响。好像您对那段生活特别怀念。

方卫平：1977 年，正当我高中毕业，心里盘算着如何打点行装，到哪个山村水乡插队落户的时候，高考恢复了。在几乎毫无准备、毫无压力、毫无期待的情况下，我以所读中学唯一被录取的文科考生身份，进入了浙江师范学院宁波分校（即后来的宁波师范学院，现已并入宁波大学）。

学校坐落在宁镇公路南侧，甬江之畔，那一带的地名叫三官堂。尽管有充分的心理准备，但报到那天走进校园，我还是感到十分意外。整个校园除了一座破旧的、空荡荡的礼堂之外，全是低矮简陋的平房，寝室、教室、办公室、阅览室等等，都散布于这些看起来已经很有年头了的平房之中。就在这座校园里，我度过了无忧无虑、充满遐想的四年读书生活。

那是一个改革开放开始启动，思想解放运动一波一波不断推进的激情年代，也是一个文学思想不断革新，文学新作不断给读者带来惊喜的属于文学的时代。在度过了最初的漫无目标、疯狂阅读、视力急剧下降的学习生活后，我开始对阅读的现状感到不满，并开始重新寻找自己的学习方向和专业目标。这个时候，文艺学学科成了我的首选。大学一年级，徐季子先生、李燃青先生等主讲的文艺理论课，曾让我陶醉不已。徐先生授课思路开阔、大气磅礴，极富感染力；李先生授课学理严谨、思路绵密，引人入胜。这门课结束时，我以九十六分的考试成绩位列全班第一。

这个成绩使我在思考自己本科时代的学习方向时，误以为自己具有从事文学理论研究和思考的某种潜质和才能。当然，我自己清楚的是，我对这门学科充满了兴趣和好感：一方面，它具有相当的思辨性、理论性，符合我喜爱理论思辨的性情，另一方面，它纵贯古今，辐射中外，人类文学艺术发展史上的人物、事件、作品等等，都在它的论述和统摄之中，这符合我偏爱艺文、寻求美感的人生趣味。于是，在本科二年级的时候，我把文艺学确定为自己的专业学习方向。

就这样，我把自己整天泡在了从柏拉图、亚里士多德、贺拉斯到莱辛、康德、黑格尔、别林斯基、车尔尼雪夫斯基、卢卡契，从陆机、刘勰、袁枚、王国维到朱光潜、李泽厚、钱锺书、王朝闻等的著作和文章之中，泡在了各种学术性期刊和报纸的阅读之中，并在这种阅读当中渐渐培养起了自己的判断标准和理论趣味。例如，朱光潜先生的《西方美学史》是我了解西方美学思想发展历史的入门读物，我很喜欢朱先生深入浅出、质朴清澈的理论文风，包括读他那些哺育了一代又一代学子的美学译著，如《柏拉图文艺论集》、维科的《新科学》、黑格尔的四卷本《美学》等等。我也特别喜欢李泽厚先生的思想和著作。他的《批判哲学的批判》《美的历程》《美学论集》等都是我爱不释手、品读再三的著作。李先生著作独特的思辨色彩、充满激情和华美感的理论文体，使他和朱先生一起，成为我大学时代心目中的学术偶像。

就在高密度、大容量的阅读过程中，我发现文艺学与美学有着天然的联系和诸多学科内容覆盖上的交叉之处，而美学又与哲学有着学科上的从属关系，它们又都与心理学有着密切的联系。因此，文艺学、美学、哲学、心理学构成了我大学时代学术阅读的主要方向，并构成了我当时知识结构中的主要学科板块。

在阅读中我也发现，有的美学家的理论著作和思考脱离了对艺术与美的真切体悟和欣赏，而往往只是从概念和教条出发，于是观点机械僵硬，文风滞涩乏味。为了警惕和避免成为这样的研究者，整个大学时代，我在力图博览中外文学著作的同时，也广涉音乐、美术、书法、建筑、影视、戏曲等艺术领域的各种知识，注重艺术欣赏和体验的积累。许多年来，我之所以对大学时代的生活充满了怀念和感激，就是因为在这样的学习过程中，我感到，知识的汲取、视野的拓展、情操的陶冶、人性的美化获得了一种完美的融合。

肖　雨：看得出您的大学读书生活是十分自觉而充实的。对于许多初涉文学研究的学习者来说，从读书到尝试学术写作之间的跨越，是挺不容易的。您当时曾经有过一个很投入的练笔时期？

方卫平：一进入三年级，我的幼稚而又坚韧的学术研究欲望被不可扼制地撩拨起来。从三年级到四年级，我一边思考，一边摸索，一边尝试性地开始了学术性文字的练习和写作。记得第一篇"论文"题目是"创作方法的质的规定性不能取消"。一万余字的稿子写完后，忘在了课桌上，被班里一位同学发现，他当着许多同学的面惊呼"方卫平在写论文！"羞得我无地自容，心想真是太丢人了。可是从此以后，我却迷恋上了这样的与文字的亲近和搏斗，又陆续写下了《柏拉图文艺观点刍议》《自然的人化与自然的客观性》《浅谈艺术个性》《形象思维是用形象来思维吗》《意识流手法与现实主义文学》等约二十篇学术性练习文字。那时候不知天高地厚，我还写过一篇《试论美的本质》，试图一举解决数千年来中外哲人苦苦思索而不得其解的美学思想难题，真所谓"无知者无畏"。后来一位友人知道我在写这样一篇文章，想把它推荐给杭州大学的一位知名美学家看看，我硬是惊恐得不敢拿出来示人。也许，有时候"无知者"还是"有畏"的。

大学四年级时，我的六千余字的习作《浅谈艺术个性》经老师推荐发表在了学校的学报上。由于自觉文章浅陋，这篇处女作的发表并未给我带来多大的喜悦。但是，我的学术理想却从此被点燃了。

甬江之畔的那座简陋、破败的校园，在我毕业的时候，已经建起了新的教学大楼和学生宿舍。离开那里的时候，我心里充满了幸福和感恩之情——对我的大学校园，对我的青春岁月。

# （二）

肖　雨：后来您是如何转向儿童文学研究领域的呢？

方卫平：1982 年初，我被分配到了浙东一所小镇中学任教。新的生活和工作环境与读书时代的学术理想之间，不免有了一点小小的抵悟。我一边尽职地工作，一边自学英语，一边继续着学术性的写作练习。这年春天，大学同班的周耀明同学来到我工作的中学，我们促膝长谈，直到天明。耀明在大学时代的研究兴趣和学术方向设定在民间文学和儿童文学两个学科。毕业前，他带着六万字的富于创见和学科建构力的《试论风俗》一文，参加新时期浙江省首届民俗学研讨会时，引起了民俗学和民间文学界的关注。从此，他把自己的学术方向集中到了民俗学和民间文学学科。那个晚上，我在与耀明讨论报考研究生的学科选择时，他问我对儿童文学研究有无兴趣。我说好啊，可以试试。

就是那个春天的一夜长谈，确定了我此生的学术归宿。

2005 年 8 月 19 日，怀抱着无限的学术才情和理想的耀民同学因患癌症在南宁病逝。此刻，我心中充满了对这位富有才情、勤奋刻苦、率真耿介的亡友的怀念之情。

肖　雨：您在《儿童文学的当代思考》的后记中谈到过考取研究生后重新回到大学，在图书馆读书时的感受。那个时代恰好是当代文学研究发生巨大变化的时期。这对您的儿童文学学习和研究带来了很大影响吧？

方卫平：1984 年，我报考了浙江师范学院（1985 年 2 月改名为浙江师范大学）的儿童文学硕士研究生。在六十二名考生的激烈竞争中，我最终成为两名被录取者之一。在此之前，我已经发表了《教师笔下的少年形象》等几篇儿童文学评论文章，而进入浙江师范大学学习，我的儿童文学研究的学术之梦，终于在这所被一南一北两个村子夹在中间的大学里获得了一片最为理想的校园文化沃土。那两个村子，南边的那个叫骆家塘，北边的那个唤作高村。

重新回到大学校园，重新坐在大学的图书馆里，我发现了许多新的学说和创立这些学说的人们的名字。发生认识论、精神分析理论、接受美学等等20世纪的西方学术文化学说正在被广泛地介绍和传播，系统论、控制论、信息论等等，也在被人们尝试着用来解决文艺学、美学等学科的理论问题，熵、高情感、测不准原理等概念和原理频频出现于人们的学术思考和表述话语之中。我在自己的第二本论文集《儿童文学的当代思考》的"后记"中曾经谈到，那个时候，"我强烈地意识到，我必须尽快地了解他们，熟悉他们"；"我首先选择了那个刚刚去世几年的瑞士老头儿让·皮亚杰。啃皮亚杰，借发生认识论学说来尝试思考儿童文学的特殊性问题，成了我返回大学校园后所做的第一件事情。不到20天，我磕磕绊绊地写出了这第一篇文字。"这就是《从发生认识论看儿童文学的特殊性》一文。

这似乎是新时期儿童文学界较早运用皮亚杰学说来讨论儿童文学学术问题的论文，也是儿童文学界较早引入当代西方学术话语资源进行本土性理论思考的一次尝试，幼稚是难以避免的。不过，这篇论文在次年发表之后，也引起了一些同行甚至是文艺理论界的某些注意。而我自己也从这样的尝试中，感受到了借助西方学术思想和方法，思考儿童文学理论话题的某种可行性和有效性。

大学时代强烈的理论爱好，在这个时候有了合理的延伸，这就是我对儿童文学基本理论思考和探究的浓厚兴趣。大体上可以说，关于儿童文学基本理论的思考，构成了我在儿童文学研究方面的第一个重心或板块。

继《从发生认识论看儿童文学的特殊性》一文之后，我还陆续写作并发表过《儿童文学本体观的倾斜及其重建》《儿童文学文本结构分析》《论儿童审美心理建构对儿童文学文本构成形态的影响》《童年：儿童文学理论的逻辑起点》等论文。直至后来由湖北少年儿童出版社出版了《儿童文学接受之维》一书。

从事基本理论的探究，除了我本人的理论爱好之外，还有一个原因是有感于中国当代儿童文学理论批评在基本学术资源上的匮乏和学术空间上的狭窄。当然，我也意识到，一个学科的基本理论建设，既需要尊重自己的历史传统，更要有一代人乃至几代人不懈的努力，才可能逐渐见出成效。

肖　雨：80 年代初曾有一批怀有相似学术理想和抱负的年轻学人加入儿童文学理论界，这与那个时代一大批中青年作家加入儿童文学创作领域，同样给人留下了深刻的印象。

方卫平：毋庸讳言，我与我的学术同侪们是在一个除旧布新的学术年代里闯入儿童文学思想领地的。这使我们这一代儿童文学思考者拥有了一些共同的学术心性和文化心理。例如，我们对中国儿童文学已有的历史深怀热爱之情，但同时又对传统守陈的创作规则、美学观念和僵化庸俗的学术意识形态深感不满；我们的知识来源和思想起点必须借助于传统与现实的供给，但我们对其又普遍而经常地抱持着游离、叛逆和质询的心态。这种复杂的心态和复合性的学术性格，使我们对历史、现实、未来都怀有某种纷乱而又不安的情感。但有一点我是清楚的，这就是对现实的批评，对未来的憧憬，都应该以对历史的了解和尊重为基础。因此，对儿童文学史的关注和研究，就成了我从事儿童文学理论活动的第二个重心。

1985年7月，我参加了由文化部在昆明召开的"全国儿童文学理论研究规划会议"。会议的话题和发言在我的脑海里引起了许多撞击和思索。我在《中国儿童文学理论批评史》一书的后记中曾有过这样一段记述："我觉得，对中国儿童文学理论研究未来的展望和规划，应该以对历史和现状的深入考察和研究为基础——因为只有这样，我们才能认清自身所处的历史位置和理论起点，儿童文学理论的未来建设才可能成为一种清醒的、自觉的理论活动——而会议对这一问题的关注和研讨似乎不很充分。带着这样的思索，我于这年九月初返校之后，结合自己平时的学习积累和心得，花一个多星期写下了一篇文章，这就是后来发表在1986年第六期《文艺评论》上的《我国儿童文学研究现状的初步考察》一文。"在这篇文章中，我在表达对当时儿童文学研究现状的不满和忧虑的同时也认为，"对历史的透视将为准确地理解和把握现实提供某种可能性……至少在主观上，我们对现实的考察应该力求保持一种历史的纵深感"。

于是，我把自己很大的一部分热情投入到了中外儿童文学史，尤其是中国儿童文学理论批评史的研究工作之中。在陆续写作发表了《理论的迷误与理论的建设——中国当代儿童文学研究的历史描述》《西方人类学派与周作人的儿童文学观》等文章，并参与《中国儿童文学大系·理论卷》《中国当代儿童文学史》等的选编、撰写工作之后，我于1992

年 7 月完成了《中国儿童文学理论批评史》一书的写作。该书 1993 年 8 月由江苏少年儿童出版社出版，与当时出版的另一些儿童文学史著作如《中国童话史》《外国童话史》等一起，显示了新时期儿童文学史研究逐渐细分化，儿童文学史学科建设逐渐厚实的发展趋向。

后来，应湖南少年儿童出版社之约，我又完成了《法国儿童文学导论》一书。我知道自己其实并没有足够的能力来完成这部书稿的写作，但我又深知在中国儿童文学创作和研究发展的这样一个阶段，推出一套"世界儿童文学研究丛书"是十分必要的。因此，在写作的前期准备上，我丝毫也不敢马虎。这本书是在整整六年的资料准备工作的基础上完成的。书名虽然是《法国儿童文学导论》，但其内容和结构，其实就是一部法国儿童文学从古至今的发展历史。我知道从外国文学研究专业的角度，我的研究能力和准备都是很不充分的，但在实际的写作过程当中，我力求把自己并不充分的能力加以最大化的写作转化和实现。

肖　雨：除了基本理论和文学史研究外，八九十年代，您在当代儿童文学思潮和作家作品的研究方面也写了不少文章。我读过您的几部个人论文集，感觉您对历史现场的呈现总是特别生动和清晰，您梳理出的儿童文学发展脉络和线索常有独到之处。思潮和作家作品研究也是您的一个重要研究内容吧？

方卫平：80 年代以来的中国儿童文学界，与我们这个不断变革、不断发展的时代相伴随，儿童文学的创作思潮和创作面貌也发生着不断的变迁与更新。作为一个儿童文学理论研究行当的从业者，我自然一直对这样的变迁与更新满怀着好奇、追踪与言说的冲动。所以，对当前儿童文学思潮和现象的跟踪与评论，构成了我从事儿童文学思考的第三个主要板块。

还在读研究生时期，我就尝试写作了《论当代儿童文学形象塑造的演变过程》《童话的立体结构与创新》等一些关注、跟踪儿童文学创作思潮和发展现实的理论文章。后来，又陆续发表过《少年小说：对新的艺术可能的探寻》《少年文学的自觉与困惑》《近年来儿童文学发展态势之我见》《儿童文学本体建构与九十年代创作走势》等视野较为宏观的评论文章。应《儿童文学选刊》主编周晓先生之约，我还为该刊写过《走向新的艺术常态》《1990：少年小说的艺术风度》《一份刊物和一个文学时代》《寻求新的艺术话语》等评论文章。对我个人而言，这样的关注、跟踪和评论写作，不仅让我能够不断地感受着当代儿童文学的艺术脉动，而且也使我有机会以自己的方式参与到当代儿童文学的艺术发展和思想进程中来。从某种意义上可以说，正是这样一些工作，使我的整个思考和研究活动，与我们这个时代，与这个时代的儿童文学，有了更密切的联系，并且让我自身在整个学术思考活动过程中，也体验到了更为鲜活的学术生命感。

我的上述理论和评论文章，后来大多陆续收入了我个人的三本评论集——1994 年由甘肃少年儿童出版社出版的《流浪与梦寻——方卫平儿童文学文论》，1995 年由明天出版社出版的《儿童文学的当代思考》，1999 年由作家出版社出版的《逃逸与守望——论九十年代儿童文学及其他》。

肖　雨：近年来，有一些朋友和同学也蛮关心您的研究动向的。能谈谈您近年来的一些思考吗？

方卫平：进入 21 世纪以来，中国的儿童文学及其生存环境又面临着许多新的状况，童年生活和童年品质的变化，读图时代、网络时代的降临，流行文化、商业文化的强势侵入，都使儿童文学的创作、出版和研究面临着许多新的课题和挑战。在这一过程中，有两件事情对我个人近年来的学术思考和理论活动产生了较大的影响。一件事情是，2000 年 11 月，应新蕾出版社之邀，我与四位友人一起在天津远洋宾馆的一间客房里，面对着两台录音机，围绕着 12 个有关儿童文学的话题，进行了持续六天五夜的碰撞、交锋和对话。几位作家、学者朋友各具特性的学养、视野或者局限，在那样一次极富机锋与深度的交流和对话中展现得淋漓尽致，也给了我许多生动而切实的启示。另外一件事情是，2000 年 12 月，应王尚文教授之邀，我参与了《新语文读本·小学卷》的主编工作。在长达整整一年的编选及配合王先生统稿的过程中，在地毯式地收集、阅读中外文学精品，包括儿童文学精品的过程中，我的儿童文学的思考开始与当代中小学的语文教育现场、与少年儿童的实际阅读生活之间产生了前所未有的紧密联系，而我业已形成的儿童文学阅读趣味和评判尺度也经受了一次革命性的打击和洗礼。这两件几乎连续发生的事情，使我个人面对儿童文学时的思考眼光、判断标准等等都发生了微妙的变化。我相信，这些变化在我今后的学术思考和理论活动过程中，还会逐渐地显现出来。

而永远不会变化的，则应该是我对单纯而又富饶的儿童文学、对独立而又纯粹的学术思考的迷恋和热爱。

（三）

肖　雨：您在《中国儿童文学理论批评史》的最后部分，谈到过您对儿童文学研究本身的一些思考和观点，我觉得很有意思。您觉得自己现在的学术梦想是什么？

方卫平：从事儿童文学研究和写作已经有二十五个年头了。儿童文学研究这个职业，给了我的人生和整个生活太多的馈赠和赐予，而我也在这条路上倾注了自己的生命和热情。如果说中年有一个人生驿站的话，那么我希望这个驿站只是又一次出发前的一个小小的歇息场所。对于儿童文学，对于儿童文学研究，我的学术之梦还没有止息。

我希望，我们的儿童文学研究和儿童文学学科建设能够得到不断的提升。

还是在 1990 年 5 月，我在昆明的"九十年代儿童文学展望研讨会"上的发言中曾经认为，儿童文学理论除了服务于实践的应用价值外，还应该有一种理论自身的本体意义上的价值，它显示人类在一定历史条件下的智力水平和思维的全部创造力，展示理论自身的深邃、超拔的魅力。这就是为什么历代哲人对宇宙、对社会、对人生的终极意义的形而上的思考会具有那么吸引人的、令人深思、令人感动的力量。我还认为，当代儿童文学研究应追求一种超越以往儿童文学研究水准的更高的学术品位和更宏阔的理论境界。事实上，儿童文学研究的最高成果可以为整个文艺学、美学、心理学、教育学、哲学等学科提供思维成果和理论材料。儿童文学研究者应该具有这样的学术胸怀和抱负。1993 年 11 月，在为《流浪与梦寻》一书所写的"跋"中，我也曾谈到，"我有一个梦想：通过儿童文学的理论探寻，从一个方面承担起这一代人最终的文化使命。我相信，儿童文学研究就其内在的文化生命意蕴而言，是指向人类精神的深处的——那里是我们精神的起点和归宿。"

今天，我仍然怀有这样的梦想。

我希望我们的儿童文学批评是坦诚的、智慧的，是富有勇气和道义感的。

儿童文学批评的失语状态是我许多年来一直深感不安和焦虑的。这种失语状态并不是说当今的儿童文学批评没有发出自己的声音，而是说，真正富有批评锋芒和批评勇气的声音实在是太稀缺、太微弱了。在《中国儿童文学五人谈》中，我曾经指出，今天的批评已经恶俗化、庸俗化了，已经被一种非批评的意志异化了。批评的第一个特征应该是它的独立性，而在这个时代，强调它的独立性是更重要的。所谓批评缺乏独立性，就是指它已经被世俗的、非学术的、非自由的一种意志所收买了。这是批评的悲哀，也是整个儿童文学界的不幸。

健康的儿童文学批评应该是对儿童文学负责任的、坦诚的批评。批评者面对的是文学，怀有的是艺术的操守，批评者与被批评者因为艺术上的平等和差异而被联系在了一起，他们首先应该珍爱和疼惜的是关于文学和美学的真理与良知。而当批评被太多的义气和世俗价值观念所主宰的时候，批评的堕落就是无法避免的了。

健康的儿童文学批评也应该是富有智慧和眼光的。批评者的文学素养，包括知识的累积和鉴赏眼光的培育都应该是专业的，值得信赖的。而通向这一境界的途径，是批评者在批评职业中保持一种永久的恭敬和敬畏之心，一种永久的吸收和学习心态。反过来，那种在自我迷醉中形成的守成和封闭心理，只会导致批评行为的破绽百出、贻笑大方。

我还希望我们的儿童文学研究是开放的、充满现场感和当代意识的。

当代儿童文学研究一方面期待着新的理论充实与学科提升，另一方面，当代社会生活与文学生活又不断地向儿童文学学术领域提出了一个又一个的现实疑惑和研究课题。在经历了八九十年代的视野与论域拓展、方法与话语更新之后，中国儿童文学研究又来到了一个新的社会现场，进入了一个新的话语空间。

因此，儿童文学研究正期待着几代学人的携手和努力，以创造一个能够与我们这个时代相匹配的学术和理论时代。

最后我也希望，我仍然会是这样一个前行中的理论时代的携手者和相伴者。

肖　雨：方老师，您的四卷本儿童文学理论文集由明天出版社出版了，这对您来说也是一次个人学术历程的回顾和小结吧。

方卫平：这部儿童文学理论文集收入了二十多年来我在儿童文学理论研究方面发表的主要一些文字。其中第一卷为《中国儿童文学理论批评史》；第二卷收入了儿童文学基本理论方面的一些论文以及专著《儿童文学接受之维》；第三卷为儿童文学思潮及作家、作品方面的研究和评论文章；第四卷为《法国儿童文学导论》。我希望，这套文集的出版，对于我个人而言，既是往昔学术生命的一个总结，也是以往研究历程的一次清算，或许，还应该是继续前行的一个台阶。

肖　雨：方老师，谢谢您今天谈了这么多。您的经历和经验，对我们来说，也是一份十分珍贵的参考。

方卫平：也谢谢你。

(原载《中国儿童文化》总第3辑，浙江少年儿童出版社2007年出版)

## 三 方卫平著作存目

1.《中国儿童文学理论批评史》，江苏少年儿童出版社 1993 年 8 月出版。

2.《流浪与梦寻——方卫平儿童文学文论》，甘肃少年儿童出版社 1994 年 10 月出版。

3.《儿童文学接受之维》，湖北少年儿童出版社 1995 年 5 月出版。

4.《儿童文学的当代思考》，明天出版社 1995 年 7 月出版。

5.《法国儿童文学导论》，湖南少年儿童出版社 1999 年 4 月出版。

6.《逃逸与守望——论九十年代儿童文学及其他》，作家出版社 1999 年 5 月出版。

7.《中国儿童文学理论批评史》（《方卫平儿童文学理论文集》卷一），明天出版社 2006 年 11 月出版。

8.《思想的边界》（《方卫平儿童文学理论文集》卷二），明天出版社 2006 年 11 月出版。

9.《文本与阐释》（《方卫平儿童文学理论文集》卷三），明天出版社 2006 年 11 月出版。

10.《法国儿童文学导论》（《方卫平儿童文学理论文集》卷四），明天出版社 2006 年 11 月出版。

11.《儿童文学的审美走向》，中国文史出版社 2007 年 8 月出版。

12.《中国儿童文学理论发展史》（增订版），少年儿童出版社 2007 年 12 月出版。

13.《无边的魅力——方卫平儿童文学论集》，接力出版社 2008

年 12 月出版。

14.《童年·文学·文化——儿童文学与文化论集》，二十一世纪出版社 2009 年 8 月出版。

15.《享受图画书——图画书的艺术与鉴赏》，明天出版社 2012 年 2 月出版。

16.《寻回心灵的诗意——方卫平儿童文学论集》，明天出版社 2012 年 2 月出版。

17.《思想的舞者》，接力出版社 2013 年 10 月出版。

18.《儿童文学教程》，复旦大学出版社 2015 年 3 月出版。

19.《法国儿童文学史论》（修订版），湖南少年儿童出版社 2015 年 3 月出版。

20.《童年写作的重量》，安徽少年儿童出版社 2015 年 12 月出版。

21.《享受图画书——图画书的艺术与鉴赏》（增订版），明天出版社 2016 年 5 月出版。

22.《童年美学：观察与思考》，海燕出版社 2016 年 12 月出版。

23.《思想的跋涉》，青岛出版社 2017 年 5 月出版。

24.《中国儿童文学四十年》（中英双语版），中国少年儿童新闻出版总社 2018 年 4 月出版。

25.《儿童文学的中国想象 新世纪儿童文学艺术发展论》（与赵霞合著），安徽少年儿童出版社 2018 年 5 月出版。

26.《什么是好的童年书写》，甘肃少年儿童出版社 2019 年 11 月出版。

27.《1978—2018 儿童文学发展史论》，少年儿童出版社

2020 年 1 月出版。

28.《方卫平儿童文学随笔》,安徽少年儿童出版社 2021 年 5 月出版。

# 后 记

自 1981 年大学本科四年级时在《宁波师专学报》发表学术习作《浅谈艺术个性》，到今年由山东教育出版社出版这套十卷本的《方卫平学术文存》，匆匆四十年时光已成过往。

《文存》分为十卷，大体收入了我从青年时代到近年来在儿童文学、儿童文化领域出版、发表的主要著作和文章。其中第三卷《儿童文学的中国想象》是我与赵霞女士共同承担、完成的教育部社会科学规划项目的结题成果，在此特别说明。

四十年的学术跋涉，对于个人来说，难免会有些起落与曲折，但是回想起来，从学生时代一心向学，到从事高校专业教学、研究工作稍有进步，我遇见、感受到更多的是生命的良善和温暖。对于今生的相遇，我充满感恩。

想起生养、培育我的父亲和母亲。是你们带给我最初的人生定力，带给我人性的方向。如今，你们长眠地下。我心底里对你们的思念，不曾止歇。

感谢我遇见的许多师长、同侪、学生和友人。你们的滋养、帮助和鼓励，一直是我前行的力量和泉源。

感谢家人的陪伴、理解和支持。我工作中点点滴滴的付出和收获，你们都是我最亲近的分担者、助力者。

感谢好朋友刘海栖先生，谢谢海栖总是惦记、帮助我。

衷心感谢山东教育出版社社长刘东杰先生对这套文存出版的高度重视和支持；感谢各位责任编辑朋友高品质的工作和辛勤的付出。隆情盛意，没齿难忘。

写于 2021 年 5 月 27 日